다시, 첫사랑

다시, 첫사랑

초판 1쇄 찍은 날 | 2016년 1월 21일
초판 1쇄 펴낸 날 | 2016년 1월 28일

지은이 | 김정숙
펴낸이 | 예경원

편집 | 유경화

펴낸곳 | 예원북스
등록번호 | 제396-2012-000132호
등록일자 | 2012. 7. 25
YRN | 제1-0129호

주소 | 경기도 고양시 일산동구 호수로 646-24 위너스21-Ⅱ 206A호 (우) 10401
전화 | 031-819-9431 팩스 | 031-817-9432
http://cafe.naver.com/yewonromance
E-mail | yewonbooks@naver.com

ISBN 979-11-5845-068-7 03810

※ 이 도서의 국립중앙도서관 출판시도서목록(CIP)은 서지정보유통지원시스템 홈페이지(http://seoji.nl.go.kr)와 국가자료공동목록시스템(http://www.nl.go.kr/kolisnet)에서 이용하실 수 있습니다.

다시, 첫사랑

後愛

김정숙 장편 소설

YEWONBOOKS ROMANCE STORY

예원북스

C · O · N · T · E · N · T · S

prologue

소진은 고등학교 2학년 겨울방학 때부터 조금 더 집중해서 공부를 하기 위해 집 근처에 있는 독서실을 찾아가 등록했다. 남자와 여자가 함께 쓰는 곳인데 각자의 자리가 따로 배정이 되어 있어 소진은 두리번두리번, 칸막이 윗부분에 부착되어 있는 번호들을 확인하며 그녀에게 배정된 책상을 찾아 걸어갔다.

소진이 등록기간 동안엔 그녀의 고정석이 된 책상 위에 가방을 올려놓고는 무심코 옆자리를 봤을 때였다. 갑자기 두근두근 심장의 박동이 빨라졌다. 친구들에게 늘 말해왔던 이상형의 남자가 바로 그녀의 옆 책상에서 공부를 하고 있었던 것이었다.

그녀가 책상 위에 올려놓은 가방 속에 넣어두었던 책들을 꺼내 공부할 준비를 하는 동안에도 그 남자는 인기척도 느껴지지 않고 아무런 소리도 들리지 않는 것처럼 고개를 숙인 채 여전히 책에서 눈을 떼지 않았다.

외모가 자신의 이상형이었기도 했지만, 책장을 넘기는 행동 외에는 조각상처럼 앉아서 꿈쩍도 하지 않고 공부에 몰두해 있는 남자가 정말 멋있어 보였다.

소진은 그 남자에게 조금이라도 피해를 주고 싶지 않아 아주 조용히 움직였다. 두어 시간이 지났을까. 화장실에 가려는 것인지 그 남자가 자리에서 일어나 밖으로 나갔다. 그 남자의 책상 위를 힐끔 보니 전문 서적처럼 보이는 영어책이 펼쳐져 있었다. 그리고 펼쳐진 책 옆에 남자의 휴대폰이 놓여 있었다.

어디서 그런 용기가 났는지 모른다. 마치 마법에라도 걸린 것처럼 소진은 남자의 휴대폰을 집어 들고는 자신의 휴대폰 번호를 눌렀다. 그리고 그녀의 휴대폰에서 진동음이 울리자마자 얼른 전화를 끊고는 남자의 휴대폰에서 자신에게 전화를 걸었던 흔적을 삭제해 버렸다.

평소의 그녀라면 절대로 그런 짓을 하지 않았을 것이다. 허락도 없이 남의 물건에 손을 대는 일도, 주인 몰래 남의 휴대폰을 사용하는 것도, 전화를 걸었던 증거를 삭제해 버리는 짓도 하지 않을 그녀였다.

당돌함. 당참. 그런 단어와는 아주 거리가 먼 소진이었다. 오히려 너무 소심하다고 매번 친구들에게 통박 아닌 통박을 받았고, 너처럼 소심한 성격을 지닌 사람은 사회생활을 하거나 연애를 할 때 힘들거니와 본의 아니게 상처를 많이 받게 될 것이니 제발 성격 좀 대범하게 고치라는 충고까지 듣고 있는 중이었다.

그런 그녀가 남의 휴대폰을 이용해 자신의 휴대폰에 생판 모르는 남자의 번호를 저장한 것이었다. 이름도 몰라서 그냥 '이상형' 이라고 저장해 버렸다. 지은 죄가 있어서 그런지 자꾸만 가슴이 쿵쾅쿵쾅 뛰었다.

지금이라도 '이상형' 의 번호를 삭제해 버릴까, 고민하고 있는데 돌아온 남자가 옆자리에 앉아 그녀를 보며 싱긋 미소를 지었다. 남자의 눈부신 미소에 소진은 흠뻑 빠져들었다.

눈인사만 나눈 채 그 남자도 소진도 공부에만 매진했다. 한참 공부를 하다 보니 어깨도 아프고 허리도 아팠다. 무엇보다 목이 말랐다.

'자판기에서 음료수라도 빼서 마셔야겠네.'

소진은 독서실에 마련된 휴게실로 가기 위해 조용히 일어났다. 그런데 당연히 옆자리에서 공부를 하고 있어야 할 그 남자가 없었다. 책은 그대로 책상 위에 펼쳐져 있는 채였다.

'그 사람도 휴게실에 갔나?'

소진은 설레는 마음으로 휴게실로 갔다.

아니나 다를까, 휴게실에 들어오니 그 남자가 기다란 소파에 앉아 음료수를 마시며 창밖을 바라보고 있었다.

소진은 설렘을 감추지 못한 채 자동판매기에서 콜라 캔을 뽑아 그가 앉아 있는 자리에서 조금 떨어진 곳에 앉았다. 캔 코크를 따서 한 모금 마실 때였다.

"내 옆자리에 새로 온 친구네."

남자가 반색하며 그녀를 바라보았다.

"네."

소진은 부끄러워 얼굴에 홍조를 띤 채 조그만 소리로 대답했다.

"이젠 독서실 이웃사촌이 됐으니까 우리 앞으로 잘 지내자."

그의 목소리가 솜사탕처럼 부드러웠다. 두 눈에 그려져 있는 그의 눈웃음을 보고 있노라니 소진은 심장이 다 녹아버리는 것 같았다.

너무 심장이 떨려 소진은 아무런 말도 하지 못한 채 그저 어정쩡한 미소를 지은 채 고개를 숙여 인사했다. 그러자 그가 일어나더니 소진의 옆으로 와 앉아서 마치 귀여운 여동생을 보는 듯 환한 미소로 그녀를 바라보았다.

"고1?"

"아뇨. 이제 고3 올라가요."

"어려 보이는데…… 열심히 해야겠네."

"네. 그러려고요."

"이웃사촌이 됐으니 통성명은 하고 지내야겠지? 난 S대에 다니는 노민혁이야. 며칠 전에 군대 제대해서 곧 3학년에 복학할 예정이야."

민혁이 손을 내밀어 악수를 청했다. 소진은 떨리는 마음을 감추고 악수에 응했다. 민혁의 손이 유난히 따뜻하고 부드럽게 느껴졌다.

"전 안소진이에요."

"소진이라…… 이름이 참 예쁘네. 어떤 한자를 쓰지?"

"빛날 소에 별 진이요."

"빛나는 별이라…… 이름도 예쁘지만 뜻은 더 좋네."

"고맙습니다."

"고3 올라가면 공부 때문에 아무것도 못하겠구나?"

"네."

"고3을 좀 수월하게 보내려면 이번 겨울방학을 알차게 보내야 해. 체력도 보강해 가면서 공부해야 끝까지 페이스를 잃지 않고 수능 보는 날까지 잘 버틸 수 있어."

"조언 감사합니다. 사실은 저도 오빠가 다니는 S대 입학을 목표로 삼고 공부하고 있어요."

"소진이 공부 잘하는구나?"

"잘하려고 노력하고 있어요."

"내가 다니는 학교에 대해 얘기하고 있으니까 괜히 잘난 척을 하는 것 같네. 그런 의도는 없었는데."

"공부를 잘해야 S대에 입학할 수 있다는 건 다들 알고 있는 사실인데요 뭐. 오빠 말대로라면 저도 잘난 척하는 거고요."

아무래도 뭔가에 홀린 것 같았다. 내성적이고 소심한 그녀답지 않게 자신도 모르는 사이에 농담까지 하고 있었다. 아주 자연스럽게 오빠라고 부르기까지 하면서.

민혁이 그건 그렇다면서 허허 웃더니 말을 이었다.

"내가 나오는 것도 모르고 공부하는 거 보니까 집중력이 좋은가 봐. 내 생각에 그 정도의 집중력을 갖고 공부한다면 소진인 S대에 충분히 들어갈 수 있을 것 같아."

"그랬으면 좋겠어요."

그녀의 말이 끝나자 민혁이 일어섰다.

"난 쉴 만큼 쉬었으니까 다시 내 자리로 돌아가서 공부해야겠다. 소진인 나보다 더 늦게 나왔으니까 조금 더 쉬었다가 와."

"네."

마음 같아서는 바로 일어나서 민혁과 함께 공부방 안으로 들어가고 싶었지만 너무 속이 보이는 것 같아서 네, 라고 대답을 해버렸다.

"아, S대에 합격하면 내가 축하 밥 한번 살게."

민혁이 싱그러운 웃음을 남기고는 휴게실을 나갔다.

허투루 약속을 할 사람처럼 보이지 않는 민혁이었기에 소진은 그의 말이 한없이 기뻤다. 비록 칸막이가 쳐져 있지만 나란히 앉아 공부하는 것으로도 모자라 밥까지 같이 먹을 기회가 주어졌기 때문이다. 물론 S대학에 입학을 해야 한다는 조건이 붙어 있긴 했지만.

그 이후로 소진은 더 열심히 공부했다. 민혁도 겨울방학 내내 그녀의 옆자리에서 공부했다.

민혁이 공부에 몰두해 있는 모습을 훔쳐 보는 재미가 쏠쏠했다. 그리고 그런 그의 모습을 보면서 소진은 자꾸만 나태해지려는 마음을 다잡았다.

그와 첫인사를 나눈 후부터 소진은 오래 앉아 있어서 아무리 허리가 아프고 등이 뻐근해도 민혁이 일어나기 전까지는 무조건 의자에 앉아서 공부를 했다. 아무 말도 안 하고 각기 제 공부를 하는 것인데도 민혁과 함께 공부를 하고 있다는 사실만으로도 소진은 행복하고 가슴이 설레었다.

더구나 민혁은 그녀와 같은 아파트 단지에 살고 있었다. 동이 다른데도 민혁은 여학생이 밤에 혼자 다니면 위험하다며 소진을 경비실 앞까지 데려다준 후 그의 집으로 갔다.

첫눈에 반해 버린 소진의 사랑은 날로 깊어져만 갔다. 그럼에도 불구하고 소진은 소심한 성격 때문에 민혁에게 좋아한다는 고백을 하지 못했다.

시간이 흘러, 겨울방학이 끝나고 드디어 고3이 되었다.

고3 수험생 모두들 초반엔 충만한 의욕을 가지고 열심히 공부를 했다. 하지만 여름이 다가오자 지구력이 달린 친구들은 이미 공부하기를 포기하거나, 지쳐서 힘들어했다.

소진도 많이 힘들었다. 그러나 그녀에겐 지침과 힘겨움을 이겨낼 수 있는 특효약이 있었다.

"소진인 S대에 충분히 들어갈 수 있을 것 같아."

"S대에 합격하면 내가 축하 밥 한번 살게."

민혁이 그녀에게 해주었던 그 말들 때문에 소진은 시간이 지날수록 더욱더 열심히 공부에 매진할 수가 있었다. 그 덕분에 고3 수험생 노릇을 친구들보다 일찍 끝낼 수 있었다.

소진은 그토록 소원했던 명문대인 S대의 수시 합격통지서를 받았다. 그날 소진은 얼마나 기뻤는지 모른다. 부모님은 물론이고 두 언니인 소형과 소희, 그리고 소형 언니의 남편인 형부까지 온 가족이 바라던 것이기도 했지만, 무엇보다 그녀가 한눈팔지 않고 오로지 공부에만 열중한 것은 바로 민혁 오빠 덕분이었다.

토요일 오후, 소진은 민혁에게 고백하기 위해 쿠키를 정성 들여 만들었다. 혹여 고백을 하지 못할 경우 민혁이 알아차릴 수 있게 일부러 쿠키들을 전부 하트 모양으로 만들었다. 그녀가 수시 합격을 한 후부터 나가지 않게 된 독서실에서 지금도 열심히 공부하고 있을 민혁에게 줄 선물이자 그를 향한 사랑의 상징이었다.

세상에 태어나 처음으로 하는 사랑, '첫사랑'을 상대방에게 고백조차 못해보고 혼자 가슴속에 묻어둘 생각을 하니 슬펐다. 이번에 고백을 하지 못하면 평생 혼자 가슴속에 묻어두게 될 것만 같았다. 그녀의 소심한 성격으로는 그 누구도 사랑할 수 없을 것만 같았다.

'엄마 아빠도 호탕한 성격이고 소형이 언니와 소희 언니도 당찬 성격인데 왜 나만 이렇게 소심하고 수줍음이 많은 성격일까.'

철이 들면서부터 늘 품어왔던 물음이었다.

상처를 받아도 상처받았다는 말조차 할 수 없는 소심함. 그녀는 그 소심함이 너무나 싫었지만 어쩔 수가 없었다. 그래서 스스로 내린 결론은 다복한 집안을 질투한 아주 못된 삼신할미가 주문을 걸어 태생부터 그렇게 생겨먹게 태어나도록 만들었다고 믿고 그냥 타고난 성격에 순응하자였다.

"만약에 오빠가 내 고백을 받아주지 않으면 어쩌지?"

자신감이라고는 1퍼센트도 채 되지 않는 목소리로 혼잣말을 중얼거리며 하트 모양으로 만든 쿠키들을 코팅된 예쁜 박스에 보기 좋게 넣었다.

설렘 반 걱정 반인 마음으로 소진이 박스를 품에 안고 집 밖으로 나오니 날씨가 잔뜩 흐려 있었다. 우산을 가져갈까 하다가 그냥 오늘 비가 오지 않는다는 일기예보를 믿기로 했다.

재등록을 하지 않은 상태라 지금은 직접 독서실 안으로 들어갈 수는 없지만 그동안 많이 친해진 경비 아저씨에게 민혁을 불러달라고 부탁할 생각을 하며 소진은 독서실을 향해 걸음을 재촉했다.

막 독서실로 향하는 골목으로 접어드는데 커다란 가방을 멘 민혁이 걸어오고 있었다. 지금 막 독서실에서 나온 모양이었다.

'한창 공부를 할 시간인데 어쩐 일이지?'

소진은 뛰듯이 걸어가 민혁 앞에 섰다. 갑작스런 그녀의 등장에 놀란 민혁이 걸음을 멈추고는 깜짝 놀란 표정을 지었다.

"오빠."

"어? 이젠 독서실에 안 나오잖아. 근데 여긴 어쩐 일이야?"

"저기…… 오빠 만나러 왔어요."

소진은 잠시 머뭇거리다 용기를 내서 말했다.

"나? 날 왜?"

"저 오빠가 다니는 대학에 수시 합격했어요."

"그래? 열심히 공부하더니 잘됐네. 그동안 고생했다."

"그게 저…… 다 오빠 덕분이라서요. 오빠가 격려도 해주고 또 모르는 문제도 가르쳐 주고…… 열심히 공부하는 오빠 모습 보면서 저도 공부에만 전념할 수 있었거든요."

"네가 열심히 한 덕분이지. 난 내 공부를 했을 뿐이고."

민혁이 그렇게 말하니 소진은 더 할 말이 없었다. 서운한 마음에 시선을 돌리는데 민혁의 어깨에 메어 있는 커다란 가방이 보였다. 소진이 가방을 보고 있자 민혁이 입을 뗐다.

"사물함에 있던 거 다 챙겨오는 길이야. 나도 이젠 독서실 그만 다닐 거거든."

"아."

하마터면 다시 못 볼 뻔했다는 생각에 놀란 가슴을 쓸어내리는데 하필 그때 갑자기 굵은 빗방울이 한두 방울 떨어지기 시작하더니 이내 소나기가 되었다. 민혁도 우산을 가지고 있지 않은지 소나기가 내리는 하늘을 올려다보며 난감한 표정을 지었다.

소진은 선물 상자가 젖지 않게 품에 감싸고는 주위를 둘러보았다. 하지만 마땅히 비를 피할 만한 장소가 없었다.

"금방 그칠 비 같지가 않네. 얼른 가, 나도 빨리 가봐야 하니까."

민혁이 뛰어갈 듯한 자세를 취한 채 걸음을 뗐다.

"오빠!"

다급한 그녀의 부름에 민혁이 몸을 돌리고 서서는 그녀를 바라보았다. 비 때문인지 그녀를 바라보는 그의 인상이 찡그려져 있었다.

"왜? 나한테 할 말이 더 남았어?"

"이거요."

소나기가 내리고 있는 터라 망설일 새도 없이 소진은 자신의 품에 안겨 있던 상자를 내밀었다.

"이게 뭔데?"

"제가 만든 쿠키예요. 감사의 선물로 드리는 거예요."

"난 이걸 받을 자격이 없는데."

"받아주세요."

소진은 '제 마음을' 이라는 말을 뺀 채 말했다. 민혁이 선물 상자와 소진을 번갈아 쳐다보며 난감한 표정을 지었다.

"그럼, 이젠 다시 볼 날이 없을지도 모르니까 독서실 동기로 지냈던 기념으로 받을게. 고맙다."

이젠 다시 볼 날이 없을지도 모른다! 그 말에 충격을 받은 소진은 내밀었던 상자를 민혁이 받기도 전에 그만 바닥에 떨어뜨리고 말았다. 설상가상 바닥에 나동그라진 상자의 뚜껑이 열리고 안에 들어 있던 쿠키가 땅바닥에 널브러져 버렸다. 쏟아지는 굵은 빗줄기에 젖은 하트 모양의 쿠키들이 서서히 제 모습을 잃어가고 있었다.

"아까워서 어쩌지?"

비에 흠뻑 젖어서 뭉그러져 가는 쿠키들을 보며 민혁이 난처해했다. 소진은 너무 속이 상해 눈물이 났다. 다행히 비 때문에 그녀가 울고 있다는 것을 민혁이 모르는 것 같았다.

"저기요, 오빠."

"쿠키 못 먹게 돼서 아깝다. 먹은 걸로 생각할 테니까 너무 서운해하지 마."

소진은 지금이 아니면 기회가 없을 거라는 생각에 마음이 급해졌다. 소진은 자신에게 있는 용기란 용기는 모두 끌어 모았다.

"이젠 다시 볼 날 없다는 게 무슨 뜻이에요?"

"우리 내일 이사하거든."

"이사를 간다고요?"

"응."

"그럼 학교에서는 볼 수 있는 거 아니에요?"

"나, 내일 미국으로 유학 떠나."

'어쩜 이럴 수가!'

이제야 민혁과 알콩달콩 사랑을 할 수 있다는 꿈에 부풀어 있던 소진은 맥이 탁 풀려 버렸다. 그래도 고백은 해야 했다. 고백도 못 한 채 그녀의 첫사랑을 끝낼 수는 없다. 게다가 방법이 아주 없는 것도 아니었다. 만날 수만 없다 뿐이지, 그가 돌아오길 기다리며 메일이나 전화 등 데이트를 할 수 있는 방법은 얼마든지 있으니까.

"사실 저…… 오빨 많이 좋아해요."

"무슨 말이야?"

그녀의 고백에 민혁이 무슨 뜬금없는 소리를 하느냐는 표정을 지었다.

"오빠가 제 첫사랑이에요."

이젠 만날 수 없다는 사실에 용기가 났는지 소진의 입에서 말이 절로 나왔다. 그 순간 민혁의 표정이 무서워 보일 정도로 확연히 굳었다.

"그 마음 빨리 접어. 동생이라 널 챙겨줬지, 여자인 넌 내 마음에 들어올 자리 따윈 없어."

"오빠!"

"첫사랑이라고?"

묻는 민혁의 입가에 비웃음이 걸려 있었다.

"네, 오빠가 제 첫사랑이에요."

소진은 용기를 쥐어짜내 대답했다.

"첫사랑, 그거 아주 우스운 거야. 네가 대학에 들어가서 좋은 남자를 만나면 금방 잊힐 만큼 아주 덧없는 감정이라고."

민혁이 냉소적으로 말했다.

"오빠, 제 마음은 그렇게 쉽게 잊히지 않……."

"네 머릿속에서 날 지워. 그게 네 신상에 좋을 거야. 내가 너한테 남자가 되는 일은 죽을 때까지 없을 테니까."

민혁이 얼음처럼 차가운 얼굴로 말했다. 결국 소진은 울음을 터뜨리고 말았다.

"흑흑. 오빠, 제 마음은 진심이에요. 전 오빨 진심으로 사랑……."

"아니, 날 사랑하지 마. 난 네 사랑을 받아줄 마음 따위 없어. 그것도 첫사랑이라면 더더욱!"

민혁이 이젠 그녀 따윈 보기도 싫다는 표정으로 뛰어가 버렸다. 그녀가 흘리는 눈물 따위는, 그녀가 받은 상처 따위는 자신과 아무런 상관이 없는 사람처럼 그렇게 사라져 버렸다.

소진은 심장이 찢어지는 것 같았다. 차마 멀어져 가는 민혁의 뒷모습을 바라볼 수가 없어 그 자리에 쪼그리고 앉았다. 젖어서 뭉그러져 먹을 수 없는 쿠키일지라도 그냥 길바닥에 두고 싶지 않았다.

무참하게 짓밟혀 버린 그녀의 첫사랑처럼 손으로 잡는 족족 비와 함께 손가락 사이로 빠져나가 버리는 폭 젖은 채 뭉개져 버려 반죽처럼 되어버린 쿠키들을 상자에 두 손바닥으로 모아 쓸어 담기 시작했다. 반죽도 아닌 것이, 쿠키도 아닌 것이 아무런 형체도 없는 것들만 상자에 남아 있었다. 아무짝에도 쓸모없는 쓰레기처럼. 그것도 쏟아지는 빗줄기에 다 쓸려 내려가고 아주 조금만 남아 있었다.

"오늘만 기다려 왔는데……."

비와 함께 흘러내리는 그녀의 눈물이 뒷말을 삼켜 버렸다.

그녀의 첫사랑은 민혁에게 인정도 받지 못한 채 비처럼, 눈물처럼 그렇게 종착지가 어느 곳인지도 모를 곳으로 흘러가 버렸다.

"다신 남자를 좋아하는 짓 따윈 안 할 거야! 절대로!"

쏟아지는 빗속에 다시는 사랑 따위 절대로 하지 않으리라는 소진의 굳은 다짐만이 남아 있었다.

chapter 1

8년 후.

소진은 27살이 되었다. S대학 의류학과를 졸업한 후 우연어패럴에 수석으로 입사한 소진은 초고속 승진을 해 디자인 팀장이 되었다. 정식으로 시험을 보고 입사를 한 직원 중에 소진처럼 빠르게 승진한 경우는 우연어패럴에서는 유례가 없던 일이었다. 그 정도로 소진은 일에만 매진을 했다.

9월 초, 찜통 같은 더위가 끝날 줄을 모를 것처럼 굴더니 이젠 제법 아침저녁으로 초가을의 시원한 바람이 부는 걸 보면 여름도 어쩔 수 없이 지나가는 계절에 불과한 모양이었다.

오늘따라 디자인팀 사무실은 어수선했다. 소진 자신만 뺀 나머지 직원들 모두 오늘 새로 부임한다는 총괄팀 본부장에 대한 추측을 늘어놓으며 수선을 떨어대고 있었다.

"오늘 일 안 할 거예요?"

술렁대며 수다를 떨어대는 직원들을 지켜보다 못한 소진은 결국 큰 소리를 내고 말았다.

"팀장님은 오늘 부임한다는 본부장님이 궁금하지도 않으세요?"

미스 진이 오히려 소진이 이상하다는 듯 물었다.

"아뇨, 안 궁금해요."

"여자로 치면 절세미인처럼 우리나라에서 잘나간다는 남자 배우들보다 훨씬 더 잘생겼대요. 명문대 출신에 유학파이고 집안도 좋다고 그러던데 팀장님은 왜 관심이 없으세요?"

"내가 관심 갖는다고 내 남자가 되는 것도 아니잖아요."

소진은 솔직히 말했다.

"그건 그렇지만 궁금하잖아요. 머리도 좋고 잘생기고 모델 뺨치는 키에 간지까지 아주 죽여준대요."

"그거야 직접 만나봐야 아는 거고요."

소진은 디자인팀의 막내인 미스 유의 말을 일축해 버렸다.

"아주 터무니없는 소문은 아니에요, 팀장님. 사장님 비서실에서 나온 이야기니까요."

노처녀인 미스 문이 거들었다.

"사실이든 아니든 우린 우리가 해야 할 일들을 해야죠. 자, 이제 다들 일합시다!"

단호한 소진의 말에 그제야 다들 입을 다물고 자신이 할 일들을 하기 시작했다. 그런 팀원들의 모습을 보면서 소진은 속으로 헛웃음을 웃었다.

아무리 잘난 남자가 본부장으로 온다 한들 무슨 소용인가. 그녀와는 아무런 상관이 없었다. 디자인팀에서 할 일을 제대로만 해낸다면 그보다 더 대단한 본부장이 취임을 한다고 해도 꿀릴 것이 없었다.

짓이겨진 그녀의 첫사랑이 소진으로 하여금 남자에 대한 관심을 끊게 만들었다. 다시는 사랑하는 감정 때문에 남자에게 상처 따위 받고 싶지 않았다. 그녀에게 남자란 이성이 아니라 함께 일하는 동료이자 상사나 후배, 선배 그리고 동성이나 마찬가지인 친구일 뿐이었다.

"누가 오든 무슨 상관이야. 난 내 할 일만 하면 그만이지."

소진은 혼잣말을 중얼거리며 F/W 시즌의 추가 신상품을 디자인한 것들을 재검토하기 시작했다. 하루빨리 상품을 만들어야 시즌을 놓치지 않고 판매를 할 수 있기 때문이었다.

직원들과 그녀가 디자인한 것들 중에 출시하면 좋은 반응을 얻을 수 있을 것 같은 작품들을 골라 수정할 곳을 꼼꼼히 메모하고 있는데 문이 열리고 총괄팀의 문 과장이 들어왔다.

"다들 일어나 보세요!"

문 과장의 말에 소진과 직원들이 자리에서 일어나 문 과장을 바라보고 있는데 뒤이어 한 남자가 들어왔다.

세상에! 그 남자였다. 소진의 첫사랑을 짓이겨 버린 남자, 노민혁! 그녀에게 씻을 수 없는 상처를 입힌 남자였다. 잊으려고 죽을 만큼 애를 썼던 남자였다.

그런데 왜 하필, 그것도 8년 만에 다른 장소도 아닌 회사에서 만나게 된 것인지……. 소진은 당장에라도 자리를 박차고 뛰어나

가고 싶었지만, 아니, 민혁에게 당장 내 눈앞에서 꺼지라고 소리치고 싶었지만 최대한 인내심을 끌어 모아 꾹 참았다. 차갑게 굳은 표정으로 울컥울컥 치밀어 오르는 분노를 참아내느라 입술을 질끈 깨물었다.

민혁은 그녀를 보지 못했는지 관심 있는 눈빛으로 디자인실을 둘러보고 있었다.

"입소문이 나서 다들 알고 있겠지만, 오늘 부임하신 본부장님입니다."

문 과장의 말에 모두의 시선이 민혁에게로 쏠렸다.

'어떻게 이런 일이……!'

그 말에 소진은 깜짝 놀랐다. 하지만 이내 평정심을 되찾은 소진은 어느새 자신만 바라보며 서 있는 민혁의 시선을 당당하게 받아냈다.

"자, 여러분께 우리 총괄팀 본부장님을 소개드립니다."

말을 마친 문 과장이 민혁을 바라보았다.

"……."

민혁의 귀엔 아무런 소리도 들리지 않았다. 그래서 아무런 말도 할 수 없었다. 민혁은 뚫어져라 소진만을 바라보았다. 그녀에게서 눈을 뗄 수가 없었다. 정적 속에 그녀만이 보였다.

그는 지난 8년간 죄책감에 시달려 왔다. 미국에 있는 동안 문득 문득 소진이 떠오를 때마다 가슴이 아리고 아팠었다. 그 아픔들이 모여 사랑이 되어버린 것일까. 여고생에서 아름다운 여자로 변한 소진을 본 순간 심장이 멎는 것 같았다. 그녀에 대한 미안하고 반가운 마음 때문만이 아니었다.

'내가 널…… 사랑하고 있었던 거야?'

그동안 제 모습을 드러내지 않고 있었던 소진에 대한 감정의 정체를 깨달은 민혁은 커다란 충격을 받았다. 언제부터인지는 알 수 없지만 소진은 이미 사랑이란 이름으로 그의 심장에 박혀 있었던 것이다. 바보같이, 민혁은 그걸 소진을 다시 만난 순간에야 깨달았다.

"본부장님?"

문 과장이 팔을 잡는 바람에 민혁은 가까스로 소진에게서 시선을 돌렸다. 문 과장이 당황한 표정을 짓고 있었다.

"본부장님, 인사 말씀 하셔야죠."

"아."

그제야 정신을 차린 민혁이 팀원들을 바라보며 말을 이었다.

"새로 부임한 총괄팀 본부장 노민혁입니다. 이렇게 디자인 팀원들을 뵙게 돼서 반갑습니다. S/S 시즌의 성공에 디자인팀의 역할이 가장 컸다고 들었습니다. 이번에 미리 출시된 F/W 시즌의 상품들도 반응이 좋다고 하니 앞으로도 잘 부탁합니다."

잘났다. 잘나도 너무 잘났다. 그 잘난 민혁을 보며 감탄하느라 직원들 모두 대답하는 것도 잊어버린 듯했다. 이 황당한 침묵을 깰 사람은 팀장인 소진 자신밖에 없었다.

"별말씀을요. 회사에서 전폭적인 지원을 해주지 않았다면 어려웠을 겁니다. 그리고 S/S 시즌의 성공은 디자인팀 덕분이라기보다는 까다로운 우리 팀의 요구를 제대로 듣고 상품을 잘 만들어준 공장 직원들 덕분입니다."

그녀의 말이 끝날 때까지 민혁의 시선은 오롯이 소진에게만 머물러 있었다. 그녀를 바라보는 민혁의 표정이 참으로 오묘했다. 표정으로 봐서는 그녀를 알아본 것인지, 아닌지 알 수가 없었다.

“물론 공장 직원들의 공도 무시할 순 없겠죠. 하지만 디자인팀이 좋은 디자인을 뽑아주지 않았다면 아무리 좋은 공장이라도 좋은 상품을 만들어낼 순 없었을 겁니다. 앞으로도 계속 잘해주길 부탁합니다.”

민혁이 소진의 두 눈을 똑바로 쳐다보며 말했다.

‘날 알아본 거야, 아닌 거야? 하긴 알아보든 아니든 나랑 무슨 상관이야? 이제 나하곤 아무 관계도 없는 사람인데.’

소진은 사무적인 표정을 유지한 채 당당하게 민혁의 시선을 받아냈다.

“저희 팀은 언제든 제 역할을 할 겁니다.”

“그러길 바랍니다. 과장님, 이젠 다른 부서로 가죠.”

총괄팀의 문 과장과 함께 본부장이 서둘러 디자인팀실을 나갔다. 두 사람이 나간 후 문이 닫힘과 동시에 디자인실이 시끌시끌해졌다. 정작 민혁 앞에서는 한마디도 못한 채 넋이 나간 사람들처럼 그를 바라만 보고 있던 직원들이 웅성거리기 시작한 것이다.

“야, 진짜 소문대로구나!”

“내가 예상했던 것보다 훨씬 더 멋있어요!”

“총괄팀 직원들 완전 계 탔네. 매일 본부장님을 볼 수 있으니 얼마나 좋겠어.”

동료 직원들의 감탄에 막내 미스 유가 정말 부럽다는 얼굴로 말을 덧붙였다.

“미스 유, 그게 그렇게 좋으면 총괄팀으로 보내줄까?”

소진은 일부러 어깃장을 놓았다.

"아, 아뇨. 디자인만 하는 제가 총괄팀에 가서 무슨 일을 할 수 있겠어요? 그냥 부러워서 하는 말이죠."

"남잔 겉만 보지 말고 속을 봐야 해. 번지르르한 겉만 보고 좋아하다가는 상처 입기 딱 십상이야."

마냥 부러운 표정을 짓고 있는 미스 유를 보며 소진은 일침을 놓았다.

다른 부서를 향해 복도를 걸어가는데 민혁의 가슴이 미친 듯이 뛰었다. 그리고 설레었다. 다시는 사랑을 할 수 없을 줄 알았다. 그런데 그는 이미 사랑을 하고 있었던 것이다. 기적처럼! 소진을 다시 만난 것은 말 그대로 매혹적인 재회였다.

"안소진 팀장에 대해 아는 게 있습니까?"

민혁은 답답한 마음에 옆에서 걷고 있는 문 과장에게 지나가는 말투로 물었다.

"아, 네. 간단히 말씀드리자면 안 팀장은 우리 회사에 수석으로 입사한 재원입니다. 워낙 일을 열심히 해서 지독한 워커홀릭이라고 불릴 정도입니다. 아직 미혼인데…… 빼어난 미모에도 불구하고 독신주의자라 모든 남자들을 이성이 아닌 동성으로 대하고 있다는 소문이 자자합니다."

"독신주의자라……."

민혁은 선뜻 이해가 되지 않았다. 예전에 그에게 좋아한다고 고백을 했던 그녀였다. 그랬던 소진이 독신주의자라니.

미국에서 가끔 소진을 떠올릴 때면 지금쯤 미팅을 하고 있겠구나, 이젠 예쁜 사랑을 하고 있겠구나, 어쩌면 지금쯤 결혼을 했을 수도 있겠구나 하는 생각을 했었다.

8년 전 그땐 소진의 고백을 받아들일 때도 아니었고 상황도 아니었다. 그래서 더 매몰차고 잔인하게 소진의 고백을 거절했었다. 그게 늘 목에 걸린 가시처럼 마음에 걸렸던 그였다.

민혁은 소진에 대한 설렘과 두근거림, 미안함이 뒤섞인 감정을 애써 억누른 채 다른 부서의 사무실로 들어갔다.

노민혁 본부장이 찾는다는 연락을 받고 총괄팀의 비서실로 들어온 소진은 양 비서와 간단한 인사를 나누었다. 양 비서가 그녀가 왔다고 보고를 하자 민혁이 들여보내라고 했다.

소진은 속으로 깊은 숨을 들이마셨다가 내쉬고는 안으로 들어갔다. 본부장실 안으로 들어오니 민혁이 소파 의자에 앉아 있었다. 소진이 가만히 서 있자 민혁이 그녀를 올려다보았다.

"계속 서 있을 건가?"

"하실 말씀이 짧으면 그냥 서서 듣겠습니다."

"고개 아프니까 앉아요."

소진이 어쩔 수 없다는 표정으로 소파 의자에 앉아 민혁을 바라보았다. 찰나였지만, 민혁은 자신을 바라보는 소진의 눈빛에서 상처와 원망을 보았다. 소진이 이내 눈빛을 바꾸었지만 민혁은 그 찰나에 보였던, 그녀가 받았던 상처와 그를 향한 원망을 놓치지 않았다.

'안소진, 많이 아팠었구나. 나 때문에…….'

독서실에서 만났던 여학생, 그에게 어렵게 첫사랑이라며 고백하던 안소진은 이 자리에 없었다. 그저 디자인 팀장이 그를 정시하고 있었다. 그런 소진을 보고 있노라니 민혁은 심장에 묵직한 통증이 느껴졌다.

'내가 널…… 이렇게 만들었니? 내가 널 이토록 차디찬 눈빛을 갖게 만들었던 거야? 네가 이렇게 깊은 상처를 받았을 줄이야…… 미안하다, 소진아.'

민혁은 자신을 당차게 쳐다보고 있는 소진을 바라보며 입을 열었다.

"약속을 지키려고 하는데 언제가 좋은지 말해."

"약속이라뇨? 무슨 약속……?"

"오래전에 안 팀장이 S대학에 입학하면 내가 밥 한번 산다고 했었을 텐데. 기억 안 나나?"

혹시나 했는데 민혁이 그녀를 알아보았음을 스스로 증명하고 있었다.

"아, 난 다 잊었는데 그런 걸 뭐 하러 기억하고 있어요?"

소진 또한 그를 알아보았다는 것을 숨기지 않았다.

"오늘 저녁에 시간 괜찮으면 난 오늘이라도 괜찮은데."

"그 밥, 얻어먹은 셈 칠게요."

소진은 새치름하게 말했다. 속으로는 이제 와서 무슨 얼어죽을 밥 사준다는 약속을 지키겠다고 하느냐고 중얼대면서.

"그렇게는 못하겠는데."

"왜요?"

"셈 치는 건 하지 않은 걸 한 것처럼 생각하는 거니까. 내가 찜찜해서 그건 안 되겠어."

"그래서, 이제 와서 굳이 저한테 밥을 사주시겠다고요?"

"응."

민혁이 묘한 미소를 흘리며 대답했다.

'뭐 이런 인간이 다 있어? 내가 좋아한다고 할 땐 받아줄 마음이 없다더니 그 약속은 왜 꼭 지켜야겠다는 거야?'

소진은 울화통이 치밀었지만 그녀에겐 흑역사였던 때를 말하기 싫어서 입을 꾹 다물고 있었다.

"장소와 시간 정해. 내가 시간 맞춰서 그쪽으로 갈 테니까."

"본부장님과 함께 밥 먹고 싶은 생각 없어요."

"난 꼭 먹어야겠어. 난 허튼 약속 따윈 하지 않는 사람이거든."

"좋아요, 정 원한다면 그렇게 하시죠."

소진이 말하자 민혁이 손을 내밀었다. 소진은 눈빛으로 무슨 뜻이냐고 물었다.

"휴대폰 좀 줘봐. 내 번호를 알아야 문자로 장소와 시간을 정해서 보내줄 거 아냐."

소진은 어쩔 수 없이 주머니에서 휴대폰을 꺼내 민혁의 손바닥 위에 올려놓았다. 그녀가 예전에 쓰던 휴대폰에는 몰래 알아냈던 그의 휴대폰 번호를 저장해 놓았었는데, 새로 바꾼 스마트폰엔 그의 번호를 저장하지 않았다.

민혁이 그녀의 휴대폰을 손에 쥐고는 숫자 버튼을 누르기 시작했고 곧이어 테이블 위에 놓여 있던 그의 휴대폰에서 진동음이 울렸다. 그러자 끊음 버튼을 누른 후 소진에게 그녀의 휴대폰을 돌려주었다.

"F/W 시즌에 추가로 출시할 신상품을 준비하려면 바쁠 테니 그만 가서 일해. 6시 전까진 문자 주고."

"알겠습니다."

소진은 일부러 아무런 사심도 없다는 듯 아주 사무적인 말투로 말을 하고는 일어나 깍듯하게 인사를 하고는 본부장실을 나갔다.

디자인팀실로 들어와 책상 앞에 앉은 소진은 휴대폰을 들여다보았다. 역시 그의 전화번호는 예전 번호가 아니라 새로운 번호로 바뀌어 있었다. 소진은 '노민혁 본부장'이라고 썼다가 얼른 그것을 지우고 '나쁜 놈'으로 바꾸어 번호를 저장했다.

예전 일을 다 기억하면서 어떻게 그녀에게 아무 일도 없었던 것처럼 구는지, 소진은 그런 민혁이 도무지 이해가 안 되었다. 그러면서 예전에 했던 약속을 반드시 지켜야겠다니, 민혁이 이러는 이유를 정말 알 수가 없었다.

'내 고백을 단칼에 차버린 주제에 그깟 약속은 왜 기억하고 있는 건데? 나쁜 놈!'

F/W 시즌의 추가 신상품 포트폴리오 제출 기한이 이틀 뒤지만 이미 거의 다 끝내놓은 상태였기에 시간이 없는 것은 아니었다. 하지만 민혁과 함께 밥을 먹을 생각을 하니 일 때문에 바빠서 야근을 해야 한다고 거짓말이라도 하고 싶어졌다. 하지만 오늘 거짓말을 해서 피한다고 해도 민혁의 말과 행동으로 볼 때 언젠가는 반드시 밥을 사주겠다고 할 것 같았다.

'그래, 매도 먼저 맞는 게 나아.'

소진은 일부러 비싸기로 소문난 식당을 골랐다. 너 한번 당해봐라 하는 심보로.

「H호텔의 프랑스 식당, 7시. 예약은 안 했음.」

민혁에게 문자를 보낸 소진은 씨익 미소를 지었다.

남아서 할 일이 있는 것도 아니라 디자인 팀원들을 6시에 퇴근시킨 소진은 혼자 남아 거의 완성이 된 포트폴리오를 다시 한 번 검토했다. 일에 집중하다 보니 어느새 시간이 흘렀는지 그녀가 사무실 벽에 걸린 시계를 보았을 땐 7시 30분이었다.

아차 싶었지만 일부러 서두르지 않았다. 지금 출발하면 8시에 도착할 수 있을 것이다. 만약 1시간을 못 기다리고 민혁이 그냥 갔다면 그야말로 밥 한 끼 먹은 셈 치면 되는 것이다.

'제발 그냥 갔으면 좋겠네.'

소진은 그런 바람을 안고 차를 몰아 H호텔의 지하주차장에 주차했다. 그리고 엘리베이터를 타고 프랑스 식당이 있는 층에 내려 식당 안으로 들어갔다. 그런데 소진의 바람과는 달리 그녀의 문자를 받은 후 민혁이 미리 예약을 해놨었는지 가장 좋은 창가 자리에 그가 앉아 있었다.

그에게로 다가가며 표정을 보니 불쾌한 기색은커녕 오히려 재미있다는 얼굴로 창밖을 바라보고 있었다. 소진이 테이블 앞에 가서 서서야 민혁이 고개를 돌려 그녀를 바라보았다.

"왔어?"

"늦었어요. 미안해요."

소진은 상투적인 말투로 미안함을 표했다.

"나름 재미있게 보낸 한 시간이었어. 창밖 바라보는 재미가 쏠쏠했거든. 참, 사석에선 편하게 말하자고, 우리."

"마음대로 하세요. 어차피 모든 결정권은 디자인 팀장인 저보단 상사님이신 총괄팀 본부장님께서 갖고 계시니까."

소진은 일부러 비꼬듯 말했다.

"그런 뜻으로 한 말은 아니지만, 어쨌든 회사 밖에선 편하게 말하는 걸로 하지."

민혁이 말을 마친 뒤 손을 들어 종업원을 불렀다. 그러자 종업원이 다가와 정중한 자세로 테이블 옆에 서더니 두 사람에게 메뉴판을 내밀었다.

"이곳에서 제일 비싼 걸로 주세요."

어차피 민혁을 골탕 먹이기 위해 이곳을 택했던 터라 소진은 메뉴판을 보지도 않고 말했다. 그러자 민혁이 피식 웃더니 같은 걸로 달라고 하자 종업원이 메뉴판을 들고는 주방 쪽으로 갔다.

'뭐야? 제일 비싼 걸로 시켰는데 당황하는 기색도 없잖아.'

소진이 오히려 황당한 표정으로 민혁을 바라보았다.

"왜? 안 그래도 비싸다고 유명한 곳인데, 이곳에서 제일 비싼 걸로 시키면 내가 당황할 줄 알았어?"

민혁이 미소를 지은 채 소진에게 물었다. 마치 그녀의 속내를 다 알고 있다는 표정이었다.

"솔직하게 말해도 돼요?"

"내가 기억하는 소진인 언제나 솔직했던 걸로 아는데."

"그래요. 본부장님께서 당황해할 줄 알았어요. 아니, 당황하라고 일부러 그랬어요."

소진은 처음부터 자신이 기대했던 것과 달라 살짝 불안한 생각이 들었지만 일부러 덤덤한 표정을 지어 보였다.

"이젠 오빠라고도 안 부르네."

"저한텐 이제 본부장님일 뿐이에요."

"그렇게 시작해도 나쁘진 않지."

"그렇게 시작하다니요? 뭘 시작해요?"

"뭐든."

도대체 무슨 소리를 하는 건지, 소진은 도통 민혁이 하는 말의 의미를 제대로 해석할 수가 없었다.

"나 미국에서 귀국한 지 나흘밖에 안 돼. 지난 8년 동안 한 번도 귀국한 적 없었어."

"관심 없어요."

소진은 쌀쌀맞게 말했다.

"내가 생각했던 것보다 더 아름다운 여자가 돼 있어줘서 고마워."

"그쪽이 고마워해야 할 건 아니죠. 얼굴에 손댄 적 없으니 원래 아름다웠던 거니까."

소진은 뻔뻔한 소리라는 걸 알면서도 일부러 안색 하나 변하지 않고 톡 쏘아붙였다.

"우리 착한 소진인 어디에 갔나?"

민혁이 아쉽다는 듯 물으며 그녀를 요리조리 쳐다보며 찾는 시늉까지 해 보였다.

소진은 하도 기가 막혀 그런 민혁을 쏘아보았다. 우리 착한 소진이라니. 그 착한 소진이를 변하게 만든 게 누군데 이제 와서 착한 소진일 찾는가 말이다. 그것도 '우리' 라는 단어까지 써가면서.

"글쎄요."

"나 때문이구나."

"도대체 무슨 소릴 하시는지 모르겠네요."

소진이 냉정한 표정으로 쌀쌀맞게 말했다.

민혁은 마음이 아팠다. 소진이 달라져도 너무 많이 달라져 있었다. 원래 그가 알던 소진은 이렇게 냉소적인 사람이 아니었고, 참 맑고 밝은 사람이었다. 그런데 지금은 뾰족한 가시를 심장에 품고 사는 사람 같았다. 민혁은 밀려드는 죄책감을 애써 밀어내고 부드러운 눈빛으로 소진을 바라보았다. 그러자 소진이 시선을 피해 창밖을 바라보았다.

두 사람은 별말 없이 길고 긴 시간 동안 프랑스식 코스 요리를 먹었다. 와인을 마신 소진의 얼굴이 홍조로 인해 더더욱 묘한 매력을 발산하고 있었다.

'예전에도 예뻤지만, 지금은 더 예쁘네.'

민혁은 말없이 소진이 자신도 모르게 발산하고 있는 매력을 즐겼다.

코스 요리라 긴 시간 동안 이어진 식사가 모두 끝난 뒤 소진이 자리에서 일어났다.

"이제 그만 가죠."

소진이 핸드백을 챙기는 동안 민혁도 자리에서 일어났다.

"내 차로 가지."

"아뇨, 저도 차 가져왔어요."

"설마 음주 운전을 하겠다는 건 아니지?"

"내가 미치지 않은 이상 음주 운전을 하진 않아요. 대리기사 불러서 가면 돼요."

'대리기사와 단둘이 차를 타고 간다고?'

민혁은 그게 영 마음에 들지 않았다.

"네 차는 대리기사 불러서 집 앞까지 갖다놓도록 하는 게 좋겠어. 내 차에 기사가 대기하고 있으니까 넌 내 차 타고 가. 집까지 데려다줄게."

"그러고 싶지 않아요. 차라리 택시 타고 갈래요."

"택시는 더 안 돼. 내 차 타고 가."

거부할 수 없는 명령조로 말을 하는 민혁을 소진은 어이없는 표정으로 바라보았다. 그녀의 표정을 본 민혁이 피식 웃었다.

"치사하지만, 네 말대로 결정권은 네가 아니라 상사인 나한테 우선적으로 있는 거니까 내 말대로 하지."

소진은 입술을 삐죽였다. 하지만 그녀가 했던 말이니 강력하게 거절할 수도 없는 노릇이었다.

"많이 치사하네요."

"앞으로 많이 치사한 사람이 되도록 하려고."

민혁은 계산을 마친 후 종업원에게 대리를 불러달라고 부탁했다. 그리고는 종업원에게 메모지를 달라고 해서 그녀의 집 주소를 적었다.

"차 키 줘. 차 키가 있어야 대리기사가 차를 갖다놓으니까."

소진은 핸드백에서 차 키를 꺼내 민혁에게 건넸다. 그러자 민혁이 그가 쓴 메모지와 소진의 차 키 그리고 대리기사에게 줄 돈을 종업원에게 건넸다. 메모지를 쓸 때 보니 그녀의 집 주소를 정확하게 적고 있었다.

"우리 집 주소는 어떻게 알아요?"

"오늘은 여기까지."

소진이 뭐라 하려는데 민혁이 손을 들어 제지했다. 그러자 소진이 입을 다물었다. 민혁은 미소를 지은 채 종업원을 보았다.

"잘 부탁합니다. 차 키는 경비실에 맡기라고 하세요."

"걱정 마십시오, 고객님. 저희 식당 손님들을 위해 상주하고 있는 대리기사들이 있습니다."

"다행이네요. 우리도 가지."

"안녕히 가십시오."

민혁이 소진과 함께 나가려고 하자 종업원이 허리를 굽혀 정중하게 인사했다. 엘리베이터를 기다리며 민혁이 전화를 걸어 '나 내려갑니다' 라고 말하고는 전화를 끊었다.

'께름칙해. 뭔가 저 사람한테 말리고 있는 느낌이야.'

소진은 도착한 엘리베이터에 오르며 속으로 생각했다. 엘리베이터가 1층까지 내려오는 동안 아무래도 오늘 민혁과 같이 밥을 먹지 말 걸 그랬다는 후회가 밀려왔다.

호텔 로비 입구를 통해 밖으로 나오니 바로 앞에 차가 서 있었다. 잠시 후 운전석에 있던 남자가 문을 열고 나왔다. 그러자 민혁이 남자에게 그냥 타라고 손짓을 했고, 명령을 충실히 수행하는 게 자신의 임무인 것처럼 남자가 도로 운전석에 앉아 문을 닫았다.

민혁이 뒷좌석의 문을 열었다.

"타."

타라는데 못 탈 것도 없지 뭐, 하는 심정으로 소진은 순순히 뒷좌석에 앉았다. 그랬더니 민혁이 조금 더 옆으로 가라고 손짓을 했다. 그도 뒤에 탈 생각인 모양이었다. 기사가 보는 데서 옥신각

신하는 모습을 보이고 싶지 않아 소진은 군소리 없이 옆 좌석으로 자리를 옮겨 앉았다. 결국 민혁이 그녀의 옆자리를 차지하고 앉았다.

민혁이 기사에게 그녀의 아파트 주소와 몇 동인지를 알려주었다. 소진은 8년이 지난 지금 온전한 그녀의 집 주소를 알고 있는 그가 이해되지 않았다.

"그 아파트가 살기 좋은 단지지. 아파트 간격도 넓고 나무도 많고 무엇보다 조용해서 살기 좋았으니까. 사실 우리 집이 이사할 때 난 많이 아쉬웠어."

민혁이 묻지도 않은 말을 했다.

소진은 민혁에게 그때 왜 갑자기 이사를 했던 거냐고 묻고 싶었지만 자존심이 허락하지 않아 그냥 차창 밖으로 시선을 돌렸다.

"그때, 어머니께서 주택에서 살고 싶다고 하셔서 갑자기 이사하게 됐었어."

독심술이라도 있는지 민혁이 그녀가 자존심 때문에 묻지 못했던 것을 말해주었다.

"네."

소진은 딱히 대꾸할 말이 떠오르지 않아 단답형으로 대답했다. 전혀 궁금해한 적이 없었던 것처럼 시치미를 뚝 뗀 채 속으로 생각했다.

소진의 어머니인 이 여사도 딸들에게 텃밭이라도 가꾸며 살고 싶다면서 정원이 있는 주택에 살고 싶다고 몇 번 말을 했었다. 하지만 남편인 안 사장에게는 그런 속내를 털어놓지 못한 이 여사였다. 지금 살고 있는 아파트가 안 사장의 세기건설에서 특별히 공들여 지은 곳인데다, 안 사장이 이 아파트에 대해 대단한 자부심을 갖고 있음을 잘 알고 있기 때문이었다.

"나에 대해선 궁금한 게 없는 모양이지?"

"딱히요."

"난 너에 대해 궁금한 게 참 많은데."

뜬금없게 들리는 민혁의 말에 소진은 그의 얼굴을 바라보았다. 표정을 보니 거짓말을 하는 것 같진 않았다.

'대체 무엇 때문에 나에 대해 궁금한 게 많은 거지? 왜, 이제 와서?'

그 물음들은 다행스럽게도 소진의 입 밖으로 튀어나오지 않았다.

러시아워에서 한참 지난 시간이라 그녀가 살고 있는 아파트 앞에 민혁의 차가 멈춰 선 건 H호텔에서 출발했을 때부터 30분 정도 지난 후였다.

"데려다주셔서 감사합니다. 조심해서 가세요."

소진은 기사에게 감사를 표한 후 민혁의 차에서 내렸다. 그러자 민혁도 따라 내렸다.

"S대에 합격하면 밥 사주겠다고 했던 약속은 지켰어."

"네."

"아주 탁월한 선택이었어. 내 맘에 쏙 들었어."

"뭐가요?"

"프랑스 코스 요리."

골탕을 먹이려고, 아니, 한번 당해봐라 하는 심보로 선택한 것인데 민혁이 마음에 쏙 들었다고 하자 소진은 기가 막혔다.

"대체 무슨 말이에요?"

"긴 시간 동안 너와 마주 앉아 식사를 할 수 있어서 좋았단 얘기야."

"헐."

소진은 비싼 걸 시켜서 골탕을 먹여야겠다는 단순한 생각뿐이었는데 민혁은 오랜 시간 같이 마주 앉아서 식사를 할 수 있어서 좋았단다. 뭔가 손해를 본 느낌이어서 소진은 기분이 나빠졌다.

"다음에도 탁월한 선택을 하길 바라."

"다음이라뇨? 뭐가 또 남았어요?"

"그때 못했던 걸 해야지."

"그때 못했던 거라뇨? 그런 게 뭐가 있어요?"

소진의 물음에 민혁이 미묘한 미소를 지었다.

"잘 떠올려 봐. 그럼 기억날 테니까."

민혁이 차에 타려다가 갑자기 뭐가 생각난 듯 다시 그녀를 바라보았다.

"그때 못 받았던 것도 받아낼 거야."

자기가 할 말만 하고는 민혁이 뒷좌석에 타고는 문을 닫았다. 그러자 민혁의 차가 그녀에게서 멀어졌다.

"그때 못했던 거라고? 그리고…… 그때 못 받았던 것도 받아낼 거라고? 헛소릴 하는 걸 보면 와인 몇 잔에 취했나 보네."

소진은 아파트 입구를 향해 걸어갔다. 민혁과의 사적인 만남은 이제 끝이라는 생각을 하면서.

소진이 아주 짧은 경력임에도 불구하고 우연어패럴의 디자인 팀장이 된 것은 아주 특별한 경우였다. 수석으로 입사한 것도 한몫했지만, 인재를 알아보는 능력이 출중하다는 평을 듣는 대표이사가 그녀의 재능과 능력을 인정한 것이 주효한 역할을 했다.

이번에 F/W 시즌의 상품들이 이미 출시가 된 상태였고 매출 현황도 매우 좋은 편이었지만, 소진이 다른 회사들과 차별을 두기 위해 추가로 새로운 디자인의 상품을 출시하자고 주장했을 때에도 모두들 그녀의 의견에 찬성했다.

오늘은 대표이사와 이사진들 그리고 총괄팀 본부장과 디자인 팀원들을 모아놓고 F/W 시즌의 추가 디자인을 발표하는 날이었다. 물론 발표자는 디자인 팀장을 맡고 있는 소진이었다.

"이것으로써 이번 F/W 시즌에 추가로 출시될 상품들의 디자인 프레젠테이션을 마치겠습니다."

소진의 마지막 말이 끝나자 모두들 고개를 끄덕이며 박수를 쳤다.

소진은 좌중을 둘러보다 민혁과 눈이 마주쳤다. 그가 입 모양으로 '수고했어' 라고 말하며 엄지를 펴 보였다. 소진은 못 본 척하고는 좌중을 향해 정중하게 인사를 한 후 단상에서 내려왔고, 수고한 디자인 팀원들을 위한 좌중의 박수가 이어졌다.

소진이 대회의실 문 앞에 서서 나가는 이사진들에게 인사를 하는데 대표이사가 그녀 앞에서 걸음을 멈추어 섰다.

"안 팀장, 그동안 수고했네."

"감사합니다."

"우리 우연어패럴에서 없어서는 안 될 사람이니 건강 잘 챙겨가며 일하게."

"네, 그렇게 하겠습니다."

"우리 총괄팀 본부장도 잘 봐주고."

"네?"

"그 친구도 내가 추천한 친구거든. 난, 노 본부장과 안 팀장이 서로 도와가면서 일을 하면 지금보다 더 좋은 성과를 올릴 수 있을 거라고 믿네."

소진도 민혁도 자신이 추천한 사람들이니 서로 도와가며 일을 잘해보라는 뜻인 것 같았다.

"아, 네."

소진의 정중한 인사를 받은 대표이사가 회의실 밖으로 나갔다. 그러자 이번에는 마지막으로 남아 있던 민혁이 그녀 앞에 다가와 섰다.

"이제 바쁜 일은 얼추 끝난 셈인가?"

"내년 S/S 시즌 준비해야죠. 추가로 출시되는 상품들의 반응도 체크해야 하고요."

"왜 그런 별명이 생겼는지 알겠군."

"그게 무슨……?"

"안 팀장 별명이 지독한 워커홀릭이라던데, 몰랐나?"

소진은 자신의 별명을 이미 들어서 알고 있었다. 디자인실에서는 대놓고 팀원들이 그녀더러 지독한 워커홀릭이라며 좀 쉬어가며 일을 하라는 충고까지 하고 있었다. 그러니 어찌 모를 수가 있겠는가.

"알고 있습니다."

"알고 있는데 상관하지 않는다?"

"제가 할 수 있는, 제가 해야만 하는 일을 하고 있는 것뿐입니다."

"좋은 사람을 만나서 연애도 하고 그래야 좋은 영감이 더 많이 떠오르지 않을까 싶은데."

"그런 충고는 본부장님께 듣고 싶지 않습니다."

"그래? 왜지?"

"그건…… 아닙니다. 별 이유는 없습니다."

소진의 말에 민혁의 미간이 잠시 좁혀졌다 다시 펴졌다.

"또 보도록 하지. 아무래도 나한테는 안 팀장의 도움이 절실히 필요할 것 같으니까."

민혁의 말에 소진은 조금 전에 대표이사가 했던, 본부장과 서로 도와가며 일을 하라고 했던 말을 떠올렸다.

"도움이 필요하면 언제든지 말씀하십시오. 공적인 일이라면, 힘닿는 데까지 도와드리겠습니다."

"그 약속 꼭 지키길 바라."

"전 제 입으로 한 약속도 못 지키는 사람은 아닙니다."

"좋아. 그 말을 믿어보도록 하지."

뭐가 좋은지 민혁이 보기 좋은 미소를 짓고는 대회의실을 나갔다. 그런 민혁을 보며 소진은 그가 참 알 수 없는 사람이라는 생각이 들었다.

무슨 꿍꿍이가 있는 것 같기도 하고, 아닌 것 같기도 하다. 순수한 의도로 그녀를 대하는 것 같은데 또 어찌 보면 다른 의도가 있는 것 같기도 하고.

'뭐, 시간이 지나면 그 속을 알 수 있겠지.'

소진은 대회의실을 정리하는 팀원들을 바라보았다.

"오늘 다들 수고했어요. 퇴근하고 회식 쏠게요!"

그녀의 말에 팀원들이 박수를 치며 함성을 외쳐 댔다.

고기 맛이 유난히 좋은 회사 근처에 있는 숯불구이 식당에서 회식을 했다. 팀장이 제일 많이 수고했다며 팀원들마다 그녀에게 폭탄주를 만들어 건넸다. 자신이 쏘는 회식이라 거절을 할 수가 없어서 폭탄주를 주는 족족 마셨더니 소진은 많이 취했다.

속도 편치 않고 어지럼증까지 느껴졌다. 도저히 더는 있을 수가 없어서 팀원들에게 양해를 구하고 카드를 건네며 2차를 가든 3차를 가든 마음대로 쓰고 카드는 내일 돌려달라고 하고는 식당을 나왔다. 박 대리가 많이 취했다며 그녀를 주차장까지 데려다준다는 걸 자신감 넘치게 뿌리치고서.

간신히 정신을 차려 주차장 쪽으로 비틀비틀 걸어온 소진은 자꾸만 흐려지는 정신을 모았다. 그리고 손에 쥐고 있던 휴대폰으로 전화를 걸어 동네와 식당 이름을 말해주며 대리기사를 보내달라고 부탁했다. 평소 회식이 있을 땐 늘 대리기사를 보내달라고 전화했던 대표번호라 많이 취했어도 통화를 할 수 있어 다행이라고 생각하면서.

한 손엔 차 키를 다른 손엔 휴대폰을 쥔 채 취기로 인해 몰려드는 잠을 억지로 쫓으며 차에 기대어 서 있는데 어둠 속에서 누군가가 나타났다. 안 그래도 자신의 주량을 훨씬 넘는 술, 그것도 폭탄주를 연거푸 마시는 바람에 몹시 취한데다 어둠 속이라 사람의 형체만이 흔들리며 보일 뿐이었다.

오로지 대리기사가 빨리 오기를 기다리고 있던 터였고, 얼른 집에 가서 자고 싶다는 생각뿐이었던 터라 사람이 나타나니 너무나 반가웠다.

"아우 다행이다, 빨리 오셔서."

소진은 남아 있는 정신을 모아 인사를 하고는 차 키를 건넸다. 그러자 남자가 차 키를 받았다.

"대리기사를 불렀나?"

"네. 당연히 불렀죠. 그래서 오신 거고요."

소진은 당연한 걸 묻는 남자가 이상하다는 생각조차 하지 못한 채 대답을 했다. 취기 때문에 그가 반말을 하고 있다는 것도 인식하지 못했다.

남자가 그녀와 마주 섰다. 소진은 코앞에 선 남자의 얼굴을 바라보며 고개를 갸웃했다. 너무 취해서 비록 이목구비를 똑똑히 볼 수 있는 상황도 아니었고, 얼굴도 흐릿하게 흔들려 보였지만 누군가와 많이 닮았다는 생각이 들어서였다.

'어라? 그 사람을 닮았네?'

소진은 헛웃음을 웃었다.

"내가 취하긴 취했나 보네. 그 사람이 이곳에 있을 리가 없는데……."

소진은 혼잣말을 중얼거리다 코앞에 서 있는 남자에게 허리 굽혀 인사했다.

"잘 부탁드립니다."

허리를 펴는 순간 소진은 취기 때문에 몸을 휘청거렸다. 그런 그녀의 허리를 남자가 한 팔로 안았다.

"죄송합니다. 제가 술을 좀 많이 마셔서……."

말끝을 흐리는데 남자가 그녀를 차에 기대어 서게 했다. 그러더니 그녀의 손에 쥐고 있던 휴대폰을 가져갔다.

"어? 그거 내 휴대폰인데……?"

"알아."

민혁은 짧게 말하고는 휴대폰 통화 기록을 확인해 최근 통화 버튼을 눌렀다. 몇 번 울리지 않아 전화가 연결되었다.

"조금 전에 전화했던 사람입니다. 대리 취소할 테니 오지 마십시오. 죄송합니다."

전화를 끊은 민혁은 차에 기대어 서 있는 소진을 보았다. 술을 꽤 많이 마셨는지 눈을 감은 채 몸이 살짝살짝 흔들리고 있었다. 아마도 그새 잠이 든 듯했다.

소진의 휴대폰을 그녀의 어깨에 걸쳐지듯 매달려 있는 핸드백에 넣어주려던 민혁은 문득 자신을 뭐라고 저장해 놓았는지 궁금해졌다. 그래서 소진의 휴대폰을 켜고 전화창을 열어 자신의 번호를 쳤다. '노민혁 본부장' 도 아니고 '나쁜 놈' 이라고 저장이 되어 있었다. 그것을 본 민혁의 가슴에 알싸한 바람이 불었다.

민혁은 잠시 차에 기대고 서서 자고 있는 소진을 아픈 눈으로 바라보았다.

"그래, 너한텐 내가 나쁜 놈이었겠지."

깊은 한숨을 내쉰 민혁은 소진의 번호에 저장되어 있는 '나쁜 놈' 을 지우고 '내 남자' 라고 써서 다시 저장했다. 나중에 소진이 '내 남자' 라고 저장되어 있는 것을 보면 기함을 하겠지만 그건 나중 문제였다. 어차피 그는 조만간 그녀의 남자가 될 예정이기에.

민혁은 소진에게서 건네받았던 차 키로 조수석의 문을 열고 의자를 눕히고는 차에 기대어 서 있는 소진을 번쩍 안아 들고 조심스레 조수석에 앉혔다. 그리고는 소진이 편안히 잘 수 있도록 의자를 뒤로 젖혀주었다. 그러는 동안 소진은 그에게 몸을 내맡긴 채 잠들어 있었다.

"정신없이 자는 걸 보니 완전히 취했군. 이렇게 취했으면서 말은 똑바로 하는 게 신기하네."

걸음이 비틀거리고 몸이 휘청거리고 심지어 차에 기대서서 잠이 들 정도로 취했으면서도 소진의 발음은 정확했다. 보통 취하면 말이 꼬이거나 발음이 정확하지 않은데 소진은 그러지 않았다. 상대의 신분 고하를 막론하고 상냥함과 예의가 몸에 배어 있었다. 8년 전 그때와 똑같이.

"내가 안전하게 집까지 데려다줄 테니까 푹 자도록 해."

민혁은 소진의 귓가에 대고 속삭였다.

"네, 감사합니다."

소진이 잠꼬대처럼 말하며 정면을 향해 있던 얼굴을 민혁 쪽으로 돌렸다. 잠든 소진의 얼굴이 정말이지 사랑스러웠다. 민혁은 그녀의 붉은 입술에 키스를 하고 싶은 걸 꾹 참았다.

"아무리 내가 너한테 반했다고 해도, 취한 여자한테 키스를 하는 건 반칙이지."

민혁은 애써 욕구를 눌렀다. 남자답지 못한 짓은 하지 않아야 한다. 더구나 소진에게는 더더욱.

소진의 휴대폰을 그녀의 핸드백 안에 넣은 후 조수석의 문을 닫아준 민혁은 운전석에 앉아 시동을 걸고는 천천히 차를 출발시켰다. 차도를 달릴 때도 가능한 차가 흔들리지 않도록 조심스럽게 운전을 했다. 속이 안 좋을 게 뻔한 소진을 배려한 운전이었다.

민혁은 디자인 팀원인 미스 진과 친구인 양 비서로부터 디자인팀이 주로 가는 식당에서 오늘 저녁 회식을 한다는 이야기를 들었다. 팀원들 간의 회식이라 그냥 지나치려고 했는데 왠지 마음이 쓰였다. 그래서 양 비서에게 물어 디자인팀이 회식을 하고 있다는 식당을 찾아왔다. 그냥 얼굴만 한 번 보고 갈 생각이었는데, 팀원들이 주는 대로 그 많은 폭탄주를 다 받아먹더니 소진이 많이 취한 듯 보였다.

취한 소진이 걱정된 민혁은 주차장으로 가 그녀를 기다렸다. 1시간쯤 기다리자 소진이 비틀비틀거리며 그녀의 차가 있는 쪽으로 걸어왔다. 휴대폰으로 대리기사를 부르는 통화를 하면서.

민혁은 취기와 어둠으로 인해 그를 알아보지 못하는 소진을 보며 그녀를 안전하게 집에 데려다줘야겠다고 마음먹었다. 그래야 편히 잘 수 있을 것 같았다.

"날 대리기사로 착각하다니. 취하긴 많이 취했나 보군."

민혁은 운전을 하며 헛웃음을 웃었다. 도로를 달리다 빨간 신호등으로 바뀌는 바람에 민혁은 차를 세우고 조수석에서 잠들어 있는 소진을 바라보았다. 잠든 모습이 아기 같았다.

"널 아프게 했던 거 내가 다 갚아줄게."

민혁은 속삭이듯 말했다.

"왜…… 갑자기…… 나타나…… 다시…… 다신…… 안 보고…… 싶었는데……."

잠든 소진이 잠꼬대를 하듯 웅얼웅얼 띄엄띄엄 단어들을 나열했다.

"미안했다. 이젠 내가 널 잡을게. 다신 널 놓지 않을 거야. 내가 너한테 입힌 상처…… 내가 치유해 줄게."

민혁은 깊이 잠든 듯 보이는 소진을 보며 다짐하듯 말하고는 신호등이 초록불로 바뀌자 다시 차를 몰았다.

chapter 2

"아이고, 머리야."

소진은 침대에서 몸을 일으켜 앉으며 머리를 두 손으로 잡고는 인상을 썼다. 술을 그리 못 마시는 편은 아닌데 아무래도 어제는 너무 무리를 한 모양이었다. 하긴 그냥 맥주도 아니고 폭탄주를 주는 대로 다 받아 마셨으니 멀쩡하다면 그게 오히려 더 이상하겠지만.

지끈거리는 머리 때문에 오만 인상을 쓰며 침대에서 내려온 소진은 방을 나갔다. 엄마인 이 여사가 끓여주는 시원한 해장국의 국물을 마시면 이 정도의 숙취쯤은 두어 시간만 있으면 해결될 거라고 생각하면서 주방으로 들어갔는데 반찬을 식탁 위에 놓던 이 여사가 그녀를 보자마자 등짝을 후려쳤다.

"아얏! 안 그래도 머리 아파 죽겠는데 아침부터 웬 매질이야?"

"술을 정도껏 마셔야지 정신도 못 차릴 정도로 마시면 어쩌자는 거야? 그래 갖고 시집 잘도 가겠다!"

"누가 시집간대? 나 시집 안 간다고 몇 번이나 말했는데 엄만 왜 또 시집 타령이야?"

"이 세상에서 안 통하는 삼대 거짓말이 뭔 줄 알아? 노인이 빨리 죽고 싶다는 얘기하고 장사꾼이 밑지고 판다는 소리, 그리고 처녀가 시집 안 간단 소리야! 믿을 말을 해야 믿지!"

"정말이라니까! 난 결혼 같은 거 안 할 거라고!"

"헛소리 그만하고 북엇국이나 마시고 정신 차려. 그래야 그나마 멀쩡한 얼굴로 출근을 하지."

"북엇국 끓였어?"

소진은 반색을 하며 물었다.

"그래, 내가 이 나이에 딸년 술국이나 끓여대고, 참 어이가 없다. 그나마 아버지가 출장 중이라 다행이지, 네 아버지가 봤으면 어젯밤 네 꼴 보고 기절했을 거다."

"대리 불러서 잘 들어왔으면 됐지 뭐. 회사 다니면 회식하다 주량 좀 초과할 수도 있는 거지 뭘 그렇게 난리시래."

소진은 중얼거리며 식탁 의자에 앉아 뜨끈한 북엇국을 국그릇째 들고 호호 불며 마셨다.

"아우, 시원해! 우리 엄마 해장국 하난 기가 막히게 끓이신단 말이야. 마시자마자 속이 확 풀리는 것 같네."

"술 좋아하는 네 아버지 덕이다. 이젠 딸년 해장국까지 끓여 바쳐야 하니 내 처지도 참 한심하다, 한심해."

"아잉, 내가 엄말 얼마나 사랑하는지 알면서 자꾸 왜 그래? 당분간 술 마실 일 없을 테니까 그만 화 푸셔. 응?"

그제야 이 여사가 부드러운 표정으로 자리에 앉았다.

"다른 건 속 안 썩이면서 좋은 나이에 왜 연애를 안 하는 거야?"

"난 혼자 살 거라고 했잖아."

"그러게 왜 혼자 사느냐고?"

"혼자 사는 게 편할 거 같으니까. 믿을 만한 남자도 없고."

"아예 남자를 만나보지도 않으면서 믿을 만한지 아닌지 어떻게 알아?"

"아버지 같은 남자 있으면 만나볼 마음이 없는 건 아닌데, 아무리 봐도 아버지 같은 남자가 있어야 말이지."

"에휴, 말이나 못하면."

이 여사가 혀를 찼다. 그때 샤워를 마친 소희가 들어와서 식탁 의자에 앉았다. J대학병원에서 레지던트로 근무하고 있는 소진의 작은 언니였다.

"언니, 아직 출근 안 했어?"

늘 그녀보다 먼저 나가거나 아예 집에 들어오지 못하는 날이 많은 소희를 보며 소진이 물었다.

"오늘은 귀하디귀한 오프다."

"좋겠네. 간만에 푹 쉬고."

"나 좋은 건 그렇다 치고, 내가 굳어진 몸 좀 푸느라 간만에 조금 일찍 들어와서 반신욕 하느라 욕실에 죽치고 앉아 있었거든. 씻고 나오니까 내가 반신욕을 하는 동안 어떤 남자가 취한 널 업고 왔다고 엄마가 얘기하시던데, 어젯밤에 널 업고 온 남잔 대체 누구야?"

소희의 물음에 소진은 화들짝 놀랐다.

"대리기사가 날 업고 왔다고?"

"대리기사는 무슨. 엄마가 너랑 같은 회사에 다니는 사람이라고 하던데? 잘나도 너무 잘났다고 엄마가 감탄까지 하셨었어. 그 잘난 남잔 대체 누구야?"

"나 대리기사한테 차 키 준 후부터 블랙 아웃이야. 근데 대리기사가 아니라, 어떤 사람이 날 업고 와서 같은 회사에 다닌다고 했단 말이야?"

"그 사람이 그렇게 말했으니 알지, 엄마가 그 남자가 너랑 같은 회사에 다니는 사람인지 어떻게 아시겠냐? 너, 어젯밤 일 전혀 기억 안 나?"

"안 나. 대리기사가 아니었으면 누구였지? 박 대리인가? 아닌데. 식당에서 나 혼자 나왔던 것 같은데……."

"잘한다. 술에 떡이 돼 잠들어서는 어떤 남자한테 업혀서 들어온 줄도 모르고."

두 딸이 하는 소리를 듣고 있던 이 여사가 기억을 더듬으려고 애를 쓰는 소진에게 톡 쏘아붙였다.

'대체 누구지?'

아무리 기억을 해내려고 애를 써도 두통만 더 심해질 뿐 아무것도 떠오르지가 않았다.

'분명 대리기사를 불렀었는데…….'

"엄마, 혹시 우리 디자인팀의 박 대리라고 말하지 않았어?"

"박 대리는 아냐."

"엄마가 어떻게 알아?"

"전에 네가 너희 팀 단체 사진 보여준 적 있었잖아. 박 대리하고는 차원이 다르게 생겼어."

"이상하다. 그럼 누구지?"

"본부장이라더라."

소진의 이야기를 한심한 표정으로 듣고 있던 이 여사가 불쑥 말했다.

"누구요? 본부장이요?"

"그 사람이 본부장인 걸 엄마가 어떻게 알아?"

누가 자매 아니랄까 봐 소진과 소희가 동시에 물었다. 그러자 이 여사가 소희를 바라보며 입을 열었다.

"하도 인물이 훤해서 내가 일부러 물어봤어. 처음엔 누구라고 말을 안 하더니 아무리 봐도 대리기사를 할 사람 같아 보이지 않아서 내가 자꾸 캐물으니까 어쩔 수 없다는 얼굴로 너희 회사 총괄팀 본부장이라고 하더라. 너한테는 얘기하지 말라고 했어. 아마 네가 미안해할까 봐 알리지 말라고 했겠지. 생긴 건 두말할 것도 없고 매너도 그렇고 말투도 그렇고 딱 내 사위했으면 좋겠더라. 참, 네 차 키랑 휴대폰은 핸드백에 넣어놨대."

'이런 젠장!'

차라리 박 대리라면 마음이라도 편했을 텐데 왜 하필 민혁이란 말인가. 소진은 북엇국으로 간신히 가라앉혔던 속이 다시 뒤집히는 것 같았다.

참 이상했다. 디자인팀의 회식 자리에서 민혁을 본 적이 없었다. 그리고 그녀는 분명히 대리기사에게 휴대폰으로 전화를 걸어 식당 이름을 대며 와달라고 부탁을 했었다. 그것까지는 확실히 기억이 났다.

그런데 난데없이 민혁이 그녀를 집에까지 데려온 걸로도 모자라 취해 잠든 그녀를 업고 집 안까지 데려다줬다니, 도무지 납득이 되지 않았다. 민혁이 그녀가 사는 아파트가 몇 동인지는 알아도 몇 호에 사는지는 모르고 있었다.

'취중에 내가 얘기를 해줬었나?'

아무래도 그런 모양이었다. 그러니 그가 집 안까지 그녀를 데려다주었겠지. 그게 아니라면 설명이 되지 않았다.

'이런 식으로 엮이면 안 되는데…….'

소진은 기분이 찜찜했다.

'설마 이번 일로 뭔가 대가를 치르라고는 안 하겠지? 그래, 그러진 않을 거야.'

소진은 스스로 위안을 삼으며 북엇국을 후루룩 들이마셨다.

"그 본부장 말이야. 회식 같이 했었니?"

겨우 민혁에 대한 생각을 털어냈는데 소희가 대뜸 물었다.

"아니."

"근데 취한 널 어떻게 집까지 데려다줘?"

"나도 모르지. 지나가다 봤나 보지 뭐. 회사 근처에 있는 식당에서 회식을 했으니까."

다행히 소희가 그럴 수도 있겠다며 고개를 끄덕이고는 더 캐묻지 않았다. 하긴 더 캐물은들 아는 것이 없으니 대답할 수 있는 게 아무것도 없는 소진이었다.

"이리 보나 저리 보나 참 괜찮은 남자 같던데, 그 본부장 혹시 결혼했니?"

이 여사가 의미심장한 표정으로 소진을 보며 물었다.

"했을걸."

얼굴 표정만 봐도 민혁의 결혼 여부를 묻는 이 여사의 의도가 너무 빤히 보여서 소진은 단답으로 해결을 했다.

사실 그가 정말로 결혼을 했는지도 모를 일이니 거짓말을 한 건 아니었다. 미국에서 귀국한 지 얼마 안 됐다는 말만 들었지 결혼을 했는지 안 했는지 물어본 적도 없고 그가 그런 말을 한 적도 없으니 말이다. 물론 결혼반지를 끼고 있진 않았지만, 반지야 빼고 다닐 수도 있는 거니까.

"에효, 하긴 그렇게 멀쩡하다 못해 넘치는 남자를 여자들이 그냥 놔뒀을 리가 없지."

이 여사가 아쉬운 표정으로 한숨까지 쉬어가며 이야기를 했다. 그가 결혼을 했다는 게 정말로 아까운 모양이었다.

소진은 입안이 껄끄러워 밥은 입에 대지도 못한 채 북엇국 그릇만 비우고는 출근 준비를 해야겠다며 자리에서 일어나 욕실로 향했다. 샤워를 하고 자신의 방으로 들어간 소진은 헤어드라이어로 머리를 말리고는 화장을 한 후 옷을 갈아입었다. 핸드백을 들고 방에서 나가려는 순간 아무래도 이상한 기분이 들어서 핸드백을 뒤졌다. 역시 이 여사의 말대로 차 키와 휴대폰이 핸드백 안에 얌전히 들어 있었다.

소진은 핸드백에서 휴대폰을 꺼내 통화 기록을 확인했다. 분명히 그녀가 가끔 이용하는 대리기사를 호출하는 대표번호로 전화를 건 기록이 남아 있었다. 그런데 참으로 이상한 건 자신의 휴대폰으로 그 번호로 다시 전화를 건 기록이 있다는 것이었다.

"대체 이게 어떻게 된 거야? 내가 다시 취소를 했었나?"

너무나 궁금했지만 대답을 해줄 사람도 없고, 아무런 기억도 나지 않았다. 소진은 에라 모르겠다, 하는 심정으로 휴대폰을 다시 핸드백 안에 집어넣은 후 차 키를 손에 쥔 채 출근을 하기 위해 집에서 나왔다.

차를 몰고 회사 주차장으로 들어온 소진은 비어 있는 두 자리를 보고는 그중 한 자리에 주차를 하기 위해 차를 몰았다. 막 주차를 마치는데 다른 차가 그녀가 차를 주차시킨 바로 옆 빈자리로 들어왔다.

별생각 없이 차에서 내려 리모컨으로 차 문을 잠근 소진은 옆 칸의 차에서 내리는 남자를 보고는 식겁했다. 오늘은 절대로 마주치고 싶지 않은 민혁이었기 때문이었다. 차에서 내린 훤칠한 민혁을 본 소진은 얼른 좁혀졌던 미간을 펴고는 어정쩡한 미소를 지어 보였다.

"출근하셨어요?"

상사와 마주쳤을 땐 부하 직원이 먼저 인사를 하는 것이 상례였다.

"좋은 아침."

민혁이 어젯밤에 아무런 일도 없었다는 표정으로 아침 인사를 하고는 회사로 연결되는 문을 향해 걸어갔다. 소진은 그의 뒤를 따라 걸으며 어젯밤의 일에 대해 감사 인사를 해야 하나 모른 척을 해야 하나 고민했다. 소진에게는 알리지 말라고 이 여사에게 부탁을 했다니 그녀가 모르는 척하면 그냥 넘어갈 일이었다. 하지만 누구한테든 신세진 것은 꼭 갚고야 마는 소진의 성격이 그녀를 괴롭혔다.

“저기요.”

소진의 부름에 민혁이 걸음을 멈추고는 뒤로 돌아서서 그녀를 바라보았다. 우물쭈물, 그녀가 아무런 말도 하지 않자 민혁이 먼저 입을 뗐다.

“불러 세웠으면 말을 해야 하는 거 아닌가요, 안 팀장?”

“그게 저…… 어젯밤에 절 집 안까지 데려다주셨다고 들었습니다.”

민혁의 표정에 잠깐 난감함이 스치더니 이내 무표정으로 돌아왔다.

“어머니께서 말씀을 하셨나 보군.”

“네.”

“그래서요?”

“네?”

“그래서 고맙다는 인사라도 하려고 불렀습니까?”

‘뭐야? 공사 구분을 이렇게 정확하게 하는 사람이었어? 이럴 거면 둘이 있을 땐 편하게 대하자는 말은 왜 한 건데?’

정색을 하고 상사처럼 말하는 민혁이 얄미워서 소진은 인상을 찡그렸다.

“본부장님께선 약속한 것은 반드시 지켜야 하는 사람이라고 하셨죠. 전 빚지고는 못 사는 사람이에요. 뭐가 어떻게 된 건지 솔직히 하나도 기억이 안 나지만 어쨌든 도움을 받았으니까 신세를 갚을 기회를 주세요.”

"어떻게 갚을 겁니까?"

"글쎄요. 어떻게 받을지 그건 본부장님께서 정하세요. 원하시는 대로 해드릴 테니까."

"좋습니다. 조만간 안 팀장이 나한테 신세 갚을 기회를 만들어 보도록 하죠."

민혁이 몸을 돌려 입구를 향해 두어 걸음 옮기더니 다시 뒤돌아섰다.

"아, 그리고 궁금한 게 많을 텐데 궁금한 게 있을 때마다 나한테 찾아와서 물어요. 그럼 한 번 만날 때마다 한 가지씩 가르쳐 줄 테니까."

민혁이 아주 재미있다는 눈빛으로 그녀를 보더니 입구로 들어가 버렸다.

'뭐야, 저 인간? 궁금한 게 얼마나 많은데, 한 번 만날 때마다 한 번씩 가르쳐 주겠다고? 대체 그게 말이야 소야? 그리고 저 눈빛은 뭐야? 뭐가 그렇게 재미가 있어서 그런 눈빛으로 날 쳐다보는 건데? 예전엔 안 그랬었는데…….'

속으로 투덜대던 소진은 예전에 대한 기억이 떠오르려고 하자마자 투덜거림을 멈춰 버렸다. 이미 싹둑 잘라냈다고 생각한 예전 기억이었다. 그런데 민혁이 다시 나타난 후부터 잘라서 버렸던 그래서 지금까지 한 번도 생각난 적이 없었던, 아니, 의도적으로 생각하지 않으려고 애를 썼던 예전 기억들이 자꾸만 한 조각씩 머릿속으로 날아들어 퍼즐처럼 맞춰지려 하고 있었다.

소진은 자석처럼 제자리를 찾아가 착착 붙어버리는 퍼즐 조각들을 흐트러뜨리기 위해 고개를 마구 저었다. 하지만 소용이 없었다. 이미 싹둑 잘라 버렸다고 생각했던 예전 기억들이 고스란히 제 모습을 찾은 채 그녀의 머릿속에 남겨졌다.

독서실 옆자리에 나란히 앉아서 공부할 때 슬그머니 힘내라는 쪽지를 전해주던 그의 모습과 음료수를 사러 나갔다 올 때면 늘 그녀의 것까지 챙겨서 책상 위에 가만히 놓아주던 모습…… 그리고, 소나기가 쏟아지던 날 첫사랑을 고백한 그녀를 두고 냉정하게 돌아섰던 그의 비정한 모습까지.

'왜 하필 저 사람이 본부장으로 오느냐고! 도대체 왜!'

아무짝에도 쓸데없는 투정임을 알면서도 소진은 속으로 외쳐댔다. 그만 나타나지 않았다면 그녀는 잡생각 없이 일에만 몰두하고, 그 능력을 인정받으며 멋진 커리어우먼으로 살고 있었을 것이다.

소진은 속으로 한숨을 늘어지게 쉬어대며 터벅터벅 입구를 향해 걸어갔다.

총괄팀 본부장실로 들어온 민혁은 책상 앞에 앉자마자 양 비서로부터 오늘의 스케줄을 보고받았다. 오늘은 생각보다 빠듯한 스케줄은 아니었다.

양 비서가 나간 후 민혁은 주차장에서 만났던 소진을 떠올리며 피식피식 웃다가 휴대폰을 꺼내 전화 목록에서 소진의 전화번호를 찾았다. 휴대폰에 저장되어 있는 '내 여자' 라는 글자가 마치 소진이라도 되는 양 바라보았다.

"안소진, 기다려! 내가 망쳐 버린 네 첫사랑을 아름다운 사랑으로 만들어줄 테니까. 그리고 나 노민혁이 네 첫사랑이 마지막 사랑이 될 수 있게 해줄 테니까.”

휴대폰을 책상 위에 내려놓으려는데 진동음이 울렸다. 소진에게서 온 전화였다. 민혁은 즉시 통화 버튼을 눌렀다.

“무슨 일입니까, 안 팀장.”

[지금 시간 됩니까? 너무나 궁금한 게 있어서요.]

“5분 정도는 시간 낼 수 있습니다. 본부장실로 오세요.”

[알겠습니다.]

통화를 끝낸 민혁은 미소를 지었다.

“지금부터 한 걸음씩 내가 네 마음속으로 들어갈 거야. 기대해. 네가 밀어내면 두 걸음씩 다가갈 거야. 그러니까 도망칠 생각 따윈 하지 말고 그냥 내가 너한테 다가가는 걸 즐기는 게 좋을 거야.”

결재 서류를 세 개쯤 꼼꼼히 읽어보고 사인을 했을 때 양 비서가 인터폰으로 소진이 왔다고 했다. 그가 들여보내라고 하자 이내 소진이 본부장실로 들어왔다.

책상 앞에 앉아 있던 민혁이 일어나 소파에 앉고는 소진더러 맞은편에 앉으라고 했다. 그녀가 앉더니 그를 빤히 바라보았다.

“어젯밤에 분명히 제가 대리기사를 보내달라고 전화했던 기록이 제 휴대폰에 있거든요? 근데 그쪽으로 또 통화한 기록이 남아 있던데, 그거 혹시 본부장님께서 하신 겁니까?”

“네, 내가 그랬습니다.”

“아니, 본부장님께서 왜요? 대체 왜 그러셨는데요?”

소진은 기가 막혀 벌어진 입을 다물지 못한 채 민혁을 바라보았다. 분명히 그렇게 말을 했지만 그냥 하는 말인 줄 알았다. 그런데 진심으로 한 말이었다니, 이렇게 나오는 그를 소진은 도무지 이해할 수가 없었다.

"그거 물어보려고 여기까지 찾아온 건 아닐 테고, 날 찾아온 이유가 뭡니까?"

"당연히 아니죠. 본부장님, 점심 약속 있으세요?"

"네."

"저녁은요?"

"저녁 약속은 아직 잡혀 있지 않습니다."

"잘됐네요. 그럼 오늘 저녁은 제가 대접하죠."

소진은 당당하게 말했다.

"이유는?"

"제가 빚지고는 못 사는 성격이라고 했잖아요. 어찌 됐든, 어젯밤에 절 우리 집까지 데려다준 사람이 본부장님이셨다고 하니까 그 신세는 갚아야죠. 하루라도 빨리."

"좋아요. 안 팀장이 정 원한다면 저녁 같이 먹읍시다."

민혁이 얼마든지 원하는 대로 해주겠다는 표정으로 흔쾌히 말했다.

"저번엔 제가 장소와 메뉴를 골랐으니까 이번엔 본부장님께서 정하세요."

"그게 좋겠네요. 공평하고."

"그럼 장소와 문자는 저녁 6시 이전에 문자로 찍어서 보내주십시오."

"그렇게 하겠습니다."

"그럼 가보겠습니다."

소진은 벌떡 일어나 예의를 갖춰 인사를 하고는 본부장실을 나갔다. 그런 그녀의 뒷모습을 바라보는 민혁의 입가에 보기 좋은 미소가 그려졌다.

정신없이 그가 해야만 할 일들을 마치고 나니 5시 59분이었다. 민혁은 휴대폰의 전화 창을 열고 주소록에서 '내 여자'를 찾았다. 바로 소진의 번호였다.

통화 버튼을 누르려던 민혁은 그녀의 휴대폰에 저장된 그의 번호 이름이 '내 남자'로 바뀌어 있는 것을 보았을 때 소진이 어떤 표정을 지었을까 생각을 하다 피식 웃음을 흘렸다. 아까 휴대폰으로 그에게 전화를 했었으니 이름이 '나쁜 놈'에서 '내 남자'로 바뀌어 있는 것을 분명히 보았을 것이다.

사무실이니 큰 소리는 못 내더라도 속으로 펄쩍펄쩍 뛰었을 게 빤했다. 어쩌면 곧바로 '내 남자'를 지우고 다시 '나쁜 놈'이라고 저장을 했을지도 모르고.

「독서실 앞 분식집, 7시.」

아버지 노 대표이사와 선약이 있는 관계로 시간을 좀 넉넉하게 잡아 소진에게 메시지를 보낸 민혁은 책상 위를 정리하고는 본부장실을 나가 대표이사실로 향했다.

7시 정각에 민혁은 차를 독서실 옆에 있는 분식집 앞 갓길에 주차를 시켰다. 그 뒤를 이어 약속이라도 한 듯 소진의 차가 그의 차 뒤에 주차를 했다.

동시에 차에서 내린 두 사람은 멋쩍은 표정으로 인사를 했다.

'오다가 무슨 일이 있었나?'

민혁의 눈에 소진의 기분이 좋지 않아 보였다.

'왜 하필 이 장소야? 제일 안 좋은 기억이 있는 곳으로 데려온 목적이 뭐야 대체?'

대놓고 따지고 싶었지만 소진은 목젖을 밀고 나오려는 날카로운 물음들을 삼키고는 억지로 아무렇지도 않은 표정으로 입을 열었다.

"갑자기 왜 이 분식집에서 만나재요?"

"미국에서 있었던 8년 동안 가장 먹고 싶었던 음식들이었어."

하긴 독서실에서 공부를 끝내고 집으로 돌아갈 시간이 되면 배가 고파서 둘이 함께 야참을 먹은 적이 여러 번 있었다. 이 분식집 아주머니가 손맛이 좋아 뭘 먹어도 맛이 있어서 소진도 참 마음에 들어 했던 곳이었다. 민혁도 대놓고 그녀에게 이 분식집이 참 좋다는 말을 여러 번 했었고.

"대학에 입학한 이후 한 번도 안 왔었나?"

"네."

민혁의 물음에 소진은 간단하게 대답했다.

그녀의 심장이 찢긴 깊은 상처가 생긴 장소라 그런지 이쪽으로는 발길이 돌려지지 않았다. 독신으로 살 결심을 할 정도로 깊디깊은 상처였기에.

"기왕 왔으니 들어가죠. 오늘 선택권은 본부장님께 있었으니까."

소진이 이 분식집을 선택한 것이 기분 좋지 않다는 걸 표정으로 다 드러낸 채 안으로 들어갔다. 기분 나빠하는 티를 내는 소진을 본 민혁은 가슴이 아렸다.

"어머머, 이게 대체 몇 년 만이야? 옛날에도 꼭 둘이 붙어 다니더니 지금도 둘이 왔네?"

그가 소진의 뒤를 따라 분식집 안으로 들어가자 예전보다 주름이 조금 더 많아진 것 말고는 달라진 게 없는 주인아주머니가 두 사람을 반갑게 맞아주었다. 민혁은 시간이 많이 흘렀는데도 주인아주머니가 두 사람을 기억하고 있는 게 신기하면서도 고마웠다.

"안녕하셨어요."

"다시 뵙게 돼서 반가워요, 아주머니."

민혁의 인사에 이이 소진도 반색하는 아주머니에게 미소로 인사하며 인사말을 건넸다.

"이 자리에 앉아. 여기가 제일 시원해. 가을인데도 오늘은 좀 덥네."

주인아주머니가 제일 시원한 자리라며 활짝 열어놓은 창문 쪽에 놓인 테이블로 안내했다. 두 사람은 군말 없이 주인아주머니가 안내한 테이블을 차지하고 마주 앉았다.

"예전처럼 삼종세트 줄까?"

"삼종세트요?"

민혁은 기억하고 있는지 미소를 짓고 있었지만, 소진은 묻지 않을 수가 없었다.

"둘이 같이 오면 꼭 먹었던 것들 있잖아. 김밥이랑 떡볶이랑 순대. 그리고 어묵 국물을 특히 좋아했지. 어떻게? 그때처럼 그렇게 갖다줄까?"

"8년이나 지났는데 어떻게 그런 것까지 기억하고 계세요?"

민혁은 묻지 않을 수가 없었다. 두 사람의 얼굴을 기억하는 것도 신기한데 그들이 무엇을 먹었는지까지 기억하고 있는 주인아주머니가 신기해서였다.

"그때 둘이 워낙 예뻐 보여서 말이야. 훤칠하고 잘생긴 학생이 예쁘고 참한 동생을 자상하게 챙겨주는 모습이 어찌나 좋아 보이던지…… 잊히지가 않더라고. 여기 자주 와서 그런지 몰라도 아직도 그 모습이 눈에 선해. 아, 참. 이젠 어른들이 됐으니 내가 반말을 하면 안 되나?"

"괜찮습니다, 예전 생각나서 좋으니까 그냥 편하게 말씀하세요, 아주머니."

"그래, 그럼."

민혁의 말에 주인아주머니가 환하게 웃었다.

"어떻게, 삼종세트 갖다줘? 아님 다른 거 먹을 건가?"

"아뇨, 삼종세트 갖다주세요."

"내 그럴 줄 알았어."

민혁의 대답에 주인아주머니가 부산스레 음식들을 접시에 담기 시작했다. 얼마 지나지 않아 민혁과 소진이 마주 앉아 있는 책상 위에 김밥과 떡볶이와 순대 그리고 종이컵에 담겨진 어묵 국물 두 잔이 놓였다.

"자, 만찬이 차려졌으니 이제 맛있게 먹도록 하지."

민혁이 먼저 젓가락으로 김밥 하나를 집어 떡볶이 소스에 찍어 먹었다.

"예전 맛 그대로야. 먹어봐."

소진이 어쩔 수 없다는 표정으로 떡볶이 한 개를 먹고는 어묵 국물을 후후 불어가며 마셨다. 정말로 민혁의 말대로 예전 맛 그대로였다. 그때처럼 아주 맛있었다.

'여기서 만나자고 한 저의가 뭔지 모르지만, 음식을 앞에 두고 먹지 않는 건 죄야. 그러니까 아무 생각 하지 말고 먹자.'

소진은 그렇게 마음을 먹고는 테이블 위에 있는 음식들을 먹기 시작했다. 두 사람이 열심히 먹는데 주인아주머니가 다가와 어느새 비어 있는 종이컵 두 개에 어묵 국물을 채워주었다.

"예전이나 지금이나 참 잘 어울리네."

"우리가 잘 어울립니까?"

민혁이 물었다.

"그럼. 예전에도 그랬었잖아. 아까도 말했지만, 동생 잘 챙겨주는 오빠하고 오빠를 잘 따르는 동생 같은 모습이 얼마나 보기 좋았었다고."

'동생 잘 챙겨주는 오빠하고 오빠를 잘 따르는 동생 같은 모습이라…… 그래, 역시 그랬었던 거야. 오빠와 동생 그 이상도 그 이하도 아니었던 거지.'

주인아주머니의 말에 소진은 속으로 깊은 한숨을 내쉬었다.

그저 오빠와 동생 사이인데 그녀가 첫사랑 운운하며 고백을 해버렸다. 그랬으니 민혁이 그녀의 마음을 받아줄 리가 없었다. 그렇게 생각하니 그때의 서러움과 상처가 조금은 가라앉는 것 같았다.

소진은 그래도 마음이 아팠다. 그녀가 고백했을 때 잔인하게 굴지 않고 차라리 민혁이 차분차분 왜 안 되는지 설명을 해줬더라면 지금처럼 깊고 깊은 상처로 남아 있진 않았을 것이다. 그리고 그 날의 기억을 지우려고 애쓰며 피폐한 마음으로 살아오진 않았을 것이다.

이제 와서 그런 생각을 한들 무슨 소용이 있으랴. 소진은 이미 지난 과거를 돌아보고 싶지 않았다. 그리고 민혁을 용서하고 싶지도 않았다.

"보통 오빠 오빠 하다가 아빠 아빠 하는 사이가 된다던데, 혹시 이젠 둘이 사귀나?"

주인아주머니가 뜬금없이 물었다.

"네."

"아뇨."

민혁과 소진이 동시에 다른 대답을 했다.

"나이 든 사람 말 들어서 나쁠 거 없으니까, 동생이 오빠 꽉 잡아. 이런 남자 드물어. 애먼 여자가 채가고 난 뒤에 후회하지 말고 꽉 붙들고 놓지 마."

주인아주머니가 민혁에게 눈을 찡긋해 보이고는 조리대로 돌아갔다.

소진은 입맛이 썼다. 민혁이 그녀에게 어떤 짓을 했는데, 그를 꽉 잡으라니. 애먼 여자가 채가고 난 뒤에 후회하지 말고 꽉 붙들고 놓지 말라니. 주인아주머니가 아무것도 모르니 그런 말을 할 수 있는 것이다. 만약 그때 그날의 일을 알고 있다면 절대로 그녀에게 그런 말을 하지 않을 것이다.

"정말 다행이야. 아주머니께서 이 분식집을 지금까지 운영하시는 것도, 손맛이 변하지 않은 것도. 다 예전의 맛 그대로야."

"그러게요."

소진은 대충 대답하며 칼칼하면서도 진한 맛이 나는 어묵 국물을 후후 불어가며 마셨다.

"예전에도 넌 이 집 어묵 국물을 좋아했었지. 기본으로 두 잔 이상은 마셨었으니까."

"그걸 기억해요?"

"당연히 기억하고 있지."

"미국에서 공부했던 8년 동안 몇 명의 여자와 사귀어봤어요?"

소진의 입에서 자신도 모르게 묻지 말아야 할 물음이 불쑥 튀어나왔다.

"8년 동안 여잔 한 명도 사귄 적 없어."

소진은 믿기지 않아서 두 눈을 동그랗게 뜨고 민혁을 바라보았다.

"아니, 왜요?"

"너한테 상처를 주고 가서 벌받았나 봐. 뭐, 연애할 시간도 없었지만 눈에 들어오는 여자도 없더라고."

민혁이 그녀가 상처받은 것 따위는 아예 모르고 있다고 생각했었다. 만약 알고 있었어도 그녀가 받은 상처 같은 것엔 개의치 않고 속 편하게 잘살았을 거라고 믿고 있었다. 그런데 아니었다니. 민혁의 맑은 눈빛을 보니 거짓말을 하는 것 같진 않았다.

"너한테 몹쓸 짓을 했었어, 내가. 지금도 미안하게 생각하고 있어. 진심으로 사과할게."

참 간단한 사과였다. 하지만 그녀를 바라보는 민혁의 두 눈과 표정에 그 누구도 반박할 수 없는 진심이 오롯이 담겨 있었다.

진심으로 사과하는 민혁의 얼굴을 보니 소진의 굳어 있던 심장이 주책없이 말랑말랑해지고 있었다.

"조만간…… 너한테 내가 왜 그렇게 할 수밖에 없었는지에 대해 얘기를 해줄 때가 오겠지. 하지만 지금은 말하고 싶지 않아."

덤덤한 듯 말하고 있지만 뭔가 아픔이 묻어 있는 것같이 말을 하는 민혁을 소진은 입을 다문 채 물끄러미 바라보았다.

이곳에서 7시에 만나자는 민혁의 문자를 받았을 때 소진은 하도 어이가 없고 기가 막혀 입이 다물어지질 않았었다. 그녀의 휴대폰에 민혁이 '내 남자' 라고 저장되어 있는 게 아닌가. 분명 그날 집에 데려다주면서 민혁이 저장해 놓은 게 틀림이 없었다. 물론 지금은 '내 남자' 를 지우고 '총괄팀 본부장' 이라고 다시 고쳐서 저장을 해두었지만.

"많이 놀랐지?"

"뭐가요?"

"네 휴대폰에 내 남자라고 저장된 거 봤을 때."

자수해서 광명 찾자! 그게 삶의 모토인 사람인 모양이다. 그녀가 따질 타이밍을 놓치고 말았다고 생각한 순간 민혁이 먼저 자수를 했다.

"당연히 놀랐죠. 왜 그렇게 저장해 놓은 거예요?"

"이제부터 난 네 남자가 될 예정이니까."

대체 뭔 소리를 하는 것인지, 소진은 정신이 하나도 없었다. 하는 말마다 예상을 뛰어넘는, 아니, 전혀 예기치 못했던 말들을 내뱉는 그였다.

"지금 나한테 전화 한번 해볼래?"

"그건 또 왜요?"

"그냥 한번 해봐."

소진은 대체 뭘 보여주고 싶어서 그런지 궁금해서 그에게 전화를 걸었다. 그러자 곧이어 그의 주머니에 들어 있는 휴대폰에서 진동음이 들렸다.

민혁이 주머니에서 휴대폰을 꺼내 그것을 그녀에게 보여주었다. 액정 화면에 그녀의 전화번호와 함께 '내 여자' 라고 쓰인 글자가 떠 있었다. 그것을 본 소진의 미간에 잔주름이 잡혔다.

"무슨 뜻이에요?"

"넌 내 여자란 뜻이지."

"언제부터요? 아니, 누구 마음대로요?"

소진은 하도 기가 막혀서 따지듯 물었다.

"아직 네가 혼자란 걸 알게 됐을 때부터. 정확히 말하면 디자인팀실에서 다시 널 만났을 때부터야."

"……."

소진은 뒤통수를 한 방 맞은 것 같은 기분에 입을 다문 채 민혁을 멍하니 바라보았다. 그러자 민혁이 무슨 중요한 말이라도 하려는 듯 의자를 바짝 당겨 앉았다.

"다시 시작하자, 우리."

"뭘…… 요?"

"네 첫사랑."

"헐."

소진은 기가 막혀서 입을 헤벌린 채 민혁을 바라보았다.

"네가 고백했던 장소에서 다시 시작하는 게 맞을 것 같아서 이곳에서 보자고 했어. 너와 함께 이곳 음식을 먹고 싶기도 했고. 예전처럼."

"내가 거절당한 곳은 이곳이 아니라 저 밖 길바닥이었어요. 그것도 소나기가 쏟아지던 날이요."

"그렇다고 소나기가 오길 기다렸다가 저 앞 길바닥에서 다시 시작할 순 없잖아. 너하고 추억이 많은 이곳에서 시작하는 게 더 낫지 않겠어?"

"뭐든 자기 마음대로네요."

"정 원한다면 소나기가 오는 날 우리 둘이 저 앞 길바닥에서 다시 만나서 얘기하고."

"됐어요. 좋은 추억도 아닌데, 똑같은 상황 재미없어요."

"다행이네."

"뭐가 다행이라는 거예요?"

"나도 비 맞으며 울고 있는 널 다시 보고 싶진 않거든."

비 때문에 모를 거라 생각했는데, 그녀가 울고 있는 걸 그가 보았단다. 그 말을 들으니 창피한 한편 민혁이 더욱 괘씸하단 생각이 들었다.

"어디서 지켜보기라도 했던 거예요?"

"골목 모퉁이에서…… 네가 돌아갈 때까지 지켜봤었어. 왠지 네가 가기 전까지 발걸음이 떨어지질 않더라고."

민혁의 말을 들으니 다시금 그가 원망스러웠다. 차라리 그녀가 갈 때까지 숨어서 지켜보던 그 시간에 그녀 앞에 다시 나타나서 왜 그녀의 첫사랑 고백을 받아들일 수 없는지 자초지종을 설명해 주었더라면 그나마 그녀가 상처를 덜 받았을 것 아닌가. 어차피 같은 거절일지라도 말이다.

"왜요? 그렇게 냉정하게 내 고백을 거절하더니, 양심에 걸리기라도 했었나 보죠?"

"아니."

"아니라고요? 그런데 왜 내가 돌아갈 때까지 지켜본 건데요?"

"아끼던 동생이었으니까."

민혁이 진심 어린 눈빛으로 그녀를 바라보았다.

"아끼던 동생이었다……. 그 말은 동생과는 사랑할 수 없어서 내 고백을 거절했단 뜻이에요?"

"그땐 그랬지. 다음에 동생이어서 네 고백을 거절했던 것 말고, 그럴 수밖에 없었던 다른 이유까지 다 말해줄게."

"다음에 누가 또 만나주기나 한대요?"

"그럼 오늘이 우리의 사적인 마지막 만남이란 뜻인가?"

"적어도 저한텐 그래요."

소진은 차갑게 말했다. 그런데도 민혁의 표정은 동요하는 빛이 없었다. 마치 예상했던 대답을 들었다는 얼굴이었다.

"아니, 다시 만나게 될 거야."

"그럴 일 없다니까요!"

"그건 아무도 모르지. 한 치 앞의 일도 모르는데 어떻게 먼 미래까지 단정 지을 수 있겠어?"

"오빤 지금도 내가 오빨 잘난 남자라고 생각하고 있는 줄 아나 보죠?"

소진의 입에서 오빠란 호칭이 튀어나왔다. 그러자 민혁이 싱긋 웃었다.

"지금은 아니어도 상관없어. 앞으로 난 너한테만큼은 잘난 남자가 될 생각이니까."

"허."

단 한 마디도 지지 않고 따박따박 자신의 생각을 말하는 민혁을 보고 있노라니 저절로 입이 떡 벌어졌다.

"아무리 그래도 상관없어요. 난 그날, 이미 오빠에 대한 모든 관심을 끊었으니까."

소진은 일부러 그날을 강조했다.

"끊어진 건 언제든 다시 이을 수 있다는 걸 모르나?"

"그건 의지의 문제죠. 난 다시 이을 의지가 전혀 없거든요."

"그럼 내가 하지."

"뭘 오빠가 하겠다는 거예요?"

"다시 잇는 것."

"오빠가 잇자 그러면 내가 그러자 하면서 이을 것 같아요?"

"그건 두고 보면 알겠지."

"대체 무슨 근거 없는 자신감이에요?"

"너에 대한 내 마음. 그게 내가 갖고 있는 유일한 무기야, 현재로선."

소진은 뭐든지 자신의 맘대로 될 것이라는 확신과 당당함으로 똘똘 뭉친 민혁이 쉽게 받아들여지지 않았다.

그나마 그날 울던 그녀를 몰래 지켜봤다는 것. 그것만이 아주 작은 위로가 될 뿐, 지금은 민혁과 다시 시작하고 싶지 않았다.

"오빠 마음 난 받아들일 생각 추호도 없어요."

소진은 민혁을 쏘아보았다.

"아직도 내가 많이 미운가 보네."

"네. 미워 죽겠어요!"

“미움은 애정의 또 다른 면이라고 하지, 아마?”

“말도 안 되는 소리 하지 마요! 오빠에 대한 내 감정은 아주 단순한, 순도 백 퍼센트의 미움뿐이니까!”

소진이 앙칼지게 소리치자 민혁이 피식 웃었다. 그녀의 말을 믿지 않는다는 표정으로.

“가지. 조금만 내려가면 새로 생긴 카페가 있는데, 썩 괜찮아.”

분식집에서 나오자마자 민혁이 자신 있게 말했다.

“됐어요. 오늘 내가 답례할 건 식사뿐이었어요, 디저트가 포함된 게 아니라.”

“나도 디저트 같이 먹어줬잖아.”

그녀가 민혁을 골탕 먹이려고 일부러 프랑스 식당에 갔던 일을 말하는 것이었다.

“알았어요. 그럼 커피 마시는 것까지만 할게요.”

골탕도 못 먹인 것도 억울한데 되레 당하게 생겼다는 생각을 하며 소진은 할 수 없이 민혁의 제안에 응하고 말았다.

차는 그냥 분식집 앞에 세워둬도 된다는 주인아주머니의 말에 두 사람은 차를 놓고 나란히 서서 분식집 아랫길을 걸어갔다. 얼마 걷지 않아 민혁이 말했던 대로 새로 생긴 지 얼마 안 되는 듯한 카페가 있었다.

카페 간판에 ‘馫’이라고 쓰여 있었다. ‘흥’이라고 읽지만 ‘향기’라는 뜻을 가진 한자였다. 소진은 간판을 보며 독특하면서도 카페에는 잘 어울리는 이름이라고 생각했다.

두 사람은 카페의 출입문 앞에 섰다. 민혁이 문을 열어주자 소진은 일부러 그가 문을 열어주는 게 당연하다는 표정으로 카페 안으로 들어갔다. 뒤따라 안으로 들어온 민혁이 문을 닫고는 실내를 두리번거리는데 한눈에 봐도 꽤 큰 키에 잘생긴 남자가 허리에 까만색 에이프런을 걸친 채 그에게로 뛰어왔다. 반색하는 표정을 보니 민혁과 친한 사이 같았다.

'유유상종이라더니 잘난 남자들끼리 어울리네.'

소진이 속으로 생각하는데 에이프런을 두른 남자가 민혁을 덥석 안았다.

"형! 반가워요."

"나도 반갑다. 잘 있었냐?"

얼싸안고 인사말을 나누며 서로 등을 도닥여 주던 두 사람이 떨어지더니 마주 섰다.

"나야 늘 잘 있지. 옆에 계신 분은……?"

남자의 눈이 소진에게 향했다.

"앞으로 네 형수님이 되실 분이다. 잘 모셔."

"그래요? 반갑습니다, 형수님! 우리 형님이 왜 여자들한테 관심이 없나 했더니 이런 미인을 사랑하고 있어서 그랬군요. 정말 잘 오셨습니다. 앞으로 잘 모실 테니 자주 오십시오."

남자가 속사포처럼 말을 쏟아내는 바람에 형수가 아니라는 말을 하려던 타이밍을 놓친 소진은 민혁을 흘겨보았다. 뭐가 그렇게 좋은지 그녀가 흘겨보는데도 민혁의 입가에는 보기 좋은 미소가 그려져 있었다.

"이 친구는 내 대학 1년 후배인 민재야. 그러고 보니 당신한텐 선배가 되겠네."

후배 앞이라 그런지 어느새 소진의 호칭은 너에서 당신이 되어 있었다.

“어이쿠, 우리 학교 동문이시네요. 비록 제가 선배지만 형님 생각해서 형수님으로 깍듯이 모시겠습니다.”

넉살 좋은 민재의 말에 소진은 난감한 표정을 지었다.

“전 선배님이라고 부를게요. 그러니까 그냥 후배로 대해주세요. 선배님의 형수가 될 생각은 전혀 없으니까요.”

“에이, 자타 공인 우리 과의 대표 인물인 민혁 형님의 명을 제가 어떻게 거역하겠습니까. 전 민혁 형님의 명대로 형수님이라고 부르겠습니다. 자, 형수님 이쪽으로 오십시오.”

민재가 제 말이 끝나자마자 자리를 안내했다. 소진은 어쩔 수 없이 민재가 안내하는 자리를 향해 걸어갈 수밖에 없었다. 그녀의 뒤를 민혁이 느긋한 걸음으로 뒤따랐다.

안내한 자리로 가니 유리창 턱에 나란히 놓인 항아리들 속에 들꽃들을 가득 꽂아둔 곳이었다. 자리에 앉자마자 이름 모를 들꽃들의 향기가 소진의 콧속으로 스며들었다. 기분 좋은 향기였다.

민혁이 그녀가 앉은 자리의 맞은편에 앉으며 꽃에 코를 대고 숨을 들이마셨다.

“향기가 좋군. 너무 진하지도 않고 너무 약하지도 않고.”

“특별히 구해다 놓은 들꽃이라 그래요. 그래서 여기가 명당자립니다. 이따가 느끼시게 되겠지만 꽃의 향기가 커피 향하고 겉돌지 않고 아주 잘 어울려요. 신기하게도 들꽃의 향기가 오히려 커피의 좋은 향을 더 살려준다니까요. 그래서 지인한테 부탁해서 일부러 일주일에 한 번씩 들꽃들을 받아와요. 들꽃이라 그런지 일주일 정도는 제법 싱싱하게 잘 버텨주더라고요."

자랑하는 듯한 민재의 말에 민혁이 고개를 끄덕이더니 소진을 보았다.

"뭐 마실래?"

"커피요. 아이스, 아니, 뜨거운 아메리카노 주세요."

민혁이 민재에게 제멋대로 자신을 형수님이라고 소개하는 바람에 부글거리기 시작한 속을 가라앉히려면 아무래도 차가운 커피를 마시는 게 좋을 것 같아 아이스 아메리카노를 주문하려던 소진은 찬 걸 마셔도 별 효과가 없을 것 같아 그냥 뜨거운 커피를 주문했다. 이열치열이라고 부글부글 끓는 속을 뜨거운 커피로 다스리겠다는 생각을 하면서.

"나도 같은 걸로 줘."

"잠시만 기다리십시오. 조금 전에 죽여주게 로스팅된 원두가 있습니다. 금방 갈아서 커피 내려 대령하겠습니다."

민재가 서두르는 몸짓으로 자리를 떴다.

"말이 좀 많지?"

"그런 편이네요."

소진은 순순히 수긍했다.

"원래 안 그랬는데 이 카페 시작하면서 그렇게 됐다고 하더군. 아무래도 많은 사람들을 상대하다 보니까 말이 많아졌다고 민재도 고민을 하더라고."

"장사하려면 어쩔 수 없죠 뭐."

민혁의 말을 들으니 민재의 말 많음이 이해가 돼서 소진은 순순히 말했다. 형수님이라고 부르는 것만 빼면 민재가 그다지 쓸데없는 말들을 늘어놓는 사람들처럼 수다스러운 편도 아니었고.

둘이 별 할 말이 없어서 옆에 있는 들꽃들을 바라보고 있는데 어느새 커피를 내렸는지 민재가 두 개의 커피 잔을 테이블 위에 내려놓았다.

"좋은 시간 보내십시오, 형님 형수님."

"형수님이라고 부르지 말라니까요."

"저한테 한번 형수님은 영원한 형수님입니다!"

민재가 민혁에게 윙크를 해 보이고는 주방으로 돌아갔다. 그런 민재를 보며 소진은 혀를 내둘렀다.

'도통 말이 안 먹히네. 노민혁 선배가 죽으라면 죽는 시늉이라도 할 사람 같아. 대체 어떻게 대해주면 저렇게 무조건 충성할 수 있는 거야?'

소진은 속으로 중얼거리며 한숨을 푸욱 내쉬었다. 그런 소진을 민혁이 미소로 바라보고 있었다.

소진은 할 말도 없고 해서 커피 잔을 들고 향을 맡았다. 민재의 말은 사실이었다. 그의 말대로 들꽃의 향기가 더해져서인지는 몰라도 다른 커피숍의 커피와는 향부터가 달랐다.

"진짜 향이 좋네요."

소진의 입에서 자신도 모르는 사이에 감탄하는 말이 튀어나왔다.

민혁도 소진처럼 커피 잔을 들고 향기를 맡고는 후후 불어가며 한 모금 마시더니 잔을 테이블 위에 놓고 그녀를 보았다.

"맛도 훌륭해. 한번 마셔봐."

소진은 뜨거운 커피를 조심스레 한 모금 마시고는 입안에서 굴렸다가 삼켰다. 민혁의 말대로 향만큼이나 맛도 훌륭했다.

"곧 커피 명소로 뜨겠어요."

"민재가 이 카페를 오픈하기 전에 브라질과 콜롬비아, 베트남도 여러 번 가고 또 배낭 메고 세계 곳곳을 여행하면서 주구장창 커피만 마시면서 커피에 대해 공부를 많이 했었거든. 물론 바리스타 자격증도 땄고 또 로스팅 기술도 따로 배웠어. 준비를 많이 했으니까 곧 입소문이 나서 이곳을 찾아오는 사람들이 많아질 거야."

"뭘 시작하기 전에 준비를 철저히 하는 걸 보면 카페가 아니라 다른 걸 했어도 성공할 사람이네요."

"그렇지. 뭐든 대충하는 성격이 아니니까."

"오빤 어때요?"

"뭐가?"

"오빠하고 같은 타입이네요."

예전에 독서실에서 공부할 때 이미 민혁의 집중력이며 지구력이 좋다는 걸 알고 있었기에 소진은 순수한 마음으로 말했다.

"기분 좋은데?"

"뭐가요?"

"날 좋게 평가해 줘서."

"괜히 확대해석 하지 말아요."

"확대해석 안 하면 나에 대해 궁금한 게 있을 때마다 물어봐 줄 건가?"

"별로 궁금한 게 있을 것 같지 않아요."

"내 생각은 다른데?"

"그 말은 나한테 오빠에 대해서 궁금한 것들이 많이 생길 거라는 뜻이에요?"

"응."

또 저 근거 없는 자신감. 소진은 속으로 흥, 비웃었다.

사적인 만남은 오늘로 끝이었다. 적어도 그녀한테는 그랬다. 도움을 받았으니 그 값을 치르는 것뿐이라고 생각했다. 앞으로 도움을 받지 않으면 그만이었다. 그럼 민혁을 사적으로 만날 일이 생기지 않을 테니까.

"그만 가요."

소진은 커피 잔을 비운 후 미련 없이 자리에서 일어났다.

"오늘은 이쯤에서 헤어지는 것도 나쁘지 않지."

민혁이 일어나서 그녀를 마주 보고는 미소를 지으며 말했다.

"자꾸 다시 만날 것처럼 말하지 말아요. 더 이상 사적으로 만날 생각 없으니까."

"그건 두고 봐야 아는 거고."

"마음대로 생각하세요. 그리고 오빠라고 부르는 건 오늘이 마지막이에요."

"그것도 두고 봐야 아는 거지."

"두고 봐요 그럼."

소진은 귀찮은 마음에 톡 쏘아붙이고는 먼저 카페를 나왔다.

chapter 3

소진이 내년 S/S 시즌 준비를 위해 자료들을 검토하고 있는데 책상 위에 놓인 휴대폰에서 진동음이 울렸다. 휴대폰을 집어 들고 확인해 보니 민혁에게서 온 메시지였다.

「오늘 저녁 같이 먹지. 할 말이 있어.」

「선약이 있어서 안 됩니다.」

거절의 메시지를 본 민혁에게서 전화가 왔다. 받을까 말까 잠시 고민하던 소진은 그녀가 받지 않으면 디자인실로 찾아올지도 모른다는 생각에 어쩔 수 없이 통화 버튼을 눌렀다.

[중요한 약속이 아니면 다음으로 미루지.]

"중요한 약속이에요. 오늘 저녁에 선보거든요."

통화가 연결되자마자 민혁이 일방적으로 말하는 바람에 기분이 나빠진 소진은 순간적으로 거짓말을 했다.

[핑계 대지 마. 네가 독신주의자라는 소문은 나도 들었으니까.]

"마음이 바뀌었어요. 누가 나타나는 바람에요."

[거짓말.]

"거짓말 아니에요. 카페 홍에서 선봐요."

타고난 거짓말쟁이처럼 말이 술술 나왔다. 소진은 살짝 뒷수습이 걱정되었지만, 그건 나중 문제였다. 지금은 민혁이 자꾸만 사적으로 접근하는 것을 차단하는 것이 우선이다.

소진은 예전의 수줍음 많던 여고생이 아니다. 소심했던 그녀의 성격이 대범한 쪽으로 바뀌는데 가장 큰 역할을 한 사람은 바로 민혁이었다.

민혁에게 받은 상처를 이겨내기 위해 성격을 바꾸자고 마음을 먹었다. 마음먹은 건 반드시 해내고야 마는 그녀였기에 쉽지는 않았지만 독한 노력 끝에 내성적인 면이 강하고 소심하기조차 했던 성격을 적극적이고 당찬 성격으로 바꿀 수가 있었다.

어쩌면 그래서 대학 수석 졸업도 가능했고 회사에 수석으로 입사할 수 있었는지도 모른다. 대학에 다니면서 스터디그룹을 결성해 적극적으로 참여하며 죽어라 공부를 했었으니까. 예전 같으면 상상조차 할 수 없었겠지만, 대학 재학 중일 때 모르는 것이 있으면 교수든 선배든 같은 학년의 학생이든 가리지 않고 무조건 눈에 띄는 사람에게 먼저 다가가 물어보고는 했었다. 해답을 만족스레 이해할 때까지.

[왜 하필 선보는 장소를 민재네 카페로 정한 거지?]

"커피 맛이 좋아서요. 인테리어도 마음에 쏙 들고 민재 선배님의 잘생긴 얼굴도 보고, 일석 삼조죠."

[…….]
"정 못 믿겠으면 7시 30분에 카페 흥으로 와서 봐요."
[나더러 확인을 할 테면 해봐라?]
"내 말을 못 믿으니 어쩌겠어요? 눈으로 직접 보면 믿을 테니 그러고 싶으면 그렇게 하시라고 할 수밖에요."
"그러지."
그럴 필요까진 없다고 말할 줄 알았는데 민혁이 대뜸 그러지, 라고 대답하고는 전화를 끊어버렸다. 오히려 당황한 건 소진이었다. 오늘 저녁 자신을 구해줄 남자가 필요했다. 구세주가 떠올랐다. 거짓말을 진실로 바꾸려면 한시가 급했다. 소진은 서둘러 다시 전화창을 열고 주소록을 뒤져 익숙한 이름을 찾아 전화를 걸었다.
'얼른 전화 받아, 제발!'

저녁 7시 20분, 세영은 소진의 전화를 받고 퇴근하자마자 카페 흥으로 왔다. 주위를 둘러보니 소진의 모습이 보이지 않았다. 창가에 자리를 잡고 앉아 있는데 한 남자가 들어와 카페 주인과 손인사를 나누었다. 키도 훤칠하고 아주 잘생긴 남자였다. 그 남자가 주위를 한번 둘러보더니 여유 있게 걸어오더니 세영의 뒷자리에 그와 등을 대고 앉았다.
"아이스 아메리카노."
남자가 주문을 했다. 목소리가 아주 근사했다.
이내 카페 주인이 남자에게 아이스 아메리카노를 갖다주었다. 뭐가 그렇게 좋은지 카페 주인인 듯한 남자가 웃음기를 지우지 못한 채 세영에게로 다가왔다.

"손님을 기다리시는 것 같아서 기다렸는데, 먼저 주문하시겠습니까?"

"아뇨, 조금 있다가 일행이 오면 같이 주문하겠습니다."

"그렇게 하십시오."

세영의 말에 카페 사장인 듯한 남자가 주방으로 돌아갔다. 여전히 웃음기가 지워지지 않은 얼굴이었다. 세영은 출입구 쪽으로 시선을 돌려 소진이 오길 기다렸다. 30분 정각이 되자 문이 열리고 소진이 들어왔다.

"소진아, 여기!"

소진은 소리가 나는 쪽을 보았다. 세영이 먼저 와서 창가 쪽에 있는 테이블을 차지하고 앉아서 손을 들어 보이고 있었다.

그녀가 부탁했던 대로 양복까지 차려입고 와서 앉아 있는 세영을 보고 있으니 마음이 푹 놓였다. 어디 내놔도 흠잡을 데가 없는 남자로 보였기 때문이었다.

소진은 손을 들어 보이며 반색하는 세영이 앉아 있는 테이블 앞으로 걸어가 그와 마주 앉았다. 그러자 카페의 주인인 민재가 메뉴판을 들고 그들 옆에 와서 섰다.

"또 보내요, 형수님?"

"안녕하셨어요?"

민재의 인사에 소진도 인사를 했다.

"형수님?"

세영이 의아한 표정으로 소진을 보며 물었다. 소진은 세영에게 대답하는 대신 민재를 바라보았다.

"선배님, 저 노민혁 씨와 아무런 관계도 아니에요. 그저 같은 회사에 다닐 뿐이에요."

"그래요? 이상하네. 민혁 형님은 실없는 소릴 하는 사람이 아닌데……. 아무튼 전 민혁 형님의 명대로 형수님이라고 부르기로 했으니까, 그냥 호칭이라고 생각하고 들어주세요."

"싫어요. 내가 왜 민재 선배님께 형수님이란 소릴 들어요?"

"에이, 그냥 호칭이라고 생각하시라니까요."

소진이 싫다는데도 민재가 굳이 형수님이라고 부르겠다며 고집을 부렸다. 민재에게 더 이야기를 해봤자 소용이 없을 것 같았다.

"마음대로 하세요, 그럼. 저 오늘 선보러 나온 거예요."

소진은 일부러 민재가 묻지도 않는데 생글거리며 말했다. 민재가 민혁에게 전해줄 때 그녀가 어떤 표정이고 어떤 행동을 했는지 얘기해 주길 바라서였다.

"그러고 보니 우리 전부 S대학 동문이네요."

소진은 세영과 민재를 보며 말했다.

"아, S대학 나오셨습니까?"

세영이 민재를 보며 물었다.

"졸업하고 군대에 가는 바람에 졸업한 지 꽤 된 편입니다. 한 7년쯤 됐나."

민재의 말에 세영이 벌떡 일어났다.

"안녕하십니까? 전 재작년에 졸업한 정세영입니다. 앞으로 선배님이라고 부르겠습니다."

"반가워, 후배. 자 이젠 카페 사장과 손님으로 돌아가야지. 두 분 주문하십시오."

"안소진 씨, 뭐 드시겠습니까?"

세영이 자리에 앉으며 물었다.

"카페모카요."

"카페모카하고, 전 따뜻한 아메리카노 주십시오, 선배님."

"오케이."

민재가 미소로 인사를 대신하고는 주방 쪽으로 걸어갔다. 그러자 세영이 소진을 보았다.

"언제 여기 왔었냐?"

"얼마 전에 한 번."

"그렇군. 근데 뭐 때문에 정장까지 차려입고 맞선 보는 연극까지 해야 하는 건데? 대체 이유가 뭐야?"

"그럴 일이 있어. 더 이상 묻지 마, 선배."

소진은 솔직하게 말하기가 창피해서 여차여차해서 이렇게 됐다, 라는 말을 하기 싫었다.

"알았어. 근데 우리가 잘 가던 카페도 있는데 왜 하필 굳이 여기로 오래?"

"선배, 우리 스터디그룹 할 때 나한테 신세진 적 많잖아. 그거 갚는다 생각하고 그냥 아무것도 묻지 않으면 안 될까?"

세영이 굳이 과외 아르바이트를 할 필요가 없는, 부동산 재벌의 아들임에도 불구하고 유난히 그를 따르는, 하나밖에 없는 사촌 동생이 반드시 그에게 과외를 받고 싶다고 떼를 쓰는 바람에 어쩔 수 없이 아르바이트를 하게 되었다. 그런 상황 때문에 소진은 스터디그룹에서 세영의 몫까지 공부를 하고 리포트를 대신 써주곤 했었다.

"선배, 우리 둘이 선보는 연극 잘해야 해. 아무도 눈치채지 못하게. 사장 선배님한테도 들키면 안 돼."

"그건 또 무슨 소리야? 혹시 너한테 형수님이라고 부르라고 했던 사람과 관련된 거야? 만약 그렇다고 해도 너하고 그 사람은 같은 회사에 다니는 것 외에 아무런 관계도 아니라며? 근데 왜 이런 연극까지 해야 하는 건데?"

"세영 선배, 목소리 좀 낮춰. 그리고 그놈의 연극이란 소리도 이젠 하지 말고."

"나 참…… 알았다. 대신 이 연극, 아니, 이런 짓은 이번 한 번으로 끝내는 거다?"

"알았어."

그때 민재가 다가와 아메리카노와 카페모카를 테이블 위에 놓았다.

"형수님, 좋은 시간 보내십시오."

민재가 소진을 보며 말했다.

"저도 사장님 후배니까 말 편하게 하셔도 돼요. 그 형수님 소리만 빼고요."

"오케이, 형수님. 그럼 두 후배님들 좋은 시간 보내. 기왕 보는 선 잘됐으면 좋겠네. 둘이 아주 잘 어울려 보이니까. 선남선녀란 말은 두 사람을 두고 하는 말 같아."

"그렇게 말씀해 주셔서 감사합니다."

세영의 인사말에 민재가 미묘한 표정으로 미소를 지어 보이고는 주방으로 돌아갔다. 세영은 기분이 묘하게 나빴다. 마치 두 사람은 이루어질 수 없는 사이란 걸 알려주는 미소 같았다. 세영은 애써 께름칙한 기분을 털어내고는 소진을 보며 미소를 지었다.

"안소진, 우리 둘이 잘 어울린다는 소리 들으니까 기분 좋지 않냐?"

"좋긴 개뿔. 실제 상황도 아닌데 그런 소리 듣는다고 좋을 게 뭐 있어?"

소진이 툭 내뱉듯 말했다. 세영은 그런 소진을 보며 이제는 말을 해야겠다는 생각이 들었다.

"지금은 선배로 너와 선보는 연극을 하는 거지만 이곳에서 나가는 순간부터 나 남자다."

"선배, 무슨 농담이 그렇게 썰렁해? 선배가 남자지 그럼 여자였어?"

"그런 뜻이 아니라……."

세영의 뒷자리에 앉아 있던 남자가 벌떡 일어나 두 사람이 앉은 테이블 앞에 와서 서는 바람에 세영의 말은 끝을 맺지 못했다.

'저 사람, 진짜 왔어? 진짜 확인하러 여기까지 쫓아온 거야?'

소진은 진짜로 이곳에 나타난 민혁을 보고는 기가 막혔다.

'가재는 게 편이라더니…….'

주방 쪽에서 민재가 흥미진진한 얼굴로 소진 쪽을 바라보고 있는 걸 보니 민재는 민혁이 와 있는 걸 미리 알고 있으면서 소진에게는 말을 하지 않았던 게 분명했다.

민혁이 세영에게 불쑥 손을 내밀어 악수를 청했다.

"반갑네. 난 안소진 씨가 근무하고 있는 우연어패럴의 총괄팀 본부장인 노민혁이야. 뒤에서 들으니 우리 학교 후배라고? 민재보다 내가 더 선배야."

민혁의 말이 끝나자마자 갑자기 세영이 벌떡 일어나서는 민혁의 악수에 응했다.

“아, 선배님. 전 정세영이라고 합니다.”

세영이 허리 굽혀 정중하게 인사를 한 후 두 사람은 악수했던 손을 뗐다. 세영이 자리에 앉는 걸 물끄러미 바라보던 민혁이 입을 뗐다.

“내 여자가 다른 남자와 선보는 연극까지 하다니, 기분이 썩 좋진 않군.”

소진을 마음에 두고 있던 세영은 민혁의 말에 당황스러움과 혼란스러움을 감추지 못한 채 눈싸움을 하고 있는 소진과 민혁을 번갈아 바라보았다.

“누가 본부장님의 여자예요?”

“안소진.”

민혁은 쐐기를 박듯 힘주어 말했다. 그런 그를 아주 황당해 죽겠다는 얼굴로 소진이 쏘아보았다.

“다시 한 번 말하지만 난 본부장님의 여자가 아니에요. 그리고 지금 저 선보는 거 안 보이세요?”

“다 들었어. 연극이라는 거.”

소진이 난감한 표정을 지으며 시선을 돌리자 세영이 자리에서 일어났다.

“저, 선배님. 연극이든 아니든 지금은 저희 두 사람이 사적으로 만나는 시간입니다. 그만 가주시면 좋겠습니다.”

“내 여자를 이곳에 두고 나더러 지금 혼자 꺼져라? 이봐, 후배. 안소진은 내 여자야. 그러니 사라져 줄 사람은 내가 아니라 후배야. 어떡할 텐가? 후배가 나갈 텐가, 아니면 내가 안소진을 데리고 나갈까? 세영 후배가 선택해. 초면에 후배한테 무례를 범한 대가를 치르는 셈 치고 먼저 선택할 권리를 줄게."

소진이 자신의 여자임을 확신에 찬 표정으로 말하는 민혁이 세영을 곤혹스럽게 만들었다.

"죄송하지만 둘 다 선택하지 않겠습니다."

세영은 단호히 말했다. 그러자 민혁의 눈썹이 꿈틀 움직였다. 영 마음에 들이 않는다는 표정이었다.

"왜지?"

"제가 선배님께 소진일 양보할 이유가 없습니다."

"그래서, 나더러 나가라?"

"네."

두 남자의 팽팽한 눈싸움이 이어졌다. 그 누구도 양보할 마음이 없는 눈빛이었다. 잠시 위태로운 침묵이 이어졌다. 그 침묵을 민혁이 먼저 깼다.

"그럼 할 수 없군."

누가 뭐라고 할 새도 없이 창밖을 바라보고 앉아 있는 소진을 민혁이 번쩍 안아 들었다.

"왜, 왜 이래요? 내려줘요!"

소진의 외침에 세영의 표정이 확 굳었다.

"선배님, 소진이가 싫다고 하잖습니까. 내려주십시오."

"정세영."

민혁이 정색하고 세영의 이름을 불렀다. 그 바람에 세영이 흠칫했다.

"네?"

"내가 안소진에 대해선 꽤 많이 알고 있거든. 안소진과 어울렸던 사람들에 대해서도 잘 알고 있고. 그 정도는 자기 여자에 대한 기본적인 상식이지. 그리고 난 두 사람의 연극이 끝날 때까지 기다려 줄 정도의 인내심은 없어. 안소진은 내가 데려가지."

"누구 맘대로 날 데려가요! 내려줘요!"

소진이 앙칼지게 소리쳤지만 민혁은 무표정한 얼굴로 소진을 안은 채 카페 밖으로 나가 버렸다. 복잡한 표정으로 그 모습을 바라보는 세영을 카페 안에 남겨둔 채.

소진을 태운 채 달린 민혁의 차가 서울 근교에 있는, 한눈에 봐도 별장으로 보이는 예쁜 집 앞에 멈춰 섰다. 차에서 먼저 내린 민혁이 조수석 쪽으로 오더니 문을 열고는 그녀가 내리기를 기다렸다. 차에서 내린 소진은 주위를 둘러보았다. 주변 광경이 감탄사가 절로 나올 정도로 아름다웠다.

"들어가지."

민혁이 별장의 대문에 장착된 디지털 도어록의 비밀번호를 눌렀다.

별장 내부는 고풍스러우면서도 모던한 느낌이 나도록 꾸며져 있었다. 소진을 거실 소파에 앉게 한 민혁은 그녀와 마주 앉았다. 누군가에게 미리 부탁을 해놓았는지 테이블 위엔 간단한 안주와 와인 병, 그리고 와인 잔 두 개와 탄산수 한 병이 놓여 있었다.

민혁이 그녀의 잔에 먼저 와인을 따르더니 자신의 잔에는 탄산수를 따랐다. 그리고는 탄산수를 한 모금 마셨다. 소진을 집에 데려다줘야 하기에 와인을 마실 수 없는 그였다.

"와인 마셔. 긴장 좀 풀어지게."

소진은 고개를 절레절레 저었다. 소진이 반항을 포기하고 순순히 여기까지 따라온 건 민혁이 그때 왜 그렇게 그녀에게 더 매몰차게 굴 수밖에 없었는지, 그 이유를 말해주겠다고 해서였다.

"아뇨, 전 제정신으로 들을 거예요. 그러니까 그날…… 나한테 왜 그랬었는지 말해줘요."

민혁이 아픈 눈으로 소진을 바라보았다. 한참을 말없이 바라보더니 그가 천천히 입을 열기 시작했다. 그에게도 기억하고 싶지 않은 안 좋은 추억인 듯 잔뜩 잠긴 음성으로.

"난 S대학에 입학하자마자 첫 미팅에서 만난 여자와 사랑이라는 걸 했었어. 여자를 사귄 경험이 없었기 때문에 그 여자는 나한테 첫사랑이었지. 그녀한테도 내가 첫사랑이었고. 우린, 아니, 난 온 마음을 다해 진심으로 사랑했어. 참 행복한 시절이었지. 그런데…… 1년쯤 사귀었을 때 친구로부터 이상한 소리를 들었어. 그녀가 양다리를 걸치고 있는 것 같다는 얘기였지. 난 나에 대한 그녀의 사랑을 믿고 싶었어. 아니, 우리의 사랑을 믿었기에 친구한테 그럴 리가 없다고 단언했어. 잘못 들은 걸 거라고."

목이 타는지 민혁이 탄산수를 한 모금 더 마시고는 다시 말을 이었다.

"그런데 알고 보니 사실이었어. Y대학 경영학과에 다니는, 탄탄한 중소기업 대표이사의 아들이더라고. 그래도 나한테는 첫사랑이었던 여자라 어떻게든 내 곁에 두고 싶었어. 그녀한테도 내가 첫사랑이었으니까 그녀의 첫사랑도 지켜주고 싶었고. 그런데 우연인지 필연인지, 그때쯤 우리 아버지께서 금속공장을 운영하고 계시던 작은아버지께 보증을 서주셨던 게 잘못되었어. 결국 작은아버지의 금속공장은 부도가 났고, 그 바람에 우리 아버지 회사도 부도 위기에 직면했어. 결국엔 부도 위기를 면하긴 하셨지만."

소진은 갈증을 이기지 못하고 와인을 원샷하듯 다 마셨다. 말을 끊고 그 모습을 지켜보던 민혁이 그녀가 빈 와인 잔을 테이블 위에 놓자 다시 말을 잇기 시작했다.

"대학교 2학년에 재학 중이던 난 힘들어하시는 아버지께 아무런 도움도 되지 못하는 게 너무 괴로웠어. 그래서 그런 이야기를 첫사랑이라 믿었던 그녀에게 얘기했지. 작은 위로의 말이라도 듣고 싶어서."

민혁이 잔에 남아 있던 탄산수를 다 마셔 버렸다. 그리고는 다시 빈 잔을 탄산수로 채운 후 그녀의 잔에도 와인을 따라주었다.

"다음날, 그녀가 만나자고 해서 나갔는데…… 다짜고짜 헤어지자고 하더군. 자긴 돈이 없으면 살 수 없는 여자라면서 양다리를 걸쳤던 Y대학에 다니는 남학생과 다시 만나기로 했다고. 그 이후부터 그 여자는 내 전화를 받지 않았어. 설득하기 위해 찾아가도 만나주지 않았고. 내가…… 철저하게 버려진 거지."

민혁은 아직도 상처로 남아 있지만, 최대한 덤덤하게 말을 이어갔다.

"집안도 어려워지고, 첫사랑이 참혹하게 짓뭉개진 이후 난 군대를 갔어. 다행스럽게도 내가 군대에 가 있는 동안 아버지께선 회사를 다시 일으켜 세우셨지. 문제는 내가 여자도 사랑도 믿지 못하게 되었다는 거야. 첫사랑이라는 단어만 들어도 소름이 끼칠 정도였으니까. 그리고 네가 고백한 다음날 난 미국으로 유학을 가야 했어."

"……."

"미안해. 그때 내가 좀 더 성숙하게 널 대했어야 했는데 내가 못나서 그러질 못했어. 진심으로 사과할게. 많이 아팠었지?"

"……."

소진은 입을 다문 채 젖은 눈으로 민혁을 바라보았다.

"많이 아프고 힘들었을 거야. 나도 그랬었으니까."

민혁의 말에 소진은 그동안의 서러움이 복받쳤다. 소진은 기어이 울음을 터뜨리고 말았다. 어깨까지 들썩이며 우는 그녀를 잠시 바라보던 민혁이 자리에서 일어나 그녀의 옆에 와서 앉았다. 그리고는 말없이 그녀를 안아주었다.

소진은 한참 동안 민혁의 품에 안겨서 울었다. 한참 동안 울고 나니 복받쳤던 서러움이 가라앉았다. 소진은 울음을 그치고는 민혁의 품에서 빠져나와 그가 건네주는 티슈로 눈물을 닦았다. 코까지 시원하게 풀고는 그를 바라보았다.

"그때 얘기해 주지 그랬어요? 이래저래 해서 네 마음을 받아줄 수 없다고 차라리 그때 얘기를 해주었으면……."

"그랬었다면 네가 덜 아프고, 날 미치도록 원망하진 않았겠지. 미안해, 내가 못나게 굴어서. 잘못했어. 그땐 내 마음이 지옥이어서 널 여자로 받아들이고 사랑할 수 있는 상태도 아니었어. 만약 네 마음을 받아들일 수 있는 상태였다고 하더라도 네 고백을 받아줄 수는 없었을 거야. 언제 공부를 끝내고 돌아올지 모르는데 어린 네 마음을 어떻게 붙잡아둘 수가 있겠어? 무슨 염치로."

"그런데 왜 마음이 바뀐 거예요? 갑자기 내가 왜 여자로 보이는 건데요?"

"믿을 수 없겠지만, 널 사무실에서 다신 만난 순간 너한테 반했어."

"첫눈에 반했다. 뭐 그런 얘길 하고 있는 거예요, 지금?"

민혁이 고개를 끄덕였다. 소진은 그의 말을 믿을 수가 있었다. 그녀도 민혁을 보고 첫눈에 반했었기에. 하지만 소진은 민혁을 다시 사랑하는 데 자신이 없다. 너무 오랫동안 마음을 닫아놓아서 쉽게 열리지 않을 것이다.

"나도 예전의 오빠처럼 마음이 닫혀 버렸어요. 그래서 그 누구도 내 마음에 담을 수 없어요."

민혁은 죄책감 가득한 눈빛으로 그녀를 바라보았다.

"아니, 사람은 변해."

"난 안 변해요."

"아니, 내가 변한 것처럼 너도 변할 거야. 난, 네 닫힌 네 마음을 열고 그 안으로 들어갈 거야. 네가 아무리 밀어내도 난 물러서지 않아."

"지난 8년간 연락 한번 없었던 우리예요. 그리고 서로 예전의 그 모습들이 아니에요. 성격도 변했고 달라진 것들이 너무 많아요. 우리가 다시 사랑을 시작하기엔 세월이 너무 많이 흘렀어요."

"내가 널 사랑해. 네 닫힌 마음을 여는 건 내가 할게. 넌 그냥 내 옆에 있어주기만 하면 돼. 부탁인데, 도망치지만 마."

"날 향한 본부장님의 마음이 사랑이라는 걸 뭐로 증명할 수 있는데요?"

"회사에서 널 처음 봤을 때, 내 심장이 멎는 줄 알았어. 한달음에 달려가서 허리가 부서지도록 안아주고 싶은 걸 참느라고 얼마나 애먹었는지 몰라."

그녀의 두 눈을 정시하며 말을 하는 민혁을 보고 있는데 소진의 심장이 갑자기 제멋대로 뛰어대기 시작했다. 8년 전 그를 보며 느꼈던 그것과 똑같은 심장의 반응이었다.

'미쳤어. 안소진, 정신 차려!'

소진은 안간힘을 다해 급속도로 빨라진 심장 박동을 진정시키려 애를 썼다. 그런데도 소용이 없었다.

'안소진, 넌 자존심도 없니? 널 버린 남자가 날 보고 심장이 멎는 줄 알았다는 말 한마디에, 허리가 부서지도록 안아주고 싶은 걸 참느라고 얼마나 애를 먹었는지 모른다는 말에 감동을 해? 어떻게 그럴 수가 있어? 그동안 이 남자 때문에 얼마나 힘들었는데!'

소진은 손톱이 손바닥에 박히도록 두 주먹을 꽉 쥐었다. 손톱에 박힌 손바닥이 아팠지만 빨라진 심장 박동은 제 심박 수를 찾지 못했다. 지난 8년간의 고통은 어디로 사라졌는지, 사랑했던 민혁의 진심 어린 사과와 사랑한다는 말에 스스로 잘라냈던 그를 향한 사랑이 다시 시작되려고 한다.

하지만, 소진은 이렇게 쉽게 그를 용서할 수는 없었다. 그도 그녀가 받은 고통만큼은 아닐지언정 적어도 그에 상응하는 대가를 치러야 한다.

"더 증명이 필요하다면 내가 확실하게 증명을 해주지."

그녀가 생각에 잠겨 있는 것을 망설임이라고 생각했을까. 소진이 뭐라고 할 새도 없이 순식간에 그의 두 손이 그녀의 얼굴을 잡고는 입술을 포갰다. 그의 혀가 그녀의 입술 사이를 뚫고 입안으로 들어왔다. 소진은 그를 밀어내려고 했지만, 그럴 수가 없었다. 몸이 말을 듣지 않았다. 머릿속이 하얘지며 짜릿짜릿, 전신에 전율이 일었다. 가슴이 터질 것만 같았다.

'이러면 안 되는데…….'

소진의 이성은 감정 앞에 이미 무릎을 꿇었다. 저돌적으로 달려들어 그녀의 혀를 휘감고 희롱하는 민혁의 혀에 이미 그녀의 이성은 무너져 버리고 말았다.

"헉헉……."

"하아, 하아……."

길고 긴 진한 키스가 끝난 후 떨어진 두 사람은 서로의 얼굴을 마주 본 채 숨을 헐떡였다.

민혁이 그녀의 한 손을 잡아끌더니 그의 가슴에 댔다. 그의 심장이 미친 듯이 뛰고 있었다. 그 상태에서 민혁의 손이 그녀의 왼쪽 가슴에 얹혀졌다. 그녀의 심장 또한 금방이라도 터질 것처럼 뛰어대고 있었다.

"이게 내가 말한 증명이야. 우리가 서로 사랑할 수 있다는 가능성, 아니, 이미 사랑을 하고 있다는 증명."

서로의 손을 서로의 심장에 댄 채 심장박동이 잦아들기를 기다렸다. 그 상태로 서로 마주 보았다. 시간이 조금 지나자 두 사람의 숨소리가 정상적으로 돌아왔다. 그제야 두 사람은 상대방의 심장이 있는 부분을 살짝 누르고 있던 각자의 손을 거두었다.

"의외군."

"뭐가요?"

"내 시선을 피할 줄 알았는데 그러지 않아서."

"내가 뭘 잘못했다고 오빠의 시선을 피하겠어요? 불시에 당한 건 저 아닌가요?"

"허락 없이 키스했다고 날 성추행범으로 신고라도 할 건가?"

"그럴 생각 없어요."

"왜지?"

"나도 즐겼으니까. 하지만 오빨 받아들인 건 아니에요."

'이렇게 쉽게 내 마음을 가지려고? 천만에! 그렇게 쉽게 내 마음을 다시 얻을 수는 없을 거예요. 난 이제 예전의 풋풋하고 수줍고 순수했던 안소진이 아니니까.'

소진은 속으로 다시 한 번 다짐했다. 민혁에게 쉽게 넘어가 주지 않을 거라고.

"그럼 그 증명은 실패로 끝난 거네요. 어떤 남자와 키스를 했어도 내 심장은 미친 듯이 뛰어댔을 테니까."

소진은 일부러 쌀쌀맞게 말했다.

"내가 어떻게 해야 다시 안소진의 마음을 얻을 수 있는지 가르쳐 줘."

"이미 닫혀서 자물쇠까지 채워진 마음이에요. 열쇠는 버려 버렸고요. 근데 무슨 수로 열겠어요?"

소진의 말에 민혁의 미간이 좁혀지며 주름이 잡혔다.

"절대로 다신 열 수 없을 거란 소리를 하는 건가?"

"네."

"그 누구에게도?"

"다른 사람한텐 모르죠. 내 닫힌 마음은 오빠한테만이니까."

"그 말은 다른 사람을 사랑할 수도 있다는 소리인가?"

"물론이죠."

"아까 선보는 연극을 했던 정세영이란 남자에게도 열릴 수 있는 마음이라 이거지?"

민혁이 굳은 표정으로 물었다.

"내 마음, 그 선배한테는 열릴 수도 있죠. 나한테 상처 준 사람이 아니니까."

"나는 아니다?"

민혁이 이를 악문 채 억눌린 소리로 물었다.

"네."

"내가 만약 닫힌 네 마음에 달려 있는 자물쇠의 열쇠를 찾아낸다면?"

"그건 불가능한 일이에요. 조금 전에도 말했지만 그 열쇠는 내가 이미 버렸으니까."

"그럼 자물쇠를 부숴야겠군."

으르렁거리듯 말하는 민혁의 눈빛이 뜨거웠다. 그의 뜨거운 눈빛에서 그녀에 대한 열망과 집요함이 느껴졌다. 소진은 그런 그의 눈빛을 피하지 않았다.

'그러니까 그때 내 고백을 받아들였으면 좋았잖아요.'

민혁의 뜨거운 눈빛을 마주한 소진은 쓸데없는 생각이지만 그런 생각이 들었다. 만약 그랬다면 그녀가 상처를 받을 일도 없었을 테고, 무엇보다 그녀의 마음을 얻기 위해 민혁이 이토록 애를 쓰지 않아도 되었을 테니 말이다.

하지만, 소진은 그를 이해하지 못하는 건 아니었다. 그땐 그럴 만한 사정이 있었다는 걸 지금은 알게 되었으니까.

첫사랑한테 치가 떨리도록 데었다면 그가 쉽게 다른 여자에게 마음을 열기 힘들다는 것을 그 누구보다 잘 아는 소진이었다. 그가 그랬듯 그녀도 그랬으니까. 장장 8년이란 시간 동안 그 어떤 남자에게도 마음을 열지 못했던 그녀였으니까.

"그 자물쇠 쉽게 부서지지 않을 거예요. 오빠가 그랬듯이 저도 꽤 깊은 상처를 받았으니까요."

"아니, 무슨 수를 쓰든 내가 반드시 부숴 버리고 말 거야."

"우린 이미 사랑할 수 있는 타이밍이 어긋난 사람들이에요. 그러니까 괜한 일에 힘 빼지 말고 다른 여자 찾아봐요. 나도 그럴 생각이니까."

"난 이미 네 남자야."

"하지만 난 오빠의 여자가 아니죠."

"곧 내 여자가 될 거야! 다신 너 아프게 안 해. 내가 널 세상에서 가장 행복한 여자로 만들어줄 거니까."

"두고 보죠. 과연 오빠 말대로 내가 오빠의 여자가 될 수 있을지."

소진은 자리에서 일어났다.

"데려다줘요. 집에 가고 싶어요."

서 있는 소진을 잠시 올려다보던 민혁이 소파에서 일어났다.

"가지."

소진이 앞장서서 별장의 현관문을 열고 나오자 민혁이 그녀의 뒤를 따라 나왔다. 소진의 등 뒤에서 뜨거운 민혁의 눈빛이 느껴졌다. 그 느낌만으로도 가슴이 두근거렸다.

'벌써부터 이러면 안 돼, 안소진. 정신 차려!'

소진은 다시 한 번 마음을 다잡았다. 벌써 그녀의 가슴에 달려 있는 자물쇠가 부서져 버렸다는 것을 민혁이 알게 할 수는 없다.

소진은 등을 더 꼿꼿이 세우고 민혁의 차가 주차되어 있는 곳으로 걸어갔다. 그가 뒤에서 따라오든 말든 상관하지 않는다는 것을 표현하기 위해서. 그리고 그가 그렇게 보아주기를 원하면서.

점심시간이 시작되자마자 양 비서로부터 또 민혁이 찾는다는 말을 전해 들었다. 소진은 사적인 시간이니 점심시간이 끝난 후에 찾아뵙겠다고 전해달라며 민혁의 부름을 거절했다. 그리고는 팀원들과 함께 점심식사를 했다.

점심시간이 끝난 후, 소진은 총괄팀 본부장실을 찾아갔다. 그녀가 들어서자 책상 앞에 앉아 있던 민혁이 환하게 웃으며 일어나더니 소파로 와서 앉았다.

"안 팀장도 앉아요."

회사라 그런지 민혁이 그녀를 안 팀장이라고 불렀다.

"네."

소진은 사무적인 표정으로 소파에 앉았다.

"무슨 일로 찾으셨습니까?"

"같이 점심을 먹으려고 했는데, 안 팀장한테 보기 좋게 거절당했습니다."

"전 선약을 한 기억이 없는데요. 그리고 팀원과의 결속이 중요하기 때문에 점심은 팀원들과 함께 먹을 겁니다."

"일리가 있는 말이군. 그럼 내가 한발 양보해서 저녁은 나와 같이 먹읍시다."

"저더러 매일 본부장님과 함께 저녁을 먹으라는 말씀이십니까?"

"제대로 알아들었네."

소진은 어이가 없어서 물었는데, 민혁이 아주 당연하다는 표정으로 대답을 했다.

"왜 제가 본부장님의 제안을 받아들여야 하죠? 저녁은 분명히 사적인 시간인 줄 알고 있는데요?"

"오늘부터 한 달간 긴급 프로젝트에 들어갑니다. 한 달 동안은 저녁도 공적인 시간이 될 겁니다."

갑자기 긴급 프로젝트라니? 만약 그런 게 있었다면 오늘 회사에서 떠도는 소문으로라도 들었을 것이었다. 그런데 그런 얘긴 들어보지도 못했다. 민혁이 저녁이라도 그녀와 함께 먹기 위해 꼼수를 부리는 게 분명했다.

"회사 내에서 긴급 프로젝트가 있다는 얘긴 듣지 못했습니다. 본부장님이 돼갖고 부하 직원을 놀리는 것도 아니고, 없는 프로젝트까지 만들어서 저와 사적인 만남을 꼭 가져야겠습니까?"

"내가 있지도 않은 프로젝트를 있다고 거짓말할 사람으로 보입니까? 천만에, 난 그런 치사한 사람이 아닙니다."

"그럼…… 긴급 프로젝트가 진짜 있다는 뜻이에요?"

"퇴근 후, 밤 10시까지 총괄팀 본부장인 나와 디자인팀 팀장인 안소진 팀장, 우리 둘만 참여하는 프로젝트입니다. 야근 수당은 정확히 계산해서 월급 통장으로 입금될 겁니다."

"대체 무슨 프로젝트인데요?"

"내가 기획한 프로젝트입니다. 긴급 프로젝트인만큼 비밀 유지는 기본입니다."

"대표님도 아시는 프로젝트입니까?"

"대표님께 결재를 받은, 공적인 긴급 프로젝트입니다. 자세한 얘기는 오늘 저녁에 식사하면서 얘기해 줄 테니 퇴근 시간에 맞춰 지하주차장에 있는 내 차 앞으로 오십시오."

"공적인 프로젝트라면서 굳이 식사를 밖에 나가서 사먹을 이유가 있나요? 저녁은 그냥 배달시켜 먹고 사무실에서 일을 하는 게 좋을 것 같은데……."

"비밀을 유지해야 한다는 말, 못 들었습니까?"

"그럼 야근하는 장소도 회사가 아니란 뜻인가요?"

"물론입니다."

소진은 당당하게 말하는 민혁을 보며 난감한 표정을 지었다. 말하는 표정과 말투로 봐서 거짓말을 하는 것 같지가 않아서였다.

'한 달씩이나 본부장과 단둘이 프로젝트를 완성해야 한다는 거야? 회사도 아닌 곳에서?'

소진은 한숨부터 나왔다.

"내 얘긴 끝났으니까 나가봐요."

"네."

소진은 일어나 돌아서자마자 오만상을 찌푸리며 본부장실을 나왔다.

'오빠한테 내가 받은 상처만큼 갚아주려다가 내가 먼저 죽게 생겼네.'

소진은 속으로 투덜대며 양 비서에게 눈인사를 하고는 비서실을 나와 복도를 걸어갔다.

chapter 4

우연어패럴의 지하주차장. 자신의 차 운전석에 앉아 건물에서 지하주차장으로 연결되는 통로를 바라보고 있던 민혁은 휴대폰을 켜 시간을 확인했다. 퇴근 시간에서 30분이나 지나 있었다.

"왜 안 나오지? 디자인팀에 무슨 문제라도 있나?"

민혁은 소진에게 전화를 걸까 하다가 직접 가서 확인을 하는 게 나을 것 같아 차 문을 열고 나왔다. 막 운전석의 문을 닫고 통로 쪽을 향해 걸어가려는데 소진이 터덜터덜 걸어오는 모습이 보였다. 그의 차를 찾기 위해서라면 두리번거리며 걸어와야 정상인데 소진은 고개를 숙인 채 마치 도살장에 끌려가는 소처럼 마지못한 걸음걸이로 걷고 있었다. 그런 소진의 모습을 보니 민혁은 피식 웃음이 나왔다.

"어지간히 불편한가 보네."

민혁은 땅만 보고 걸어오고 있는 소진을 향해 발걸음을 옮겼다. 일부러 그녀의 곁을 스치듯 지나가는데 소진은 그것조차 개의치 않았다. 다시 돌아선 민혁은 성큼성큼 걸어가 소진 앞에 우뚝 섰다. 그 바람에 소진의 머리가 그의 가슴에 쿵, 부딪혔다.

"앗. 죄송합……."

그제야 입을 떼며 고개를 들던 소진은 민혁을 보고는 뒷말을 흐렸다.

"내 차가 어디에 있는 줄 알고 바닥만 보고 걸어?"

"내가 그랬어요?"

소진이 마치 자신이 그렇게 걸어오고 있었다는 것도 인식하지 못한 것처럼 되레 민혁에게 물었다.

"나하고 둘이 일하는 게 그렇게 싫은가?"

"뭐, 딱히 싫은 것보다는…… 편하진 않죠."

결국 소진은 마음에 담아두고 있던 말을 입 밖으로 꺼내 말했다.

"일하러 가는 거야."

"알아요."

"아는데 왜 편하지 않은데? 같이 일할 상대가 나라서 불편하다는 건가?"

"아뇨."

소진은 차마 그렇다는 말을 할 수가 없어서 정색을 하고 부정했다. 공적인 일을 하는 건데 그녀가 먼저 사적인 감정을 드러내는 건 자존심이 허락하지 않았다.

"그럼 됐네."

민혁이 말을 끝내자마자 그녀의 손목을 잡고는 그의 차가 있는 곳으로 데려갔다. 너무나 갑작스러운 행동이어서 소진은 그의 손을 뿌리칠 새도 없었다.

"타."

조수석의 문을 열고 민혁이 말했다.

소진은 최대한 자연스럽게 조수석에 앉았다. 그러자 조수석의 문을 닫아준 민혁이 운전석에 탔다. 소진이 안전벨트를 매는 사이 민혁도 안전벨트를 매고는 차를 출발시켜 지하주차장을 빠져나왔다.

"주소만 알려주면 내 차로 가도 되는 거 아니에요?"

"안 돼."

"왜요? 왜 안 되는데요?"

"기름 낭비하는 거잖아."

"완전 애국자 모드네요."

소진이 비아냥거리자 민혁이 피식 웃었다.

"다른 이유도 있는데…… 가보면 알아."

민혁이 더는 말해줄 수 없다는 표정으로 입을 꽉 다문 채 앞만 주시하며 운전을 했다.

딱히 더 할 말이 없어진 소진은 입을 다물고 차창 밖을 바라보았다. 그런데 시간이 지날수록 가는 길이 눈에 익었다. 집에 갈 때마다 그녀가 차를 몰고 가던 길이었다.

"지금 어디로 가는 거예요? 설마 우리 집으로 가는 거예요?"

"맞아."

"우리 집엔 왜요?"

"한 달간 합숙하려면 갈아입을 옷이랑 필요한 것들이 있을 거 아냐."

"하, 합숙이요?"

"응"

깜짝 놀란 소진과는 달리 민혁은 아주 편안한 표정이었다.

"그런 말은 없었잖아요!"

"긴급 프로젝트를 진행하는데 합숙하는 건 당연하지 않나? 비밀 유지를 위해서도 그렇고 시간 낭비를 하지 않기 위해서도."

"아무리 그래도……."

"합숙 처음 해보는 거 아니잖아. 디자인팀이 한창 바쁠 땐 합숙도 하고 그랬다며?"

"그거야 그렇지만…… 그건 팀원들 모두 함께한 거고요. 지금 상황은 다르잖아요."

"뭐가 다른데?"

"본부장님이랑 나랑 단둘이서 진행하는 거라면서요?"

"그래서?"

민혁이 운전을 하며 소진을 바라보았다. 대체 뭐가 문제냐는 표정이었다.

'미치고 팔짝 뛰겠네.'

소진은 애먼 자신의 입술을 깨물었다. 회사를 위한 아주 중요한 일을 맡게 된 마당에 남녀 단둘이 어쩌고저쩌고 하며 따질 수도 없고, 이제 와서 과거의 감정 운운하며 합숙은 절대 할 수 없다고 말할 수도 없는 소진은 그저 답답한 마음에 자신의 머리만 박박 긁어댔다.

‘귀여운 건 여전하네.’

합숙을 못하겠다는 말은 못하고 자신의 머리를 박박 긁어대는 소진의 모습을 힐끔 본 민혁은 미소를 지었다.

이번 긴급 프로젝트는 사실 그가 미국에 있을 때부터 기획했던 것이었다. 이 일을 소진과 함께하게 될 거라는 건 꿈에도 생각하지 못했지만, 그녀가 우연어패럴의 디자인 팀장이 되어 있다는 것은 그에게는 행운이었다. 사적으로도 그렇지만, 소진이 얼마나 유능하고 재능이 있는 디자이너인지는 이미 증명이 되어 있었다. 이번 긴급 프로젝트가 성공할 확률이 그만큼 높다는 뜻이었다.

‘기다려, 안소진. 이번 프로젝트로 성공하고 너와 나, 우리도 곧 결혼하게 될 테니까. 내가 그렇게 만들 거니까.’

어느덧 민혁의 차가 소진이 사는 아파트 앞에 도착했다.

“20분 줄 테니까 짐 챙겨서 내려와.”

“알았어요.”

소진은 일부러 아무렇지도 않다는 듯 덤덤하게 대답한 후 차에서 내려 아파트 공동 현관을 향해 걸어갔다.

정확히 20분 만에 여행용 캐리어를 끌고 나온 소진을 차에 태운 민혁은 합숙하기 위한 장소를 향해 차를 몰았다. 40분쯤 달린 후 민혁의 차가 멈춘 곳은 하얀색의 예쁜 전원주택이었다. 차에서 내려 하얀 집을 바라본 소진은 기분이 묘했다. 외경부터가 어디서 본 듯한 느낌이 들어서였다.

소진은 자신의 캐리어를 꺼낸 후 옆에 와 서는 민혁을 바라보았다.

"혹시 이 집 잡지나 티비에 소개된 적이 있어요?"

"아니, 어디에도 소개된 적 없어. 왜?"

"아니에요, 아무것도."

아무래도 민혁과 한 달 동안이나 같이 합숙을 해야 한다는 것에 심적 부담을 많이 느끼고 있는 게 분명했다. 그러니까 처음 본 집을 언젠가 본 것 같은 이상한 느낌까지 들지. 게다가 합숙을 이런 가정집에서 할 거란 생각은 아예 해보지도 않은 그녀였다. 비밀 유지 때문에 회사원들이 주로 사용하는 오피스텔을 쓸 수 없다면, 다른 곳에 있는 오피스텔일 거라고만 생각했지.

소진은 심란한 표정으로 민혁을 보며 입을 뗐다.

"여기에서 한 달 동안 합숙을 한단 말이에요?"

"왜? 이 집이 마음에 들지 않나?"

"그런 게 아니라, 이런 주택에서 합숙할 거라고는 상상도 못했어요."

"기밀 유지를 위해선 이곳이 최적의 장소야."

"여긴 누구네 집인데요?"

"이 집의 주인이 누구인지가 그렇게 중요한가?"

"아니, 뭐 꼭 그런 건 아니지만……."

"집주인이 누군지 반드시 알아야만 하는 게 아니면 그만 들어가지. 얼른 저녁 먹고 일 시작해야 하니까."

소진의 캐리어를 끌고 민혁이 하얀 철제로 만든 대문 앞으로 가서 초인종을 눌렀다. 그러자 안에서 여자의 목소리가 들려왔다.

[오셨어요?]

집 안에 설치되어 있는 월패드를 통해 대문 앞에 서 있는 그가 보인 모양이었다.

"네."

민혁의 말이 끝나자마자 대문의 잠금장치가 풀리는 소리가 들렸다. 민혁이 대문을 열고는 그녀더러 안으로 들어가라는 고갯짓을 했다.

"안에 누가 있어요? 우리 둘만 있는 게 아니에요?"

소진은 민혁과 단둘이 있는 게 아니라는 사실만으로도 좋아서 반색하며 물었다.

"가사도우미 아주머니인데 곧 가실 거야."

"아……."

민혁의 말에 소진의 어깨가 축 내려앉았다.

'좋다 말았네. 아주머니도 계속 계시지 왜 가신담.'

실망을 감추지 못한 채 소진은 속으로 중얼거리며 열린 대문 안으로 들어갔다. 정원에는 네 개의 가로등이 사각형의 꼭짓점처럼 사방에서 빛을 비추고 있었다. 그 덕분에 아름답게 가꾸어진, 꽃들과 나무들과 작은 연못 그리고 초록의 잔디가 멋지게 어우러진 정원이 환하게 다 보였다.

"아, 정말 아름답다."

소진의 입에서 저도 모르게 감탄이 흘러나왔다.

"좋아할 줄 알았어."

민혁이 흡족한 미소로 소진을 바라보고 있었다.

"어떻게 알았어요, 내가 좋아할지?"

"네가 예전에 그랬었잖아. 아파트가 아닌 아름다운 정원이 있는 아담하고 예쁜 집에서 살고 싶다고."

"그걸 기억하고 있었어요?"

8년 전에 그녀가 분식집에서 삼종세트를 먹다가 지나가듯 흘린 말을 민혁이 기억하고 있다는 것에 소진은 깜짝 놀라서 키가 큰 그의 얼굴을 올려다보았다.

"그만 들어가자. 빨리 저녁 먹고 일해야 해."

"네."

앞장선 민혁을 따라 집 안으로 들어가니 가사도우미가 현관에서 두 사람을 반겼다.

"어서 오세요."

소진은 고개를 숙여 가사도우미에게 인사를 했다.

"이곳에서 일하게 될 안소진입니다."

"반가워요."

소진에게 인사말을 한 가사도우미가 민혁을 바라보았다.

"저녁은 식탁 위에 차려놨어요."

"수고하셨습니다. 그만 퇴근하세요."

기다렸다가 설거지를 하고 가겠다는 아주머니를 민혁이 괜찮다며 퇴근을 하라고 했다. 아주머니가 가고 나자 집 안에 민혁과 소진 둘만 남았다. 민혁과 단둘이 남게 되자 소진은 멋쩍은 기분이 들어서 천천히 걸어다니며 집 안을 둘러보았다. 아늑하게 꾸며져 있는 집 안이 신기하게도 친숙한 느낌이 들었다.

"마음에 드나?"

"네, 마음에 들어요."

"다행이군. 저녁 먹어야지."

민혁의 말에 소진은 그제야 배가 고프다는 생각이 들었다.

"손부터 씻고 밥 먹자."

욕실로 가서 민혁이 먼저 손을 씻고 소진이 뒤이어 손을 씻었다. 민혁을 따라 주방으로 들어가니 식탁 위에 맛깔나 보이는 음식들이 차려져 있었다. 소진은 민혁과 마주 앉았다.

"손맛이 좋은 아주머니니까 음식은 입맛에 맞을 거야."

"네."

민혁의 말대로 밥도 고슬고슬하니 잘 지어졌고 반찬들도 하나같이 다 맛이 있었다. 소진은 밥 한 그릇을 뚝딱 해치웠다. 그녀와 먹는 속도를 맞추기라도 한 듯 그녀가 숟가락을 놓자 민혁도 동시에 숟가락을 식탁 위에 놓았다.

"설거지하고 커피 내려갖고 갈 테니까 거실에 가서 좀 쉬고 있어."

"설거진 내가 할 테니까 본부장님은 커피 내리세요."

"설거지 정돈 나도 할 수 있어. 미국에서 사는 동안 쭉 해왔던 일이야."

"나도 밥값은 해야죠. 설거진 내가 할게요."

소진은 가만히 있는 게 더 불편해서 설거지를 하겠다고 우겼다.

"정 하겠다면 할 수 없지. 난 커피 내릴 테니까 넌 설거지 해 그럼."

"네."

소진이 식탁 위에 남아 있는 반찬들을 정리해 냉장고에 넣어놓고 설거지를 하기 시작했다. 그런 소진을 민혁은 뒤에서 흐뭇한 얼굴로 바라보았다.

'지금 백허그를 하면 기겁하겠지?'

민혁은 소진을 안아주고 싶은 충동을 꾹 누른 채 그녀가 설거지를 얼추 다 해갈 때쯤 커피를 내리기 시작했다. 설거지를 끝낸 소진이 젖은 손을 수건으로 닦는 순간 그의 손에는 두 잔의 커피가 들려 있었다.

"자, 이젠 일을 해야지."

민혁이 커피 잔 하나를 내밀었고, 소진은 그것을 받아 들었다. 콧속으로 스며드는 커피의 향이 참 좋았다.

"민재가 직접 로스팅하고 갈아서 준 원두로 내린 커피야."

"커피 향이 좋은 게 그런 것 같았어요. 그런데 일은 어디에서 해요?"

"서재에 회의용 테이블이 있어. 거기에서 하면 돼."

"네."

소진은 순순히 민혁의 뒤를 따라 1층에 있는 서재로 들어갔다. 서재에는 수많은 책들이 꽂혀 있는 책장과 개인 책상, 그리고 민혁의 말대로 10명 정도는 앉아서 회의를 할 수 있는 테이블과 의자들이 있었다.

커다란 테이블 위에 쌓이듯 놓여 있는 많은 양의 파일들을 보며 소진은 의자에 앉았다. 그러자 민혁이 그녀와 마주 앉더니 커피를 한 모금 마셨다. 소진도 커피를 한 모금 마시고는 잔을 테이블 위에 놓았다.

"이 파일들은 다 뭐예요?"

"오늘부터 우리가 분석하고 연구해야 할 것들이야."

소진은 맨 위에 있는 파일 하나를 집어 들고 안의 내용들을 대충 훑어보고는 의아한 표정으로 민혁을 보았다. 다 아웃도어에 관한 내용들이었기 때문이었다.

"우리 회사에 아웃도어 디자인팀이 따로 있는데 왜 내가 이 일을 해야 하죠?"

"네가 일반 기성복 디자인팀 팀장이니까."

"그게 무슨 말이에요?"

"이번 프로젝트는 네 도움이 절실히 필요해. 너만이 할 수 있어."

"나만이 할 수 있다니…… 자세히 설명 좀 해봐요."

"우리 회사 아웃도어 디자인팀은 말 그대로 아웃도어만 연구하고 디자인하는 팀이야. 하지만 시대의 흐름에 따라 아웃도어의 개념도 많이 바뀌었어. 여기에 있는 파일들은 내가 미국에 있을 때 미국, 유럽, 아시아 국가들의 아웃도어에 관해 시장조사를 한 내용들이야. 내가 직접 모든 아웃도어 상품들과 판매 그리고 시장 동향에 대한 분석은 물론이고 디자인의 변천까지 다 모아서 정리했어."

"그러니까 더더욱 아웃도어 디자인 팀장님과 일을 해야 하는 거 아닌가요? 내가 아니라."

"파일들을 다 보면 알게 될 거야. 왜 이번 프로젝트에 네가 꼭 필요한지."

"이걸 다 보고 저 나름대로 또 분석을 해야 한다고요?"

"제대로 이해했네. 넌 나와 시각이 다를 수도 있으니까 너만의 분석 파일을 만들어야 해."

소진은 이 많은 양의 파일들을 다 분석하고 다시 자신만의 분석 파일을 만들어야 한다는 민혁의 말에 기가 막혀 벌어진 입을 다물지 못했다.

"왜 한 달 동안 합숙을 해야 하는지 이젠 이해가 됐나?"

"제대로 출근도 하면서 이 일을 하려면 한 달은 너무 빠듯해요."

소진의 입에서 볼멘소리가 절로 나왔다.

"아니, 한 달 동안 분석만 끝내는 것으론 안 돼."

"분석만 끝내는 것으론 안 된다니요? 뭘 더 해야 한다는 거예요?"

"내년 S/S 시즌에 출시될 아웃도어의 디자인을 만들어야 해."

"내가 다음 시즌에 출시될 아웃도어의 디자인을 해야 한다고요? 내가 왜요? 우리 회사 아웃도어 디자인팀은 뭐 하고요?"

"그쪽은 그쪽대로 지금까지 해왔던 것처럼 디자인을 해야지."

민혁의 이야기를 들으면 들을수록 소진은 더욱 이해가 되지 않았다.

"제대로 설명을 좀 해줘요. 엄연히 디자인 분야가 다른데 아웃도어팀은 기존대로 아웃도어를 디자인한다면서 왜 나한테도…… 무슨 말인지 난 도저히 이해가 안 돼요."

"평범한 아웃도어 시장은 내가 모은 자료를 분석해 보면 알겠지만 이미 포화 상태야."

"그거야…… 그렇죠."

굳이 민혁의 자료들을 보지 않아도 소진도 그렇게 생각하고 있던 터였다. 다른 나라도 마찬가지겠지만, 특히 우리나라에선 옷 좀 만든다는 회사들마다 아웃도어 시장에 뛰어든 상태라 더 이상의 부가가치를 얻기가 힘든 상황이었다.

"우리 회사에선 이미 포화 상태가 되어버린 아웃도어 시장의 틈새를 공략할 생각이야."

"틈새 공략이라뇨?"

"아웃도어의 기능성을 갖춘 기성복을 만들자는 말이야. 네 능력이면 충분히 해낼 수 있어."

소진은 기가 막혔다. 어린아이한테 사탕 하나 물려주고 심부름을 시키는 것도 아니고, 회사에 수익을 창출해야만 하는 일이다. 게다가 기성복은 편리함과 아름다움을 가장 중요시하며 디자인을 하지만, 아웃도어는 기능성에 초점을 맞춘 그야말로 운동을 하는 사람들에게 적합한 디자인을 요구한다. 그 두 가지를 합친다는 생각은 좋은 아이디어다. 하지만 원단과 기능성을 고려해 볼 때 그 두 가지를 충족시킬 만한 디자인을 뽑아내는 건 생각처럼 쉬운 일이 아니다.

"요즘은 아웃도어 자체를 외출복으로 입고 다니는 사람들도 많은데…… 대체 어쩌다 그런 생각을 하게 된 거예요?"

"네 말대로 요즘은 아웃도어를 입은 채 카페에도 가고 일상생활도 하고 자신이 원하는 곳에 많이들 다녀. 하지만 누가 봐도 아웃도어인 줄 알아. 그러니까 우린 아웃도어지만 아웃도어 티가 안 나는 상품을 만들자는 거지."

"결국 아웃도어로서의 기능은 다 갖추되 외출복처럼 보일 수 있도록 색다른 디자인으로 커버를 하자는 거네요?"

"빙고!"

민혁이 만족스레 엄지를 펴 보였다.

"이번 프로젝트가 성공하면 이미 포화 상태인 아웃도어 시장을 좀 더 확대시킬 수 있을 거야. 우리 회사가 현재 타 회사에 비해 뒤처져 있는 아웃도어 시장에서 선두주자가 될 수 있는 좋은 기회가 될 수도 있을 거고. 어때? 한번 해볼 만한 프로젝트 아닌가?"

"잘만 되면 그렇죠."

소진은 자신이 없는 어투로 말했다.

"왜 그렇게 자신감이 없어? 안 팀장, 넌 우연어패럴에서 없어서는 안 될 최고의 인재야! 네 재능과 능력만으로 우리 회사의 최연소 디자인 팀장이 된 거잖아."

"그거야 그렇지만…… 아웃도어를 만드는 원단과 기성복을 만드는 원단은 달라도 너무 달라요. 그리고 아웃도어는 아웃도어만의 특징이 있는데, 그 기능성까지 다 살리면서 기성복처럼 만드는 건 본부장님이 생각하는 것보다 쉽지 않은 일이에요."

"쉬운 일이 아니니까 내가 안소진 팀장하고 이 프로젝트를 하는 거지."

민혁이 확신에 찬 표정으로 미소를 지으며 소진을 바라보았다.

'어려운 일이라…… 그래, 쉬운 일보단 어려운 일을 해내는 게 성취감은 더 있지. 까짓것 한번 해보자.'

회사를 위한 일이고, 타 회사에서 아직 시도하지 않은 첫 일이었다. 첫 도전이라는 게 소진에게는 달콤한 사탕이었다.

"좋아요, 한번 해보죠 뭐."

"하겠다고 할 줄 알았어."

민혁은 만약 소진이 안 하겠다고 하면 무슨 수를 동원해서든 하게 만들 작정을 하고 있었던 마음을 숨긴 채 씨익 웃었다.

"뭘 보고 내가 하겠다고 할 줄 알았다는 거예요? 그리고 만약 내가 안 하겠다고 했으면 어떻게 할 생각이었는데요?"

"이 프로젝트를 접을 생각이었어."

"거짓말."

"아니, 정말이야. 너와 함께하는 게 아니라면 이 프로젝트를 감행할 생각이 없었어. 우리 회사에 유능한 안소진 디자이너가 없다면 시작한다 해도 실패할 확률이 더 높으니까."

"뭐 썩 듣기 싫은 말은 아니네요."

소진은 잠시 시선을 돌려 실내를 둘러보았다. 이유를 알 수는 없지만 처음 왔음에도 불구하고 이상하게 어딘지 모르게 낯익은 느낌이 들었다. 집 외경이며 정원 그리고 거실과 주방 모든 곳이 그랬다. 꼭 와본 적이 있는 것 같았다.

"일 시작하기 전에 다시 한 번 물을게요. 꼭, 반드시 우리 둘이 이 집에서 자야 해요? 일 끝나면 새벽에라도 우리 집에 가서 자고 오면 안 되는 거예요?"

"안 돼."

"기밀 유지 때문이라면 누구한테도 발설하지 않을게요. 설마 날 못 믿는 건 아니죠?"

"안 팀장을 못 믿었으면 이번 프로젝트를 같이하자고 하지도 않았지."

"그럼 내가 여기에서 본부장님하고 꼭 잠까지 자야 할 이유는 없는 거잖아요?"

"집에 왔다 갔다 하는 시간을 절약해야지. 피로가 누적되면 어떻게 되는지 알잖아."

"그 정도는 감수할 수 있어요. 예전에도 새로운 시즌이 시작되기 전엔 야근을 밥 먹듯 했었고, 잠 좀 덜 잔다고 죽지 않아요.”

“회사 일을 하면서 이번 프로젝트를 감당해야 하는 상황이야. 단 1분이라도 더 잘 수 있으면 그렇게 하는 게 옳아. 일하는 중간에 너나 나나 아프기라도 하면 이번 프로젝트는 물 건너가는 거니까.”

“그건 그렇지만…….”

“그러니까 한 달간 합숙하는 문제는 그냥 받아들여. 너도 나도 이번 프로젝트가 끝나는 날까진 반드시 합숙이 필요해.”

소진의 말을 자른 민혁이 단호히 말했다.

민혁의 말이 다 옳았다. 그럼에도 불구하고 소진은 마음이 불편했다. 한 공간에서 단둘이서만 일을 하는 것도, 잠을 자는 것은 더더욱 신경이 쓰였다.

“왜 그렇게 나와 단둘이 있는 걸 불편해하지?”

곤혹스런 표정을 짓고 있는 소진을 보며 민혁은 단도직입적으로 물었다.

“혹시 내가 무슨 짓이라도 할까 싶어 걱정하는 거라면 그런 걱정은 안 해도 돼. 나 그 정도로 막돼먹은 놈은 아냐.”

“알아요, 막돼먹은 사람 아니라는 거.”

“그럼 됐네.”

“냉정하고 잔인한 구석이 있는 사람이죠, 본부장님은.”

“내가 저질렀던 짓이 있으니 그건 인정.”

“참 쿨하기도 하시네요.”

소진은 비아냥거리듯 말했다.

“다신 그런 일 없을 거야.”

"다신 그런 일 없는 게 당연하죠. 이젠 내가 본부장님한테 고백 따위를 하는 일 자체가 없을 테니까."

민혁은 속으로 긴 한숨을 내쉬었다. 이렇게 소진을 사랑하게 될 줄 알았다면 8년 전 그때 그녀에게 상처를 주는 짓 따윈 하지 않았을 터였다. 아무리 그가 그럴 수밖에 없었던 마음 상태였다고 해도 결국엔 자신이 받았던 상처를 아무 죄도 없는 소진에게 되갚아준 꼴이었다. 민혁은 가슴이 아팠다. 하지만 돌이킬 수 없는 일에 매달려 시간을 낭비할 수는 없다. 앞으로 소진을 더 많이 사랑하는 것으로 갚아주자, 민혁은 그렇게 마음먹었다.

"일 시작하지."

민혁은 소진에 대한 미안함을 가슴 깊이 눌러두고 말했다.

"잠깐만요."

소진이 나가더니 노트북을 들고 왔다. 거실에 놔둔 그녀의 여행용 캐리어에서 꺼내온 듯했다.

"노트북 여기에 두 개 있는데 챙겨왔나 보군."

"여유분이 있는지도 몰랐지만, 알았어도 내 노트북을 가져왔을 거예요. 내 노트북이 손에 익어서 사용하기 편하니까."

"잘했어."

잘했어, 라고 말하는 민혁을 소진은 말간 눈으로 쳐다보았다. 독서실에 다닐 때 모르는 문제를 그에게 배워서 다시 풀어봤을 때 종종 듣던 말이었기 때문이었다. 잘했다는 말을 들으니 문득 그 시절로 들어간 기분이 들었다.

'그땐 참 좋았었는데……. 미쳤어, 내가 지금 무슨 생각을 하고 있는 거야? 안소진, 제발 정신 좀 차려!'

소진은 고개를 절레절레 저어 상념들을 쫓아버리고는 노트북의 전원을 켰다. 그러자 민혁이 자리에서 일어나 개인 책상 위에 있던 노트북을 가져와 다시 앉아 노트북을 켰다.

"여기 있는 자료들은 네가 보면서 파일로 정리를 해."

"본부장님은요?"

"난 내 노트북에 있는 파일들을 보면 돼. 어차피 이 테이블 위에 있는 자료들은 전부 다 내 노트북에 저장되어 있는 자료들을 출력해 놓은 것들이니까."

"아. 알았어요."

소진은 쌓여 있는 자료 파일을 하나 집어 들고 보기 시작했다. 민혁도 노트북 액정 화면을 뚫어지듯 쳐다보고 있었다. 한참 동안 침묵 속에서 두 사람은 자신이 할 일을 했다. 간간이 딸깍거리는 민혁의 마우스 누르는 소리와 소진이 중요한 내용들을 정리하느라 두드려 대는 키보드 소리만 들릴 뿐이었다.

시간이 얼마나 지났을까. 피로감을 느낀 소진은 무심코 노트북 하단에 표시되어 있는 시간을 보았다.

'벌써 새벽 3시네.'

자료를 보는 데 완전히 집중해 있어서 시간이 이렇게 많이 지났는지도 몰랐다. 아직도 노트북의 액정 화면에서 눈을 떼지 않고 있는 민혁을 보니 그도 시간 가는 줄 모르고 일에 몰입해 있는 모양이었다.

집중해서 일하는 남자가 섹시하다고 했던가.

틀린 말이 아니었다. 언제 걷어 올렸는지 모르겠지만 새하얀 와이셔츠의 소매를 걷어 올린 채 노트북의 액정 화면을 바라보며 마우스를 잡고 있는 손가락만 살짝살짝 움직이는 민혁의 모습이 무척이나 섹시해 보였다.

예전에 독서실에도 그는 집중력이 참 좋았었다. 지금 민혁의 모습을 보니 그때 공부에 집중해 있는 그의 모습을 힐끔거리며 바라볼 때 느꼈던 두근거림이 되살아나는 것 같았다. 아니, 그녀의 심장이 고스란히 느끼고 있었다.

너무나 사랑했기에, 그만큼 더 미웠던 민혁이었다. 오죽하면 그 이후로 남자를 이성으로 보지 않았을까. 또다시 그런 상처를 받게 된다면 죽을 것 같았다. 그래서 '사랑'이란 단어를 가슴에서 도려내 버린 그녀였다.

남자를 보면서 심장이 두근거렸던 이는 민혁밖에 없었다. 그런데 다른 사람도 아닌 민혁 때문에 그녀의 심장이 또다시 두근거리고 있었다. 그녀의 심장이 미친 모양이다. 아니면 태어날 때부터 민혁에게만 두근거리게 만들어진 심장이든지.

소진이 민혁을 보기 시작한 지 얼마나 지났을까. 민혁이 목의 근육을 풀 듯 양옆으로 목을 움직이더니 눈을 들어 그녀를 바라보았다. 허공에서 두 사람의 눈이 마주쳤다. 소진이 얼른 고개를 돌렸지만 이미 때늦은 행동이었다.

"언제부터 날 보고 있었던 거야?"

"지, 지금 막요."

"거짓말."

"진짜예요!"

멋쩍은 소진은 자신도 모르게 민혁을 바라보며 소리쳤다.

"진짜라면 당황한 표정으로 말을 더듬진 않지."

민혁이 씨익 미소를 지었다. 그 미소가 얼마나 매력적인지, 소진은 무의식적으로 마른침을 삼켰다. 그런 소진을 민혁이 미소를 지은 채 말없이 바라보더니 입을 뗐다.

"예쁘다."

"뭐, 뭐가요?"

민혁의 입에서 뜬금없는 말이 툭 튀어나오는 바람에 소진은 또다시 말을 더듬고 말았다.

"안소진이 참 예쁘다고."

민혁이 그녀를 뚫어질 듯 바라보고 있었다. 그의 눈빛이 뜨거웠다. 그런 민혁의 두 눈을 바라보고 있자니 금방이라도 그녀가 그의 두 눈 속으로 빨려 들어가 활활 타버릴 것만 같았다.

뜨겁고도 야한…… 말로 표현할 수 없는 오묘한 침묵이 두 사람을 하나로 엮는 듯했다.

뭐라고 이야기를 해야 하는데 주책없이 그녀의 심장이 미친 듯이 뛰어댔다.

'어떻게 저 사람을 보고 아무 일도 없었던 것처럼 그때와 똑같이 미친 듯이 뛰어대는 거냐고? 어떻게? 아무래도 내 심장이 미친 거야. 그렇지 않고서는 설명이 안 돼.'

어서 빨리 이 상황을 벗어나야만 한다는 생각에 소진은 작성하던 문서 파일을 저장하고는 노트북을 껐다.

"오, 오늘은 그만하죠."

"출근하려면 그래야지."

그제야 소진에게서 시선을 거둔 민혁이 노트북을 껐다.

"치, 침실은 어디에 있어요?"

"2층에."

"설마 방이 하나만 있는 건 아니죠?"

소진은 질문을 하고는 이내 후회했다. 이런 주택에 방이 하나만 있을 리가 없는데, 괜한 질문을 한 것이다.

"그럴 리가. 나하고 같이 자고 싶다면 그래도 난 상관없는데."

아니나 다를까, 민혁이 살짝 윙크를 하며 미소를 날렸다. 이성을 유혹하는 늑대처럼.

"좀 후회가 되네. 기왕이면 방이 하나만 있는 곳을 고를걸. 우리 안 팀장이 원하는 게 그런 곳인 줄 미처 몰랐지, 내가."

"내가 이 밤에 이 집에서 뛰쳐나가는 걸 보고 싶어요?"

소진은 장난스런 표정을 짓고 있는 민혁이 얄미워서 앙칼지게 소리쳤다.

"그럴 리가."

"방 안내나 해줘요."

"그러지."

싱긋 미소를 짓더니 민혁이 서재의 문을 열고는 그녀더러 먼저 나가라는 고갯짓을 해 보였다. 먼저 거실로 나온 소진이 여행용 캐리어의 손잡이를 잡자 뒤따라 나온 민혁이 그녀의 손 위에 자신의 손을 얹었다.

찌릿. 그녀의 손등 위에 민혁의 손바닥이 닿았을 뿐인데 소진은 온몸에 전율이 느껴져 얼른 손을 뺐다. 그러자 민혁이 다시 미소를 지었다.

"내가 들고 올라가지."

"그, 그러세요."

“그동안 이상한 습관이 생겼군.”

여행용 캐리어를 든 민혁이 소진을 보며 툭 내던지듯 한마디 했다.

“이, 이상한 습관이라뇨?”

“자꾸 말을 더듬잖아. 예전엔 안 그랬었는데.”

“그, 그거야…….”

“또 그러네. 나 때문인 거야 아니면 그동안 나쁜 습관이 붙은 거야?”

“오, 올라가기나 해요. 자꾸 말 시키지 말고.”

“네가 원한다면, 분부대로 하지. 나한텐 네가 최우선이니까.”

또다시 당황해하며 말을 더듬는 소진을 민혁이 미소로 바라보더니 앞장서서 2층으로 향하는 계단을 올라갔다.

‘퍽이나 내가 최우선이다. 그런 사람이 내가 말을 더듬는 걸 재미있어 죽겠다는 표정으로 약을 올리냐?’

소진은 속으로 투덜대며 앞장선 민혁의 뒤통수를 따갑게 노려보며 그의 뒤를 따라 계단을 올라갔다. 2층으로 올라오니 거실과 방문 세 개가 보였다. 한쪽엔 작은 와인 바도 만들어져 있었다.

‘뭐지, 이 느낌은……?’

이상하게도 어디서 본 듯한, 낯익은 느낌이 들었다. 왜 자꾸만 그런 느낌이 드는지 모를 일이다. 이 집의 모든 곳마다 데자뷰 현상이 일어나는 것이 신기한 한편 도무지 이해가 되지 않았다. 꿈속에서 이 집을 본 기억도 없다. 그리고 이 집을 와본 적도 없다. 그런데 집의 전경도 집 안 곳곳도 어딘지 모르게 낯이 익었다. 꼭 전에 와봤던 것처럼.

"넌 이 방을 써."

민혁의 말에 소진은 그제야 생각을 끊고 그가 손짓하는 방문을 바라보았다.

"이 방이 게스트룸이에요?"

"그건 들어가 보면 알겠지."

그냥 그렇다, 아니다 라고 말하면 될 것을 민혁이 또 애매한 대답을 했다.

'8년 전에는 뭐든지 자상하게 다 알려주던 사람이었는데…… 그새 변한 건가? 아니면 그땐 내 눈에 콩깍지가 씌어서 이런 면이 있었다는 걸 몰랐었던 건가?'

어찌 됐든 다시 소진의 눈앞에 나타난 민혁은 그녀가 알고 있었던 그와는 다른 것 같았다. 예전의 그는 자상하고 믿음직한 오빠였는데, 다시 나타난 그는 짓궂은 면이 있기도 하고 또 8년 전엔 느끼지 못했던 섹시함이 물씬 풍기기도 하는 남자가 되어서 돌아왔다.

"이 집에서 너한테 보여주는 내 모습은 안소진, 너한테만 보여주는 모습이야."

그녀의 머릿속을 들여다보기라도 한 것처럼 민혁이 말했다.

"누, 누가 뭐래요?"

소진은 뜨끔해서 볼멘소리로 대꾸했다.

"불안해하지 마. 다시 예전처럼 너한테 상처 입히는 짓 따윈 안 해."

"……."

민혁의 표정과 말투가 너무나 진지해서 소진은 아무런 말도 하지 못한 채 그를 바라볼 수밖에 없었다. 그런 그녀를 민혁이 다가와 품에 안았다. 그의 심장이 미친 듯이 뛰는 게 고스란히 느껴졌다. 그 때문일까. 그녀의 가슴도 예전에 그를 볼 때마다 그랬던 것처럼 심장이 제멋대로 뛰어댔다. 제멋대로 뛰어대는 그녀의 심장 박동을 그가 느낄까 봐 그대로 안겨 있을 수가 없었다. 소진은 얼른 그를 밀어냈다.

소진에게서 떨어진 민혁이 아쉬움과 아픈 표정으로 그녀를 바라보았다. 잠시 침묵이 흘렀다.

"내가 가."

민혁이 먼저 침묵을 깼다.

"무슨…… 말이에요?"

"닫힌 네 마음의 문 내가 열고 들어갈 거라고."

"……."

소진은 그 어떤 말도 할 수가 없었다. 그렇다고 이미 마음의 문이 그를 향해 열리려 하고 있다고, 아니, 이미 열려 버린 것 같다고 말을 할 수도 없었다. 그녀의 자존심이 그것만은 허락하지 않았다. 그리고 예전의 상처가 되살아나서 욱신거리는 심장의 고통을 외면할 수가 없었다.

아니다. 그건 다 핑계였다. 무엇보다 불안했다. 다시 또 예전처럼 남자로 인해, 노민혁이란 남자로 인해 상처를 받게 될까 봐 무서웠다. 그때보다 더 멋진 모습으로, 더욱 성공한 남자로 돌아온 민혁이다. 이번엔 그가 의도하지 않아도 그녀가 상처를 받게 될 일이 생길지도 모른다.

"우린…… 이미 끝났던 사이에요. 깨진 항아리 다시 붙여봤자

깨졌던 흔적까지 없앨 수는 없어요."

"소진아."

민혁이 그녀의 이름을 부드럽게 불렀다. 하지만 소진은 그의 시선을 외면한 채 대답하지 않았다.

"안소진."

다시 민혁이 그녀의 이름을 불렀다. 이번엔 단호한 음성이라 소진도 그를 바라보지 않을 수가 없어 시선을 돌려 민혁의 뜨거운 두 눈동자를 응시했다.

"내가 너한테 준 상처…… 앞으로 내가 살아 있는 동안 내가 그 상처를 어루만지고 또 매만져서 그 흔적을 지워줄 거야. 네가 날 봤을 때 예전의 상처가 떠오르지 않을 정도로 만들 거야, 내가."

"그럴 수…… 있을까요?"

"내가 그렇게 만들 거야."

"만약…… 끝까지 그게 안 되면요?"

"아니, 그렇게 안 만들어."

"본부장님, 아니, 오빠가 아무리 애를 써도 안 될 수도 있잖아요. 난 그게 무서워요."

소진은 솔직한 마음을 고스란히 드러냈다.

"어려울 거라는 거 알아. 하지만 난 자신 있어."

"난 두려운데…… 오빤 자신이 있다고요? 대체 그 자신감은 어디서 나오는데요?"

확신하는 어조로 자신이 있다고 말하는 민혁에게 소진은 화가 나서 쏘아붙였다. 그가 준 상처 때문에 얼마나 힘들었는지 알고나 하는 소린지, 자신 있다고 말하는 민혁이 미웠다.

"내가 얼마나 힘들었는지 오빠가 알아요?"

"……알아."

그녀를 아프게 바라보던 민혁이 억눌린 음성으로 말했다.

"어떻게 알아요? 오빤 보지도 않아 놓고 내가 얼마나 힘들었는지 어떻게 알아요? 그날 이후로 남자를 믿지 못하게 됐는데, 다시 똑같은 상처를 받을까 봐 지금까지 사랑이란 걸 해보지도 못했는데 내가 얼마나 아팠었는지, 내가 8년 동안 무슨 마음으로 살아왔는지 오빠가 어떻게 아느냐고요?"

소진은 대차게 다다다 쏘아댔다. 죽을 만큼 아파했을 때가 생각나서 분노가 치밀었다.

"나도…… 너만큼 아파봤으니까. 너한테 그런 모진 상처를 줄 정도로 나도 아파봤으니까."

배신당한 민혁의 첫사랑에 대한 이야기였다.

"그런데……."

민혁이 말을 하다 멈췄다. 말을 끊는 민혁을 소진이 바라보는데 그의 눈이 젖어 있었다. 그녀의 눈처럼. 젖은 눈으로 두 사람은 서로를 응시했다. 곪아서 터질 때를 넘긴 상처가 이제야 터져 버린 것이다.

말없이, 서로의 뺨을 타고 흘러내리는 눈물을 바라보며 두 사람은 마주 보며 서 있었다. 약속이나 한 것처럼 서로의 상처를 바라보며 그렇게 서 있었다. 마치 영원처럼 그렇게 두 사람의 시간은 눈물 속에 잠겨 있었다. 그리고 서로의 눈물로 서로의 상처를 어루만져 주었다. 이젠 아파하지 말라고, 그동안 아파서 힘들었겠다고 서로가 서로를 위로하듯이.

민혁이 먼저 다가와서 커다란 두 손으로 그녀의 눈물을 닦아주었다. 소진도 그의 눈물을 닦아주었다. 흐르던 눈물은 멈췄지만 여전히 젖어 있는 두 사람이 서로의 눈을 마주 보았다. 서로 두 손을 마주 잡은 채.

"그런데…… 뭐요?"

"응?"

소진의 물음에 민혁이 되물었다.

"아까 그런데, 하고 말을 하다 말았잖아요."

"아…… 예전의 널 보는 것 같다고."

"그게 무슨 말이에요?"

"넌 궁금한 건 못 참는 성격이었잖아. 문제를 풀다가 모르겠다 싶으면 내 옆구리를 볼펜으로 쿡쿡 찔러서 알려달라고 하고."

"아. 맞아요. 그땐 오빠가 오빠 공부에 열중해 있는 거 알면서도 내 궁금증을 해결하는 게 우선이었죠. 오빠도 화내거나 짜증내지 않고 문제 푸는 방법을 알려줬고요."

소진은 순순히 인정했다.

그때의 민혁은 참 자상했었다. 그녀가 원하는 걸 우선적으로 해주었고, 분식집에 가서도 그녀가 먹고 싶은 걸 먹게 해주었다. 아마도 그래서 그를 더 사랑하게 되었는지도 모른다. 멋지고 자상하고 명석한 그가 그녀에겐 우상처럼 보였으니까. 이 세상에서 최고로 멋진 남자로 보이기도 했고.

"볼펜으로 옆구리 또 찔리고 싶지 않으면 말 돌리지 말고 솔직하게 말해요. 무슨 말을 하려다 만 거예요?"

소진의 재촉에 민혁이 긴 한숨을 내쉬었다.

"그런데…… 내가 널 사랑하기 시작한 순간부터 내 상처가 치유되기 시작했다고."

"그러니까 내가 오빨 다시 사랑하게 되면 예전의 상처가 치유될 거라는 뜻이에요?"

"역시 똑똑하군."

민혁이 그녀의 머리칼을 쓸어주었다.

"정말 그렇게 될까요?"

소진은 정말로 궁금해서 민혁을 보며 물었다. 그러자 민혁이 고개를 끄덕였다.

"반드시 그렇게 될 거야. 내 마음이 너한테 가 있으니까."

"……!"

"내 닫힌 마음을 네가 열어주었고, 내 마음은 이미 온전히 너로 다 채워져 있으니까."

"난요…… 솔직히 자신 없어요."

"왜?"

"오빠의 마음이 언제 변할지 어떻게 알아요?"

"내 마음은 절대 변하지 않아."

"아뇨. 변할 수도 있어요. 오빨 사랑했던 내 마음도 미움으로 변했었으니까."

"그건 내가 날 미워할 수밖에 없도록 너한테 원인을 제공했었으니까 그런 거지."

"그렇긴 하지만……."

"날 미워했던 마음이 나에 대한 또 다른 사랑의 감정이란 걸 느끼게 되는 날이 올 거야."

민혁이 확신에 찬 어조로 말했다.

"이러다 밤새겠다. 얼마 못 자고 출근하게 생겼어. 얼른 들어가자. 1분이라도 더 자야지."

민혁이 그녀더러 자라고 했던 방문을 열어주었다. 피곤한 소진은 군말 없이 민혁이 열어준 방 안으로 들어갔다. 그러자 민혁이 스위치를 올려 불을 켰다.

"날더러 여기에서 자라고요?"

"응."

눈을 휘둥그레 뜨고 묻는 소진에게 민혁이 당연하다는 표정으로 대답했다.

"여긴 안방 아니에요?"

꽤 넓은 방에 놓인 킹사이즈의 침대를 보던 소진이 민혁을 보며 물었다.

"맞아."

"내가 왜 남의 안방을 써요?"

"써도 돼."

"싫어요. 그냥 게스트룸 쓸래요. 부담스러워요."

"부담감 가질 필요 없어. 아직 누구도 쓴 적 없는 방이니까."

붙박이장부터 화장대 그리고 벽지까지 순백의 커다란 방이었다. 넓은 창문에 하얀색의 고급스러운 커튼이 달려 있고 흰색의 킹사이즈의 침대 위에도 새하얀 이불이 덮여 있었다. 침대 헤드 쪽 역시 새하얀 커버로 감싼 베개 두 개가 놓여 있었다.

방 안을 둘러보던 소진은 깜짝 놀랐다. 벽에 붙어 있는 액자 안에 들어 있는 것들 때문이었다.

"이건……?"

"맞아, 네가 그렸던 거."

"이게 왜 여기에 걸려 있어요?"

"그러게."

민혁이 싱긋 웃었다. 그런 민혁과 벽에 걸려 있는 액자를 소진은 미간을 찡그린 채 번갈아 보며 예전 일을 떠올렸다.

민혁과 분식집에서 삼종세트를 배불리 먹고 독서실에 온 소진은 너무 배가 불러서 지금 공부를 하면 집중이 안 될 것 같았다.

"오빠, 우리 소화 좀 시키고 들어가요. 배가 너무 불러서 집중이 안 될 것 같아요."

"나도 그래. 그럼 우리 휴게실에서 잠깐 쉬었다가 들어가자."

"좋아요!"

소진은 앞장서서 독서실 건물 내에 있는 휴게실로 들어가 창가에 자리를 잡고 앉았다. 그녀가 단어를 외울 게 있어서 들고 나왔던 연습장을 테이블 위에 올려놓는데 민혁이 자동판매기에서 사이다 캔 두 개를 뽑아가지고 와서 마주 앉았다.

"소화 좀 되게 마시자."

"고마워요, 오빠."

두 사람은 캔을 따서 시원하게 사이다를 마셨다. 민혁이 빈 캔 두 개를 집어 들고 일어나 분리수거함에 넣고 와서 다시 앉았다.

"내가 해도 되는데."

"됐어, 인석아. 고3은 될 수 있는 한 에너지를 아껴야 해."

"후후, 고3 참 조오타!"

두 사람은 웃음기 어린 표정으로 거의 동시에 창밖으로 시선을 돌렸다. 창밖을 바라보던 소진의 눈에 인테리어 가게가 눈에 띄었다. 그 가게를 보니 문득 재미있는 생각이 떠올랐다. 테이블 위에 있던 연습장 스프링 안에 꽂아두었던 볼펜을 꺼낸 후 연습장을 펼쳤다.

“오빤 어떤 집에 살고 싶어요? 우리 쉬는 동안 살고 싶은 집 그려요.”

“재밌겠네. 한번 해보자.”

흔쾌한 민혁의 대답에 소진은 자신이 살고 싶은 집과 민혁이 살고 싶은 집을 절충해 가며 열심히 스케치를 했다. 연습장 몇 장을 넘기는 동안 집 한 채가 완성이 됐다.

“이렇게 지어놓으면 진짜 예쁜 집이 될 것 같아요. 정말 이런 집에서 살 수 있었으면 좋겠어요.”

“살면 되지 뭐. 그런데 우리 둘 다 흰색을 좋아해서 온통 다 하얀색이 되어버렸네.”

“음…… 우리 이 집을 하얀 집이라고 불러요.”

“그래, 하얀 집이라고 하자.”

소진은 별생각 없이 그림을 스케치한 부분을 모아 찢어 민혁에게 내밀었다.

“나 주는 거야?”

“네. 오빠가 살고 싶은 집이기도 하니까 선물로 드릴게요. 힘들 때나 울적할 때 보면 기분이 좋아질 거예요.”

“고맙다.”

민혁이 그녀가 내밀고 있는 것을 받아 들고는 한 장 한 장 넘겨보았다.

"하다 보니까 안방하고 서재가 꽤 넓다. 이 안방하고 서재는 네가 갖고 싶은 공간이었지?"

"네. 안방은 아이들도 함께 사용하는 게 좋으니까 넓은 게 좋을 것 같아서요. 그리고 전 서재가 넓은 게 좋아요. 벽을 따라 책장이 다 둘러져 있고 남편을 위한 커다란 개인 책상을 창문 옆에 두고 또 따로 커다란 회의용 테이블을 놓고 싶어요."

"왜지?"

"일을 하거나 책을 볼 때 눈이 피로하면 잠깐씩 창밖을 보며 눈을 쉬게 해주고 싶어서요."

소진은 부끄러운 마음에 얼굴이 붉어지는 것 같아 잠시 틈을 두었다가 말을 이었다.

"전 나중에 결혼하면 아이를 많이 낳을 생각이거든요. 신혼 땐 저 혼자 그곳에 앉아서 남편이 일하는 모습을 보며 책을 보거나 저도 일을 하고요, 나중에 아이들을 낳으면 아이들과 함께 그곳에서 책을 읽고 이야기를 나눌 거예요. 말하자면 독서 토론회 같은 거요."

"좋은 생각이네. 소진인 의류 디자이너가 아니라 건축학과에 들어가서 설계를 공부해 보는 것도 좋겠어."

"헤헤. 오빠, 그거 칭찬이죠?"

"당연히 칭찬이지."

"헤헤. 오빠한테 칭찬 들으니까 기분 좋아요."

그녀가 말했던 미래의 남편이 민혁임을 그는 모르고 있는 게 당연했다. 하지만 그녀는 민혁을 남편이라 생각하고 그와 합동해서 함께 살 집을 상상해서 그린 것이었다. 그래서 연습장에 스케치한 그림들을 그가 선뜻 받아줘서 더 기쁘고 가슴이 설레었다.

'S대학에 합격만 하게 되면 그때 고백할 거예요, 오빠. 그때까진 내가 오빨 사랑하고 있다는 건 비밀이이에요.'

소진은 건물 외경과 정원, 1층의 거실과 서재 그리고 주방과 욕실, 또 2층의 거실과 와인 바와 안방 그리고 아이들 방과 게스트룸 1개 욕실 2개까지 나름 꼼꼼히 스케치한 그림들을 한 장 한 장 넘기며 미소로 보고 있는 민혁을 설레는 마음으로 바라보았다.

chapter 5

소진은 예전 기억에서 벗어나 벽에 걸려 있는 액자와 민혁을 다시 한 번 번갈아 보았다. 이 그림들을 그가 지금까지 갖고 있는 것도 놀랍지만, 민혁이 그 그림 속에 있는 그대로 집을 지었다는 것이 믿기지 않아서였다.

"어쩐지 바깥에서 이 집을 보는 순간부터 지금까지 계속 이 집이 낯익은 느낌이 들어서 이상했었는데…… 대체 어떻게 된 거예요?"

"뭐가? 그 그림들이 이 방에 걸려 있는 거? 아니면 그 그림 속의 집 그대로인 이 집?"

"둘 다요."

"왜? 내가 그 그림들을 버렸을 거라고 생각했나?"

"당연히요."

"왜 그런 생각을 했지?"

"내 고백을 거절했었으니까요. 사랑하지도 않는 여자가 준 선물을 갖고 있을 거라고는 생각 못하는 게 당연한 거 아니에요?"

"사랑하는 여자는 아니었지만 사랑하는 동생이었어. 아끼는 동생이 준 선물을 버릴 정도로 내 성격이 무례하고 한심하진 않아."

"내 의견이 많이 반영된 이 집을 스케치한 그대로 지은 건요? 그건 어떻게 설명할 건데요?"

"내가 살고 싶은 집이기도 해서 그대로 설계를 맡겼어. 우리 둘이 함께 만든 거니까. 설계도가 나오자마자 곧바로 집을 짓기 시작했고."

"이건 정말 궁금해서 묻는 건데요. 내가 오빨 이성으로서 좋아하고 있다는 거 한 번도 못 느꼈어요?"

소진은 하도 답답해서 물어보지 않을 수가 없었다.

"……응."

민혁이 긴 한숨과 함께 대답했다.

"미래의 남편과 살 집이라면서 그린 그림을 오빠한테 선물로 줬는데도 몰랐다고요?"

"몰랐어. 그리고 그때 네가 그림들을 주면서 그러지 않았었나, 힘들 때나 울적할 때 보면 기분이 좀 좋아질 거라고?"

"그 말을 액면 그대로 믿었단 말이에요?"

"응, 네가 그렇게 말했으니까."

이제 보니 민혁은 참으로 단순한 남자였다. 사랑을 해봤다면서 어쩜 여자의 마음을 그렇게도 모를까. 그녀를 동생으로만 생각했던 때라 그럴 수도 있겠다는 생각이 들긴 했지만, 그래도 소진은 민혁이 단순하다 못해 정말로 순수하다는 생각이 들었다.

'하긴, 이런 남자니까 첫사랑한테 배신당하고 그렇게 아파했겠지.'

소진은 이런 민혁을 배신한 여자가 불쌍하다는 생각까지 들었다.

"한 달 동안이나마 네가 이 집에서 지낼 수 있게 돼서 참 좋다. 앞으로도 너와 나, 우리 둘이 함께 살게 할 거야."

"참 무모한 꿈을 꾸시네요."

"무모한 게 사랑의 힘이라지, 아마?"

소진의 비아냥거림에도 불구하고 민혁이 눈부신 미소를 지었다. 그런 민혁을 보는데 소진은 가슴이 설레는 한편 욱신거리며 아팠다. 머릿속이 뒤엉켜 혼란스러웠다. 민혁에게 받았던 상처와 그에 대한 사랑이 뒤섞여 그녀의 심장도 혼란에 빠진 것 같았다.

"가세요, 생각 좀 해야 할 것 같아요."

"아무 생각하지 말고 자. 몇 시간 못 자고 출근해야 하잖아. 나한텐 네 건강이 중요해."

"……."

"약속해, 무조건 씻고 바로 자겠다고."

"그게 생각처럼 쉬워요?"

"그럼 내가 너 잘 때까지 이 방에서 안 나갈 거야. 그래도 돼?"

"알았어요. 지금은 아무 생각 안 하고 잘 테니까 나가서 자요. 출근은 나만 하는 게 아니니까."

"약속했어."

아무래도 걱정스럽다는 듯 민혁이 다시 한 번 그녀에게 다짐을 받기 위해 말했다.

"네."

그게 마음대로 되는 게 아니라는 걸 알면서도 소진은 순순히 대답했다. 그래야만 그가 이 방에서 나갈 것 같아서였다.

"이따 보자."

사랑스러운 눈빛으로 그녀를 잠시 바라보던 민혁이 안방을 나가 문을 닫았다.

소진은 커다란 침대 위에 털썩 앉았다. 그리고 실내를 둘러보았다.

"정말 내가 그렸던 그림하고 똑같이 꾸며놨네……."

민혁을 마음에 품고, 그와 함께 결혼해서 사는 상상을 하며 그렸던 안방의 모습 그대로였다. 소진은 그가 자신을 잊었을 거라고 생각했었다. 그녀에게 준 상처 따위는 까맣게 잊어버렸을 거라고 믿었었다. 그런데, 이런 반전이 일어나다니! 소진은 실감이 나지 않았다. 마치 꿈을 꾸고 있는 것만 같았다.

이 집의 외경을 처음 보았을 때부터 친숙한 느낌이 들었었다. 1층의 거실과 주방이, 서재와 2층의 거실 그리고 와인 바와 안방이 낯익은 느낌이었다. 이상하다는 생각은 했지만 그녀조차 잊고 있었던, 그녀가 그렸던 그림들 그대로 지어지고 꾸며진 집이라서 그런 느낌이 드는 것일 거라고는 상상도 하지 못했다.

사실 소진은 민혁에게 그 그림들을 주었었다는 사실조차 잊고 있었다. 만약 벽에 그녀가 그렸었던 집의 그림들이 들어 있는 액자가 걸려 있지 않았다면 끝내 이 집에서 느꼈던 낯익음에 대한 이유를 알지 못했을 것이다.

"이 집을 그대로 지었으면서 8년 동안 왜 나한테 연락 한번 하지 않았던 거지?"

그녀가 S대학에 합격했다는 것을 알고 떠난 민혁이었다. 그녀에게 연락을 취하려면 얼마든지 할 수 있었을 텐데 그는 한 번도 연락을 한 적이 없었다. 갑자기 총괄팀 본부장으로 영입되어 회사에 출근해 디자인팀실에 나타나기 전까지는.

"자기 혼자 미안해하고 자기 혼자 날 사랑하면 다야? 나쁜 놈!"

민혁이 괘씸한 소진은 벌떡 일어나 욕실을 향해 걸어갔다.

샤워하는 내내 분한 마음이 가라앉지 않았다. 그 때문에 그녀가 얼마나 아팠었는데, 그 때문에 그녀가 어떤 마음으로 살아왔었는데! 1년도 아니고 2년도 아니고 무려 8년 만에 나타나서 그녀를 사랑한다고, 이 집에서 함께 살게 할 거라고 말하는 민혁이 얄미워서 견딜 수가 없었다.

소진은 젖은 머리를 수건으로 감싸고 샤워 가운을 입은 채로 안방을 나갔다. 막상 거실로 나오니 그가 어느 방에서 자는지 알 수가 없었다. 홧김에 한 방문을 열었는데 텅 비어 있었다. 다른 방의 문을 열어도 마찬가지였다. 텅 빈 두 방은 그녀가 아이들 방으로 그렸던 대로 하나는 파란색 그리고 다른 방은 핑크색의 포인트 벽지가 도배된 방이었다. 그렇다면 남은 방은 게스트룸 하나였다.

소진은 게스트룸의 문을 노크도 없이 단박에 활짝 열었다.

막 샤워를 하고 나왔는지 편안해 보이는 바지만 입은 채 젖은 머리를 수건으로 닦아내던 민혁이 깜짝 놀란 표정으로 갑자기 방문을 열고 들어서는 그녀를 바라보았다.

"무슨 일……?"

탁. 탁. 탁탁탁…….

소진이 달려들 듯 다가와 그의 맨가슴을 주먹으로 치는 바람에 민혁은 뒷말을 잇지 못했다. 민혁은 그의 가슴을 때리는 소진의 주먹을 막지 않았다. 그녀가 때리는 대로 다 맞았다. 그가 소진에게 주었던 상처가 맞는 것으로 치유될 수 있다면 죽을 때까지 맞아줄 수도 있는 민혁이었다.

머리를 감싼 수건이 떨어지는 것도 의식하지 못한 듯 한참을 사정없이 주먹으로 그의 가슴을 때리던 소진의 팔이 일순 툭 내려졌다. 그를 원망스레 바라보는 소진의 눈에서 쉼 없이 눈물이 흐르고 있었다.

민혁은 말없이 그런 소진을 끌어안았다. 그의 맨가슴 위로 그녀의 눈물이 흘러내렸다. 민혁은 한 손으로 그녀의 등을 감싸 안고 다른 손으로는 우는 아이를 달래듯 젖은 뒷머리를 쓰다듬어 주었다. 그러면서 소진의 눈물이 잦아들기를 기다렸다.

"미안해. 미안하다. 내가 잘못했어."

더 이상 그의 맨가슴에 소진의 눈물이 흘러내리지 않았을 때 민혁은 진심을 담아 사과했다. 그러자 소진이 그를 밀어내고는 한 걸음 뒤로 물러서서 쏘아보았다.

"죽을 때까지 용서하지 않을 거예요!"

소진이 이를 악문 채 말했다.

"그래, 용서하지 마."

"난 조금만 사랑할 거예요!"

"그래, 넌 조금만 날 사랑해. 내가 널 더 많이 사랑할 테니까."

"그 말 안 지키면 죽여 버릴 거예요!"

"그래, 그 말 안 지키면 날 죽여."

"그냥 하는 말 아니에요!"

"알아."

그를 잠시 더 쏘아보던 소진이 휙 몸을 돌려 방에서 나갔다. 쾅, 요란하게 닫히는 문소리만 남긴 채.

민혁은 자신의 맨가슴에 아직도 남아 있는 소진이 흘린 눈물의 흔적을 손바닥으로 쓰다듬었다. 마치 소진의 아픔을 어루만지듯이 그렇게…….

이런저런 생각에 거의 뜬눈으로 밤을 새운 민혁은 일찌감치 주방으로 내려와 전복죽을 끓이기 시작했다. 늦게까지 일을 한데다 소진도 제대로 못 잤을 것 같아 입안이 껄끄러워 밥을 먹기 힘들 것 같아서였다. 냉장고에서 반찬들을 꺼내 식탁 위에 놓고 죽 두 그릇을 퍼서 놓는데 소진이 주방으로 들어왔다. 역시 잠을 못 잤는지 소진의 안색이 좋지 않았다.

"아무 생각도 하지 말고 자라니까 말 안 들었네."

"본부장님도 푹 잔 얼굴은 아닌데요 뭐."

소진은 퉁명스레 이야기를 하며 식탁 의자에 앉았다.

"웬 죽이에요?"

"입맛 없을 것 같아서."

"그냥 커피 한잔 마시고 출근할 생각이었는데."

"그러면 쓰나. 잠도 못 잤는데 속까지 비면 일은 어떻게 하려고?"

"하룻밤 샜다고 일도 못할 정도로 약골 아니에요, 나."

"알아. 너 고3 때 일주일에 다섯 시간밖에 안 잤다고 자랑했었잖아."

"그런 적이 있었어요?"

소진은 기억을 하면서 모르는 척하고 물었다.

"응."

"나에 대해 아는 게, 아니, 기억하고 있는 게 얼마나 돼요?"

"전부 다."

"설마."

"진짜야. 너와 있었던 매 순간 다 기억하고 있어. 네가 했던 말과 행동들 전부."

"그럼 나에 대해서 모르는 게 뭐예요?"

"음, 아마 없을걸."

민혁의 대답에 소진은 콧방귀를 뀌었다.

"왜? 안 믿겨?"

"지난 8년 동안 내가 어떻게 생활했는지 보지도 않아 놓고 나에 대해서 모르는 것이 없다는 게 말이 돼요?"

"지극히 사적인 거야 당연히 모르지. 하지만 대충은 알아. 네 대학 생활은 어땠었는지 네가 회사에서 어떻게 일을 해왔는지. 널 본 이후 인맥을 통해 알아봤으니까."

"미국에 가서 거짓말하는 거랑 뻥치는 것만 배워왔나 보네."

비아냥거리는 소진의 말에 민혁이 미소를 지었다. 미소를 지은 그의 얼굴을 본 소진의 가슴이 두근거리기 시작했다. 그가 그녀를 사랑하는 것보다 덜 사랑할 거라고 장담했는데, 주책없는 그녀의 심장은 그 장담을 무색하게 만들 정도로 제 박동을 잃은 채 마구 뛰어댔다. 소진은 행여 민혁에게 들킬세라 고개를 숙인 채 애꿎은 숟가락만 만지작댔다.

“입맛 없어도 억지로라도 먹어. 먹기 딱 좋을 만큼 식었으니까.”

죽을 한 입 먼저 먹어본 민혁이 말했다. 소진은 못 이기는 척 숟가락을 집어 들고 죽을 퍼서 한 입 먹었다. 전복 향과 참기름 향이 잘 어우러져 냄새만으로도 식욕이 돋았다. 고소한 맛이 일품인, 마치 전문 요리사가 끓인 것처럼 맛이 있는 죽이었다. 죽의 향과 맛에 이끌려 소진은 연거푸 죽을 먹었다.

“잘 먹어서 다행이네.”

“혹시 미국에서 요리 배웠어요?”

“그거 칭찬이지?”

“무슨 칭찬씩이나, 그냥 죽 맛이 괜찮아서 물어본 거지.”

“칭찬 맞네.”

“그래요, 죽 맛있게 잘 끓였어요. 됐어요?”

소진은 인심 쓰는 표정으로 민혁을 바라보았다.

“고마워. 맛있게 먹어줘서.”

진짜로 기분이 좋은지 민혁이 환하게 웃었다. 8년 전 그녀가 고백하기 이전처럼.

‘제발 그렇게 웃지 말라고요!’

소진은 속으로 민혁에게 톡 쏘아붙였다. 환하게 웃는 민혁을 보니 예전에 그를 사랑하던 감정이 되살아난 듯 심장이 몸 밖으로 튀어나올 기세로 미친 듯이 뛰어댔기 때문이었다.

민혁에게 들키지 않기 위해 소진은 고개를 숙인 채 빠른 속도로 죽 그릇을 뚝딱 비우고는 숟가락을 식탁 위에 놓았다. 민혁을 보니 그의 죽 그릇도 어느새 비워져 있었다.

"죽 끓였으니까 설거진 내가 할게요."

소진은 일어서며 말했다.

"가서 출근 준비나 해. 내가 얼른 하고 나갈 테니까."

소진은 그냥 설거지를 하겠다고 우길까 말까 생각하며 잠시 망설였다.

"그래요, 그럼."

소진은 쿨하게 얘기하고는 뒤돌아서 주방을 나왔다. 덜 사랑하는 척을 하려면 그럴 수밖에 없었다. 그녀는 민혁이 주는 사랑을 넘치도록 받을 작정이었다. 분이 풀릴 때까지. 그를 완전히 용서할 수 있을 때까지.

안방으로 들어온 소진은 여행용 캐리어에서 옷들을 꺼내 붙박이장 안에 걸 것은 걸고 남은 것들은 서랍 안에 넣었다. 그리고 화장품들을 꺼내 화장대 위에 가지런히 정리해 놓았다.

"출근은 어떻게 하지? 오빠 차를 같이 타고 출근하면 다들 이상하게 생각할 텐데."

화장을 하던 소진은 문득 회사 지하주차장에 놓고 온 차를 떠올리며 중얼거렸다. 그녀의 차가 없으니 당연히 민혁의 차를 같이 타고 출근을 해야 하는데, 남의 이목을 걱정하지 않을 수가 없었다.

"그러게 왜 굳이 자기 차를 타게 해갖고 사람 곤란하게 만드나 몰라."

절로 투정이 나왔다.

지금 생각해 보면 왜 민혁이 기어이 그녀를 그의 차에 태워서 이 집에 함께 오길 원했는지 이해가 안 되는 것도 아니었다.

민혁에겐 이 집이 그녀가 원하던 집이기도 했지만, 그와 그녀 두 사람이 함께 살 집이었다. 그래서 두 사람이 한 차를 타고 이 집에 오기를 바랐을 것이었다. 물론 그의 의도를 그녀는 꿈에서조차 상상하지 못했었지만 말이다.

그나저나 출근할 일이 걱정이었다. 분명히 민혁은 그의 차를 타고 함께 출근을 하자고 할 게 뻔했다. 하지만 그녀는 그럴 수가 없다. 민혁 몰래 콜택시를 부르면 간단하겠지만, 소진은 이 집의 주소를 알지 못한다. 그렇다고 민혁에게 콜택시를 부르겠다며 주소를 알려달라고 해봤자 그가 순순히 알려줄 것 같지도 않았다.

"회사에서 좀 떨어진 곳에서 내려달라고 해서 택시를 타고 출근하는 수밖에 다른 도리가 없네."

소진은 서둘러 화장을 마친 후 옷을 갈아입고 안방을 나왔다.

1층 거실에서 출근 준비를 마친 민혁은 소진이 내려오길 기다리고 있었다. 5분쯤 기다렸을까. 소진이 계단을 내려왔다. 역시 화장의 힘은 대단했다. 어떻게, 무슨 조화를 부렸는지 화장을 한 소진은 전혀 잠을 못 잔 사람처럼 보이지 않았다.

"나가지."

"네."

집에서 나온 두 사람은 대문 옆에 주차되어 있는 민혁의 차가 있는 곳으로 걸어갔다. 앞장선 민혁이 조수석 문을 열어주었다. 소진은 당연하다는 표정으로 조수석에 앉았다. 그러자 그가 안전벨트를 매주려고 했다. 자신이 하겠다고 말하려던 소진은 그냥 그가 하는 대로 놔두었다. 그의 얼굴이 그녀의 얼굴 가까이 닿는 바람에 심장이 제 박동을 잃고 제멋대로 뛰어서 금방 후회하긴 했지만.

조수석의 문을 닫아준 민혁이 운전석에 앉아 차를 출발시켰다. 민혁의 차가 미끄러지듯 달려 수많은 차들이 달리는 대로에 합류했다.

"회사에서 두 정거장 떨어진 곳에서 내려주세요."

"왜?"

"직원들이 보면 곤란하잖아요."

"뭐가 곤란한데?"

이럴 때 보면 민혁은 진짜 단순하다.

"둘이 같은 차를 타고 출근하면 직원들이 뭐라고 하겠어요?"

"뭐라고 하든 말든 무슨 상관이야?"

"왜 상관이 없어요?"

"난 상관없어."

"우리 둘이 사귄다는 소문이라도 나면 어쩌려고 그래요?"

"소문나도 괜찮아."

뭐가 그렇게 기분이 좋은지 민혁이 싱글싱글 웃었다.

"난 안 괜찮아요."

"왜 안 괜찮아?"

"총괄팀 본부장으로 부임되자마자 여직원하고 스캔들 나면 퍽도 좋겠네요."

"지금 내 생각해 주는 거야?"

민혁이 반색하며 물었다.

"아뇨. 내 생각하는 거예요"

소진은 아차 싶어 얼른 말을 돌렸다.

"내 생각해 주는 거 맞네."

"아니라니까요!"

"어쨌든, 내 생각해 주는 거면 신경 쓰지 마. 내가 다 알아서 할 테니까."

"난 사람들 입방아에 내 이름 오르내리는 거 싫어요."

소진이 정색하고 말하자 민혁이 아쉬운 표정으로 그녀를 바라보더니 다시 정면을 주시하며 입을 뗐다.

"네가 정 싫다면 네 말대로 할게."

"그리고 오늘부턴 내 차로 갈 거니까 그 집 주소 알려줘요."

"꼭 그래야 돼?"

"네. 매번 회사 근처에서 내려서 택시 타는 거 번거로워요."

"……알았어. 문자로 주소 알려줄게."

민혁의 말에 아쉬움이 가득 묻어 있었다. 둘이 같이 차를 타고 그 집까지 오가는 게 좋다는 걸 굳이 감추고 싶지 않은 것 같았다. 그의 마음을 읽었지만 소진은 모르는 척했다. 하루 이틀도 아니고 한 달 동안이나 회사 근처에서 내려서 택시를 타는 건 정말로 번거로운 일이기 때문이었다.

"저기 택시 정류장 앞에서 세워주세요."

소진은 회사에서 두 정거장 정도 떨어진 곳에 있는 택시 정류장을 손가락으로 가리키며 말했다.

"빈 택시들이 있어서 다행이네."

민혁이 한시름 덜었다는 표정으로 말하며 그녀가 가리킨 택시 정류장 앞에 차를 세웠다. 소진이 차에서 내리는데 그가 그녀의 손을 잡았다.

"이따 점심시간 비어놔."

"왜요?"

"그때 우리가 못했던 거 시작해야지."

"그게 뭔데요?"

"이따 내 사무실로 오면 얘기해 줄게. 얼른 가서 택시 타."

뒤에서 택시 한 대가 빵빵거리는 바람에 소진은 더 묻지 못하고 조수석 문을 닫았다. 그러자 민혁의 차가 곧바로 그곳을 벗어나 차도를 달려갔다. 멀어져 가는 민혁의 차를 보며 소진은 고개를 갸웃했다.

'그냥 알려주지. 치사하게…….'

소진은 투덜대며 순서를 기다리고 있는 빈 택시 중 맨 앞에 있는 택시를 탔다.

점심시간에 맞춰 디자인실 팀원들은 다 함께 점심을 먹겠다며 사무실에서 나갔다. 소진에게도 함께 가자고 했지만, 그녀는 궁금한 걸 해결해야 하는 입장이라 선약이 있다고 말하고는 사무실에 혼자 남았다.

"궁금해서 도저히 안 되겠어. 오늘은 무슨 일이 있어도 알아내고 말 거야."

소진은 의지를 불태우며 사무실을 나갔다.

총괄팀 본부장실 문을 여니 비서실엔 아무도 없었다. 양 비서도 점심식사를 하러 간 모양이었다.

"식당도 아니고 왜 사무실로 오라는 거야? 대체 점심은 언제 먹으려고."

잠시 비어 있는 양 비서의 자리를 보며 중얼거린 소진은 민혁의 사무실 문을 노크했다. 그러자 들어오라는 대답 대신 문이 열렸다.

"기다리고 있었어."

민혁이 반색하며 그녀를 반겼다.

"점심은 언제 먹으려고 사무실로 오래요?"

"들어와. 내가 다 준비해 놨으니까."

들어가 보니 소파용 테이블 위에 한눈에 봐도 맛 좋기로 유명한, 그녀도 종종 고생하는 직원들을 위해 애용하던 일식집에서 사 온 도시락이 놓여 있었다. 따끈한 된장국과 함께.

"나 이 집 도시락 좋아하는데."

"알고 있어. 그래서 일부러 내가 가서 사온 거야."

"직접 가서 사왔다고요?"

"응."

민혁이 당연하다는 얼굴로 대답했다.

"내가 이 일식집 음식을 좋아한다는 건 어떻게 알았는데요?"

"네가 생각하고 있는 것보다 내가 너에 대해 아는 게 꽤 많다고만 알아둬."

"설마, 나한테 사람이라도 붙여놓은 거예요? 아니면 누가 나에 대한 정보를 주고 있는 거예요? 대체 어떤 인맥을 통해 내 정보를 캐는 거예요?"

소진은 정말로 궁금해서 묻지 않을 수가 없었다. 민혁의 표정이 너무 확신에 차 있었고, 그가 몇 번이나 그녀에 대해 아는 게 많다는 말을 했었기 때문이었다.

"글쎄."

민혁이 애매하게 대답했다. 그런 민혁 때문에 조바심이 나는 건 소진이었다.

"사실대로 말해봐요. 누구예요? 누가 나에 대해서 본부장님한테 일일이 보고를 하고 있는 거냐고요?"

"왜? 그런 사람이 있으면 가서 따지게?"

"당연히 못하게 해야죠."

"네가 이 일식집의 음식을 좋아한다는 건 양 비서한테 들었어. 종종 직원들에게 도시락을 사다 줬다며? 디자인팀 미스 진이 자랑을 많이 했었나 보더라고."

"아."

하긴 그녀의 부하 직원인 미스 진과 양 비서는 친구 사이다. 그러니 그런 말을 나누는 것쯤은 당연하다는 생각에 소진은 민혁의 말에 곧바로 수긍했다.

"국 식기 전에 얼른 먹자."

"알았어요."

민혁이 시장했는지 도시락을 후딱 비웠다. 소진도 배가 고팠던 터라 민혁이 나무젓가락을 놓은 지 얼마 안 돼서 식사를 끝냈다.

빈 도시락 통을 정리한 민혁이 커피를 내려 두 잔을 테이블 위에 놓고 앉았다. 소진은 습관처럼 커피 잔을 들었다. 식후라 그런지 커피 향이 더 좋게 느껴졌다. 커피를 반쯤 마셨을 때 소진은 궁금증을 해결하리라 마음먹었던 것을 떠올리고는 잔을 테이블 위에 내려놓았다.

"궁금한 게 있어요."

그녀의 말에 민혁이 마시던 커피 잔을 테이블 위에 내려놓았다.

"말해봐, 뭐가 궁금한지."

"대체 그때 못했던 거라는 게 뭐예요? 아침에 차에서 내려주면서 그랬잖아요. 그때 우리가 못했던 거 시작해야 한다면서 점심시간에 사무실로 오라고."

"……."

민혁이 대답은 않고 미소로 그녀를 바라보기만 했다.

"전에도 그런 말 한 적 있어요. 그때 못했던 거 하자고, 그리고 그때 못 받았던 거 받아낼 거라고. 기억하죠?"

"응."

"그 두 가지가 대체 뭐예요?"

"그중 한 가진 지금 우리가 하고 있는 거야."

"지금 우리가 하고 있는 거라면…… 같이 밥 먹고 커피 마시는 거요?"

"응."

"그깟 밥 먹고 커피 마시는 건 누구와도 할 수 있는 건데, 겨우 그거였어요?"

소진은 꼭 알아내고야 말겠다고 다짐까지 했던 게 허무할 정도로 실망스러워 어이없는 표정으로 민혁을 바라보았다.

"나한텐 그깟 밥 먹고 커피 마시는 게 아냐."

"그게 무슨 뜻이에요?"

"너와 함께하는 데이트. 우리 그거 못했었잖아. 널 다시 만난 후 너와 함께했던 모든 시간들이 나한테는 데이트였어."

'아, 그런 뜻이었구나.'

소진은 이제야 그때 못했던 걸 다시 시작하자는 그의 말이 이해가 되었다. 8년 전에 듣고 싶었던 말을 지금에 와서 들으니 소진은 갑자기 가슴이 먹먹해졌다.

민혁에게 고백하기 전까지 소진은 수많은 날들을 그와 함께 데이트하는 상상을 했었다. 상상하는 것만으로도 가슴이 설레고 벅찼었다. 상상의 날개가 그렇게 비참하게 찢겨질지도 모르고.

"우리, 연애하자."

민혁이 진지한 표정으로 말했다.

"……생각해 볼게요."

소진은 한참 뜸을 들인 후 말했다. 솔직히 겁이 났다. 다시 상처를 받게 될까 봐 두려웠다.

"네 마음 알아."

"내 마음이 어떤데요?"

"많이 혼란스러울 거야. 갑자기 나타나서 너한테 이러는 내가 미울 테고. 또 두렵기도 할 거야. 너한테 상처를 줬던 내가 또다시 너한테 못된 짓을 할까 봐."

"……."

민혁이 마치 그녀의 속을 들여다본 것처럼 말을 하는 바람에 소진은 깜짝 놀라 아무런 말도 하지 못했다. 물론 겉으로는 놀란 것을 내색하진 않았지만.

소진의 침묵을 인정하는 것으로 받아들였는지 민혁이 몸을 앞으로 당겨 앉더니 그녀의 손을 잡았다. 그리고는 깊은 눈빛으로 그녀의 두 눈을 바라보았다.

"겁내지 마. 두려워하지도 말고. 다신 너한테 그런 몹쓸 짓 안 해."

"한 치 앞의 일도 모르는데 어떻게 먼 미래까지 단정 지을 수 있겠냐고 한 사람, 오빠예요."

"내가 널 사랑하는 마음은 내가 죽을 때까지 변하지 않아."

"……."

"내가, 이 노민혁이 널 사랑해. 다른 누구도 아닌 안소진을 사랑해. 널 위해 내 인생을 걸 만큼 사랑해. 내가 먼저 배신하는 짓 따윈 절대로 하지 않아, 난."

8년 전에 그렇게도 듣고 싶었던 말을 민혁이 이제야 그 말들을 그녀에게 해주고 있었다. 소진의 머릿속에 수많은 생각들이 스치고 지나갔다. 민혁을 독서실에서 처음 만났을 때부터 그가 그녀의 손을 잡고 애원하듯 자신의 사랑을 표현하고 있는 지금 이 순간까지 있었던 일들이 마치 한 편의 영화처럼 머릿속에 떠올랐다 사라졌다.

"8년 동안 왜 아무런 연락도 하지 않은 거예요? 내 연락처를 알아내려고 마음만 먹으면 얼마든지 알아낼 수 있었을 텐데 왜 가만히 있었어요?"

소진의 입에서 원망조의 말들이 쏟아져 나왔다.

"그땐 내가 귀국할 수 없는 상황이었어. 공부도 마쳐야 했고 또 학위를 받았을 땐 어떻게든 우리 회사의 미국지사가 자리를 잡을 수 있게 정신없이 일만 해야 했었어."

우연어패럴은 4년 전 처음으로 미국에 지사를 설립했다. 우연어패럴에게 미국은 황무지와도 같았다. 그런데 미국에 지사를 설립한 지 3년도 채 안 돼서 자리를 잡았고 지금은 안정적으로 시장 점유율을 높여가고 있었다.

소진이 입사한 지 얼마 안 됐을 때 직원들이 하는 소리를 들었다. 미국지사에 하루에 3시간만 자면서 일만 하는 괴물 지사장 덕분에 우연어패럴의 미국지사가 성공할 수 있었다고. 미국에서 우연어패럴의 지사가 성공적으로 안착할 수 있었던 건 모두 그 괴물 지사장 덕분이라고. 그 괴물 지사장이 기적을 이뤄낸 거라고.

"혹시…… 별명이 괴물 지사장이에요?"

"다들 그렇게 부르더군."

민혁이 대수롭지 않다는 표정으로 대답했다.

혹시나 했는데, 역시 그녀의 예상이 맞았다. 괴물 지사장이라는 별명을 가진 민혁이 그동안 어떻게 살아왔을지, 황무지에서 기적을 이뤄내느라 얼마나 고군분투했을지 상상이 되었다.

'이 사람이 기적을 이뤄낸 사람이었구나. 그동안 얼마나 힘들었을까…….'

민혁이 자랑스러운 한편 안쓰럽게 느껴졌다.

"내가 다른 남자를 사귀고 있거나 이미 결혼을 했으면 어쩌려고 그랬어요?"

"미안해, 너무 늦게 와서. 우리 처음부터 다시 시작하자. 남들처럼 데이트도 하고 다른 연인들처럼 연애도 하고. 그리고…… 우리 결혼하자. 난 내 여자와 내 여자가 살고 싶어하는 하얀 집에서 죽을 때까지 행복하게 살고 싶어."

소진은 가슴이 벅차서 제대로 숨을 쉴 수가 없었다. 그녀의 가슴속엔 어느새 미움과 원망은 다 사라지고 그에 대한 사랑만이 남아 있었다.

소진은 여전히 그의 손에 잡혀 있는 자신의 손을 빼내고는 남아 있던 커피를 마셨다. 빈 잔을 테이블 위에 놓던 그녀는 궁금증이 가득한 눈빛으로 민혁을 바라보았다.

"참, 그 집은 어떻게 지은 거예요? 미국에 있어서 집 짓는 거 쉽지 않았을 텐데."

"내가 직접 체크를 해야 해서 설계는 미국에서 했어. 그리고 집 짓는 건 건축을 전공한 친구한테 부탁했고. 그 친구 아버지가 건설회사 대표라 믿고 맡길 수가 있었거든."

"아."

궁금증이 풀린 소진은 고개를 끄덕였다.

"미안해. 그리고 하얀 집이 날 위한 집이 아니라 우리 둘을 위한 집이 돼서 정말 좋다."

"더 이상 미안하단 소리 듣고 싶지 않아요. 그러니까 이젠 미안해하지 말아요."

"날…… 용서해 주는 거야?"

"데이트하자면서요?"

"응."

"연애하자면서요?"

"당연하지."

"그러니까 더는 미안해하지 말라고요. 난 내 남자한테 사랑을 받고 싶지 내 남자가 나한테 미안함이나 죄책감 같은 거 갖는 거 싫어요."

"소진아."

"나도 이제 행복해지고 싶어요."

소진은 솔직하게 말했다.

"내가 행복하게 해줄게. 세상에서 누구보다 행복한 여자로 만들어줄게."

진심을 다해 말하는 민혁을 보던 소진은 벌떡 일어났다. 점심시간이 거의 끝나가고 있어서였다.

"지금 한 말 부도내면 나한테 죽을 줄 알아요."

벌떡 일어난 민혁이 걸어와 그녀 앞에 섰다.

"당연하지."

잠시 말없이 뜨거운 눈빛으로 서로 마주 보던 두 사람은 누가 먼저랄 것도 없이 동시에 끌어안았다. 그리고 온 마음을 다해 키스를 했다.

마음이 활짝 열린 두 사람의 보드라운 입술이 맞닿자마자 마치 약속이라도 한 듯 벌어졌다. 민혁의 따스한 혀가 그녀의 가지런한 치아를 부드럽게 쓰다듬었다. 그리고는 잇몸을 핥았다. 점점 거칠어지는 두 사람의 호흡 소리에 뒤엉킨 두 혀가 미친 듯이 서로를 갈구하며 달큰하면서도 아직 채 가셔지지 않은 커피 향이 감도는 타액을 서로의 입안으로 전했다. 두 사람은 서로의 타액을 꿀처럼 달게 삼켰다. 삼키고 또 삼켜도 갈증이 났다. 경쟁이라도 하듯 서로의 혀를 본능적으로 빨며 다디단 타액을 삼키며 키스하는 것에만 몰입했다.

"헉헉……."

"학학……."

더 이상 호흡하지 않으면 죽을 것 같을 때쯤에야 두 사람의 입술이 떨어졌다. 두 사람은 거친 호흡을 내뱉으며 서로를 품에 안았다. 부풀대로 부풀어 금방이라도 터질 듯한 가슴이 맞닿았다. 폭발할 것 같은 심장의 박동이 서로에게 고스란히 전해졌다.

"사랑해, 소진아."

"나도 사랑해요, 오빠."

두 사람은 처음으로 서로에게 사랑을 고백했다. 8년 만에 처음으로. 8년 전에 불렀던 호칭으로 서로를 부르면서.

chapter 6

퇴근 시간이 되자마자 소진은 회사의 지하주차장으로 가 자신의 차에 올라타 시동을 걸었다. 그리고 민혁이 문자로 알려준 주소를 내비게이션에 입력했다. 소진의 차가 매끄럽게 지하주차장을 빠져나갔다.

어제와는 다른 기분으로 그녀는 하얀 집으로 향했다. 기분 탓인지 어제 뜬눈으로 밤을 새우고 과중한 업무를 마쳤음에도 불구하고 하나도 피곤하지 않았다. 그녀를 사랑하고, 그녀가 사랑하는 남자와 함께 있을 수 있는 집으로 향하는 길이 이렇게 행복할 줄 몰랐다. 오래전 상상만 했던 것과는 비교도 할 수 없을 정도로 설레고 행복했다.

하얀 집 앞에 도착해 차를 주차한 소진은 대문 앞으로 걸어가 벨을 눌렀다. 대표이사와 면담이 있다더니 민혁의 차는 보이지 않았다.

[어서 오세요.]

그녀를 월패드의 액정 화면으로 확인한 듯 가사도우미 아주머니의 말소리가 끝나자마자 대문이 열렸다.

"시장하시죠?"

그녀가 현관문을 열고 거실로 들어서자마자 아주머니가 미소로 반색하며 물었다.

"아뇨. 아직 괜찮아요. 본부장님 오시면 같이 먹을게요."

"본부장님 늦으신대요?"

"아뇨. 저녁은 제가 알아서 먹을 테니까 아주머닌 그만 퇴근하세요. 오늘도 수고하셨어요."

"그럼 전 가볼게요."

아주머니가 퇴근한 후, 소진은 천천히 집 안을 둘러보았다. 어젯밤 다 보았던 집인데 완전히 다른 느낌이었다. 괴물처럼 일을 하며 민혁이 지은 집이라는 생각에 모든 것이 다 달리 보였다. 곳곳에 이 집에 대한 그의 애정이 담겨 있었다.

안방으로 들어온 소진은 침대 위에 걸터앉았다. 결혼하면 민혁과 함께 잘 방이라고 생각하니 가슴이 설레었다. 소진은 침대를 손으로 쓰다듬었다.

"이곳에서 오빠와 사랑을 나누겠지?"

혼자 있음에도 불구하고 소진은 얼굴이 화끈거렸다.

"오빠를 다시 사랑할 수 있을 거라고는 상상도 못했었는데…… 아니, 오빠가 날 사랑할 거라고는 꿈에서조차 생각해 보지 못했었는데……."

소진은 다시 찾아온 사랑이 꿈만 같았다. 너무 아프고 고통스러워서 스스로 잘라냈던, 민혁을 미워하고 원망하며 지내온 시간들조차 이젠 추억으로 바뀐 것 같았다.

"오빤 언제나 오려나? 대표님하고 면담이 길어지려나?"

소진은 편한 옷으로 갈아입고 욕실에 가서 씻고는 1층으로 내려가 서재로 들어갔다. 그가 올 때까지 자료들을 보고 있는 게 좋겠다는 생각이 들어서였다.

"아웃도어의 기성복화라…… 오빠가 또 다른 기적을 이룰 모양이네."

민혁이 대단하다는 생각을 하며 소진은 자료를 검토하기 시작했다. 노트북을 켜놓고 한 30분쯤 자료들을 보며 중요하다 싶은 내용은 키보드를 두드려 정리를 하고 있는데 노크 소리에 이어 문이 열렸다. 민혁이었다.

"왔어요?"

"피곤할 텐데 좀 쉬지 왜 혼자 일을 하고 있어?"

민혁이 미간을 좁힌 채 물었다. 소진이 일을 하고 있는 게 마음에 들지 않는다는 표정이었다.

"한 달 안에 디자인까지 다 끝내야 한다면서요? 오빤 이 자료들이 머릿속에 다 있지만 난 다 훑어봐야 하는데 한시가 급하죠."

"나한텐 이 프로젝트보다 네 건강이 먼저야."

"훗."

소진이 웃자 민혁이 눈을 크게 뜨고 그녀를 바라보았다.

"왜 웃어, 난 진심으로 하는 말인데?"

"금방 오빠 모습이 어땠는지 알아요? 꼭 바가지 긁는 와이프 같았어요.”

그녀의 말에 내가 그랬나, 하며 민혁도 피식 웃었다.

“배 안 고파? 밥부터 먹자 우리.”

“네. 얼른 손 씻고 와요.”

“오케이.”

민혁이 욕실로 향하는 것을 본 소진은 얼른 주방으로 갔다. 전기레인지 위에 놓여 있는 냄비의 뚜껑을 열어보니 생태찌개가 맛깔스럽게 끓여져 있었다.

소진은 찌개를 데우기 위해 전기레인지를 켜놓고 냉장고에서 반찬들을 꺼내 식탁 위에 차려놓았다. 전기밥통 뚜껑을 열어 밥 두 그릇을 퍼서 식탁 위에 놓고 어느새 끓기 시작한 찌개 냄비를 가지러 가려는데 언제 왔는지 민혁이 미소로 그녀를 지켜보고 서 있었다.

“와서 앉아요. 찌개만 놓으면 되니까.”

“좋다.”

“뭐가요?”

“네가 우리 집 주방에 있는 모습.”

민혁이 ‘우리 집’ 이라는 단어를 강조하며 말했다.

“아.”

“내가 좀 더 일찍 왔었어야 했는데…….”

아쉬움이 가득한 표정으로 민혁이 말끝을 흐렸다. 그의 표정과 말투에서 진심이 느껴졌다.

“어쩔 수 없는 상황이었잖아요. 오빠가 일찍 귀국했으면 미국 지사가 지금처럼 자리를 잡지 못했을 테니까.”

"이해해 줘서 고맙다."

"그래도 미리 연락 안 한 건 미안해해야 해요, 평생토록."

"알아."

"알면 됐어요. 시장할 텐데 얼른 와서 먹어요. 나도 오빠 기다리느라 배고프니까."

"우리 소진이가 배고프면 안 되지."

소진이 배고픈 시늉을 하자 민혁이 잽싸게 걸어와 소진을 의자에 앉혔다.

"찌개 놔야 해요."

"그런 건 내가 해. 넌 앉아 있어."

민혁이 전기레인지를 끄고는 앙증맞게 생긴 주방용 천 장갑을 양손에 쥐고는 찌개 냄비를 식탁 중앙에 놓았다. 그리고는 천 장갑을 싱크대 한쪽에 놓아두고 소진과 마주 볼 수 있도록 맞은편 의자에 앉았다.

찌개 냄비의 뚜껑을 연 민혁이 흐뭇한 표정을 지었다.

"맛있는 냄새 난다. 얼른 먹자 우리. 먹어봐."

소진이 숟가락을 들고 찌개를 떠 후후 불어 조금 식힌 후 입안에 넣었다.

"와우, 진짜 맛있어요! 어제저녁에도 느꼈지만 아주머니 솜씨가 장난이 아니시네요. 대체 이런 분을 어떻게 구하셨어요?"

"원래 아파트에 살 때 우리 집에서 일을 하셨었는데, 이사할 때 아주머니가 사정이 생겨서 그만두셨었어. 이 집 짓고 연락드렸더니 와주실 수 있다고 해서 다행이다 생각했지."

"아주머니랑 친하게 지냈었나 봐요?"

고개를 끄덕이던 소진이 물었다.

"한집에 살면 다 식구 아닌가? 같이 살 때 일하는 분이란 생각 한 번도 해본 적 없어. 내 나이 생각해서 말을 편하게 하시진 않지만 아주머니도 날 조카처럼 생각하셨고."

그러기 쉽지 않은데, 라는 생각을 하며 소진은 민혁이 꽤 사람의 인연을 소중하게 생각하고 있는 사람이라고 생각했다. 그런 민혁이 그녀의 고백을 매몰차게 거절하며 상처를 주었으니 그가 얼마나 가슴앓이를 했을까. 아마도 그가 했던 말과 행동을 생각하며 민혁 또한 스스로에게 상처를 받았을 것이다.

'그렇게 떠나놓고 나한테 얼마나 미안했을까. 오빠 성격에 자책하며 괴로워했을 게 분명해.'

소진은 입안에 있는 밥을 씹으며 식탁 위에 차려져 있는 음식들을 골고루 맛나게 먹고 있는 민혁을 바라보았다.

'그런 줄도 모르고 난 오빨 미워하기만 했으니…….'

그녀의 마음은 8년 전에 자물쇠로 단단히 잠가놓았었다. 그런데 민혁이 그 자물쇠를 부숴 버렸다. 그것으로도 모자라 민혁의 입장을 이해하고 그의 사랑을 받아들임으로써 닫혀 있던 마음의 문이 활짝 열렸다. 이제 그녀의 마음속엔 원망이나 미움 대신 민혁을 향한 사랑으로 온전히 채워져 있었다.

'사람 마음은 정말 간사하네. 사랑하는 사람이 그 사랑을 받아주지 않았다고 화내고 미워 죽어 하더니, 그 사람이 날 사랑한다는 걸 깨닫자마자 화를 내고 미워했던 마음이 순식간에 사라지고 다시 설레고 사랑스러워서 어쩔 줄을 몰라 하다니.'

그녀의 마음이 간사한 것인지 사랑의 힘이 위대한 것인지 몰라도 소진은 민혁을 미워하고 증오했던 마음이 다 사라져 버리고 다시 그를 사랑하고 있었다. 그것도 예전처럼 순수하고 단순했던 사랑이 아니라 민혁을 향한 그녀의 사랑이 더욱 풍성해진 느낌이었다.

"배고프다며, 밥 먹다 말고 무슨 생각을 그렇게 해?"

민혁의 말에 그녀는 끝날 줄 모르고 이어지던 생각을 끊어냈다.

"우리가 다시 사랑하게 된 게 너무 신기해서요."

"나도 그래. 난 운명이란 생각이 들어."

"끝까지 내가 오빠의 사랑을 거절하면, 그땐 어쩌려고 했는데요?"

"끝까지 노력할 생각을 했지만, 만약 네가 날 영영 받아주지 않으면 나도 너 따라서 독신으로 살려고 생각했어."

"정말이에요?"

"정말이지."

소진은 믿기지 않는다는 얼굴로 민혁을 바라보았다. 그러자 민혁이 진지한 표정으로 그녀를 바라보며 입을 열었다.

"널 사랑하면서, 사랑하지도 않는 다른 여자와 결혼할 정도로 못된 놈 아냐. 그건 그 여자한테도 죄를 짓는 거고 또 나를 불행하게 만드는 짓이니까. 네가 내 사랑을 거절했다면, 아마 난 네 근처 어딘가에서 네가 하루하루 살아가는 모습을 지켜보며 살아갔을 거야. 때론 너 때문에 웃고 때론 너로 인해 마음 아파하면서…… 그렇게 늙어갔겠지."

"내가 불행해질 뻔한 한 사람의 인생을 구제해 준 거네요."

속으로는 감동을 받아 눈물이 날 것 같았지만 소진은 일부러 농담처럼 대꾸했다. 밥을 먹다 말고 주책없이 울고 싶지는 않았다.

"그래서 날 다시 받아준 너한테 매일매일 감사하며 살고 있잖아, 내가."

"앞으로도 매일매일 나한테 감사하며 살 자신 있어요?"

"당연히 그래야지."

민혁이 고개까지 끄덕이며 대답했다.

"난 어떻게 살면 되는데요? 나도 다시 돌아온 오빠한테 매일매일 감사하며 살아갈까요?"

"아니. 넌 네 말대로 그냥 행복하게 살면 돼. 내가 너한테 원하는 건 그게 전부야."

이젠 행복해지고 싶다고 했던 그녀의 말을 잊지 않은 민혁의 대답이었다.

"좋아요. 난 이제부터 하루하루 행복하게 살게요. 내가 행복하면 오빠도 행복해질 테니까."

"역시 우리 소진인 현명해."

민혁이 만족스러운 미소를 지었다.

대화를 멈춘 두 사람은 남은 밥을 먹었다. 그리고 오늘 설거지는 자기가 하겠다고 고집을 부렸다. 민혁이 설거지를 하는 동안 소진은 남은 반찬들을 정리해서 냉장고에 넣었다.

식탁 의자에 앉아 설거지를 하는 민혁의 뒷모습을 바라보던 소진은 새로운 사실을 발견해 냈다. 소매를 걷어붙이고 설거지를 하는 남자의 뒤태가 이토록 섹시해 보일 줄은 미처 몰랐었다.

'진짜 섹시하네.'

소진은 섹시해 보이는 민혁의 뒤태를 마음껏 감상했다. 그가 설거지를 끝낼 때까지.

서재로 들어와 민혁이 내려준 커피를 마시며 자료를 검토하던 소진은 마주 앉아서 노트북 액정 화면을 보며 키보드를 두드려 대는 그를 바라보았다. 일에 열중해 있는 민혁의 모습이 참으로 섹시해 보였다.

'아무래도 나 미쳤나 봐. 설거지하는 뒤태도 섹시해 보이더니 이젠 일하는 모습까지 섹시해 보이네.'

민혁이 그녀를 더 많이 사랑하기로 했는데, 아무래도 그건 물 건너간 것 같다. 민혁이 뭘 해도 섹시해 보이니 그녀는 이미 그에게 푹 빠져 버린 게 분명했다.

'더 많이 사랑하는 사람이 지는 건데…….'

소진은 고개를 저었다. 까짓것 누가 더 많이 사랑하면 무슨 상관인가. 서로 사랑하고 있다는 것이 중요한 거지. 소진은 마음껏 민혁을 사랑할 것이다. 그리고 마음껏 그의 사랑을 받을 것이다. 그래야 그녀가 행복해지고, 그가 행복해질 테니 말이다.

"내 얼굴에 구멍이라도 낼 작정이야?"

그녀가 자신을 바라보고 있는 걸 어떻게 알았는지 여전히 노트북의 키보드를 두드려 대며 민혁이 불쑥 물었다.

"구, 구멍은 무슨……. 눈이 뻑뻑해서 잠깐 자료 보는 걸 쉬느라 그런 건데."

당황한 소진의 핑계를 듣자마자 민혁이 그녀를 바라보았다.

"눈이 뻑뻑해? 그럼 오늘은 그만 쉬자."

"일 그만둘 정도는 아니에요."

"어제 잠을 제대로 못 자서 피곤할 거야. 쉬는 게 좋겠어."

"괜찮다니까요."

"내 말 들어."

부랴부랴 노트북의 전원을 끈 민혁이 일어나 자료를 들고 더 보려는 소진을 일으켜 세웠다.

"한 달 안에 끝내야 된다면서요?"

"누차 말했지만 프로젝트보단 네 건강이 먼저야."

기어이 민혁이 그녀를 데리고 서재를 나와 2층으로 향하는 계단으로 끌고 올라갔다. 그리고는 안방 앞에 그녀를 멈춰 서게 했다.

"오늘은 푹 자."

"진짜 괜찮은데……."

"내가 안 괜찮아. 얼른 들어가."

민혁은 안방 문을 열고 소진을 밀어 넣듯이 들어가게 하고는 아예 문까지 닫아버렸다. 그녀가 나올까 싶어 문지기처럼 잠시 문 앞에 지켜서 있었다. 다행히 소진이 다시 나오진 않았다.

게스트룸 안으로 들어온 민혁은 샤워를 하고 침대 위에 누웠다. 밤을 꼬박 새웠는데도 불구하고 안방에 있는 소진 생각에 잠이 오질 않았다. 그도 남자다. 사랑하는 여자가 몇 걸음 걸어가지 않아도 되는 안방에 있는 걸 뻔히 알면서 잠을 청하기가 쉽지 않았다.

생각 같아서는 안방으로 쳐들어가 그녀를 품에 꼬옥 끌어안고 자고 싶다. 사나운 불길처럼 치솟는 감정을 그의 냉철한 이성이 가까스로 억눌렀다.

그러나 이성에도 한계가 있는 모양이었다. 본능적인 욕망을 억누르느라 이리 뒤척이고 저리 뒤척이던 민혁은 결국 다시 일어나 욕실로 들어가 차가운 물로 샤워를 했다. 하지만 그때뿐이었다. 침대에 드러누운 지 몇 분 채 되지 않아 다시 욕망이란 놈이 꿈틀대기 시작했다. 사랑하는 여자가 가까이 있는데 뭐 하고 있는 거냐고 약을 올리면서 그의 이성을 뒤흔들어댔다.

"미치겠네!"

결국 민혁은 다시 침대를 박차고 일어서서 조심스레 방문을 열고 거실로 나갔다. 감정과 이성이 합동해서 유혹을 해대는 데에는 의지가 굳다는 소릴 듣는 그도 더는 버틸 재간이 없었다.

"차라리 일이나 하자!"

1층 서재로 가기 위해 한 걸음 뗐을 때였다. 나름 조심을 한다고 했는데 방문이 열리고 닫히는 소리를 소진이 들었는지 안방 문이 열리더니 그녀가 거실로 나왔다.

"자지 않고 왜 나와?"

"뭐 필요한 거 있어요?"

민혁과 소진, 두 사람이 서로를 바라보며 동시에 물었다.

"나, 난 잠이 안 와서."

"나, 나도요."

당황한 민혁의 말에 소진이 황급히 동조했다. 두 사람 사이에 잠시 어색하면서도 묘한 기류의 침묵이 흘렀다.

"흠흠, 따뜻한 차라도 마시고 잘래? 잠드는 데 도움이 될 수도 있는데."

"아, 아뇨."

어색하면서도 묘한 기류의 침묵을 깨느라 헛기침까지 해가며 물은 민혁의 말에 소진이 당황한 표정으로 대답했다.

또다시 조금 전과 같은 침묵이 흘렀다. 이번에는 소진이 먼저 조심스럽게 입을 뗐다.

“저, 저기요.”

“왜? 뭐 필요한 거 있으면 말해.”

“저기…… 나하고 같이 자면 안 돼요?”

소진이 해서는 안 될 질문을 하는 것 같은 표정으로 물었다.

“응? 지금…… 뭐라고 했어?”

민혁은 자신이 잘못 들은 건가 싶어 되묻지 않을 수가 없었다. 소진이 그가 들은 대로 말했을 리가 없다는 생각 때문이었다.

‘다른 말은 잘 알아들으면서…….’

소진은 너무 창피해서 눈을 질끈 감았다.

‘둔한 사람도 아니면서 한번에 알아듣지 왜 하기 어려운 말을 또 하게 만드나 몰라.’

소진은 질끈 감았던 눈을 뜨고는 용기를 내서 민혁을 정시했다.

“딱 한 번만 다시 말할 거예요. 나하고 같이 자면 안 돼요?”

“소진아……?”

그녀를 부르는 민혁의 음성을 들으니 꽤나 놀란 듯했다.

하긴 여자가 먼저 남자한테 같이 자고 싶다는 뜻의 말을 했으니 민혁이 놀라는 게 당연했다. 소진은 뒤늦게 밀려드는 부끄러움 때문에 고개를 숙이고 말았다. 용기를 내서 말은 했지만 도저히 그의 얼굴을 정면으로 바라보며 서 있을 수가 없었다.

‘거절하면 어떻게 하지? 헤픈 여자처럼 생각하면 어쩌지?’

이런저런 걱정에 고개를 숙인 채 고민을 하고 있는데 잠시 후 민혁이 다가오는 소리가 들렸다. 소진은 혹시라도 그가 거절하면 창피해서 어쩌나 싶은 생각에 아예 눈을 감아버렸다. 생각 같아서는 두 손으로 두 귀까지 막아버리고 싶었지만 너무 바보처럼 보일까 봐 그것만은 참았다.

정수리에 뜨거운 민혁의 숨이 닿았다. 그 느낌만으로도 소진은 전신에 전기가 흐르는 것처럼 짜릿짜릿했다. 온몸의 세포 하나하나가 꽃봉오리를 터뜨리는 것 같은 오묘한 기분이 들었다.

'미쳤나 봐. 대체 내가 왜 이러는 거야?'

이미 두 번이나 같이 자면 안 되느냐고 물은 터였다. 마음 같아서는 도로 주워 담고 싶지만 그럴 수도 없다. 눈을 꾹 감은 채 소진은 속으로 한숨만 푹푹 내쉬었다.

샤워를 하고 자려고 했는데 소진은 도저히 잠이 오지가 않았다. 민혁이 같은 집 안에 그것도 2층에 같이 있다고 생각하니 잠을 잘 수가 없었다. 게다가 안방은 그녀가 그와 함께 있는 상상을 하며 그린 방이었다. 그녀가 누워 있는 침대는 앞으로 그와 함께 쓸 것이었다.

그런 생각을 해서일까. 어제와는 달리 커다란 침대 위에 혼자 누워 있으려니 외로웠다.

'사랑하는 민혁 오빠와 함께 자면 외롭지 않을 텐데.'

소진의 머릿속에는 온통 민혁과 함께 있고 싶은 생각뿐이었다. 마음이 사랑으로 가득 채워지니까 허전한 몸이 사랑으로 가득 찬 마음을 시샘하는 듯했다. 심장이 간질거리더니 자꾸만 그녀의 뇌리에 대고 속삭여 댔다. 사랑을 하라고. 사랑을 받으라고. 완전한 여자가 되기 위해 사랑하고 사랑을 받으라고.

그녀의 몸이 사랑하는 남자의 손길을 갈구했다. 섹시해 보이던, 설거지를 하던 민혁의 뒤태와 일에 열중해 있던 모습들이 자꾸만 소진의 눈앞에서 어른거렸다. 아니, 머릿속에 그의 두 모습이 계속 번갈아가며 나타나 그녀를 유혹했다. 그렇게 섹시한 남자와 어서 빨리 한 몸이 되라고. 얼른 완전한 사랑을 이루라고.

'안 돼! 안 돼……!'

속으로 수없이 안 된다고 외쳐 댔지만, 결국 유혹을 이기지 못한 소진은 자신이 의식하지 못하는 사이에 손으로 안방의 문손잡이를 잡아 비틀고 있었다. 그리고 거센 바람에 떠밀리듯 문을 당겨 버렸다.

결국 안방 문이 열려 버렸고 민혁과 마주쳐 버렸다. 끈질긴 유혹에 지고만 그녀의 손처럼 입마저 유혹에 넘어가 해서는 안 될 말을 내뱉어 버렸고.

내뱉은 말은 다시 주워 담을 수가 없다. 이미 벌어진 일이었고, 후회해도 소용없는 일이었다. 차마 민혁을 바라볼 수가 없어서 자포자기한 심정으로 눈을 감고 서 있던 소진은 어느새 그의 커다랗고 따스한 품 안에 안겨 있었다. 그가 따뜻하고 부드러운 손길로 그녀의 등을 쓰다듬어 주었다.

민혁이 아프게 하는 것도 아닌데 소진은 눈물이 났다. 참으려고 했지만 오히려 역효과였다. 소리 없이 흐르던 눈물이 흐느낌으로 바뀌어 버린 것이다. 소진을 안고 등을 쓰다듬던 민혁의 손이 그녀의 턱을 잡고 위로 올려 흐느끼고 있는 얼굴을 바라보았다.

"왜 울어?"

소진을 바라보며 묻는 민혁의 표정에 당황스러움과 놀람이 그대로 묻어나 있었다.

"그, 그냥이요."

"그냥 우는 게 어디 있어? 나한텐 무슨 말을 해도 괜찮으니까, 왜 우는지 그 이유를 말해봐. 내가 뭐 잘못했어?"

"그런 거 아니에요."

"그럼?"

"내가 먼저 같이 자자고 한 게 창피해서요. 그리고 우리가 함께 있는 게 꿈만 같아서……."

소진의 말이 채 끝나기도 전에 민혁이 그녀를 와락 끌어안았다.

"널 어쩌면 좋으니? 널 어떻게 해야 좋을지 모르겠다."

더욱 그녀를 끌어안는 민혁을 소진이 두 손으로 밀어서 떼어냈다. 그리고는 한 걸음 뒤로 물러서서 상처받은 눈빛으로 민혁을 바라보았다.

"왜요? 먼저 같이 자자고 한 내가 부담스러워서 그런 말을 하는 거예요?"

"무슨 소리야? 왜 얘기가 그쪽으로 튀어?"

"날 어떻게야 좋을지 모르겠다면서요?"

"그건, 내 말 뜻은 네가 너무 사랑스러워서 어쩔 줄 모르겠다는 거야."

"아. 그런 뜻인 줄 몰랐어요. 미안해요."

소진은 즉시 사과했다.

그녀의 속내엔 아직도 치유되지 못한 상처가 남아 있는 모양이었다. 어쩌면 상처받지 않기 위한 방어기제가 생긴 것일지도 모른다. 그러니 민혁의 말에 불끈 화를 내고, 또다시 상처를 받을까 봐 미리 겁부터 먹고 차단할 준비 태세를 취하는 게 아니겠는가.

'이 사람을 믿지 못하는 게 아닌데 제대로 알지도 못하고 화부터 냈어. 다시는 내가 상처받을 일 따윈 하지 않겠다고 맹세한 사람인데……. 무조건 이 사람을 믿어야 하는데…….'

소진의 미안하단 말에 민혁이 더 미안한 표정을 지었다. 그녀를 바라보는 눈빛을 보니 속이 많이 상한 듯했다.

"내가 미안하지."

"더 이상 나한테 미안하단 소리 하지 말라고 했잖아요."

"아니, 그러기엔 네 상처가 너무 깊은 것 같아."

아까 방어를 한 그녀의 말과 행동으로 인해 민혁이 많이 곤혹스러운 것 같았다.

"상처받지 않기 위해 방어부터 하는 건 내 오랜 습관일 뿐이에요. 그러니까 신경 쓰지 마요."

"……."

민혁이 말없이 아픈 눈으로 소진을 바라보았다.

"이젠 괜찮아질 거예요. 노력하면 고쳐지는 게 습관이란 거잖아요. 나쁜 습관이니까 내가 고칠게요."

"나 때문에 생긴 습관인데, 내가 고쳐 줘야지."

"아뇨. 오빤 이미 나한테 나쁜 습관을 고칠 수 있는 명약을 줬어요. 동기부여도 충분히 해줬고요."

"그게…… 뭔데?"

"날 향한 오빠의 사랑이요. 난 오빠의 사랑을 믿어요. 다신 나한테 상처 따위 입히지 않을 거라는 것도 믿어요."

"그래, 믿어. 널 사랑하는 내 마음은 진짜니까. 난, 나보다 널 더 사랑하니까."

"알아요."

"넌 나보다 널 더 사랑해."

"그럴 거예요."

소진은 당차게 말하며 미소를 지어 보였다.

"자, 이젠 네 물음에 내가 대답을 할 차례인가?"

"무슨 물음이요?"

"너와 같이 자면 안 되느냐는 물음."

"아."

이야기가 딴 길로 샜다가 다시 원점으로 돌아오자 소진의 얼굴이 부끄러움 때문에 발그레해졌다. 그런 소진의 얼굴을 민혁이 사랑스레 바라보며 미소를 짓더니 그녀를 단숨에 안아 올렸다.

"왜, 왜 이래요? 내려줘요."

"안 돼."

민혁이 단호히 거부했다.

"왜, 왜 안 돼요?"

"우리 두 사람의 첫날밤이잖아. 내가 널 안고 들어가는 게 맞아."

"아."

민혁에게 안긴 소진은 두 팔을 그의 목에 둘렀다. 그리고 그의 어깨에 얼굴을 묻었다.

안방에 들어간 민혁이 안고 있던 소진을 세상에서 가장 소중한 보물을 다루듯 조심스레 침대 위에 눕혔다. 그리고는 소진의 옆에 한 손으로 자신의 머리를 받치고 누워 다른 손의 검지로 그녀의 얼굴에 그림을 그리듯 이목구비를 훑어 내려갔다.

그의 검지 끝이 이마, 양 눈썹, 두 눈꺼풀, 콧등, 인중을 거쳐 입술에 닿을 때마다 소진은 입 밖으로 튀어나오려는 신음을 삼켜야만 했다. 그의 검지에 마치 전기가 흐르는 것처럼 민혁의 손가락 끝부분이 닿는 곳마다 저릿저릿했기 때문이었다.

머리에 괴고 있던 손을 뺀 민혁이 옆으로 누운 채 이번엔 두 손으로 그녀의 얼굴을 어루만졌다. 따스한 그의 손길에 소진은 온몸이 노글노글해지는 것 같았다. 소진의 야들야들한 입술에 민혁이 포근한 입술을 포갰다.

민혁의 입술이 생각했던 것보다 훨씬 더 부드럽다는 생각을 하고 있는데 그의 혀가 불시에 소진의 입안으로 들어왔다. 가지런한 치아와 잇몸을 두루두루 핥아대던 그의 혀가 닫힌 소진의 치아를 톡톡 건드렸다. 그것을 신호로 소진은 다물려 있던 위아래 치아를 떼었다. 벌어진 치아 사이로 그의 혀가 거침없이 들어왔다.

말캉하고 따스한 그의 혀가 숨어 있던 그녀의 혀를 찾아 입안 구석구석을 핥았다. 마침내 소진의 혀를 찾아낸 그의 혀가 반색하며 그녀의 혀를 휘감았다. 그리고는 거침없이 그녀의 혀를 빨아댔다. 소진은 혀뿌리가 뽑혀 나갈 것 같은 흡입력에 약간의 통증이 느껴졌지만, 혀뿌리에서 전신으로 퍼져 나가는 쾌감에 비하면 그 정도의 통증은 아무것도 아니었다.

"흐으응."

민혁의 혀에 완전히 점령당한 소진의 입. 완벽하게 밀착되어 있는 것 같은데 좁은 틈새가 있었는지 그곳을 비집고 야릇한 신음이 새어 나왔다. 하지만 소진은 키스에 열중하느라 자신이 야릇한 신음을 흘리고 있다는 사실조차 몰랐다.

마치 굶주린 아이처럼 민혁이 그녀의 혀를 세차게 빨고 또 빨았다. 두 사람의 입안에 달콤하면서도 진득한 타액이 화수분처럼 가득 찼다. 그리고 뒤섞인 두 사람의 타액은 서로의 목젖을 타고 넘어가 몸 안으로 흡수되었다. 내 것이 네 것이고, 네 것이 내 것인 양 그렇게…….

길고 긴, 진한 키스를 나눈 후 민혁은 소진의 입술에서 자신의 입술을 떼었다. 그를 마주 보고 있는 소진의 두 눈동자에 짙은 아쉬움이 드리워져 있었다. 민혁도 마찬가지였다. 그는 키스하는 것만으로 이 밤을 보내고 싶지 않았다.

소진을 사랑하게 된 날부터, 민혁은 그녀와 함께 사랑을 나누는 날이 오길 기다렸다. 온 마음을, 온몸을 다 바쳐 사랑할 수 있는 날이 오길 간절히 바랐다.

"다른 남자 만나지 않고 기다려 줘서 고마워. 내 여자가 되어줘서 더 고맙고."

"나도 고마워요, 오빠가 내 남자가 되어줘서. 내 첫사랑을 이루게 해줘서 정말 좋아요."

소진은 쓰나미처럼 밀려드는 감동을 마음속에 담고 미소를 지어 보였다. 민혁의 입가에서 보기 좋은 미소가 그려졌다.

"난 오빠가 아닌 다른 남자를 사랑할 수 없는 여자인가 봐요. 그동안 그 어떤 남자도 내 마음의 문을 열지 못한 걸 보면."

"다행이야. 다른 남자가 네 마음의 문을 열 수 없어서."

"오빠……."

"나한테 네가 첫사랑이 아니어서 미안해."

"날 만나기 이전의 일인데요 뭐. 오빠가 미안해할 일이 아니에요."

소진은 진심을 담아 이야기했다.

"그럼 우리 다시 첫사랑을 시작하는 거로 하자."

"그래요. 다시 첫사랑을 시작하는 거예요."

"우리의 첫사랑이 마지막 사랑이 되는 거야."

"네."

"내가 죽을 때까지, 아니, 죽어서도 너만을 사랑할 거라는 것만은 약속할게."

"믿어요."

"소진아……."

"사랑해요."

"내가 더 많이 사랑해."

민혁이 솜사탕처럼 부드러운 음성으로, 하지만 단호한 어조로 그녀의 귓가에 대고 속삭였다.

잠시 말없이 진한 눈빛으로 서로를 바라보던 두 사람은 누가 먼저랄 것도 없이 다시 입술을 포갰다. 키스를 하며 민혁은 소진이 입고 있는 옷을 벗겼다. 그리고 아주 잠깐 키스를 멈추고는 자신이 입고 있던 옷을 단숨에 벗어서 침대 밑으로 던져 버렸다.

이브가 선악과를 따먹기 전 에덴동산에서의 아담과 이브처럼 두 사람은 알몸으로 침대 위에 누워 있었다.

'이상해. 다 벗고 있는데도 하나도 부끄럽지 않아. 맨살이 닿는

느낌이 창피하긴커녕 오히려 따뜻하고 기분이 좋아.'

소진은 첫사랑의 설렘에 한창 들떠 있을 때 민혁 앞에서 다 벗고 있는 자신의 모습을 상상해 본 적이 있었다. 그땐 상상하는 것만으로도 부끄럽고 창피해서 얼굴이 빨개질 정도였다. 그런데 지금은 둘 다 발가벗은 채 한 침대 위에 있는데도 부끄럽거나 창피하지 않았다.

민혁의 맨살이 그녀의 맨살에 닿은 것뿐인데도 마치 사랑을 나누는 것처럼 흥분이 되었다. 그녀의 알몸을 어루만지는 민혁의 손길이 닿는 곳마다 화인이 박힌 듯 화끈거리면서도 기분이 좋았다. 짜릿한 느낌에 발가락이 절로 오므라졌다.

소진의 전신을 쓰다듬듯 어루만지던 민혁의 손이 다시 얼굴로 올라가 목선을 타고 내려와 쇄골을 거쳐 그녀의 가슴을 매만졌다. 민혁의 손길에 벌써부터 바짝 곤두서 있던 유두를 그가 손가락으로 살짝살짝 돌리다 튕기다를 반복했다.

"하으응……."

소진의 입에서 므흣한 신음이 새어 나왔다. 민혁은 그의 손길에 반응을 하는 소진이 너무나 사랑스러워 가슴을 움켜쥐었다. 소진의 풍만한 가슴을 커다란 손으로 조물조물하던 민혁은 탐스럽게 보이는 유두를 입안에 넣고 혀를 움직여 희롱하기 시작했다.

유두가 성감대인 듯 소진이 야릇한 신음을 흘리며 허리를 뒤틀었다. 민혁은 혀로 희롱하던 소진의 유두를 굶주린 아이처럼 세차게 빨았다.

"하아앙……."

아니나 다를까, 소진의 입에서 조금 더 므흣한 신음이 새어 나오며 몸을 움찔움찔했다. 그 틈을 놓치지 않고 민혁은 한 손으로는 다른 쪽 가슴을 매만지며 이미 잡고 있는 가슴을 조금 더 강하게 움켜쥐며 유두를 빨았다.

"오, 오빠……."

흐느적거리는 소진의 부름이 들렸지만 민혁은 여기에서 멈출 생각이 없었다. 그녀가 허락한 이상 끝까지 갈 생각이었다.

다른 쪽 가슴을 매만지던 손을 천천히 아래로 내렸다. 배를 거쳐 검은 숲에 다다른 손이 이미 흥건히 젖어 있는 울창한 숲을 거침없이 갈랐다.

"하앗."

소진이 깜짝 놀란 듯 온몸이 긴장하는 게 느껴졌다. 그녀의 손이 풍성한 숲을 가른 그의 손을 잡았다.

"괜찮아. 괜찮아, 소진아. 긴장 풀어."

잠시 소진의 유두를 빨던 입을 뗀 그의 달콤한 속삭임에 소진이 긴장했던 몸을 풀었다. 그리고는 그의 손을 잡고 있던 손을 거두었다.

민혁은 다시 유두를 입안에 넣고 빨며, 다른 손으로 가른 숲길을 헤쳐 나가기 시작했다. 이미 흥건히 젖어 있던 터라 손가락이 움직일 때마다 매끄럽게 길을 터주었다. 그의 손길이 닿을 때마다 소진의 입에서는 쉼 없이 야하디야한 신음이 흘러나왔다.

소진의 야하디야한 신음은 민혁에게 마약이나 마찬가지였다. 키스를 나눌 때부터 이미 성이 나 있던 그의 기둥이 터질 듯 부풀어 통증이 느껴질 정도였다. 하지만 지금은 때가 아니었다. 그의 욕망을 분출하는 것보다는 소진에게 더 길고, 더 큰 쾌감을 주는 게 우선이었다.

민혁은 보석처럼 박혀 있는 음핵을 엄지로 톡톡 건드리다 문지르듯 매만졌다. 생소한 쾌감 때문인지, 감당하기 벅찬 느낌 때문인지 소진이 다리를 꼬더니 몸에 힘을 주었다. 민혁은 입안에서 희롱을 당하던 소진의 유두를 놓아주고는 머리를 아래로 내렸다.

"오, 오빠, 거, 거긴 안 돼……."

민혁의 입술이 풍성한 숲에 닿자 당황한 소진이 그의 머리카락을 움켜쥐었다. 머리카락을 움켜쥔 소진을 손을 가만히 떼어낸 민혁은 고개를 들고 그녀를 바라보았다.

"괜찮아. 우린 서로 사랑하는 사람들이잖아. 그러니까 부끄러워하지 않아도 돼."

민혁은 진심을 담아 소진을 설득했다. 그러자 소진이 고개를 천천히 끄덕이며 자신도 모르게 취했던 방어를 해제했다.

민혁은 혀로 소진의 숲을 핥기 시작했다. 어루만지듯, 달래듯 핥다가 음핵을 입안에 넣고 유두를 빨 듯 힘껏 빨았다.

"하핫."

소진의 신음을 들으며 그녀의 다디단 체액을 마음껏 흡입했다. 음핵을 빨며 손가락 한 개를 풍성한 숲에 숨어 있던 동굴 속으로 집어넣었다. 그 누구도 와본 적이 없다는 걸 증명이라도 하듯 동굴 속은 좁디좁았다. 손가락을 돌려가며 동굴 속 내벽을 천천히 넓혀갔다.

그럴 때마다 소진의 몸이 반응을 보였다. 자신의 손길과 혀에 즉각 즉각 반응을 보이는 소진의 몸, 민혁에게 그것은 농익은 마약과도 같았다. 그의 몸도 모든 혈관이 전선으로 바뀐 것처럼 전류가 흘러 짜릿짜릿했다. 그와 동시에 민혁의 기둥도 난리를 쳐댔다. 어서 빨리 해방시켜 달라고 떼를 쓰듯 잔뜩 성이 난 모습을 드러냈다.

하지만 그의 기둥이 들어가기엔 아직 소진의 동굴이 너무 좁았다. 민혁은 손가락으로 점점 더 동굴의 내벽을 매만져 그의 기둥이 손쉽게 들어갈 수 있을 만큼 넓혀갔다.

'이제 됐어.'

소진이 충분히 진희를 느꼈을 거라고 생각한 순간 민혁은 몸을 일으켜 무릎을 꿇고 앉아서 순식간에 기둥을 동굴 속으로 집어넣었다.

"앗!"

소진의 입에서 고통스러운 비명이 터져 나왔다.

"미안해."

"……."

"처음이라 아플 거야. 네가 그만하라고 하면 그만할게. 어떻게 할까?"

민혁은 기둥을 동굴 속에 박은 채 미동도 하지 않고 소진에게 물었다.

'내가 아직도 독서실에서 공부하던 고등학생으로 보이나?'

소진은 순간 불쾌해졌다. 민혁이 그녀를 한참 어린 동생으로 예뻐하던 예전 생각이 났기 때문이었다. 민혁이 자신만 나이가 들고 그녀의 나이가 스물일곱 살이나 되었다는 걸 까맣게 잊고 있는 것 같았다.

"나도 그 정도는 알아요. 내 나이가 몇인데……. 이론으로 알고 있는 걸로 치면 성에 관한 박사학위를 받아도 모자랄 판이에요."

소진은 자신을 너무 어린아이처럼 취급하는 민혁이 얄미워서 톡 쏘아붙였다. 실전 경험이 없어서 그렇지, 라는 말은 쏙 빼고서.

"내가 줄게, 박사학위."

민혁은 계속하라는 말을 돌려 말하는 소진이 너무 귀엽고 사랑스러워 절로 미소가 지어졌다.

"박사님, 어떻게 할까요? 조금 더 있다가 시작할까요?"

"어차피 처음엔 아프다는데 그냥 지금 아프고 말래요."

소진의 말에 민혁은 고개를 숙여 그녀에게 입맞춤을 하고는 천천히 허리를 움직이기 시작했다.

찰박찰박…….

그가 허리와 엉덩이를 움직일 때마다, 젖은 숲과 그의 숲이 맞닿는 순간마다 질펀한 마찰음이 들렸다. 통증과 쾌감이 뒤섞인 듯한 소진의 표정이 묘했다.

철벅철벅…….

한참 움직이자 소진의 얼굴이 점점 몽환적으로 변해갔다. 통증보다는 쾌감을 더 느끼고 있다는 뜻이었다.

어서 빨리 분출을 하라고 난리를 치는 기둥 때문에 민혁은 곤혹스러웠다.

'조금만 기다려. 너보단 내 여자가 만족하는 게 먼저야.'

민혁은 스스로를 달래며 점점 더 허리의 움직임에 박차를 가하기 시작했다.

"하아앗. 오빠…… 나 어떡해……."

허리를 활처럼 휘며 소진이 애원하듯 말했다. 그것을 신호로 민혁은 허리와 엉덩이를 더 세게 움직여 소진의 숲에 불기둥을 박아댔다.

철벅철벅…….

조금 더 세진 은밀한 마찰음이 실내를 가득 메웠다.

"하아하아……."

숨을 몰아쉬는 소진의 신음도 더 거칠어졌다.

야릇한 소진의 신음. 그를 바라보는 몽환적인 눈빛. 발갛게 달아오른 피부. 진하고 긴 키스로 인해 부푼 붉은 입술. 바짝 곤두선 유두. 침대 시트를 움켜쥔 소진의 두 손. 철벅거리는 마찰음까지, 그것들 모두가 민혁을 자극시켰다.

민혁은 있는 힘껏 질주했다. 마지막으로 도달할 황홀한 지점을 향해서.

"으윽."

"하앗."

민혁의 기둥이 분출하는 순간, 두 사람의 입에서 동시에 신음이 터져 나왔다. 그와 함께 민혁의 몸이 소진의 몸 위로 쓰러졌다. 서로의 귓가에 벅찬 숨소리가 들렸다. 민혁은 소진이 힘들지 않게 손으로 침대를 짚고 있었다.

'이런 게 사랑이구나. 사랑하는 사람과 사랑을 나누는 게 이런 느낌이었어!'

소진은 벅찬 감동으로 물결치는 심장을 고스란히 느끼며 그녀의 몸에 밀착되어 있는 민혁의 맨살을 느낌의 즐겼다. 몸으로 사랑을 나누는 동안도 좋았지만, 지금 이렇게 사랑이 끝난 후 몸이 붙어 있는 느낌도 더할 수 없이 좋았다.

간질간질. 민혁이 그녀의 귓불을 혀로 간질이고 있었다. 잘근잘근. 혀로 간질이던 그녀의 귓불을 민혁이 이빨로 살짝살짝 깨물었다. 그 느낌도 참 좋았다.

두 사람의 거칠었던 호흡 소리가 가라앉자 민혁이 소진의 옆에 누워 그녀를 끌어당겨 품에 꼬옥 안았다.

"많이 아팠어?"

민혁이 소진의 몸을 애무하듯 매만지며 물었다.

"견딜 만했어요."

"다행이네."

민혁이 미소로 소진을 보며 입맞춤을 했다.

"아, 참. 우리 피임 안 했는데……."

갑자기 생각난 듯 소진이 말끝을 흐리며 걱정스런 표정을 지었다.

"아이 생길까 봐?"

"네."

"왜? 걱정돼?"

"……."

소진이 대답 대신 고개를 끄덕였다.

"왜 그런 걱정을 하지? 이 집이 우리가 결혼해서 함께 살 집이라는 거 잊었어?"

"아뇨."

"근데 무슨 걱정이야? 아이가 생기면 낳으면 되지."

"아이…… 좋아해요?"

“너와 나 사이에서 태어난 아이라면 이 세상에서 내가 받을 수 있는 최고의 선물이야.”

“정말 그렇게 생각해요?”

“물론이지.”

소진은 그제야 마음이 놓여 미소를 지었다. 소진은 민혁을 사랑하고 있었고, 그 또한 그녀를 사랑하고 있음을 알고 있지만 솔직히 그가 아이를 좋아할지 싫어할지 몰라서 임신을 하게 되면 어쩌나 싶어 걱정이 되었던 것이었다.

“그럼 됐어요.”

소진은 미소를 지어 보이며 손으로 민혁의 뺨을 쓰다듬었다. 그러자 그가 빙긋 웃더니 몸을 일으켜 침대에서 내려가 순식간에 그녀를 번쩍 안아 올렸다.

“왜, 왜 이래요?”

“씻어야지.”

“지, 지금 날 오빠가 씻겨주겠다는 거예요?”

“마땅히 그래야지.”

“시, 싫어요.”

소진은 그의 품에서 내려오기 위해 발버둥을 쳤다. 하지만 역부족이었다. 그녀를 놔줄 생각이 전혀 없는 듯한 민혁의 힘을 당해낼 재간이 없었다.

“내, 내가 씻을게요.”

발버둥 치는 것을 멈춘 그녀가 부끄러워하며 말하자 민혁이 능글맞아 보일 정도로 씨익 웃었다.

“아픈 걸 참아낸 내 여자를 위한 보상이야. 나한테 맡겨.”

더 이상 무슨 말을 해도 민혁이 그녀를 놓아줄 것 같지 않아서 소진은 그가 하는 대로 그냥 두자 마음먹고는 반항하기를 포기해 버렸다.

chapter 7

소진을 안고 욕실로 들어온 민혁이 그녀를 욕조 안에 앉게 했다. 그리고는 샤워기를 빼 들고 물을 틀더니 손을 대 따뜻한 물이 나올 때까지 기다렸다. 따뜻한 물을 내뿜는 샤워기를 든 채 민혁이 욕실 안으로 들어와 소진 앞에 앉았다.

침대에 있을 때에는 몰랐는데, 욕조 안에 벌거벗은 채 마주하고 있자니 몹시 거북했다. 아니, 거북하다기보다는 부끄러워서 어딜 쳐다봐야 할지 난감했다. 그런 소진의 마음을 아는지 모르는지, 민혁이 미소로 샤워기에서 나오는 따뜻한 물로 그녀의 몸을 씻어 주었다. 민혁이 자신의 몸도 따뜻한 물로 씻었다. 처음으로 사랑을 나눈 흔적들이 배수구를 통해 물과 함께 사라졌다.

배수구를 닫은 후 몸을 일으킨 민혁이 붙박이 거울장을 열고 거품 입욕제를 꺼내 욕조 안에 넣고는 수도로 바꿔 틀고 샤워기를 벽에 붙어 있는 샤워기걸이에 걸어놓았다. 따듯한 물이 비처럼 쏟아지며 거품을 만들어내기 시작했다.

아직 욕조 안에 물이 조금밖에 차지 않아 마주 앉은 두 사람의 벌거벗은 몸이 그대로 다 드러났다.

'미치겠네.'

사랑을 나눌 때 안방에 불이 켜져 있어 환했었지만 지금처럼 부끄럽지는 않았다. 소진은 얼굴이 화끈거리는 것을 느끼며 민혁의 머리 뒤쪽인 욕실 벽으로 시선을 돌렸다. 그러는 사이 엉덩이와 다리가 잠길 정도로 욕조에 물이 찼다.

소진은 점점 채워지는 따듯한 물로 인해 긴장됐던 온몸이 나른해지는 것을 느끼며 욕실 벽만 뚫어져라 바라보고 있었다.

"새삼스레 부끄러움을 느끼기라도 하는 거야?"

민혁이 갑작스레 침묵을 깼다.

"무, 무슨 소리예요?"

소진은 무의식적으로 민혁의 얼굴을 쳐다보며 당황스런 말투로 물었다.

"계속 날 안 쳐다보고 다른 곳을 보고 있었잖아."

"그, 그거야……."

"내 앞에선 부끄러워하지 않아도 돼."

난감함에 말끝을 흐리는 소진의 말을 자르듯 민혁이 말했다.

"네가 어떤 모습으로 내 앞에 있든, 네가 어떤 행동을 하고 어떤 말을 하든 내 앞에선 항상 당당했으면 좋겠어. 넌 내가 사랑하는, 이 세상에 존재하는 유일한 여자니까."

민혁의 말에 최면이라도 걸린 것 같았다. 신기하게도 소진은 더 이상 나신으로 민혁과 마주 앉아 있는 게 부끄럽지 않았다. 벌거벗고 마주 앉아 있음에도 불구하고 그 자체가 그냥 자연스럽다는 생각이 들었다.

"그럴게요."

"약속."

민혁이 새끼손가락을 펴서 내밀었다. 그런 민혁이 어린아이같이 보여서 소진은 피식 웃으며 그의 새끼손가락에 그녀의 새끼손가락을 걸어주었다.

"이제 됐어요?"

"도장도 찍고 복사도 해야지."

"어린애들처럼 유치하게."

"사랑은 원래 유치한 거래."

"누가 그래요?"

"사랑을 해본 사람들이."

민혁이 '사랑은 유치한 것이다!' 라는 말을 확고히 믿고 있다는 표정으로 소진을 바라보았다. 그런 민혁에게 소진은 더 이상 반박할 여지가 없었다. 굳이 반박할 이유도 없고.

"좋아요. 도장도 찍고 복사도 해요."

소진은 새끼손가락을 건 채 엄지로 도장을 찍은 후 손바닥으로 복사하는 시늉을 했다. 그런 행동이 재미가 있는지 민혁이 킥킥거리며 웃었다.

"기껏 하자고 해서 해줬더니 왜 웃어요?"

"재밌어서."

"새끼손가락 걸면서 약속하고 도장 찍고 복사하는 게 그렇게 재밌어요?"

"응. 예전 네 모습이 생각나서 재밌어."

"예전의 내 모습이라뇨?"

"네가 유치하다고 말한 이거, 예전에 네가 나한테 하자고 졸랐던 거잖아."

"내가 언제요?"

아무리 그때 그녀가 어렸다고 해도 고등학생이었다. 그런데 이런 유치한 짓을 민혁에게 하자고 졸랐었을까. 소진은 기억나지 않는 예전 일을 들먹이는 민혁을 보며 펄쩍 뛰었다.

"설마 내가 진짜 이런 유치한 짓을 하자고 오빠한테 졸랐었단 말이에요?"

"까맣게 잊었나 보네."

민혁이 조금 서운한 표정을 지었다.

"정말 그런 일이 있었다고요?"

표정을 보니 민혁이 거짓말을 하는 것 같지 않아 소진은 설마 하는 얼굴로 물었다.

"네가 S대에 들어갈 수 있을 것 같다면서 S대에 합격하면 내가 축하 밥 한번 근사하게 쏜다고 했을 때 네가 졸랐었잖아. 새끼손가락을 내 코앞에 내밀면서 약속하고 도장 찍고 복사도 하자면서. 내가 그런 거 안 해도 된다고 했을 때 네가 뭐랬었는지 알아?"

"그, 그만요."

민혁의 말을 듣다 보니 소진은 그때의 일이 생각나 그가 더 이상 말을 하지 못하게 했다. 민혁에게 유치하다는 말을 했던 것 때문에 그의 말을 더 듣고 있을 수가 없었다.

"이젠 기억이 나나 보군."

"그땐 옷을 다 입고 있었지만 지금은 상황이 다르잖아요."

소진은 창피한 생각에 핑계를 댔다.

"물론 그렇지. 그땐 지금처럼 우리가 벌거벗은 채 함께 욕조에 앉아 있을 상황이 아니었으니까."

'누가 뭐랬나? 왜 그렇게 자세히 설명을 해주는 건데?'

"그렇게 구체적으로 설명 안 해도 다 알거든요!"

소진은 너무 상세하게 설명을 하는 민혁이 얄미워 쏘아붙이듯 말했다.

"화나라고 한 말 아닌데, 미안해."

"미안해하지 말랬죠."

소진은 괜히 민혁에게 어깃장을 놓았다.

"알았어. 미안하단 말 취소."

순순히 대답하는 민혁을 보고 있자니 소진은 괜히 화풀이를 한 것 같아 마음이 좋지 않았다.

"미안해요. 창피해서 괜히 내가 화낸 거예요. 오빠 잘못한 거 없어요."

"너도 미안해하지 마. 나한텐 어떤 투정을 부려도 돼. 화내도 되고. 넌 나한텐 뭘 해도 되는 사람이니까."

"내가 무슨 짓을 하든지 다 받아주겠다고요?"

"물론. 딱 한 가지만 빼고."

거품이 욕조 위까지 올라오자 민혁이 상반신을 뒤로 돌려 수돗물을 끄고는 다시 그녀를 마주 보았다.

"그게 뭔데요?"

"다른 남자 만나는 거."

"아. 그건 오빠한테도 해당되는 거 알죠?"

"당연하지. 난 다른 여자한텐 관심 없어. 내 마음속엔 내 여자가 아닌 다른 여자가 들어올 자리 따위 없어."

"나도 그래요. 오빠 외에 다른 남자한텐 관심 없어요. 내 마음도 내 남자가 아닌 다른 남자가 들어올 자리 따윈 없어요."

소진을 바라보는 민혁의 눈빛이 다시 뜨거워지기 시작했다. 잠시 뜨거운 눈빛으로 소진을 바라보던 그가 일어서더니 그녀의 뒤로 걸어와 앉았다. 그 바람에 욕조 벽에 등을 기대고 앉은 민혁의 허벅지 위에 그녀가 걸터앉은 모양새가 되었다.

소진은 숲에 맞닿아 있는 민혁의 기둥이 불끈불끈하는 게 느껴졌다. 아주 야릇한 느낌이었다.

'나 진짜 미쳤나 봐.'

민혁과 사랑을 나눈 지 얼마나 됐다고 다시 흥분을 하는가 말이다. 민혁의 기둥이 숲에 닿아 불끈거릴 때마다 소진은 또다시 혈관에 전기가 흐르는 것처럼 온몸이 짜릿짜릿했다.

"내 것 좀 만져 봐."

민혁의 말에 소진은 손을 엉덩이 뒤로 돌려 그의 기둥을 잡았다. 거품 입욕제 때문인지 원래 그렇게 매끄러운 살결인지 모르지만 이미 그의 기둥은 잔뜩 성이 나 있었다. 단단한, 곧 터져 버릴 것 같은 불기둥처럼 느껴졌다.

소진은 그의 기둥을 잡고 천천히 위아래로 움직이기 시작했다. 미끄러워서 꽉 잡는 바람에 쾌감이 더 심해진 것일까.

"으음."

민혁의 입에서 억눌린 신음이 흘러나왔다.

"하고…… 싶어요?"

"응?"

그녀가 하는 말을 제대로 듣지 못했는지 민혁이 되물었다.

"다시 사랑을 나누고 싶으냐고요?"

"아. 근데 그래도 되겠어? 난 괜찮은데 네가 아플까 봐 걱정돼."

"괜찮을 것 같아요."

"무리하지 마. 참을 수 있으니까."

소진은 고개만 돌려 민혁을 바라보았다. 그의 두 눈엔 벌써 정염이 가득 차 있었다.

"참지 말아요. 나도 오빠와 다시 사랑을 나누고 싶어서 그러는 거니까."

"진심이야?"

"네. 진심이에요."

"정말이지?"

소진이 진심이라고 말했지만, 그래도 걱정이 되는지 민혁이 다시 한 번 확인했다.

"설마 내가 애원하길 바라는 거예요?"

"그럴 리가. 네가 원한다니까 너무 좋아서 그래. 네 걱정도 되고."

"내 걱정하지 말고 얼른 해줘요."

소진의 말이 끝나자마자 민혁이 거품 묻은 두 손을 들어 올려 그녀의 두 가슴을 움켜잡았다. 동그라미를 그리듯 그녀의 풍만한 가슴을 매만지더니 손가락으로 유두를 톡톡 건드리다가 비틀었다. 비눗기 때문인지 므흣한 느낌이 배가되었다.

"흐응."

소진의 입에서 절로 신음이 새어 나왔다. 미끌미끌한 입욕제 거품 때문에 가슴을 매만져 주는 민혁의 손길이, 그 감촉이 너무나 좋았다.

"흐읏."

불시에 숲 안 동굴로 들어온 민혁의 기둥으로 인해 소진은 잠시 숨을 멈춰야 했다. 동굴 안이 꽉 채워지는 느낌으로 인해 절로 호흡이 멈춰진 것이다.

"이제부터 시작이야."

민혁은 소진의 귓가에 대고 속삭였다. 욕실 안이라 그런지 낮게 속삭이는 그의 음성이 공명되어 공간을 울리며 퍼져 나갔다.

"얼마든지요."

소진은 자신 있게 대답했다.

민혁과는 이미 한 번 사랑을 나눈 사이였다. 그리고 벌거벗은 몸으로 욕탕 안에 마주 앉아 볼 것 못 볼 것 다 보고 다 보여주었다. 더 이상 부끄러울 것이 없었다. 아니, 민혁이 부끄러워하지 말라고 했기에 그녀는 부끄러워하지 않겠다고 마음먹었다.

사랑함에 있어서 소극적인 여자보다는 적극적인 여자가 되고 싶은 소진이었다. 이론으로만 따지면 박사 학위를 따도 모자랄 만큼의 성에 대한 상식을 가진 그녀가 아니던가. 머릿속에만 간직하고 있던 것을 몸으로 실천하는 것뿐이다. 소진이 사랑하는 그리고 그녀를 사랑하는 민혁과 함께.

소진은 민혁과 함께라면 무엇이든 못할 게 없다는 생각이 들었다. 천국을 경험하는 사랑의 행위든 지옥을 경험하게 될 그 무엇이든.

'난 이제 예전의 안소진이 아니야. 이젠 맹렬히 사랑하고, 더 열렬하게 사랑을 받을 거야!'

소진은 참지 않고 입에서 터져 나오는 대로 신음을 토해냈다. 그게 오히려 민혁을 더 자극하는 것 같았다. 민혁이 그녀의 동굴 안에 기둥을 박은 채 열심히 엉덩이와 허리를 움직여 댔다.

"하아하아……."

"허억허억……."

민혁의 움직임이 빨라질수록 두 사람의 거친 호흡 소리가 욕실 안을 가득 메웠다.

"오빠, 조금만 더……."

소진은 몸이 터져 나갈 것만 같았다. 그러면서도 뭔가 허전했다. 그 허전함이 민혁을 재촉하게 만들었다.

민혁의 움직임에 더욱 가속이 붙었다. 그만큼 그녀가 느끼는 희열도 커졌다. 온몸의 세포 하나하나가 불꽃놀이처럼 뜨거운 불길을 내뿜으며 터지는 것 같았다. 머릿속에 아무런 생각도 나지 않았다. 하얗게 비워진 머릿속과는 반대로 부풀대로 부풀어 오른 심장은 금방이라도 몸 밖으로 튀어나올 것처럼 미친 듯이 뛰어댔다.

민혁이 움직일 때마다 소진의 몸이 거품을 묻힌 채 욕조 위로 솟구쳤다 내려앉았다. 거품이 묻은 그녀의 젖가슴도 출렁거리며 물 밖으로 나왔다 다시 거품 가득한 물 안으로 들어가기를 반복했다. 그럴 때마다 욕조 안을 가득 메운 거품이 욕조 밖으로 흘러내렸다.

민혁이 엉덩이를 빠르게 들썩일 때마다 욕조 안에 가득 차 있던 거품과 따뜻한 물도 빠른 속도로 욕조 밖으로 흘러넘쳤다. 그의 움직임이 민첩해질수록 흘러넘치는 욕조 안의 거품과 물의 양도 많아지고 속도 또한 빨라졌다.

"하아하아……."

"허억허억……."

욕실 안에는 민혁과 소진의 거친 호흡 소리와 출렁이는 욕조 안의 물소리만으로 가득했다.

민혁에게 온전히 몸을 맡긴 소진은 정신을 차릴 수가 없었다. 그녀의 정신처럼 눈빛도 몽롱해진 듯했다. 눈에 보이는 모든 것들이 흐릿하고 춤을 추는 것 같았다.

우연히 시선이 멈춘 세면대 위의 벽에 붙어 있는 거울이 수증기 때문인지 아니면 두 사람이 뿜어내는 입김 때문인지 뿌연 막이 씌워져 있었다. 마치 아무런 생각도 할 수 없는, 탐닉에 젖어 몽롱해진 그녀의 머릿속처럼.

"허엇."

"하앗."

민혁의 기둥이 분출하는 순간 쾌락의 끝에 다다른 두 사람은 동시에 신음을 토해냈다. 그리고는 미동도 하지 않고 그 자세 그대로 있으면서 쾌락의 여운을 즐겼다.

어린아이를 달래는 듯한 부드러운 손길의 후희. 소진은 다시 한번 민혁이 그녀에게 주는 아름다운 선물을 받았다. 두 눈을 꼭 감고 민혁의 허벅지 위에 앉은 채 그의 넓은 가슴에 등을 기대어 온몸을 나른하게 풀어주는 애무를 즐겼다.

민혁이 그녀의 몸을 깨끗하게 씻어주고 목욕 가운을 입혀 욕실에서 내보내 줄 때까지 소진은 이 세상에서 가장 행복한 여자의 미소를 짓고 있었다.

두 번의 진한 사랑을 나눈 소진과 민혁은 안방의 침대에 누워 금방 잠이 들어버렸다.

민혁의 품에 꼬옥 안긴 채로 잠이 들었던 소진은 몸을 뒤척이다가 잠에서 깼다. 옆자리를 보니 휑하니 비어 있었다.

"어? 어디 갔지?"

소진은 침대 옆에 놓여 있는 협탁 위에 놓았던 휴대폰을 집어 들고 시간을 확인했다. 새벽 6시였다.

"이 시간에 어딜 간 거야? 설마……?"

알몸에 목욕 가운만 걸친 소진은 안방에서 나와 게스트룸의 문을 열었다. 잠을 잔 흔적도 없이 깨끗이 정돈된 상태 그대로였다.

"목이 말라서 주방에라도 간 건가?"

소진은 1층으로 내려와 주방으로 향했다. 주방 안이 캄캄했다.

"여기에도 없으면 어디에 있는 거지? 혹시 혼자 일을 하고 있나?"

성큼성큼 걸어간 소진은 조심스레 서재의 문을 열었다. 아니나 다를까, 평상복을 입은 민혁이 노트북을 켜놓고 일을 하고 있었다.

서재로 들어온 소진은 회의용 테이블 앞에 앉아 일을 하고 있는 민혁에게 다가가 섰다.

"뭐예요? 난 재워놓고 혼자 일하고 있었던 거예요?"

"어제도 못 잤잖아."

"나만 못 잤나 뭐."

그녀가 투정을 부리듯 말하자 민혁이 미소를 지었다.

"난 괜찮아."

"피곤하지 않아요?"

"난 며칠 동안 잠 안 자도 끄떡없어."

"그러다 건강 해쳐요."

"내가 너보다 나이가 다섯 살이나 많은데 체력이 후져서야 되겠어? 내 건강은 내가 챙기니까 넌 걱정 안 해도 돼. 나름 운동도 열심히 하고 있으니까."

"누가 괴물 지사장 아니랄까 봐."

소진은 민혁을 흘겨보는 시늉을 했다.

"혹시 타고난 워커홀릭 아니에요?"

"아니."

"그런 사람이 잠도 자지 않고 일만 해요?"

"잘 만큼 잤어."

"몇 시간이나 잤는데요?"

"세 시간."

"세 시간만 자고 버텨져요?"

"항상 그랬었으니까. 이젠 습관이 돼버려서 더 자면 몸이 찌뿌드드해. 저절로 눈이 떠져서 더 잘 수도 없고."

소진은 맞은편, 그녀가 봐야 할 자료들이 쌓여 있는 자리로 가서 앉아 민혁을 마주 보았다.

"설마…… 계속 그렇게 살 건 아니죠?"

"왜? 그렇게 살면 안 되나?"

"당연히 안 되죠!"

"왜 안 되지?"

민혁이 도무지 이해를 할 수가 없다는 표정으로 소진을 바라보았다.

"오빠가 하루에 세 시간밖에 안 자면 나도 더 잘 수가 없잖아요."

"넌 더 자도 돼."

"싫어요."

"왜 싫어?"

"난 오빠가 옆에 없을 때 눈뜨는 거 싫어요. 같이 자고 함께 일어나고 싶어요."

소진은 솔직한 심정이기도 했지만 민혁의 건강이 걱정돼 일부러 더 강조해서 말했다.

'좋지 않은 습관은 고쳐야 해.'

처음엔 세 시간만 자는 게 습관이 되어서 더 자려면 민혁이 고생 좀 하겠지만 그래도 하루의 피로가 풀릴 정도는 자줘야 건강을 유지할 수 있다는 게 소진의 건강에 대한 지론이었다.

"네가 정 원한다면 그렇게 할게."

어려울 거라고 말할 줄 알았는데 의외로 민혁이 순순히 그렇게 하겠다고 말했다. 소진에게 원하는 건 뭐든지 다 해준다고 했던 그의 말이 그냥 듣기 좋으라고 한 말은 아니었던 모양이다.

"정말이죠?"

그래도 혹시나 싶어 소진은 다시 한 번 확인했다.

"응."
"그럼 오늘 밤부터 당장 시작하는 거예요?"
"오케이."
그제야 만족스러운 미소를 짓고 민혁을 바라보던 소진은 눈앞에 쌓여 있는 자료들을 보며 금세 미간을 찌푸렸다. 그 모습을 본 민혁이 의아한 표정으로 그녀를 바라보았다.
"왜 인상을 써? 네가 원하는 대로 해주겠다는데."
"어제 하루를 버렸잖아요. 할 일이 태산인데."
"아."
"한 달 안에 디자인까지 마쳐야 한다면서 아, 소리가 나와요?"
"그 자료들 다 안 봐도 돼."
"그게 무슨 말이에요."
"조금 전에 핵심만 뽑아서 자료 정리 다 마쳤어. 내가 프린트해줄 테니까 넌 그것만 보면 돼."
"그저께도 노트북 끼고 있더니 나한테 보여줄 자료 정리하느라고 그랬던 거예요?"
"응. 네가 저걸 다 보면서 요점을 정리하려면 무리할 것 같아서."
"이 자료들도 안 보고 그냥 정리가 돼요?"
"그 자료들 내용은 이미 내 머릿속에 다 있으니까."
"헐."
"왜?"
"오빠 머리가 좋은 줄은 알았지만 이 방대한 자료를 다 기억하고 있다는 게 신기해서요."

"별걸 다 신기해하네. 내가 조사한 건데 기억 못하는 게 더 이상하지. 안 그래?"

민혁이 피식 웃었다.

"신기한 거 맞거든요!"

"알았어. 네가 신기하다면 신기한 거야."

민혁이 다시 피식 웃었다.

"치, 정말인데. 지금 나한테 머리 좋다고 빼기는 거 아니면 그렇게 웃지 마요."

"됐지?"

민혁이 피식 웃는 대신 환한 미소를 지어 보였다.

"네. 후후후."

"하하하하."

결국 소진이 웃음을 터뜨리고 말자 민혁도 따라 웃었다.

"이런 말장난 참 유치한 건데, 오빠랑 하니까 재밌네요."

"그러게."

의자에서 엉덩이를 떼고 일어난 소진은 잔웃음을 흘리며 앞에 쌓여 있던 자료들을 회의용 테이블 맨 끝으로 밀어놓았다. 민혁이 정리해 놓은 파일을 검토하되 만약 더 자세한 내용을 알고 싶을 땐 참고로 찾아보기 위해서였다.

"가서 조금 더 누워 있자."

민혁이 노트북의 전원을 끄고는 벌떡 일어났다.

"왜요? 피곤해요?"

"널 위해서야. 그젯밤 꼴딱 새우고 오늘도 얼마 못 잤잖아. 너 몸살 날까 봐 걱정돼서 안 되겠어."

"나도 이 정돈 버틸 수 있는 체력이 돼요."

"알아. 그래도 출근해서 일하려면 조금 더 쉬어주는 게 좋아."

"알았어요. 그렇게 해요 그럼."

민혁이 소진의 어깨를 감싸 안고 서재의 문을 열고 밖으로 나갔다.

안방에 들어와 침대 위에 누운 민혁은 두 팔을 벌렸다. 그러자 소진이 그의 팔베개를 베고 누워 따뜻한 품속으로 파고들었다.

"아, 좋다!"

소진이 만족스런 미소로 민혁을 올려다보았다. 그 모습이 참으로 사랑스러웠다.

"졸리면 조금 더 자."

"안 졸려요."

"눈에 졸음이 가득한데?"

"졸리지 않다니까요."

"알았어."

졸음이 가득 찬 눈으로 그를 올려다보면서도 끝까지 졸리지 않다고 우기는 소진을 내려다보며 민혁은 미소를 지었다.

'우리가 좀 더 일찍 만났으면 네가 행복한 날들을 더 많이 보낼 수 있었을 텐데.'

민혁은 자신이 너무 늦게 소진을 찾아온 것이 마음에 걸렸다. 비록 스스로 귀국을 미룬 것이 아니라, 공부와 미국지사 때문에 귀국을 할 수가 없었던 것이지만 조금 더 일찍 돌아오지 못한 것 때문에 소진에게 많이 미안했다. 그리고 민혁은 자신이 예상했던 것보다 훨씬 더 일찍 그를 용서를 해주고, 그의 사랑을 받아준 소진이 정말로 고마웠다.

'고맙다. 그리고 또 고맙다. 이 순간이 얼마나 행복한지 넌 모를 거야.'

소진을 사랑하고 있음을 느낀 순간부터 민혁이 꿈꿔온 것이었다. 서로의 마음을 받아주고, 몸으로 사랑을 나누고, 이렇게 편안하면서도 설레는 마음으로 침대 위에 함께 누워서 잠을 청하는 순간들을 매일 꿈꿔왔다. 그 꿈을 이루게 해준 안소진, 민혁에겐 그녀가 이 세상에서 가장 소중한 사람이었다.

민혁은 새삼 믿기지가 않아서 소진을 더 꼬옥 품에 안고는 손으로 머리를 쓰다듬어 주었다. 얼마 지나지 않아 소진이 스르륵 잠이 들었다. 그렇게 졸리지 않다고 우기더니, 생전 처음인데 두 번씩이나 사랑을 나눈 것이 몸에 무리가 간 듯했다.

새근새근, 아이처럼 숨을 쉬며 잠을 자는 소진을 민혁은 사랑스레 바라보았다. 두 눈에 오롯이 그녀만을 담았다. 영원히 잊히지 않을 순간을 각인하듯 그렇게…….

한 시간쯤 지나자 소진이 잠에서 깼다.

"잘 잤어?"

"내가 잤어요?"

"응."

"안 졸렸었는데 이상하네."

"잠이 부족한 상태였잖아. 무리도 했고."

무리했다는 민혁의 말에 소진은 자신의 얼굴이 발갛게 물드는 것을 느꼈다. 민망함을 감추기 위해 그녀는 일부러 미소를 지어 보였다.

"오빠도 잤어요?"

"아니."

"오빠도 피곤할 텐데 눈 좀 붙이지 그랬어요."

"잠든 네 얼굴 보는 것만으로도 모든 피로가 싹 날아갔어."

"선수."

"응?"

"선수 같다고요. 여자 꼬시는 선수."

"내가 왜 선수 같아? 어떤 점이?"

민혁이 억울한 표정으로 소진을 바라보았다.

"말할 때 보면 가끔 그런 생각이 들게 해요."

"그런 말은 많이 억울하다. 난 내 마음을 표현하는 것뿐인데."

"알아요."

소진은 정색하는 민혁이 귀여워 풋 웃음을 터뜨렸다.

"오빠, 또 약속할 거 있어요."

"뭔데?"

"다른 여자들한텐 말 많이 하지 말아요."

"그건 왜지?"

"오빠가 말을 많이 하면 할수록 여자들이 다 넘어갈 것 같아요. 그러니까 다른 여자들하고 말할 땐 단답형으로만 말해요. 알았죠?"

"알았어."

이번엔 민혁이 피식 웃었다.

"난 내 남자가 헤픈 거 싫어요. 그러니까 내 말 명심해요."

소진은 피식 웃는 민혁이 미덥지 않아 쐐기를 박았다. 그랬음에도 불구하고 민혁의 입가에 남아 있던 미소는 사라지지 않았다.

'대체 뭐가 그렇게 좋아서 웃는 거람.'

소진은 속으로 투덜대며 민혁을 흘겨보았다.

"내 말 들은 거예요?"

민혁이 검지로 자신의 머리를 톡톡 건드렸다. 자신의 머릿속에 입력 완료했단 뜻이었다.

"명심하고 있을 테니 걱정하지 마. 누구의 명령인데 안 듣겠어? 네가 원하는 거면 뭐든 한다고 했잖아. 또?"

"또, 라뇨?"

"또 내가 명심해야 할 것들이 있느냐고."

"없어요."

"다행이네."

"아니, 있어요."

"있어?"

"네."

"뭔데?"

"이젠 긴장 좀 풀고 살아요. 아까도 말했지만 잠도 충분히 자고요."

"난 긴장 같은 거 하지 않는데? 잠도 이미 충분히 자고 있고."

"세 시간밖에 안 자면서 무슨 잠을 충분히 자고 있다고 그래요? 미국지사에서 일할 때처럼 일하고 있으면서."

"내가 그랬잖아. 습관이 되어버렸다고."

"여긴 미국지사와 달라요. 우연어패럴엔 수많은 직원들이 있어요. 그 많은 직원들이 할 일은 남겨줘야죠."

"내가 직원들이 할 일들을 다 빼앗아서 하고 있다는 뜻이야?"

민혁이 이해가 안 된다는 표정으로 소진을 보았다.

"그게 아니라 오빠 혼자 다 감당하려고 애쓰지 말란 소리예요. 그리고 무엇보다 난 하루에 세 시간밖에 자지 않는 남자와는 못 살아요."

"왜?"

"난 최소 여섯 시간은 자야 피로가 풀리니까요."

"그럼 넌 여섯 시간, 아니, 여덟 시간이라도 자. 그럼 되잖아."

"난 오빠가 옆에 없을 때 눈뜨는 거 싫다고, 같이 자고 함께 일어나고 싶다고 했잖아요. 내가 원하면 더 자준다고 해놓고…… 그새 잊어버린 거예요?"

"잊지 않았어."

"근데 왜 나만 여섯 시간, 아니, 여덟 시간이라도 자래요?"

"나도 노력할 거야. 근데 단숨에 고쳐지지 않을 거라 시간을 좀 달라는 뜻이지."

"억지로라도 내가 일어날 때까지 누워 있어요."

"알았어."

"약속했어요!"

"새끼손가락 걸고 도장 찍고 복사할까?"

민혁이 소진을 보며 빙글빙글 웃었다.

"됐어요. 이젠 그런 거 안 해도 오빠 말 믿어요."

"장족의 발전이군. 하하하."

새끼손가락 걸고 도장 찍고 복사하는 게 유치하단 생각이 들어서 그런 거 안 해도 민혁의 말을 믿는다고 말했는데, 그녀의 대답이 아주 흡족한지 그가 큰 소리로 웃었다. 그런 그를 보던 소진도 결국 웃음을 터뜨리고 말았다. 웃음과 하품은 전염된다더니 그 말이 맞는 모양이었다. 민혁의 웃는 모습을 보고 그녀도 웃게 되는 걸 보면.

chapter 8

비밀스런 긴급 프로젝트를 시작한 지 열흘이 지났다. 그동안 소진은 매일 민혁과 함께 지냈다. 물론 매일 사랑도 나누었다. 은밀하면서도 아주 진한, 너무나 황홀해서 영혼까지 타버릴 것만 같은 사랑을……. 그리고 민혁은 안방에서 그녀와 함께 잠을 잤다.

마치 잘 짜인 시간표대로 움직이듯 퇴근을 하면 하얀 집으로 와서 함께 저녁을 먹고 서재로 들어가 일을 했다. 민혁이 핵심 내용만 정리한 파일을 메일로 보내주어서 한결 자료들을 보는 게 수월했다. 가끔 조금 더 자세히 알고 싶은 내용이 있을 땐 프린트되어 있는 자료들을 뒤져 그 부분을 찾아서 자세히 훑어보며 참고했다.

일이 끝나면 마치 약속을 한 것처럼 두세 시에는 서재를 나와

둘이 안방으로 들어가 사랑을 나누었다. 그리고는 항상 둘이 같이 샤워를 했다. 사실 욕실로 들어가는 건 두 사람이 함께 들어갔지만 그녀의 몸을 닦아주는 건 민혁이었다.

사흘째 되는 날 소진도 용기를 내서 민혁의 몸을 닦아주겠다고 나섰다. 처음엔 민혁이 괜찮다고 했지만 소진이 우기는 바람에 어쩔 수 없이 그녀에게 몸을 맡겼다. 표정을 보니 싫어서 괜찮다고 한 게 아닌 듯했다. 그녀가 민혁의 몸을 닦아주는 내내 그는 미소를 짓고 있었으니까.

그러다가 서로의 심장이 뜨거워지면 씻는 것을 멈추고 다시 사랑을 나누었다. 그렇게 소진과 민혁은 사랑을 나누는 것에, 야릇한 쾌감에, 불같은 욕정에, 서로에 대한 탐닉에 길들어져 가고 있었다.

소진과 민혁, 두 사람은 이젠 그 누구도 떼어놓을 수 없는 한마음, 한 몸이 되어버렸다. 사랑이란 이름으로, 그 무엇으로도 갈라놓을 수 없는 하나가 되어 있었다.

철옹성처럼 단단한 결계가 두 사람을 하나로 묶어놓았다. 그 결계는 서로에 대한 신뢰와 사랑이었다.

소진은 몇 분 남지 않은 퇴근 시간이 되길 기다리며 핸드백을 챙겼다. 그때 휴대폰의 진동음이 울렸다.

휴대폰을 확인해 보니 민혁이 보낸 메시지가 있었다.

「갑자기 아버지께서 저녁 같이 먹고 오늘은 본가에서 자라고 하시네. 아쉽지만 오늘은 같이 못 있겠다. 벌써부터 보고 싶은데. ㅠㅠ」

벌써부터 보고 싶다며 눈물 표시까지 해놓은 메시지를 본 소진은 풋, 웃음을 흘렸다. 전혀 상상도 못했던, 민혁답지 않은 눈물

표시였기 때문이었다.

소진은 웃음기를 머금은 채 서둘러 답장을 썼다.

「그럼 나도 옷도 좀 더 챙겨올 겸 오늘은 집에 갈게요. 내일 봐요~ ^^」

그녀가 답장을 보낸 지 얼마 안 돼 민혁으로부터 다시 메시지가 왔다.

「뭐야? 난 오늘 너와 못 지내게 돼서 안타까운데 넌 좋은 거야?」

아마도 물결무늬와 웃음 표시 때문에 그녀가 집으로 가는 게 신나 보인 모양이었다. 즉각 질투하는 듯한 반응을 보이는 민혁이 귀여워 옆에 있으면 깨물어주고 싶은 심정이었다.

'이럴 땐 약을 줘야겠지.'

소진은 메시지 쓰기 창을 열고 이모티콘을 찾았다.

「♡!!!!!!」

그녀가 메시지를 보내고 나자 곧이어 민혁이 다시 메시지를 보내왔다. 그것도 연이어 두 개씩이나.

「^^」

「♡!!!!!!!!!!」

기분이 좋다는 뜻의 웃는 표정 이모티콘이야 그렇다 치고, 그 뒤에 보낸 메시지에는 민혁이 그녀를 더 많이 사랑한다는 걸 증명이라도 하듯 하트 옆에 느낌표가 열 개씩이나 있었다. 휴대폰을 보며 소리 없이 웃고 있는데 또 다른 메시지가 도착했다. 역시 민혁이 보낸 것이었다.

「아주머니껜 우리 오늘 못 들어간다고 내가 연락할게. 오늘은 일하지 말고 집에 가서 저녁 먹자마자 자. 충전을 해놔야 남은 20일을 아프지 않고 버틸 수 있을 테니까. 일하지 않고 잠 푹 자기로 약속하는 거다?」

'난 자기가 더 걱정인데 내 걱정은 왜 하는 거야?'

민혁이 보낸 메시지를 본 소진은 휴대폰에 있는 자판을 치기 시작했다.

「내 걱정은 하지 말고 오빠나 푹 자요. 아무 일도 하지 말고 아무것도 생각하지 말고 자기로 약속해요.」

「OK!」

소진이 보낸 메시지에 쿨하게 답장을 보내온 민혁의 메시지를 끝으로 두 사람의 연락은 끝이 났다.

"퇴근 안 하십니까?"

고개를 들어보니 팀원 중 유일한 남자인 박 대리가 그녀의 책상 앞에 서 있었다. 박 대리 옆에 모든 팀원들이 모여 서서는 소진을 바라보았다.

"누구하고 메시지를 주고받으시는데 그렇게 웃음기가 가득한 표정이세요?"

"팀장님, 혹시 연애하세요?"

미스 진의 물음에 막내인 미스 유가 단도직입적으로 물었다.

"연애는 무슨. 그런 거 절대 아냐."

소진은 웃음기를 거둔 채 부정했다.

"강한 부정은 강한 긍정이란 말이 있는데. 하긴 연애는 숨어서 하는 게 제맛이라니까."

노처녀인 미스 문이 소진이 연애를 하고 있다는 것을 확신한다는 말투로 말했다.

"말해도 안 믿을 거면 내가 굳이 대답을 할 필요가 없죠? 자, 그럼 다들 퇴근하고 내일 봅시다!"

소진은 서둘러 해산을 명하며 퇴근 인사를 하고는 먼저 사무실에서 나왔다. 더 있다가는 팀원들의 질문 공세와 더불어 회식을 하자는 소리까지 나올 분위기였기 때문이었다.

팀원들과의 회식이 싫어서가 아니었다. 민혁이 하얀 집에 올 수 없는 오늘 같은 날 집에 가서 옷을 챙겨오지 않으면 따로 시간을 내야 하기 때문에 서둘러 디자인팀실을 나온 것이었다.

"엄마, 나 왔어!"

열흘 동안 집을 비운 터라 소진은 일부러 큰 소리로 외치며 거실로 들어섰다.

"어쩐 일이야? 한 달간은 꼼짝 못한다며?"

앞치마에 손의 물기를 닦으며 주방에서 나온 이 여사가 반색하며 소진을 반겼다.

"오늘은 쉬기로 했어."

"잘했다. 아무리 일이 중해도 쉬는 날도 있어야지."

"아우, 우리 엄마 보고 싶어 죽는 줄 알았네!"

소진은 와락 이 여사를 끌어안았다.

"누가 보면 이산가족 상봉하는 장면이라도 찍는 줄 알겠다."

말은 그렇게 하면서도 이 여사 또한 소진을 끌어안고 등을 토닥여 주었다.

"누가 뭐라고 하든 그게 무슨 상관이야? 내가 엄말 보고 싶어했다는 게 중요하지. 엄만 나 안 보고 싶었어?"

이 여사의 품에서 벗어난 소진은 그녀의 얼굴을 바라보며 물었다.

"보고 싶은 것뿐이야? 우리 막내가 없으니까 집 안이 텅 빈 것 같아서 내가 얼마나 허전해했는지 알아?"

"헤헤."

소진은 기분이 좋아서 애교를 부리며 웃었다.

"일이 힘든가 보네."

"왜?"

"얼굴이 핼쑥해 보여. 제대로 먹고 잠도 자가면서 일하는 거 맞아?"

"당연하지."

"근데 왜 이렇게 마른 것 같아 보여?"

"회사 일이랑 프로젝트랑 두 가지 일을 하니까 조금 빡세긴 하지만 엄마가 걱정할 정도로 컨디션이 나쁘진 않아. 그리고 엄마가 보는 것만큼 마르지 않았어. 손맛 좋은 도우미 아주머니가 계셔서 얼마나 잘 먹으면서 일하는데."

소진은 두 가지 일을 하는 것도 있지만 그것보다는 밤마다 민혁과 몇 번씩 사랑을 나누느라 버거워서 체중이 조금 빠진 것 같다는 이야기를 차마 할 수가 없어서 잘 먹는다고 말을 돌렸다.

"그럼 다행이고. 어쨌든 그 프로젝트인지 뭔지 빨리 끝나야지 우리 막내 잡겠다."

"20일 후면 끝나는데 뭐. 아빤 아직 안 오셨어?"

"응. 저녁 약속 있으시대."

"아. 소희 언니는? 오늘 오프라고 신난다면서 메시지 보내왔던데, 자고 있는 거야?"

"자기는. 아빠한테 호출받고 삼십 분 전에 나갔어."

"아빠가 언니를 호출했다고? 왜?"

"모르지, 소희도 아빠가 무작정 나오라고 해서 나간 거니까. 소희 들어오면 무슨 일인지 알 수 있겠지."

"혹시……?"

"혹시, 뭐? 뭐 짚이는 거라도 있어?"

"소희 언니 뭐 입고 나갔어?"

"청바지에 티셔츠 입고 나갔어. 그건 왜 물어?"

"아냐. 혹시 아빠가 언니한테 누구 소개시켜 주는 건가 싶었는데…… 아닌가 봐."

만약 소진의 부친인 안 사장이 소희한테 남자를 소개해 주려고 마음을 먹고 그녀를 불러낸 거라면 옷차림부터 신경 쓰라고 했을 것이었다.

안 사장은 늘 청바지에 헐렁한 티셔츠만 입고 다니는 소희임을 누구보다 잘 알고 있고, 또 그것을 두고 잔소리를 했다. 얼굴도 예쁘고 몸매도 날씬한데 왜 옷차림에 신경을 쓰지 않느냐고, 그러니까 남자들이 소희를 여자로 보지 않는 거 아니냐고, 대체 그러고 다니다 시집도 못 가면 어쩌느냐며 제대로 좀 챙겨 입고 다니라고 노래 아닌 노래를 불렀다.

그래도 소희는 안 사장의 말에 눈도 꿈쩍하지 않고 항상 제 고집대로 청바지와 헐렁한 티셔츠를 입고 다니고 있었다.

"혹시 또 모르지. 네 언니가 남잘 소개해 주겠으니 옷을 차려입고 나오라고 하면 아예 안 나갈 것 같으니까 울며 겨자 먹기로 아무 말도 안 하고 불러낸 것일 수도 있으니까."

"그런가? 하긴 언니 성격에 미리 말하면 옷차림은 둘째 치고 아예 그런 자리엔 안 나가겠다고 할 게 빤하지."

소진은 고개를 끄덕이며 이 여사의 말에 동조를 했다.

"기왕 소개받는 거면 잘됐으면 좋겠는데. 요즘엔 의사들이 하도 많아서 예전처럼 무조건 좋아하는 시대도 아닌데…… 소희만 생각하면 걱정돼. 여자처럼 하고 다녀도 불안한데 항상 선머슴처럼 하고 다니니 누가 여자로 느끼겠어? 아무리 잔소리를 해도 듣지 않으니 원."

"우리 집이 딸만 셋이라 소희 언니가 아들 노릇하는 건가?"

"아들 노릇 좋아한다. 그런 건 바라지도 않으니까 시집이나 제때 가주면 좋겠다."

이 여사가 긴 한숨을 내쉬었다.

"암튼 소희 언니가 소개팅 나간 거든 아빠랑 저녁을 먹는 거든 밥은 먹고 들어올 테니까 엄마랑 나랑 둘이 저녁 먹어야겠네."

"하마터면 나 혼자 저녁 먹을 뻔했는데 때마침 네가 와서 좋구나."

걱정을 한 짐 지고 있는 표정을 짓고 있던 이 여사가 자상한 미소로 소진을 바라보았다.

"그러게. 엄마랑 단둘이 밥 먹는 거 진짜 오랜만이네."

소진은 어린아이처럼 방긋 미소를 지어 보였다.

"배고플 텐데 얼른 손 씻고 와. 찌개 다 끓었으니까 얼른 밥 먹자."

"네."

소진은 손을 씻기 위해 욕실을 향해 걸어갔다. 오랜만에 엄마인 이 여사와 수다를 떨며 밥 먹을 생각을 하면서.

B호텔 한식당에 도착한 소희는 입구를 지키고 있던 종업원에게 예약자인 아버지 '안경환' 이란 이름을 댔다. 그러자 종업원이 손님이 먼저 와서 기다리고 있다면서 한 룸으로 그녀를 안내했다. 룸의 문을 열고 들어가니 웬 낯선 남자가 앉아 있었다. 막 들어서는 그녀를 보며 미간에 주름을 잡았다. 소희는 기분이 확 상했다.

"이 룸은 예약이 된 룸입니다."

당당한 남자의 말에 소희는 얼른 뒤에 서 있는 종업원을 바라보았다.

"룸 잘못 안내하신 거 아니에요?"

"아닙니다. 이 룸은 노현우 님과 안경환 님의 성함으로 예약된 룸이 맞습니다."

"두 분이 동시에 예약을 하신 룸이라고요?"

"네."

소희의 물음에 종업원이 공손한 자세로 대답했다.

"……!"

오호라, 하도 시집갈 생각을 안 하니까 그녀의 아버지인 안 사장이 수를 쓴 게 분명했다. 그렇다면 미간에 주름을 잡고 마뜩찮게 그녀를 바라보고 있는 저 남자는 바로 그녀가 소개를 받을 남자란 뜻이었다.

"알았어요. 그만 가보세요."

감을 잡은 소희의 말에 종업원이 인사를 하고 물러갔다. 소희는 룸의 문을 닫고는 성큼성큼 걸어가 커다란 상을 사이에 두고 남자 앞에 마주 앉았다.

"노 현 자 우 자 되시는 분이 아버님이신가 보죠?"

"네."

"안 경 자 환 자 되시는 분이 제 아버지세요."

그녀의 말에 남자의 인상이 더욱 험악해졌다. 그러거나 말거나 소희는 남자를 훑듯이 요모조모 뜯어보았다.

'완전 조각 미남이군. 게다가 앉아 있는 모습을 보니 키도 백팔십은 훌쩍 넘을 것 같고. 우리 아버지 생각보다 눈이 높으시네. 집안 환경이야 아버지가 다 알아보셨을 테고 직업만 멀쩡하면 더할 나위 없이 좋은 사윗감일세.'

"배 안 고파요?"

소희는 단도직입적으로 물었다.

"난 그쪽하고 같이 밥 먹을 생각 없습니다."

남자가 다부지게 말했다. 표정과 눈빛만 봐도 그녀와는 절대로 밥을 함께 먹지 않겠다는 의지가 담겨 있었다.

'요것 봐라?'

소희는 기분이 나쁨과 동시에 오기가 생겼다.

"부친들께서 우리를 만나게 하려고 나름 머리를 쓰신 것 같은데 적어도 밥은 먹고 헤어져야 두 분께 예의를 지키는 거 아닌가요?"

"난, 그런 예의는 지키고 싶지 않습니다."

'어허, 점점 더 막나가네. 완전 재수탱이잖아!'

소희는 기가 막히고 자존심이 상해 앞에 앉아 있는 남자를 쏘아보았다.

"누군 뭐 좋아서 그쪽하고 밥을 함께 먹자고 하는지 알아요?"

"그러니까 그냥 헤어지자는 말입니다."

"대체 이렇게 빡빡하게 구는 이유가 뭐예요?"

"내 여자한테 죽습니다."

"뭐…… 라고요?"

"제겐 사랑하는 여자가 있습니다. 어떤 이유가 됐든 내 여자가 아닌 다른 여자와 함께 밥을 먹을 순 없습니다. 우리 아버님과 그쪽 아버님, 두 분에 대한 예의를 지키는 것보다 내 여자를 배려하는 게 나한텐 더 중요합니다."

남자가 벌떡 일어나더니 그녀를 내려다보았다.

"집에 가서 제가 한 말 그대로 전하셔도 됩니다."

소희도 자리에서 일어났다.

"뒷감당할 자신 있나 보죠?"

"그건 제가 감당할 일이니 저한테 맡겨두시면 됩니다."

"좋아요, 그럼 그냥 헤어지죠. 그쪽도 모르고 나왔나 본데 나도 모르고 나온 거니까, 서로 만나지 않은 셈 쳐요."

"그러죠. 먼저 나가십시오."

그녀 혼자 남겨두고 먼저 나가 버리지 않은 걸 다행이라고 해야 하나 싶을 정도로 소희는 이 상황이 어이가 없고 기가 막혔다. 그런데 참 이상한 건 이 남자의 행동에 기분이 나쁘면서도 한편으로는 자기 여자를 책임질 줄 아는 남자란 생각에 일말의 존경심이 생겼다는 것이다.

‘어느 여자가 그쪽의 여자인지는 모르지만, 어쨌든 자기 남자 관리 하난 확실하게 해놨네. 아님 그 여자가 복이 많아 자기 여자를 극진히 사랑하는 남자를 만난 것이거나.’

소희는 미련 없이 룸을 나왔다.

기분이 나쁘기도 하고 또 뭔가 아름다운 사랑을 본 것 같기도 한 미묘한 기분으로 B호텔을 나온 소희는 택시를 잡아타고 집으로 향했다.

집에 돌아오니 뜻밖에도 소진이 와 있었다.

“언니!”

“어? 한 달간은 얼굴 구경 못할 줄 알았더니 어떻게 시간을 뺐나 보네?”

“응. 오늘만 쉬기로 했어.”

“잘됐네. 엄마, 나 밥 주세요!”

주방에서 과일을 깎고 있는 이 여사를 향해 소희가 큰 소리로 말했다.

“언니, 아빠랑 저녁 먹으러 나간 거 아니었어?”

“그런 줄 알았는데 아니더라고.”

소희가 주방으로 가는 바람에 소진도 뒤따라 들어갔다.

“아니, 왜 저녁도 안 먹고 왔어?”

과일 깎던 것을 멈추고 밥상을 차리기 위해 일어서던 이 여사가 소희를 보며 물었다.

“그렇게 됐어.”

“왜, 아버지 못 만났어?”

“응.”

쿨해도 너무 쿨한 소희의 대답에 소진과 이 여사는 서로의 얼굴을 바라보다 동시에 소희에게로 시선을 돌렸다.

"저녁을 사먹일 것도 아니면서 네 아빤 널 왜 불러낸 거야?"

"아빠 만나러 나가놓고 아빨 못 만났다고?"

이 여사와 소진이 동시에 물었다.

"간단히 요약하자면, 아빠의 의뭉스런 계략에 내가 말려든 거야."

소희가 식탁 의자에 털썩 앉았다. 소진과 이 여사도 뒤따라 앉았다.

"아빠의 의뭉스런 계략에 말려든 거라니, 그게 무슨 뜻이야?"

"일종의 비밀스런 소개팅이지 뭐. 그쪽 부친도 아빠와 똑같은 수법을 쓰신 모양이야."

이 여사의 물음에 소희가 별거 아니라는 듯 말했다.

"근데 왜 저녁도 안 먹고 헤어졌어? 남자가 그렇게 마음에 안 들었어?"

"남자가 문제겠니? 네 언니가 문제지. 그러게 옷 좀 잘 챙겨 입고 가래도 말 안 듣고 나가더니……."

소진의 물음에 소희가 대답을 하기도 전에 이 여사가 잔소리를 하며 혀를 찼다.

"엄만 내가 옷차림 땜에 차이고 들어온 것 같아?"

"그럼 아냐?"

"아냐."

"그게 아니면 왜 저녁도 못 얻어먹고 들어와?"

이 여사가 속상한 표정으로 소리를 버럭 지르며 물었다.

"재수탱이, 아니, 그 남자가 나하고 밥 먹으면 죽는대!"

"그게 무슨 소리야?"

"언니, 그게 뭔 말이야?"

예상치 못한 소희의 대답에 이 여사와 소진이 동시에 물었다.

"그 남자한테 사랑하는 여자가 있대. 그 여잘 위해서 다른 여자완 밥 한 끼도 먹을 수 없대서 그냥 헤어졌어."

"어머머, 요즘도 그런 남자가 있어? 대체 어떤 여자를 사귀기에 다른 여자와 밥 한 끼도 못 먹는데?"

이 여사와 소희가 하는 말을 듣고 있던 소진이 도저히 믿기지 않는다는 표정으로 물었다.

"있더라. 그 재수탱이가 바로 그런 남자였어."

"그 남자 참 대단하네."

소진의 입에서 절로 말이 튀어나왔다.

"그 남자의 애인은 정말 행복하겠다, 그치 언니?"

"흔한 남잔 아니더라."

두 사람의 말을 듣고 있던 이 여사가 갑자기 벌떡 일어났다.

"아니, 너희 아빤 왜 여자가 있는지 없는지 알아보지도 않고 무작정 널 나오라고 했다니? 그리고 그 남잔 왜 소개팅 자리에 나와서 너한테 애인이 있느니 없느니 그런 소릴 해? 애인이 있으면 자기 부모한테 애인이 있다고 확실히 말을 하지, 뭐 땜에 소개팅 자리엔 나오느냐고!"

이 여사가 생각하면 생각할수록 부아가 난다는 표정으로 소희를 보았다.

"딱 보니까 가족들한텐 아직 사랑하는 여자가 있다는 말을 안

했나 보네. 아빠가 그 남자한테 애인이 있는 걸 아시면서도 언니한테 그 남자를 만나게 하시겠어? 아빠도 모르셨으니까 소개팅을 주선하신 거겠지. 그쪽 아버님도 그렇고."

소진은 씩씩거리는 이 여사를 보며 아버지인 안 사장의 편을 들었다. 사실 세 딸이라면 사족을 못 쓸 정도로 사랑하는 안 사장이 그 남자한테 애인이 있다는 걸 알면서도 소희에게 소개시킬 리는 만무했다. 몰랐으니까 두 아버지가 소희와 그 남자를 만나게 해주려고 나름 작전을 짰던 것이겠지.

"암튼 오늘은 나한테 재수 옴 붙은 날이야. 밥이나 줘, 엄마. 나 배고파. 등가죽이 배에 붙은 것 같아."

"알았어. 헤어지더라도 밥이나 먹이고 헤어지지 애인 있는 사람이 소개팅 자리에 나온 게 뭐 그리 당당하다고 밥도 안 먹이고 보낸다니! 괜히 우리 딸만 헛고생하게 하고…… 쯧쯧."

이 여사가 밥상을 차리기 위해 분주히 움직이기 시작했다. 소희의 소개팅에 대해 자신한테는 아무런 언질도 주지 않고 자기 혼자 진행한 남편의 무심함에 대해 툴툴거리는 말들을 입에 줄줄이 달고서.

"언니, 그 남자가 진짜로 언니랑 밥 먹으면 자기 여자한테 죽는다고 그랬어?"

"그랬다니까!"

"그 남자가 대단한 거야, 아님 그 남자 여친이 집착이 쩌는 여자인 거야?"

"알아서 뭐 하게? 괜히 그 재수탱이 만나느라 낮잠 실컷 잘 수 있었는데 못 잤네."

툴툴거리는 소희를 보며 소진은 그 남자의 얼굴을 한 번이라도 봤으면 좋겠다는 생각을 했다. 요즘 같은 세상에 그토록 순정파인 남자가 있다는 게 믿기지 않아서였다. 민혁만 빼고.

chapter 9

하얀 집의 벽 앞에 차 두 대가 동시에 나란히 정차했다. 시동을 끈 민혁과 소진은 각자의 승용차에서 내렸다.

소진은 F/W 시즌을 위한 추가상품 판매가 예상했던 것보다 훨씬 더 호조를 보이고 있어서 한시름 놓은 상태로 퇴근을 했고, 지하주차장에서 우연히 만난 민혁과 함께 하얀 집으로 온 것이었다.

그녀와 눈이 마주치자마자 민혁이 멋진 미소를 지어 보였다. 그를 겨우 하룻밤 못 본 것뿐인데 왠지 새로운 느낌이 들었다. 본가에서 좋은 시간을 보냈는지 아니면 간만에 집 밥을 먹어서 그런지 안색도 좋아 보이는 듯했다.

"오빠, 안색이 좋아 보여요. 겨우 하루 쉬었는데 안색이 좋아진 걸 보면 확실히 그동안 무리하긴 했나 봐요."

"너도 좋아 보여."

"늘어지게 잤거든요."

"잘했어."

어린아이한테 칭찬을 해주듯 민혁이 소진의 머리를 쓰다듬었다.

"오빠는요? 또 세 시간밖에 안 잤어요?"

"눈이 떠져서…… 더 자려고 노력했는데 잠이 안 들더라고."

민혁이 약속을 못 지켜서 미안하다는 표정을 지었다.

"오빨 위해 약속을 한 거지 무리해서 안 오는 잠을 억지로 자라는 뜻은 아니었어요."

"알아. 하지만 내가 노력했었다는 얘긴 해야 덜 혼날 것 같아서."

"풋."

소진은 자신도 모르게 웃음을 흘리고 말았다.

"난 진지하게 말한 건데 왜 웃어?"

"너무 진지해서요."

"별게 다 웃기네. 아무튼 네가 웃으니 보기 좋다."

민혁이 앞장서서 대문 앞에 서서 초인종을 눌렀다. 곧이어 아주머니의 인사말이 들려왔고 대문의 잠금장치가 풀렸다. 알고 보니 민혁이 비밀번호를 누르지 않고 초인종을 누르는 건 혹시 모를, 아주머니를 곤란한 상황에 처하지 않게 하기 위한 배려였다.

현관문을 열고 들어가자 이제 불문율처럼 되어버린, 아주머니가 퇴근 준비를 마친 채 거실 현관 앞에 서서 반색하며 그들을 반겼다.

"어서 오세요. 저녁은 차려놨어요."

"고맙습니다."

"오늘도 수고하셨습니다. 내일 뵙죠."

"네."

"살펴 가세요."

소진의 진심 어린 말에 아주머니가 미소로 인사를 하고는 현관문을 열고 나갔다.

"이제 우리 둘만의 세상이군."

거실로 들어오자마자 민혁이 흡족한 표정으로 말했다.

"그게 그렇게 좋아요?"

"당연히 좋지. 왜, 넌 싫어?"

"아뇨, 나도 좋아요. 오빠하고 단둘이 앉아서 일하고 또……."

소진은 민망한 생각에 말끝을 흐리고 말았다.

"그리고 또?"

민혁이 짓궂은 표정으로 물었다. 무슨 의미인지 다 알면서 그녀를 놀리려는 것이다.

"됐어요."

"뭐가 됐는데?"

"그걸 꼭 내 입으로 말해야 해요? 치, 오빠가 더 좋아하면서."

"너도 좋아하는 거 아니었어?"

"음…… 오빠보다 조금 덜 좋아한다고 대답하면 내 체면이 좀 설라나?"

"하하하."

소진의 말에 민혁이 크게 웃었다. 그리고는 소진이 귀엽고 사랑스러워서 죽겠다는 듯한 표정으로 그녀에게 입맞춤을 했다. 그의 입술이 그녀의 입술에 닿는 순간 소진은 온몸이 짜릿해지는 걸 느꼈다. 민혁과 손만 스쳐도 이젠 완전히 자동적인 반응이 되어버렸다.

'내가 이렇게 스킨십을 밝히는 여자였었나?'

문득 그런 생각이 들었지만 소진은 이내 그 생각을 지워 버렸다. 즐길 수 있을 때 즐기라고 했다. 더구나 그 대상이 그녀의 첫사랑이자 마지막 사랑이 될 민혁이었다. 스킨십을 밝히면 어떻고, 민혁의 손길과 입술에 즉각 즉각 반응을 좀 하면 어떠랴.

소진은 민혁과 함께하는 모든 시간을 즐기고 싶었다. 아니, 즐기기로 마음을 먹었다. 함께 일을 하는 시간도, 둘이 마주 앉아 식사를 하는 것도, 뜨겁게 사랑을 나누는 것도, 그 어느 것이라도……. 그런 것들이 모여서 추억이 되고, 사랑이 완성되어 가는 거니까.

길고 진한 키스를 나누고서야 민혁이 그녀를 놓아주었다. 그리고는 손을 잡은 채 욕실로 들어가 나란히 서서 손을 씻은 후 주방으로 들어갔다.

식탁 위에 덮여 있는 밥상보를 걷어내니 맛깔난 반찬들이 보기 좋게 차려져 있었다.

"어머, 오늘은 아욱 된장국이에요!"

전기레인지에 올려 있는 냄비의 뚜껑을 열어본 소진은 고개를 돌려 이미 식탁 앞에 앉아 있는 민혁에게 말했다.

"네가 좋아하는 거야?"

"그럼요. 아욱 된장국이 얼마나 맛있는데요. 김이 솔솔 나는 걸 보면 아주머니께서 문 열어주신 후에 렌지를 끄셨나 봐요."

"잘됐네."

전기압력밥솥 뚜껑을 열고 밥을 푸던 민혁이 미소로 말했다.

"오빤 아욱 된장국 안 좋아해요?"

소진은 아욱 된장국을 국자로 떠서 국그릇에 담으며 물었다.

"먹기는 하는데 너처럼 좋아하진 않아."

"아욱이 얼마나 좋은 건데요. 비타민도 골고루 들어 있고 칼슘도 많은 알칼리성 식품이에요. 아무리 많이 먹어도 해롭지 않고요. 앞으로는 좋아하도록 노력해 봐요. 맛있게 먹을 수 있게."

"알았어. 노력해 볼게."

민혁이 고슬고슬한 밥이 담긴 밥그릇을 서로의 자리에 놓아주고 자리에 앉자마자 소진은 아욱 된장국이 담긴 국그릇을 민혁의 밥그릇 옆에 놓아주었다. 그리고는 자신의 밥그릇 옆에 국그릇을 놓고 의자에 앉았다.

"감사히 먹겠습니다!"

"누구한테 하는 인사야?"

소진이 허공에 대고 감사 인사를 하자 민혁이 물었다.

"당연히 아주머니께 드리는 인사죠. 후후."

민혁은 생글생글 웃으며 아욱 된장국을 숟가락으로 연거푸 퍼먹으며 '진짜 맛있다'라는 소리를 연발하는 소진을 보며 빙그레 미소를 지었다. 그런 그녀가 너무나 사랑스럽게 보였다. 예전 학생이었을 때처럼 귀여워 보이기도 하고.

'널 놓쳤으면 난 아마……?'

민혁은 생각하는 것만으로도 끔찍했다. 만약 소진을 놓쳤더라면 그의 인생은 어떻게 되어 있을까? 그는 어떻게 살다 죽을까? 답은 딱 하나였다. 사랑을 주고받는 기쁨을 누리지 못한 채 혼자 살다가 세상을 뜨게 될 거라는 것.

지금 그는 잘디잔 기쁨들도, 그리고 크디큰 행복들도 모두 다 소진으로부터 얻고 있었다. 만에 하나 소진이 다시 그를 사랑해 주지 않았다면, 그의 사랑을 거절했다면, 그 기쁨들과 행복들 모두 느끼지 못했을 터였다.

'내 남은 인생…… 널 위해 살게. 그러니까 지금처럼 내 옆에만 있어줘. 나도 너만 바라볼 테니까 너도 나만 바라봐 줘. 우리 절대로 헤어지지 말자. 이기적인 생각이란 걸 알지만 나보다 더 오래 살아줘. 난 너 없이는 살 수 없게 되었으니까 네가 나보다 더 오래 살아서 네 품에서 눈을 감게 해줘, 제발!'

민혁은 시장했었던지 맛나게 밥을 먹고 있는 소진을 바라보며 속으로 간절히 기도했다.

"오빤, 배 안 고파요? 왜 밥은 안 먹고 나만 쳐다보고 있어요? 쑥스럽게."

"네가 맛있게 먹는 모습만 봐도 배부르다."

"치, 오빠가 뭐 우리 엄마나 아빤가?"

"부모만 느낄 수 있는 감정이 아닌가 보지."

"하긴, 나도 오빠가 맛있게 먹는 모습을 보면 안 먹어도 배가 부른 것 같은 느낌이 들긴 해요. 하지만 그건 느낌일 뿐이니까 어서 먹어요. 그래야 일을 하죠."

"알았어. 누구의 명이라고 감히 어기겠어?"

"후후. 오빠가 그러니까 갑자기 내가 엄청 잘난 여자처럼 느껴져요."

"너, 엄청 잘난 여자 맞아."

"왜요?"

"괴물과 사랑을 하고 있으니까."

"치, 결국 오빠가 잘났다는 거네."

"하하하하."

"후후후후."

주방에서 웃음소리가 잦아질 때쯤 그들의 식사는 다시 시작되었다.

소진이 먼저 서재로 들어와 일을 하고 있는데, 설거지를 끝낸 민혁이 블랙커피 두 잔을 쟁반에 받쳐 들고 들어왔다. 그가 들어오자마자 진한 커피 향이 실내를 물들였다.

"여기 커피."

소진은 잔을 받아 들고 향을 맡았다.

"아우, 커피 향 진짜 좋다."

"예전엔 자판기 커피 뽑아 들고 그 소리 했던 거 알아?"

"알아요. 사실 난 자판기 커피든 캡슐 커피든 고양이똥 커피로 유명한 루왁 커피든 별 차이를 못 느껴요. 그냥 커피의 기본적인 향이 좋아서 마시는 편이라. 오빤 어때요?"

"나도 그래."

"다행이네요, 우리 둘 다 싼 커피 마실 수 있어서."

"왜? 내가 비싼 커피 못 사줄 것 같아서?"

"아뇨."

"아닌데 왜 그런 말을 해?"

"기왕이면 싼 커피 마시고 비싼 커피 마셨다 생각하고 그 차액 모아서 어려운 사람들을 도우면 좋잖아요."

"기특한 생각도 할 줄 알고, 우리 소진이 다 컸네."

"어어? 지금 나 애 취급한 거 맞죠?"

"나보다 다섯 살 어린 건 맞으니까. 그래서 네가 나한테 오빠라고 부르지 아마."

민혁이 빙그레 웃으며 놀리듯 말했다.

"나이 많아 좋겠네요, 오빠!"

소진은 일부러 오빠를 강조하며 한 자씩 끊어 말했다.

"너한테 누나라고 부르는 것보다야 좋지."

"흠, 요즘 연상연하가 대세인데 오빤 오빠보다 나이 많은 여잔 별로예요?"

"아니."

"근데 왜 그런 말을 해요?"

"나보다 나이가 많은 여잔 네가 될 수 없으니까. 난 나보다 딱 다섯 살 어린 안소진을 사랑하거든."

"역시 오빤 선수야."

"내가 왜 선수야?"

민혁이 미간을 좁히며 물었다.

"여자들이 듣고 싶어하는 말만 골라서 하잖아요."

"너한테만 하는 말들이야. 안소진이라는 한 여자한테만."

"알아요. 후후후."

흡족한 표정으로 웃음을 터뜨리는 소진을 민혁이 미소로 바라보았다.

"오빠, 사랑해요. 아주 많이 사랑해요."

소진은 그윽한 시선으로 민혁을 바라보며 진심으로 고백했다.

"나도 널 사랑해. 네가 날 사랑하는 것보다 더 많이."

"알아요."

"소진아……."

소진을 바라보는 민혁의 눈빛이 점점 뜨거워지고 있었다. 하지만 오늘 할 일이 남아 있었다.

"얼른 오늘 할 일 끝내고 우리 방으로 올라가요."

"그래, 그러자."

두 사람은 약속이라도 한 것처럼 동시에 일에 집중하기 시작했다. 그래야 1분이라도 빨리 오늘 일할 분량을 끝내고 함께 안방에 갈 수 있기에.

두 사람은 새벽 3시가 되어서야 하던 일을 멈추고 2층으로 올라와 안방으로 들어왔다.

"먼저 씻어요."

"무슨 소리. 잠잘 시간을 벌기 위해서라도 같이 씻어야지."

소진의 말에 민혁이 예상했던 대로 턱도 없다는 표정을 지었다. 그 의미가 무엇인지 알기에, 잠시간을 최대한 늘려야 한다는 핑계로 첫날밤만 빼고는 계속 함께 씻어왔기에 소진은 풋 웃음을 흘리며 민혁과 함께 욕실로 향했다.

욕실 안에 들어선 소진의 옷을 민혁이 조심스레 벗겨주었다. 그러는 동안 소진도 그의 옷을 벗겨주었다. 소진은 이제 뜨거운 빛을 발하는 민혁의 두 눈을 똑바로 응시하며 몸을 달구는 게 일상이 되어버렸다.

소진에겐 이제 전희가 따로 없었다. 민혁의 옷을 벗겨주고, 그의 손길에 맡긴 채 옷이 벗겨지는 것을 보는 것만으로도 충분히 몸이 달아올랐다. 어디 그뿐인가. 샤워 타월에 바디워시를 묻혀 충분히 거품을 내서는 그녀의 몸 곳곳을 닦아주는 민혁의 손길은 그 어떤 전희보다 야릇했다. 그녀가 바디워시를 묻힌 샤워 타월로 민혁의 몸 구석구석을 닦아주는 것 또한 그에게 전희로써 충분한 것 같았다. 그의 기둥이 반응을 하는 것을 보면.

소진과 민혁은 샤워기 밑에 나란히 서서 거품을 씻어냈다. 서로의 몸을 애무하듯 매만지며 거품이 씻겨 나가도록 해주었다. 그러는 동안 두 사람의 몸은 이미 달아오를 대로 달아올라 있었다.

샤워기를 끈 민혁이 커다란 수건으로 그녀의 젖은 몸을 닦아주었다. 소진도 커다란 수건을 들고 그의 몸에 묻은 물기를 닦아주었다. 동시에 커다란 수건을 수건걸이에 거는 순간, 민혁이 알몸인 소진의 몸을 번쩍 들어 올렸다. 그리고는 소진을 안고 욕실에서 나가 커다란 침대 위에 조심스레 내려놓았다.

벌거벗은 채 침대 위에 드러누운 소진은 민혁이 다가오기를 기다렸지만 어쩐 일인지 그가 가만히 서서 그녀의 몸을 바라보고 있었다.

"왜…… 요? 무슨 문제라도 있어요?"

"응."

"뭔데요?"

소진이 몸을 일으키려 하자 민혁이 그녀의 양어깨를 잡고는 도로 눕게 만들었다.

"뭔데 그래요?"

"네가 너무 아름다워서 감히 손을 댈 엄두가 나지 않아."

"치, 그런 선수 같은 말 좀 하지 말아요. 그 몸이 그 몸이고 이미 우린 어제 빼고는 매일 사랑을 나누었는데 이제 와서 내가 너무 아름다워서 감히 손댈 엄두가 나지 않는다는 게 말이 돼요?"

"말이 돼."

민혁이 진지하게 대답했다.

"그래서, 오늘은 그냥 보기만 하기라도 할 거예요?"

"아니."

"그런데 뭘 그렇게 뜸을 들여요?"

"눈부시게 아름다운 네 몸…… 감상 좀 더 하고."

"부끄럽게."

소진은 몸 밑에 깔려 있는 이불을 꺼내 덮으려고 했다. 그러자 민혁이 그것마저 못하게 했다.

"가만히 있어. 아름다운 네 몸…… 내 두 눈에, 내 머릿속에, 내 심장에 다 담을 때까지 조금만 기다려 줘. 언제 어디서든 널 생각하면 아름다운 네 나신이 떠오를 수 있게."

"좋아요. 그럼 오빠도 거기 서서 꼼짝하지 말아요."

"왜?"

"나도 오빠의 멋진 나신을 내 두 눈에, 내 머릿속에, 내 심장에 다 담을 거니까. 그래서 언제 어디서든 오빨 생각하면 오빠의 멋지고 탄탄한 나신이 떠오를 수 있게 할 거예요, 나도."

"그런 뜻이라면 좋아. 꼼짝 않고 너만 바라보며 서 있을게."

제법 시간이 흐르는 동안 두 사람은 서로의 몸을 바라보는 데 집중해 있었다. 서로 부끄러워하거나 민망해하거나 무안해하는 기색 없이 탐구하듯 서로의 몸을 바라보았다. 침묵 속에 두 사람의 몸은 점점 더 발그레해졌고, 때때로 서로 마른침을 삼키는 소리만이 들려왔다.

얼마나 시간이 지났을까. 민혁이 먼저 침묵을 깼다.

"난 됐는데, 넌 어때? 시간이 더 필요해?"

"아뇨. 나도 됐어요. 이젠 눈 감고도 오빠의 얼굴도 몸도 손과 발까지 다 그릴 수 있어요."

"그럼 이제 시작해 볼까?"

"……."

소진이 대답 대신 고개를 끄덕여 보였다. 그러자 민혁이 주저 없이 그녀의 몸 위로 올라와 다리를 벌리게 하고는 그 사이에 자리를 잡고 엎드렸다. 그녀에게 체중이 실리지 않도록 최대한 배려하면서.

민혁이 소진의 이마에 입맞춤을 하고는 혀로 이마와 콧등 그리고 인중을 핥더니 그녀의 입술 위에 그의 입술을 포갰다. 그의 혀가 느릿느릿 그녀의 혀를 핥았다. 이미 달아오른 그녀의 몸이 느릿느릿 입술을 핥아주는 민혁으로 인해 농익은 야릇함이 전신으로 잔잔하게 퍼져 나갔다.

소진이 야릇한 느낌을 즐기는데 민혁이 그녀의 입술을 세차게 빨았다. 짜릿한 쾌감이 입술에서 온몸으로 퍼졌다. 민혁의 혀가 소진의 혀를 뿌리째 뽑아버릴 심산인 양 휘감아 거세게 빨아댔다. 타액이 입안에 가득 고이자 민혁이 그녀의 입안에 고인 타액을 마음껏 흡입했다. 소진 또한 굶주린 아이처럼 그의 입안에 고이고 또 고이는 타액을 삼키고 또 삼켰다.

그의 손길과 입술에 익숙해진 그녀의 숲은 이미 흥건히 젖어 있었다. 소진의 목과 쇄골을 핥던 민혁의 따뜻하면서도 촉촉한 혀가 점점 더 아래로 내려왔다. 민혁이 한 손으로는 소진의 풍만한 젖가슴을 움켜쥐고 마음껏 희롱하며 입으로는 다른 쪽 젖가슴을 빨아댔다.

"하아하아…… 아흣……."

민혁이 혀로 유두를 간질이다 거칠게 빨아대는 것을 반복하자 소진의 입에서 거친 숨소리와 함께 농염한 신음이 연이어 흘러나왔다.

민혁이 한쪽 젖가슴을 입에 문 채 힘껏 빨아대며 다른 쪽 젖가슴을 조몰락거리던 손을 내려 소진의 숲을 갈랐다. 그리고는 음핵을 찾아내 손가락으로 톡톡 건드리다 살짝 눌러 문질렀다.

"아흣. 오빠……."

소진이 민혁의 머리칼을 움켜쥐고 사정하듯 그를 불렀다. 그러자 민혁이 젖가슴에서 입을 떼고는 그녀를 올려다보았다.

"아직 시작도 안 했어. 네가 절정에 다다를 때까진 놔주지 않을 거야."

민혁이 섹시한 미소를 날리며 머리를 그녀의 숲 쪽으로 내렸다. 그리고는 양손으로 풍성한 숲을 벌렸다. 이슬 맺힌 꽃망울처럼 애액에 젖어 보석처럼 반짝이는 음핵이 그를 유혹했다. 민혁은 음핵을 입에 물고 혀로 쓸어 올리기를 반복하다 젖을 빨 듯 빨기 시작했다. 쾌감이 견디기 힘든지 소진이 양발의 발가락에 힘을 주어

오그린 채 허리를 뒤틀었다.

민혁은 보석처럼 빛나는 음핵을 빨며 손가락을 소진의 숲에 숨어 있던 동굴 속으로 집어넣고 돌렸다. 손가락을 돌릴 때마다 부드러우면서도 쫄깃한 동굴의 내벽이 느껴졌다. 그 느낌이 얼마나 색스러운지, 그의 기둥이 한껏 부풀어 올랐다. 단단해진 기둥이 더는 부풀 수 없음에 통증마저 느껴졌다.

'아직 네 차례가 아니야.'

민혁은 성난 기둥을 속으로 달래며 동굴 속에 넣었던 손가락을 빼고는 동굴 입구를 타고 흘러내리는 애액을 후루릅 들이마셨다. 그리고는 동굴 안에 혀를 집어넣었다.

"오빠, 제발……."

"조금만 참아. 네가 원하는 대로 해줄 테니까 조금만 참아, 소진아."

민혁은 소진을 달래듯 부드럽게 속삭이고는 동굴 속에 혀를 깊숙이 넣었다 뺐다를 반복했다. 그러자 더는 참을 수가 없는지 소진이 갑자기 상체를 벌떡 일으켰다. 민혁을 바라보는 소진의 두 눈이 농염하다 못해 요염한 빛을 발하고 있었고 표정은 제정신이 아닌 듯 몽롱해 보이기까지 했다. 진하디진한 쾌락에 들떠 있지만 1% 부족한 뭔가를 갈구하는 표정이었다.

"이젠 네가 원하는 걸 해줄게. 다 채워줄게."

민혁은 소진을 다시 눕게 하고는 그녀의 두 다리를 자신의 양어깨에 하나씩 올렸다. 좀 더 깊은 삽입을 위한 자세였다.

"이제 시작한다."

"……네."

잔뜩 기대에 들뜬 표정으로 소진이 고개까지 끄덕여 보였다.

민혁은 돌진하듯 그의 기둥을 깊고 깊은 동굴 속에 단숨에 박았다. 이미 그의 기둥에 익숙해진 동굴은 아무런 거부감 없이 그의 기둥을 반겼다.

양어깨 위에 올려 있는 소진의 두 다리. 민혁은 그녀의 양 허벅지를 두 손으로 하나씩 잡고는 탄탄한 엉덩이와 허리를 천천히 움직이기 시작했다. 따뜻한 동굴에 들어갔다 나올 때마다 기둥에서 전해져 오는 쾌감은 컸다. 하지만 그 역시 1% 부족한 쾌감으로 인해 흡족하지 않았다.

소진의 양 허벅지를 단단히 잡은 민혁은 기둥을 거세게 박았다. 엉덩이와 허리의 움직임이 빨라질 때마다, 빠른 속도로 기둥이 동굴 속 깊이 들어갔다 나오기를 반복할 때마다 그에게 더 큰 쾌감이 밀려왔다.

"하아하아……."

"허억허억……."

두 사람의 거친 호흡 소리가 실내를 메웠다.

철벅철벅철벅철벅…….

찐득한 땀에 젖은 두 사람. 쉼 없이 흘러내리는 소진의 애액과 민혁의 기둥에 방울방울 맺힌 이슬방울이 합쳐져 야하디야한, 땀이 흥건한 맨살과 젖은 숲들이 부딪히는 소리가 연이어 들려왔다. 민혁의 움직임이 빨라지자 그 소리가 점점 더 커졌다.

소진의 다리가 그의 어깨에 올려 있어서 그런지 그가 엉덩이와 허리를 안쪽으로 움직일 때마다 기둥이 동굴 속 끝 벽에 닿는 느낌이었다. 짜릿했다.

"아흐흐흥, 아흐흥……."

소진도 더 큰 쾌감을 느끼는지 보통 때와는 달리 연신 아주 뇌쇄적이면서도 농염한 신음을 흘리고 있었다. 그 신음에 민혁은 더욱 자극을 받았다.

민혁은 백 미터를 질주하는 단거리선수처럼 엉덩이와 허리를 빠르게 움직였다. 땀이 등에 송골송골 맺혀 흘러내릴 정도로.

"하앗."

"흐읏."

절정에 달한 두 사람의 입에서 동시에 단말마와도 같은 신음이 내뱉어졌다. 두 사람의 머릿속과 심장에서 터진 불꽃이 혈관을 타고 전신으로 퍼져 나갔다.

"헉헉…… 이보다 더 좋을 순 없을 거예요. 최고였어요!"

소진은 숨찬 호흡을 고르며 아낌없이 칭찬을 해주었다.

"아니, 다음엔 더 좋을 거야."

이 정도로는 어림없다는 듯 아직도 소진의 다리를 어깨에 올려놓은 채 헉헉대던 민혁이 대답했다.

"이보다 더 좋으면 기절할 것 같은데."

"기절할 정도로 좋으면 더할 나위 없지."

민혁이 살짝 윙크를 했다.

"훗, 그럼 다음엔 더한 것을 기대해도 돼요?"

"얼마든지."

"어디까지 느낄 수 있게 해줄 수 있는데요?"

"네가 원하는 만큼."

섹스의 여운을 즐기며 두 사람은 대화를 나누었다. 누가 들어도 색스럽기 그지없는 대화를.

숲에 기둥이 박힌 채로 성적인 대화를 나누고 있노라니 다른 후희가 필요 없었다. 둘이 나누는 대화 자체가 두 사람에겐 바로 후희였다. 대화를 나누는 것만으로도 혈관이 전선으로 변한 듯 저릿저릿 전율이 흐르고 심장이 말랑말랑해졌다.

두 사람 다 호흡이 정상화되고 몸에 배어 있던 땀이 마른 후에야 민혁이 소진의 숲에서 기둥을 뺐다. 동굴에서 진한 샘물이 엉덩이 골을 타고 주르륵 흘러내렸다.

소진 옆에 누운 민혁이 그녀의 나신을 손으로 애무하듯 매만졌다. 그의 손길이 지나가는 곳마다 나른하면서도 자잘한 쾌감이 퍼져 나갔다. 소진은 민혁의 팔을 어루만지며 그 느낌을 즐겼다.

그 후, 소진은 오늘도 어김없이 민혁에게 안겨 욕실로 들어갔다. 민혁이 습관처럼 욕조 안에 그녀를 앉혀두고 거품 입욕제를 넣고는 샤워기를 틀었다. 따뜻한 물과 거품이 그녀의 가슴 위까지 올라오자 민혁이 물을 잠갔다. 그리고는 민혁이 늘 그래 왔듯 소진이 앉은 곳으로 와서는 그녀를 들어 올려 그의 허벅지 위에 앉혔다.

그리고…… 항상 그랬던 것처럼 2차전이 시작됐다.

chapter 10

10일 후.

"이것으로 오늘 회의는 마칩니다."

디자인 팀원들을 모아놓고 한 시간 동안 회의를 하던 소진은 회의 종료를 알리며 자리에서 일어났다. 아니, 일어났다고 생각했는데 일어나는 도중에 주변이 빙그르르 도는 것을 마지막으로 그대로 쓰러지고 말았다. 일어나려고 했지만 일어나지지가 않았다. 정신마저 가물가물했다.

"어머! 팀장님!"

"팀장님! 어머머, 우리 팀장님 어떡해!"

쓰러진 소진을 보고는 미스 진과 미스 유가 어쩔 줄을 몰라 하며 그녀에게 뛰어왔다.

"박 대리, 뭐 해? 얼른 119 불러!"

소진의 머리를 허벅지에 올려놓고 안색을 살피던 노처녀 미스 문이 디자인팀의 유일한 남자 직원인 박 대리에게 소리를 쳤다.

"네? 아, 네!"

당황해서 발만 동동 구르던 박 대리가 휴대폰으로 119에 전화를 해 상황을 이야기하며 주소를 불러주고는 전화를 끊었다.

얼마 안 있어 119 구급 요원이 도착해 소진을 간이침대에 눕힌 후 병원으로 이송했다. 보호자로 미스 진이 쫓아갔다.

"뭐라고? 안 팀장이 병원으로 실려가?"

별생각 없이 친구인 미스 진의 전화를 받은 양 비서는 깜짝 놀랐다.

"그래서? 병원에선 뭐라는데……? 응…… 그나마 다행이네."

막 전화를 끊는데 어느새 본부장실에서 나왔는지 민혁이 안색이 하얘져서는 양 비서를 바라보고 있었다.

"누, 누가 쓰러져서 병원으로 이송됐다고?"

"아, 안 팀장님이요."

"그, 그래서? 아니, 어느 병원이래?"

"제일병원이요. 안 팀장님 지금은 정……."

양 비서의 말이 끝나기도 전에 민혁은 비서실을 뛰어나와 차를 타고 제일병원으로 향했다. 병원에 도착하자마자 민혁은 응급실로 뛰어갔다.

"헉헉…… 조금 전 119 구급차에 실려온 환자 어디에 있습니까?"

민혁은 응급실에 들어서자마자 만난 간호사에게 물었다.

"저쪽 침대에서 링거 맞고 계세요."

"고맙습니다."

민혁은 인사를 하자마자 간호사가 가리킨 침대로 뛰어갔다. 커튼을 열고 들어가니 핏기 없는 얼굴의 소진이 침대에 누워 링거를 맞고 있었다. 그가 온 것도 모르는 걸 보니 깊이 잠이 든 것 같았다. 민혁은 가만히 다가가서 조심스레 소진의 손을 잡았다.

"그러게 무리하지 말라니까."

민혁은 속삭이듯 말했다.

"미안해. 네가 이렇게 되도록 만든 사람은 바로 난데……."

그의 눈에 눈물이 차올랐다. 민혁은 눈물이 흐르는 대로 놔둔 채 잠든 소진을 안쓰럽게 바라보았다.

모든 자료 분석을 완전히 끝내고 3일 전부터 디자인을 하기 시작했다. 물론 그도 서재에서 그녀가 일어날 때까지 회사 일을 하고 있었지만, 디자인은 온전히 소진의 몫이라 민혁은 의견 제시만 할 뿐 거들 수 있는 게 없었다.

워낙 비밀리에 진행되고 있기도 하고 또 중요한 프로젝트라 스트레스를 많이 받고 있을 터였다. 그럼에도 소진은 단 한 번도 그런 티를 내지 않았고, 그래서 버틸 만한가 싶어서 다른 때보다 더 늦게까지 일을 하는 그녀를 말리지 않았다. 그저 무리는 하지 말라는 말만 되풀이했을 뿐.

그런데 욕정을 주체하지 못하고 밤마다 지친 그녀와 사랑을 나누었으니, 소진이 쓰러진 것이 제 탓인 것만 같아서 민혁은 마음이 아팠다.

"미안해, 널 아프게 해서."

"……."

잠이 든 소진은 아무런 말도 하지 않았다.

"사랑해. 네가 날 사랑하는 것보다 더 많이 사랑해. 그러니까 한 잠 푹 자고 일어나."

민혁은 잠든 소진의 귀에 사랑한다고 속삭여 주고는 놓고 싶지 않은 그녀의 손을 놓고 담당 의사를 찾아 나섰다. 아까 소진이 있는 곳을 가르쳐 주었던 간호사에게 물어보니 다행히 그녀를 진찰했던 의사가 아직 응급실에 있었다. 민혁은 의사가 있는 곳을 향해 성큼성큼 걸어갔다.

"안소진 환자 보호자입니다."

"그러십니까? 조금 전에 환자와 함께 왔던 분께 말씀을 드렸었는데……."

"저한테 다시 말해주십시오. 어디가 많이 나쁜 겁니까?"

"그런 건 아닙니다. 무리를 해서 잠시 기절한 것뿐입니다. 체력 자체가 많이 허약해져 있는 상태인 걸로 봐선 아마도 한동안 수면 부족에 피로가 지나치게 누적된 듯합니다. 과한 스트레스가 원인일 수도 있습니다."

"아."

민혁은 안도의 한숨을 내쉬었다. 너무 무리를 해서 쓰러진 거라고 예상을 하고는 있었지만 의사에게 확인을 하니 오히려 안심이 되었다. 소진이 쓰러진 이유들이 그가 다 아는 내용이었기 때문이었다.

"링거 다 맞으면 퇴원하셔도 됩니다. 당분간은 무리하지 않도록 하고 잠을 충분히 잘 수 있도록 해주십시오."

"알겠습니다. 감사합니다."

소진이 누워 있는 침대 쪽으로 민혁이 두어 걸음 걸어갔을 때였다.

"본부장님?"

누군가 뒤에서 긴가민가하는 말투로 그를 불렀다. 돌아보니 디자인팀의 미스 진이 생수를 들고 서 있었다. 소진이 물을 찾을 때를 대비해서 생수를 사가지고 온 모양이었다.

"본부장님께서 어떻게 여길……?"

"아, 미스 진과 양 비서가 통화할 때 내가 양 비서 옆에 있었습니다."

"그러셨군요."

이제야 민혁이 이곳에 있는 게 반쯤은 이해가 된다는 표정으로 미스 진이 그를 바라보았다.

"그런데 본부장님께서 직접 오셨네요? 제가 있어도 되는데……."

"미스 진은 회사로 돌아가 봐요. 여긴 내가 있을 테니까."

"네?"

미스 진의 얼굴에 '왜 본부장님께서 안 팀장님을?' 이라고 묻는 표정이 역력했다.

"안 팀장이 깨어나면 업무에 대해 물어볼 게 있어서 그럽니다."

민혁은 얼른 둘러댔다.

다행히 미스 진이 '그럼 그렇지.' 하는 표정을 지었다. 하긴 괴물 지사장으로 소문난 총괄팀 본부장인 민혁이 아니던가. 기절한 사람이 깨어나길 기다렸다가 업무에 관한 이야기를 하겠다는 게 이상하게 느껴질 리가 없었다. 오히려 자연스럽게 생각되지. 속으로 그를 참 인간미가 없는 사람이라고 생각하긴 하겠지만.

사실 미스 진이 그를 어떻게 생각하든 민혁은 아무런 상관이 없었다. 오로지 그의 머릿속은 소진에 대한 걱정으로 가득 차 있었다.

미스 진을 회사로 돌려보낸 후 민혁은 지나가는 간호사를 불러 세웠다.

"안소진 환자 당장 특실로 보내주세요."

"저기, 안소진 환자는 건강상 이상이 있는 게 아니라 두 시간 정도 링거만 다 맞으면……."

"단 1분도 이곳에 있게 하고 싶지 않으니까 무조건 특실로 옮겨주세요!"

어수선하고 시끄러운 응급실에 소진을 두고 싶지 않아 간호사의 말까지 자르며 단호한 태도로 말하는 민혁을 간호사가 잠깐 이상한 표정으로 쳐다보더니 이내 남자 간호사들을 불러 링거를 맞으며 잠들어 있는 소진을 특실로 옮겨주었다.

역시 특실은 조용하고 쾌적했다. 링거만 맞고 돌아가더라도 특실로 옮기기를 잘했다고 생각하며 민혁은 테이블 옆에 놓여 있는 의자들 중 한 개를 집어 들고 와서 침대 옆에 놓았다. 그 의자에 앉아 침대에 누워 창백한 얼굴로 링거를 맞고 있는 소진을 안쓰럽게 바라보았다.

"안색이 창백하다 못해 백지장 같네."

민혁은 가만히 손을 뻗어 소진의 손을 잡았다. 행여 잠을 깨울까 싶어 커다란 손에 잡혀 있는 소진의 손등을 다른 손으로 조심

조심 매만졌다.

"몸에 무리가 되면 좀 쉬어가면서 일을 하자고 미리 말을 했어야지 쓰러질 때까지 참고 있으면 어쩌자는 거야? 얼굴이 이렇게 핼쑥해졌는데 그것도 몰라보다니……."

민혁은 자책하는 마음으로 소진의 손등을 어루만졌다. 조금이라도 자신의 기운이 전달되기를 바라면서.

'아무래도 안 되겠어. 당분간 금욕을 해야지.'

민혁은 굳게 결심했다. 프로젝트가 끝나는 날까지만이라도 소진과 사랑을 나누지 않아야 그녀가 다시 쓰러지는 일이 생기지 않을 것 같았다.

사실 양 비서로부터 소진이 쓰러져서 병원에 실려 갔다는 소릴 들었을 때 속으로 얼마나 기함했는지 모른다. 겨우 두 정거장 정도 떨어져 있는 병원으로 차를 몰고 오는 내내 소진이 쓰러진 게 자신의 탓인 것만 같아서 그녀에게 미안하고 또 미안했다.

'만약 너한테 무슨 일이 생긴 거라면……'

민혁은 고개를 저어 못된 생각을 떨쳐 버렸다. 생각하는 것만으로도 끔찍했다. 다행히 소진을 진단했던 담당 의사가 그녀의 건강에는 별문제가 없는 것 같다면서 수면 부족과 피로 누적 그리고 과한 스트레스로 인해 몸이 많이 허약해져 있어서 갑자기 쓰러진 거라고 해서 그나마 안심이 된 그였다.

한 시간 동안 민혁은 꼼짝도 하지 않고 소진의 손을 잡은 채 앉아 있었다. 안쓰러운 눈길로 잠든 소진을 뚫어져라 바라보고 있는데 그녀가 슬며시 눈을 뜨더니 민혁을 보고는 놀랐는지 두 눈을 동그랗게 떴다.

"오빠가 왜 여기에 있어요? 그리고 대체 내가 여긴 왜 와서 누워 있는 거예요? 저 링거액은 뭐고요?"

소진이 아무것도 기억이 나지 않는지 두리번거리며 연이어 질문을 퍼부었다.

"기억 안 나?"

"네. 사무실에 있어야 할 내가 왜 병원에 와서 누워 있는지 모르겠어요."

"너, 쓰러졌었어."

"내가 쓰러져요? 어디에서요?"

"디자인팀실에서."

소진은 깜짝 놀랐다. 자신이 사무실에서 쓰러졌었다니, 아무런 기억도 나지 않았다. 그저 한숨 푹 자고 난 후의 개운한 느낌밖에 없었다.

"그런데 오빠 표정이 왜 그래요?"

"내 표정이 어때서?"

"꼭 내가 죽을병에라도 걸린 것처럼 걱정 가득한 표정으로 쳐다보고 있잖아요."

"네가 쓰러졌단 소릴 듣고 가슴이 철렁 내려앉았었어. 너한테 무슨 일이 생기는 줄 알고……."

"그래서 그런 표정으로 날 바라보고 있었던 거예요?"

소진은 말끝을 흐리는 민혁의 어두운 표정을 보며 물었다.

"……."

민혁이 대답 대신 고개를 끄덕였다.

"나 아무렇지도 않아요. 의사가 말 안 해줬어요? 아니, 의사가 뭐랬는데요?"

"수면 부족과 피로 누적 그리고 과한 스트레스 때문에 몸이 허약해졌대."

"아…… 그거야 뭐 나만 그런가?"

"난 그런 거에 익숙해져 있지만 넌 아니잖아. 힘들면 힘들다고 말을 했어야지, 왜 쓰러질 때까지 참고 견뎌?"

"견딜 만했었어요. 그리고 앞으로 열흘만 더 버티면 되는 거잖아요."

"이제부터 일 끝나면 무조건 자는 거야."

민혁이 단호한 표정으로 말했다.

"나 괜찮아요. 한숨 푹 잤더니 날아갈 것 같은데 뭐."

"안 돼."

"오빠."

"절대 안 돼."

민혁이 물러날 기미를 보이지 않았다.

"내가 쓰러졌으면 너도 나처럼 말했을 거야."

"그거야 당연하죠. 괴물이 쓰러지면 진짜 큰일 난 거잖아요."

"본사에서도 내 별명이 괴물인가?"

"네."

"미국에서야 괴물 소리 들을 만큼 일을 했으니 그렇다 치고, 본사에선 매일 야근을 하는 모습을 보여준 것도 아닌데 왜 괴물이라고 하는 거지?"

"본부장실에서 일만 한다면서요? 1초도 허투루 보내지 않는다고 양 비서가 역시 괴물은 괴물이라고 했대요. 그래서 본사에서도 괴물 본부장으로 불러요."

"이래도 괴물 저래도 괴물이군."

"틀린 말 아니잖아요. 퇴근하고 프로젝트 작업을 하고 있으니까."

"그건 너도 마찬가지잖아."

"난 일에 몰두할 때 빼곤 가끔 팀원들과 수다 타임도 갖고 그래요. 오빠처럼 일만 하진 않는다고요."

"난 너하고 얘기하는 것 외엔 재미없어."

"그러니까 괴물 소릴 듣죠. 다른 직원들하고 쉬는 시간도 갖고 양 비서하고 티타임도 갖고 그래 봐요. 그럼 괴물 소리 쏙 들어갈 테니까."

"됐어, 그냥 괴물 소리 듣고 말래."

"하여간 말 참 안 들어."

소진은 민혁을 흘겨보는 시늉을 했다. 그러거나 말거나 민혁은 소진이 아무 일 없이 깨어난 게 좋은지 안도의 미소를 짓고 있었다.

"저거 다 맞아야 해요, 나 회사에 가고 싶은데?"

소진은 눈살을 찌푸리며 링거병을 바라보았다.

"무슨 소리야? 한 방울도 남기지 않고 다 맞아야 해."

"치."

소진은 삐친 시늉을 하다가 갑자기 생각이 나서 은근한 눈빛으로 민혁을 바라보았다.

"오빠, 나 일 끝나면 정말로 바로 자야 해요?"

"당연히."

"그러고 싶지 않은데……."

소진이 무엇을 말하는지 민혁은 알아챘다. 그라고 왜 소진과 사랑을 나누고 싶지 않겠는가. 마음 같아서는 지금까지처럼 매일 그녀와 사랑을 나누고 싶었다. 하지만 이미 소진의 건강을 위해 프로젝트를 끝낼 때까지 금욕 생활을 하기로 결심을 한 그였다. 그 결심을 번복할 생각이 없었다.

"무조건 일 끝나면 자는 거야."

민혁은 쐐기를 박듯 단호하게 말했다. 아쉬워하는 소진의 표정을 못 본 체하고서.

소진은 눈만 끔뻑거리며 느림보 굼벵이처럼 한 방울 한 방울 떨어지는 링거 수액을 바라보며 시간을 보냈다. 민혁도 더는 이야기를 하지 않았다. 침묵 속에 삼십여 분의 지루한 시간이 지나자 링거액이 다 들어갔다. 그것을 본 민혁이 일어나 호출기 버튼을 눌렀다. 그러자 얼마 안 있어 노크에 이어 간호사가 문을 열고 들어왔다.

"이제 귀가하시면 됩니다. 당분간 무리는 하지 마시고요."

주삿바늘을 빼 빈 링거병을 챙긴 간호사가 당부의 말을 잊지 않은 채 병실을 나갔다. 특실로 올라올 때 민혁이 미리 수납창구에 가서 특실 하루 사용료와 진료비를 냈기 때문에 따로 계산을 할 필요가 없었다.

"들었지?"

"뭘요?"

"당분간 무리는 하지 말라는 간호사의 말."

"어떻게 그래요, 열흘 안에 작업 시작한 디자인들을 다 마무리

해야 하는데?"

"이렇게 하자."

민혁이 잠시 고민하더니 말을 꺼냈다.

"어떻게요?"

"회사에 병가를 내고 넌 우리 집에 머물면서 프로젝트 디자인만 하는 거야."

"오빠는요?"

"난 건강한 사람인데 당연히 회사에 출근해야지."

"싫어요."

소진은 입술까지 삐죽이며 민혁의 제안을 거부했다.

"왜 싫어?"

민혁이 이해가 잘되지 않는다는 표정으로 소진을 바라보았다.

"지금까지 잘 버텨왔는데 이제 와서 겨우 열흘 남겨놓고 병가를 내라고요? 그건 내가 너무 약해 보여서 싫어요. 그리고 무리하는 건 오빠도 마찬가진데 어떻게 나 혼자만 편하게 일을 해요?"

"넌 환자잖아."

"환자 아니에요."

"환자 아닌 사람이 쓰러져?"

"그건…… 잠깐 긴장이 풀려서 그랬던 거예요. 무조건, 난 유종의 미를 거둘 거예요, 오빠와 함께 시작한 일이니까 오빠와 함께 끝을 낼 거라고요."

민혁이 고집을 부리는 소진을 바라보다가 고개를 끄덕였다.

"네가 정 원한다면 네 말대로 해. 하지만 가능한 일 끝나는 시간을 앞당기고 자야 해. 사랑을 나누는 것도 금지야. 그 두 가지만 약속하면 병가 얘긴 취소할게."

"알았어요. 약속할게요."

소진은 마지못해 약속을 해버렸다. 그렇지 않으면 민혁이 끝내 병가를 내라고 고집을 부리거나, 최악의 경우 총괄팀 본부장의 직권으로 그녀를 병가 처리할 수도 있겠다는 생각이 들어서였다.

'치, 그래도 사랑을 나누는 시간은 허락해 주지.'

소진은 사랑을 나누는 것도 금지라는, 대쪽 같은 민혁의 말이 너무 허전하고 아쉬웠다.

그녀의 몸은 이미 남자를, 아니, 민혁의 몸을 받아들였고 어느새 그에게 길들여진 상태였었다. 소진의 마음도 마찬가지였다. 이미 민혁을 그녀만의 남자로 받아들였고 이젠 그가 소진의 마음 깊숙이 스며들어 있었다. 두 사람의 마음과 몸은 분리해 생각할 수 없는 관계였다. 소진은 민혁과 함께 프로젝트를 시작한 날부터 매일 두 번 이상씩 사랑을 나누어왔다. 그런데 이제 사랑을 나누는 것을 금지한다니!

머릿속에서는 민혁의 요구가 당연하다고 생각을 하는데 소진의 마음에선 알싸한 바람이 이는 것 같았다. 서늘한 기분이 들고 외로움마저 들었다.

'내가 언제부터 남자를 알았다고…… 미쳤나 봐, 정말!'

스스로를 꾸짖어보았지만 소용이 없었다. 그런 요구를 한 민혁의 심정을 충분히 이해하면서도 섭섭하고, 허전한 느낌은 사라지지 않았다.

그녀의 마음을 알았을까. 민혁이 다정하게 그녀의 어깨를 감싸 안았다. 민혁의 품에 안기니 소진은 그나마 서늘한 기운이 사라지는 것 같았다.

일주일이 지났다.

민혁은 정말 굳게 결심을 했는지 병원에서 말했던 대로 프로젝트 작업이 끝나면 곧바로 그녀를 자게 했다. 잠이 안 온다고 투정을 부려보았지만 소용이 없었다. 한번 한다면 하는 사람인 듯 서재에서 나와 안방에 들어오면 팔베개를 해주고는 어린아이를 재우듯 소진이 잠들 때까지 등을 토닥여 주었다.

민혁과 사랑을 나누지 못하는 것이 아쉽지만, 소진은 그의 팔을 베고 잠을 청하는 것도 나름 좋았다. 게다가 그가 큰 손으로 그녀의 등을 쓰다듬어 주다가 토닥여 주기를 반복해 주면 잠이 올 것 같지 않다가도 몸이 나른해지며 어느 순간 잠이 들었다.

서재에서 디자인 작업을 하던 소진은 문득 고개를 들고 마주 앉아서 열심히 노트북 자판을 두드리는 민혁을 바라보았다.

'잘생겼어. 잘나도 너무 심하게 잘났어.'

민혁의 조각 같은 얼굴을 보고 있자니 감탄이 절로 나왔다.

'오빠. 오빠가 뒤늦게라도 내 사랑을 받아줘서, 날 사랑해 줘서 내가 얼마나 고맙게 생각하고 있는지 모르죠? 내 남자가 되어 나한테 돌아와 줘서 정말 고마워요, 오빠.'

마치 무슨 텔레파시라도 통한 것처럼 민혁이 고개를 들고 그녀를 바라보았다.

"뭐라고 했어?"

"아뇨."

"이상하네."

"흠, 그럼 날 보면서 이상한 상상하고 있었구나?"

"이, 이상한 상상이라뇨?"

"말 그대로 이상한 상상."

소진을 놀리는 게 재미있는지 민혁이 싱글싱글 웃었다.

"아니거든요!"

사실 이상한 상상을 한 건 아니었기에 소진은 단호하게 반박했다.

"왜 그렇게 큰 소리를 쳐? 그러니까 더 의심이 가잖아."

"아니라니까요."

"알았어. 아니라고 해줄게."

"아니라고 해주는 게 아니라, 진짜 이상한 생각 안 했다고요."

"알았다니까."

말은 알았다고 하면서 민혁이 수상한 미소를 지었다. 아무래도 이상한 생각을 한 것으로 오해를 하고 있는 것이 분명했다. 하지만 더 아니라고 말한다고 해서 민혁의 상상이 달라질 것 같지 않아 소진은 더 이상의 반박을 포기했다.

"참, 전에 말한 적 있었죠? 그때 못 받았던 거 받아낼 거라고 한 말이요. 그게 뭐예요?"

소진은 화제를 돌리기 위해 자꾸 타이밍을 놓쳐 물어보지 못했던 것을 물었다.

"응?"

"그때 못했던 건 연애라면서요. 그럼 그때 못 받았다는 건 뭐예요?"

"아, 그거. 그건 네가 알아내야지."

"내가 어떻게 알아요? 말한 사람이 가르쳐 줘야지."
"다 말해주면 재미없지."
"그럼 영원히 못 받을 수도 있겠네요."
"글쎄."
민혁이 애매모호한 표정으로 표정보다 더 애매하게 대답했다.
"그러지 말고 대답해 줘요. 대체 그게 뭐예요?"
"영원히 못 받아도 할 수 없지."
"그 말은 가르쳐 주지 않겠다는 뜻이에요?"
"응."
"치사해요."
"나도 가끔은 치사해지고 싶을 때가 있거든."
"왜요?"
"그런 면이라도 있어야 괴물이 아니라 사람이란 걸 증명할 수 있으니까."
"치, 그런다고 인간미 있단 소릴 들을 수 있을 거라 생각해요?"
"응."
민혁이 어린아이와 같은 표정으로 대답했다. 그 모습이 너무 귀여워서 소진은 웃지 않을 수가 없었다.
"후후, 좋아요. 내가 알아내면 되죠 뭐. 치사해서 더 이상 가르쳐 달라고 안 할 거예요."
"탁월한 선택이야."
"나야 늘 탁월한 선택을 하는 사람이잖아요. 누구 말대로."
"그 누구가 나인가?"
"프랑스 음식 먹자고 한 것도 탁월한 선택이었다면서요?"

소진의 말에 민혁이 그때를 상상하는 듯한 표정을 지었다.

"무척 탁월한 선택이었지. 그때 내가 말했던 것처럼 꽤 오랜 시간을 너와 함께 있을 수 있었으니까. 그것도 코스마다 썩 맛이 좋은 음식을 먹으면서 말이야. 만약 네가 간단한 음식을 먹자고 했으면 많이 아쉬웠을 거야."

'치, 그땐 내가 오빨 골탕 먹이려고, 일부러 비싼 음식 먹자고 해서 돈이나 왕창 쓰게 하려고 그런 거였거든요?'

"알아. 참, 너와 함께 이번 프로젝트를 함께하기로 한 내 선택도 탁월한 선택이었어."

"무슨 뜻으로 하는 소리예요?"

"내가 예상했던 대로 네 능력이 뛰어나단 뜻이야. 감각도 훌륭하고."

"난 우연어패럴의 최연소 디자인 팀장이니까요."

"이번 프로젝트가 오픈되면 네가 실력만으로 팀장이 된 걸 입증하는 최고의 기회가 될 거야."

"이번 프로젝트가 아니어도 이미 내 실력만으로 디자인 팀장이 된 걸 다들 알고 있거든요?"

그녀의 능력을 인정한다면서 이번 프로젝트가 소진이 순전히 실력만으로 디자인 팀장이 된 걸 입증할 수 있는 최고의 기회가 될 거라는 말에 일부러 새쭉한 표정을 지어 보이며 소진은 민혁에게 톡 쏘아붙였다.

"미안, 내 말은 회사 내에서만이 아니라 대외적으로도 네 능력을 인정받을 거란 뜻이었어."

민혁이 정말로 미안한 표정까지 지어 보이며 해명을 했다.

"후후. 알아요, 무슨 뜻으로 한 말인지. 무슨 괴물이 그만한 장난에 쩔쩔매요?"

"장난이었어?"

"장난이죠, 그럼. 진짜로 하는 말인 줄 알았어요?"

"응."

민혁이 손으로 가슴을 쓸어내리는 시늉을 했다.

"후후, 오빠한테도 인간적인 면이 분명히 있긴 하네요. 괴물 같은 면도 있긴 하지만."

"내가 무슨 반인반수야? 난 엄연히 사람이라고."

"알았어요, 오빠가 사람이란 거 인정해 줄게요. 나도 반인반수하고 사랑을 하고 싶진 않으니까."

"아주 내 마음에 쏙 드는 말이야."

"내가 꽤 많이 현명하거든요."

"인정!"

두 사람은 미소로 서로를 마주 보다가 다시 각자 일을 하기 시작했다.

이번 프로젝트의 관건은 디자인도 중요하지만 사실 원단 문제가 가장 컸다. 아웃도어 느낌이 나지 않으면서 아웃도어에 반드시 필요한 방수투습과 흡습속건 기능을 갖추고, 혹시 모를 사고에 대비해 사람들의 눈에 잘 띄는 색상 그리고 인도어의 기능을 할 수 있는 무늬가 프린트되어 있는 원단이 필요했다. 다행히 원단 문제는 민혁이 미국에 있을 때 이미 해결을 해놓은 상태였다.

민혁에게 전해 들은 바로는 그는 귀국하기 전 틈나는 대로 세계적으로 유명한 원단 공장들을 직접 찾아다녔다고 했다. 그런데 그가 원하는 원단을 구할 수가 없어 거의 체념을 하고 있던 터에 아는 지인으로부터 작은 공장이긴 하지만 실험 정신이 강한 원단 공장의 사장을 소개받았고, 그 공장의 사장과 기술자들 그리고 민혁이 협력해 원하는 원단을 생산해 낼 수 있게 되었다고 했다. 고어텍스보다 플라텍보다 훨씬 더 기능성이 강화된 원단이었다

귀국하기 직전 민혁이 원하는 아웃도어와 인도어의 기능을 모두 커버할 수 있는 원단을 생산할 수 있는 공장과 독점계약을 체결했던 것이다. 획기적인 원단을 개발하는 데 민혁의 공이 컸기 때문에 가능한 일이었다고 했다.

원단에 대한 걱정 없이, 소진이 해야 할 디자인은 셔츠와 점퍼 그리고 하의까지, 늦었지만 올해 F/W 시즌이 끝나기 전 늦가을과 겨울에 우선 시험적으로 판매할 총 스무 종류의 아웃도어 상품들이었다.

아웃도어와 인도어를 동시에 만족시킬 수 있는 옷들을 만들어야 하기 때문에 고심이 많았지만, 이 프로젝트를 기획한 민혁의 의견을 적극 수렴하고 또 그녀가 타고난 센스와 재능 그리고 실무 경험을 발휘해 두 사람 다 만족할 만한 디자인들이 완성되었다.

이젠 마지막 한 가지만 디자인을 끝내면 그녀가 할 일은 끝이 난다. 마지막으로 그녀가 해야 할 작업은 이미 구상이 끝나 있었다. 소진은 컴퓨터로 작업하기 이전에 도화지에 스케치를 하기 시작했다. 아웃도어용 재킷에 탈, 부착할 수 있는 제법 넓은 밑단을 대 평소에는 봄이나 초여름에 트렌치코트로 입을 수 있도록 고안한 것이었다.

"이거 어때요?"

소진은 간단하게 스케치한 것을 민혁에게 보여주었다.

"밑단을 탈, 부착하게 만들어서 상의 길이를 조절하는 건가?"

"네. 가벼운 똑딱이 단추를 달거나 지퍼를 달면 괜찮을 것 같지 않아요?"

"색상은?"

"저번에 오빠가 보여줬던 원단 있죠? 짙은 주홍색 바탕에 금빛 단풍잎 무늬가 있는 원단이요. 그거로 트렌치코트를 만들면 예쁠 것 같아요. 보다시피 밑단을 떼면 등산용 재킷이 되는 거고요."

"네 생각은 어때? 단추로 하고 싶어 아니면 지퍼를 달고 싶어? 단추로 할 거면 검은색 똑딱이 단추가 포인트도 주고 좋을 것 같은데."

"밑단을 재킷 안쪽으로 넣고 검은색 똑딱이 단추를 촘촘하게 달아서 연결하면 재킷으로만 입을 때도 트렌치코트로 입을 때도 무리가 없을 것 같으니까, 의견 접수!"

"그럼 앞부분에 밑단하고 재킷을 연결하는 부분은?"

"거긴 그냥 놔둘 거예요. 지퍼는 재킷 부분만 달을 거예요. 일반적인 트렌치코트도 맨 끝까지 지퍼나 단추를 달진 않으니까. 터두면 걸을 때도 더 편하고요."

"오케이."

"좋아요, 그럼 이대로 디자인 들어갑니다."

소진이 노트북을 켜 본격적으로 디자인 작업을 시작하려 하고 있었다. 그런 소진을 바라보던 민혁은 걱정스런 표정으로 일어나 그녀 옆으로 가 섰다.

"아직 사흘이나 남았는데 왜 이렇게 서둘러? 오늘은 그만 자고 내일하고 모레 마무리를 하는 게 낫지 않겠어?"

민혁의 물음에 소진이 고개를 들고 그를 올려다보았다.

"내가 왜 서둘러 일을 끝내려고 하는지 진짜 몰라서 물어보는 거예요?"

"왜 서둘러서 일을 끝내려고 하는데? 그래야만 하는 이유가 있는 거야?"

"헐."

소진은 기가 막혀서 진짜 모르는 것 같은 얼굴로 그녀를 바라보고 있는 민혁을 바라보았다.

"아, 알았다."

"뭔데요?"

"중간에 짬 내서 집에 한 번 다녀오게 해야 했는데 미안하다."

이건 또 무슨 뜬구름 잡는 소린지. 소진은 한껏 미안한 얼굴로 진지하게 말하는 민혁을 어이없는 표정으로 쳐다보았다.

"내가 집에 가고 싶어서 일을 빨리 끝내고 싶어한단 말이에요?"

"집에 못 간 지 한참 됐잖아. 가족들이 보고 싶었을 텐데……."

"이보세요, 노민혁 오라버니!"

"응?"

갑자기 오라버니라고 부르는 것도 이상한데 소진이 버럭 소리치며 그를 부르자 민혁은 도무지 그녀가 왜 그러는지 이해가 되지 않았다.

"……."

소진이 아무런 말도 없이 그를 쳐다보았다. 한심한 사람을 바라보듯이.

"왜 그런 눈으로 날 봐?"

소진이 벌떡 일어나 그와 마주 섰다.

"정말 이러기예요?"

"내가 뭘?"

"물론 가족들도 보고 싶어요. 하지만…… 이제 보니 참 눈치 없는 사람이네요."

"내가 왜 눈치가 없어?"

"잘 생각해 봐요. 내가 왜 서둘러서 일을 끝내고 싶어하는지. 나한테 숙제 하나 내줬으니까 오빠도 숙제 하나쯤은 해야죠."

"내가 무슨 숙제를 줬다고 그래?"

"그때 못 받았던 게 뭔지 나더러 생각하라면서요? 그게 숙제 내준 거지 뭐예요?"

"아."

"난 일할 거니까 오빠도 할 일 해요. 자고 싶으면 먼저 가서 자고요."

소진이 다시 앉아서 노트북으로 스케치를 하기 시작했다.

"벌써 두 시야. 또 쓰러지고 싶어?"

"이젠 안 쓰러져요."

"그걸 어떻게 장담해?"

"오빠 덕분에 몇 시간이라도 푹 자잖아요. 그래서 쓰러질 일 없어요."

소진이 잠시 서운한 눈빛으로 그를 바라보더니 이내 노트북 액정 화면을 쳐다보며 스케치 작업을 다시 하기 시작했다. 그런 소진을 말없이 바라보던 민혁은 그녀를 마주 볼 수 있는, 자신의 자리로 돌아와 앉았다. 소진에게 일을 그만하고 자라고 해도 소용이 없을 것 같아서였다.

'대체 몇 시까지 일을 할 셈인 거야? 출근하려면 지금쯤 일어나서 자러 가야 하는데……. 그리고 대체 무엇 때문에 마감일 전에 서둘러서 일을 끝내려고 하는 거지?'

일에 몰두하고 있는 소진을 보며 민혁은 생각을 했다. 그녀가 왜 서둘러 일을 하는지 그가 알아내야 소진이 좋아할 것 같았기 때문에 열심히 머리를 굴렸다. 그녀가 내준 숙제이기도 하고.

학교에 다닐 때에도 숙제를 미리 해놓지 않으면 절대로 다른 일을 시작하지 않았던 그였기에, 다시 일하는 것은 아예 포기했다. 집중할 수 없을 때 일을 하는 건 시간 낭비다.

사실 그가 수집한 정보에 의하면 소진은 마감을 정해놓고 일을 할 땐 늘 하루 먼저 일을 끝낸다고 했다. 그러니 이번에도 마감일 전에 일을 끝내려고 하는 것일 거다. 그런데 소진이 말하는 걸 보면 그것 외에 뭔가 다른 이유가 있는 것 같은 느낌이 들었다.

민혁은 솔직히 그녀가 일을 서둘러 끝내려고 하는 게 서운했다. 하루라도 더 같이 지내려면 마감일을 미뤄도 이상할 게 없다. 그런데 마감일을 지키는 것도 아니고, 오히려 평소처럼 마감일을 하루 앞당겨 프로젝트를 끝내려고 하다니. 민혁은 소진의 의도가 궁금했다.

'분명히 내가 모르는 무슨 이유가 있는 게 분명한데…… 대체 뭐지? 뭐 때문에 서둘러서 일을 마치려고 하는 거지?'

민혁의 뇌가 답을 찾기는커녕 계속 미로 속을 헤매던 중 문득 소진이 했던 말이 떠올랐다.

"오빠 덕분에 몇 시간이라도 푹 자잖아요. 그래서 쓰러질 일 없어요."

'아하!'

이제야 민혁은 소진이 서둘러서 일을 마치려고 하는 이유를 알아챘다. 지금 생각하니 소진의 그 말과 그 말을 할 때의 표정에 정답이 있었다.

그가 일방적으로 선언하고, 지금까지 지켜오고 있는 금욕 생활에 대한 불만을 그런 말로 피력하다니. 민혁은 사랑스러운 눈빛으로 미소를 머금은 채 스케치에 집중하고 있는 소진을 바라보았다.

민혁이라고 왜 소진을 안고 싶지 않을까. 사실 사랑을 나누고 싶어 미칠 지경인 사람은 바로 민혁 자신이었다.

그의 팔을 베고 누워 잠드는 소진을 볼 때마다 그의 몸이 불처럼 뜨거워진다는 것을 소진은 결코 모르고 있을 터였다. 소진이 깊이 잠이 든 것을 확인한 후 몇 번이나 욕실로 가서 찬물에 샤워를 하고 오는지도 절대 모를 것이다. 그가 평소 세 시간씩 자던 잠도 채 못 자고 겨우 쪽잠으로 하루하루를 버티고 있다는 것 또한 소진은 알 리가 없다.

민혁은 금욕을 하겠다고 선언한 것을 후회도 해보았다. 아주 잠깐 번복할 생각도 해본 적이 있었다. 하지만 소진의 건강을 지키려면 그녀가 몇 시간이나마 숙면할 수 있게 해주는 것이 최선책이기에 민혁은 이를 악물고 견뎌내고 있는 중이었다.

민혁은 소진이 사랑을 나누기 위한 시간을 만들기 위해 애를 쓰는 모습이 너무나 사랑스러워 보였다. 마음 같아서는 당장 소진을 안고 2층 안방으로 올라가 진한 키스를 나누며 뜨겁게 사랑을 나누고 싶었다. 하지만 그럴 수 없는 그였다.

소진을 바라보고 있는 것만으로도 해방시켜 달라고 안달하며 잔뜩 성이 나 있는 바지 속의 기둥을 민혁은 손으로 지그시 눌렀다.

'너만큼이나 나도 힘들어. 그러니까 제발 진정해.'

연신 불끈대며 성을 내는 기둥에게 마음속으로 제발 좀 참아달라며 달래도 보고 사정도 해봤지만 아무런 소용이 없었다. 막무가내로 떼를 쓰는 아이처럼 말을 듣지 않고 불끈대며 몸을 부풀리는 기둥으로 인해 그의 인내심이 점점 바닥을 보이기 시작했다. 이대로 있다가는 정말로 소진을 안아 들고 2층 안방으로 뛰어 올라갈 것만 같았다. 민혁은 자리에서 벌떡 일어났다.

"나 목말라서 시원한 물 좀 마시러 나갈 건데, 뭐 마실래?"

"아뇨. 난 됐어요."

다행스럽게도 소진이 노트북 액정 화면만 보고 대답했다.

민혁은 어정쩡한 걸음으로 서재를 나왔다. 주방으로 가 정수기에서 냉수를 받아 단숨에 들이켰다. 다시 컵에 냉수를 가득 받아 원샷했다. 그제야 성난 기둥이 조금씩 진정을 하기 시작했다. 다행이었다. 냉수로 해결이 안 되면 욕실로 달려가 차가운 물로 샤워를 해서 성난 기둥을 달랠 수밖에 없었을 테니까.

서재로 돌아오니 소진이 벌써 노트북에 스케치를 마치고 색을 입히고 있었다. 재킷과 트렌치코트 그리고 밑단을 펼쳐 놓은 것까지 다 색을 입히고 나니 민혁이 예상했던 것보다 훨씬 더 만족스러웠다.

"거의 다 됐네. 내가 상상했던 것보다 훨씬 예쁘다."

소진의 뒤에 서서 일의 진행 상황을 지켜보던 민혁은 그만 일어나 자러 가자는 뜻으로 말을 했다.

"내 생각도 그래요. 주머니 위치도 좋고 밑단을 붙였을 때나 떼었을 때나 다 예뻐요. 그리고 오빠 말대로 재킷이랑 밑단을 검은색 똑딱이 단추로 하길 잘한 것 같아요. 포인트 역할도 하고 안정감이 있어 보여서 좋아요."

"내가 도움이 됐다니 다행이네."

"새 상품 디자인할 때마다 오빠가 다 도와줬잖아요. 고마워요."

"어차피 우리 두 사람이 진행하는 프로젝트인데 고맙긴. 이제 공장에 보낼 세세한 설명만 추가하면 되는 건가?"

"네. 앞에 디자인한 것들 다시 한 번 꼼꼼하게 살펴보고 수정할 데가 있으면 수정하면 완전 끝이에요."

"그럼 그건 내일 하고 오늘은 그만 자자. 벌써 세 시야."

"나도 이제 누구처럼 세 시간만 자도 충분히 버틸 수 있게 됐어요."

소진이 저장 버튼을 누른 후 시스템 종료를 한 후 일어서더니 기지개를 켰다. 민혁은 얼른 등 뒤로 가 서서 소진의 어깨를 주물러 주었다.

"아우, 시원하다."

"어깨 근육이 많이 뭉쳤어."

"자고 일어나면 풀릴 텐데요 뭐. 이제 그만해요."

소진이 두 손으로 그녀의 어깨를 주물러 주던 민혁의 손을 잡아내리게 했다.

"오빠도 어깨 근육 뭉쳤을 텐데 내가 안마해 줄까요?"

"됐어."

"왜요? 이래 봬도 내가 우리 아빠도 인정하신 손맛 제대로인 안마사예요. 내가 주물러 주면 엄청 시원할 텐데, 진짜 내 안마 안 받을 거예요?"

"응."

"왜요?"

"네 힘 아껴뒀다 다른 데 쓰게 하려고."

"다른 거 뭐 시킬 거 있어요?"

"글쎄."

"또 그런 애매한 대답한다! 나 그런 거 정말 싫거든요? 그러니까 확실하게 말해줘요."

"내일이면 우리 프로젝트 마감할 것 같은데…… 예정됐던 한 달에서 하루가 남잖아."

"그렇죠."

"프로젝트 끝나면 집으로 돌아갈 건가?"

"당연히 집으로 가야죠. 여기서 오빠랑 계속 동거할 수도 없는데."

"예정됐던 날까지 있어주면 안 되나?"

민혁의 물음에 소진이 의미심장한 미소를 지었다.

"마지막 날엔 날 안아주겠다고 약속을 하면요."

"당연히 약속하지!"

소진의 말이 끝나기가 무섭게 민혁이 거침없이 대답했다. 그런 민혁을 보며 소진은 싱긋 웃었다.

"오빤 숙제 금방 해결했네요. 사실은 오빠도 힘들었던 거죠?"

"뭐가?"

"날 옆에 두고 금욕 생활하는 거요."

"두말하면 잔소리지. 넌 그저 서운한 정도겠지만 난 미칠 지경이라고."

민혁은 솔직히 대답했다.

"내가 서운해하는 건 어떻게 알았어요?"

"네가 내 덕분에 푹 자서 쓰러질 일 없다고 말하면서 서운한 눈빛으로 날 쳐다봤잖아. 이래도 내가 눈치가 없어?"

"눈치 없는 사람이란 말 취소할게요."

민혁이 두 팔을 벌렸다. 소진은 얼른 그의 품에 안겼다. 그러자 민혁이 두 팔로 그녀를 꼬옥 안아주었다. 소진은 민혁의 품에 안긴 채 고개를 들고 그의 두 눈을 올려다보았다.

"그동안 정말 고생했어. 사랑해."

민혁의 말에 한 달여간 고생했던 것과 그와 사랑을 나누었던 때들이 떠올랐다. 소진은 가슴이 뭉클해지며 두 눈에 눈물이 고였다. 민혁이 그녀의 뺨을 타고 흘러내리는 눈물을 엄마고양이가 아기 고양이의 털을 혀로 그루밍을 해주듯 혀로 부드럽게 핥아주었다.

"오빠도 수고 많았어요. 사랑해요."

민혁이 그녀를 안고 있는 팔에 힘을 주었다. 마치 그녀와 한 몸이라도 되고 싶다는 듯이.

"저기요…… 내일까진 안 되는 거죠?"

민혁이 고개를 끄덕이며 입을 뗐다.

"마지막 날 내가 다 보상해 줄게. 오늘하고 내일만 참자."

"그래요. 오늘하고 내일만 참아요, 우리. 그리고 그다음 날 마음껏 사랑해요."

"예쁘다, 내 여자 안소진."

민혁은 소진의 입술에 짧은 입맞춤을 했다. 진한 키스로 이어지면 뒷감당을 할 수 없을 것 같아서였다. 소진도 그의 의도를 알았는지 입맞춤 끝에 미소를 지어 보이며 그의 품에 안겼다.

두 사람은 꽉 끌어안은 채 서로의 심장을 맞대고 서로의 심장을 느끼는 것으로 몸으로 나누는 사랑을 대신했다. 소진을 재우기 위해 몸을 뗀 민혁이 그녀의 손을 잡고 서재에서 나갈 때까지…….

chapter 11

비밀 프로젝트, 그 마지막 날.

어제, 아니, 오늘 새벽까지 민혁과 소진은 힘을 합쳐 프로젝트를 끝냈다. 공식적으로는 내일 마감하는 프로젝트지만 사적으로는 어제 이미 완벽하게 마감을 한 것이었다.

그동안 디자인한 것들을 소진이 꼼꼼히 체크하는 동안 민혁은 미국에 있는 공장에 보낼 세세한 내용들을 점검했다. 물론 다 영어로 작성한 것이었다.

저녁을 먹자마자 바로 일을 하기 시작했는데 실수가 없도록 하기 위해 세 번을 더 확인하는 바람에 새벽 두 시가 넘어서야 끝이 났다.

프로젝트 마감을 축하하는 의미로 두 사람은 와인 한 잔씩을 들고 건배를 했고 기분 좋게 잔을 비웠다. 그리고 약속했던 대로 사랑을 나누는 대신 둘이 꼭 끌어안은 채 잠을 청했다. 남아 있는 두 사람만의 하루를 즐기기 위해.

프로젝트를 마감해서인지 거짓말처럼 동시에 잠이 들었고, 숙면한 두 사람은 맑은 정신으로 출근을 했었다.

먼저 퇴근한 소진은 차를 하얀 집의 벽 쪽에 주차를 해놓고 조수석에 놓인, 그녀가 장을 본 것들이 들어 있는 비닐봉투를 집어 들었다. 차에서 내린 소진은 대문 앞에 서서 집의 외경을 바라보았다. 한 달 동안 보아온 집인데 오늘따라 새삼스러운 기분이 들었다. 아직 프러포즈를 정식으로 받은 건 아니었지만, 어쨌든 결혼하면 민혁이 그녀와 함께 살 집이었다. 그녀가 꼭 살고 싶었던 집 그대로 지어놓은 하얀 집. 볼수록 마음에 쏙 들었다.

잠시 감회 어린 시선으로 하얀 집의 외경을 보던 소진은 대문 쪽으로 걸어가 초인종을 누르자 아주머니가 반색하며 문을 열어주었다.

대문을 열고 들어간 소진은 천천히 걸으며 이미 어두워진 탓에 아주머니가 등을 켜놓은 정원 곳곳을 둘러보았다. 커다란 나무 그늘 아래 그녀가 스케치했던 그 모습 그대로 놓여 있는 벤치처럼 생긴 그네를 탔다. 찬바람이 그녀의 머리칼을 훑고 지나갔다. 그리고 바람에 실려온, 커다란 나무 저편에 심어져 있는 꽃들의 향기가 코끝을 스쳤다.

"행복하다."

소진은 자신도 모르게 소리를 내어 말했다.

지금처럼 행복했던 때가 있었던가. 아무리 생각해 봐도 지금이 가장 행복했다. 사랑하는 민혁이 지은 집에서 함께 사랑을 나누고, 같이 일을 하고, 또 같은 침대에 누워 잠을 자고…….

"이보다 더 행복할 순 없을 것 같지만, 오빠와 함께 살면 더 행복한 날들이 많을 것 같아."

혼잣말을 중얼거리던 소진은 문득 오늘이 그와 함께 잘 수 있는 마지막 날이란 생각에 마음이 급해졌다.

"이러고 있을 시간 없어. 오빠가 오기 전에 얼른 아주머니 보내드리고 내가 할 일을 해야지."

소진은 그네에서 일어나 집 안으로 들어갔다. 걸음을 옮길 때마다 손에 들고 있는 비닐봉지가 다리에 스쳐 바스락거리는 소리를 들으면서.

"마지막 날이라 기분이 좀 그러시죠?"

그녀가 혼자 정원을 돌아다니고, 그네를 탔던 모습을 유리창을 통해 지켜보았는지 아주머니가 먼저 아는 체를 했다.

"네. 이곳이 참 좋았는데…… 서운하기도 하고 마음이 좀 그러네요."

"저도 이렇게 예쁜 집을 본 적이 없어요. 그리고 본부장님께서 워낙 아끼시는 곳이라 저도 신경이 많이 쓰이는 집이랍니다."

아주머니가 진심 어린 미소를 지으며 말을 이었다.

"우리 본부장님 겉으로는 무뚝뚝하고 일 중독자처럼 보이지만 속이 참 넓고 깊은 분이에요. 팀장님도 티 없이 맑은 분인 것 같고…… 두 분이 참 잘 어울려서 좋아 보여요. 두 분이 빨리 결혼해서 이 집에서 행복하게 사셨으면 좋겠어요."

"어머, 그동안 아무런 내색도 안 하시더니 저희가 사귀는 사인줄 알고 계셨어요?"

"그럼요. 사랑하고 재채기는 숨길 수 없다는 말도 있잖아요. 두 분이 서로를 바라보는 눈빛하고 표정을 보면 아무리 무딘 사람도 금방 알아챌 수 있을 걸요. 날이 갈수록 두 분이 더 가까워지고 있는 게 느껴질 정도였어요."

"아주머니의 눈에도 다 보였었구나."

소진은 솔직하게 인정했다.

"솔직히 끝까지 모르는 척하려고 했는데 두 분이 너무 잘 어울려서, 무엇보다 우리 본부장님께서 팀장님을 너무 사랑하시는 게 보여서 주제넘게 아는 척을 하게 됐네요. 실례가 되었다면 죄송해요."

"실례라니요. 한 달 동안이나 저한테 맛있는 밥상을 차려주셔서 감사드려요. 아주머님 덕분에 맛있는 밥 먹으며 일했어요."

"마땅히 제가 할 일을 한 건데요. 우리 본부장님을 진심으로 많이 아껴주시는 것 같아서 오히려 제가 더 감사해요. 앞으로도 우리 본부장님 잘 부탁드려요. 이 집도요."

"네."

소진은 미소로 대답했다.

"뭐 만드실 거예요? 제가 도와드릴까요?"

아주머니가 소진의 손에 들린 비닐봉지를 보며 물었다.

"아뇨. 본부장님께서 내준 숙제라 제가 해야 해요."

"아."

"아주머니께선 이만 퇴근하세요. 저녁은 본부장님 오시면 그때 먹을게요. 오늘도 수고하셨고 그동안 감사했습니다."

"뭘요. 팀장님, 시간 나시면 언제든지 이 집에 놀러 오세요. 제가 이 집에서 일하는 동안 팀장님 놀러 오시면 맛있는 거 많이 해드릴게요."

"그럴게요."

소진은 미소로 기꺼이 그러마고 대답했다. 얼굴 보는 시간은 적었어도 매일 아주머니가 만든 음식들을 먹다 보니 그녀와 정이 많이 든 소진이었다.

아주머니가 퇴근하고 난 후 소진은 혼자 주방에 있었다.

"자, 이제 시작해 볼까."

아일랜드 식탁 위에 펼쳐 놓은, 소진이 사가지고 온 재료들을 보며 소진은 기운차게 손바닥을 탁탁 쳤다.

소진은 민혁이 내준 숙제 즉 그가 받지 못했던 것이 무엇인지 알아내기 위해 과거에 그와 함께했던 시간들을 머릿속에서 죄다 끄집어냈다.

좋았던 추억들과 가슴을 후벼 팠던 아픈 기억들까지 모두 끄집어내 놓고 생각하니 결과가 좋아서 그런지 견디기 힘들 정도로 아팠던 기억들마저도 이젠 상처에 딱지가 앉아 아무런 통증도 느낄 수 없게 되었다. 그저 바람처럼 스쳐 지나간 추억처럼 생각되었다.

소진은 이제 자신의 상처가 다 아물었음을 느낄 수 있었다. 민혁이 그녀에게 다시 돌아와 주었고, 그녀를 사랑해 준 덕분이었다. 상처를 준 사람도, 그 상처를 낫게 해준 사람도 민혁이었다. 병도 주고 약도 준 사람이지만 소진은 민혁을 그 어느 때보다, 그 누구보다 사랑하고 있었다.

어쨌든, 민혁이 내준 숙제에 대한 해답은 너무 고통스러워서 그녀가 아예 잘라 버렸던 그 기억 속에 있었다. 그녀의 눈물과 쏟아지는 빗물에 젖어 형체도 없이 뭉그러졌던 하트 쿠키!

솔직히 그 하트 쿠키는 그가 못 받았던 것이 아니었다. 그녀가 충격을 받고 상자를 떨어뜨리는 바람에 받을 수가 없었던 것이었지. 물론 그렇지 않았다고 해도 그가 못 받은 것이 아니라 받지 않았던 것이 되었겠지만.

하지만 소진은 하트 쿠키를 민혁의 말대로 그가 못 받았던 것으로 해두고 싶었다.

민혁은 임원회의 때문에 두 시간 정도 늦게 올 거라고 전화를 했었다. 하필이면 왜 기다리고 기다렸던 마지막 날 임원회의를 잡았는지 모르겠다며 투덜대는 민혁이 얼마나 귀여웠던지. 만약 옆에 있었다면 양 볼을 잡고 입맞춤을 해주었을 것이다.

"오빠가 오기 전에 끝내려면 얼른 시작해야겠다."

시간을 아끼기 위해 재킷만 벗어 식탁 의자 위에 걸쳐 두고는 아주머니가 쓰던 앞치마를 입었다. 그리고 소매를 걷어붙인 후 손을 씻고는 아일랜드 식탁에 바짝 다가가 섰다.

분주히 손을 놀려 쿠키 반죽을 만들었다. 그리고 반죽을 떼어서 하트 모양을 낸 후 오븐 페이퍼를 깐 오븐 전용 용기인 직사각형 팬에 서로 붙지 않게 잘 올려놓고 그 안에 작게 잘라 놓은 초콜릿들을 박았다.

일을 시작하기 전에 예열을 해둔 오븐에 팬을 넣었다. 늘어놓은 것들을 치우고 설거지까지 마친 소진은 오븐 안에서 구워지고 있는 하트 모양의 쿠키들을 바라보았다.

"이제야 너희들을 오빠한테 줄 수 있게 됐구나."

지난 8년 동안 쿠키는 쳐다보지도 않았던 그녀였다. 그래서 그런지 오븐 안에서 구워지고 있는 하트 모양의 쿠키들을 보고 있노라니 감회가 새로웠다.

소진은 쿠키가 구워지길 기다리며 커피를 내려 마셨다. 그리고 식탁 의자에 앉아 쿠키가 완성되기를 기다렸다. 그 기다림이 지루하긴커녕 오히려 8년 전 하트 모양의 쿠키를 만들던 그날처럼 마음이 설레었다. 민혁이 받고 얼마나 좋아할까 생각하니 가슴이 벅차기까지 했다.

드디어 쿠키들이 다 구워졌다. 소진은 완성된 하트 모양의 쿠키들이 담긴 팬을 오븐에서 꺼내 아일랜드 식탁 위에 올려놓았다. 혹시 꺼낼 때 모양이 망가질까 싶어 식기를 기다렸다가 일부러 사 갖고 온 예쁜 상자 안에 보기 좋게 완성된 하트 모양의 쿠키들을 조심조심 넣었다.

쿠키들을 구웠던 팬을 깨끗이 씻어놓은 후 소진은 상자와 식탁 의자에 걸쳐 둔 재킷을 들고 주방을 나가 2층으로 올라갔다. 이상했다. 깜깜해야 할 2층 거실에 불이 켜져 있었다.

“어? 아주머니께서 일부러 켜놓고 가셨나?”

소진은 혼잣말을 중얼거리며 안방을 향해 걸어갔다.

안방 앞에 서서 문을 연 소진은 그 자리에서 얼어붙은 듯 서 있어야만 했다. 임원회의를 하고 있어야 할 민혁이 슈트를 입은 채 컴컴한 안방 방문 안에 서서 그녀를 바라보고 있었기 때문이었다.

“오빠?”

“이제야 숙제 다 끝낸 거야?”

“언제 온 거예요? 임원회의가 일찍 끝난 거예요? 그리고 집에 있으면서 어두운 안방에 있어요?"

"임원회의는 처음부터 없었어. 미안해 거짓말해서."

"거짓말을 왜 한 건데요?"

"너보다 먼저 오려고."

"어? 나 왔을 때 오빠 차 없었는데……?"

"내가 일부러 뒤편에 세워놨어. 내가 먼저 온 걸 너한테 들키고 싶지 않아서."

"대체 왜요? 뭐 때문에 나보다 먼저 그것도 나 몰래 온 거예요?"

"너 몰래 할 일이 있어서 두 시간 일찍 퇴근했지."

"대체 무슨 일인데 두 시간씩이나 일찍 퇴근을…… 어머!"

소진은 말을 하다 말고 깜짝 놀랐다. 그녀 앞에 서 있던 민혁이 비켜서며 안방의 스위치를 올리는 순간 실내가 훤히 보였기 때문이었다.

세상에! 화원을 옮겨놓은 것처럼 아름다운 꽃들이 안방 안을 가득 채우고 있었다. 그리고 벽에도 아기자기한 장식들이 붙어 있고, 다른 쪽 벽엔 한 글자씩 쓰여 있는 색종이 조각들이 붙어 있었다. 그 글자들을 연결해서 읽어보니 '나와 결혼해 줄래?' 였다.

"오빠, 어떻게 이런 이벤트를……!"

소진은 감격에 겨워 말을 하다 말고 결국 눈물을 흘리고 말았다.

"왜 울어? 웃으라고, 행복하라고 한 일인데."

"정말 좋아서요. 정말정말 행복해서요."

소진은 손으로 눈물을 닦아냈다.

"불도 안 켜고…… 얼마나 기다리고 있었던 거예요?"

"내려가고 싶어서 견디기 힘들었을 만큼."

"그럼 내려오지 왜……?"

민혁의 마음을 알 것 같아서 소진은 하던 말을 멈추었다. 이렇게 멋지게 꾸며놓고 그녀가 오기를 기다렸던 민혁의 마음이 고스란히 느껴졌다. 그에게 줄 쿠키를 만들 때, 완성된 쿠키를 상자에 정성껏 담아가지고 2층으로 올라오며 느꼈던 그녀의 기분과 똑같았을 것이다.

"나한테 먼저 그거 주고 들어와. 나도 너한테 줄 게 있으니까."

민혁의 말에 소진은 하트 모양의 쿠키가 담긴 상자를 내밀었다. 그것을 받으며 민혁이 환하게 웃었다. 아주 만족스러운 표정이었다.

"이제야 받네."

"그러게요. 이제라도 이 쿠키를 오빠한테 줄 수 있게 돼서 정말 좋아요."

"이 쿠키를 받게 돼서 나도 정말 기뻐. 숙제 잘했어."

상자를 열고 그 안에 들어 있는 하트 모양의 쿠키들을 보며 민혁이 감회에 젖은 표정을 지었다.

"8년 전 오늘 받았어야 했는데, 미안하다."

"8년 전 오늘이라뇨? 그럼 오늘이……?"

"응, 바로 그날이야."

"그럼 일부러 오늘 이런 이벤트를 하려고 이번 프로젝트 마감날짜를 맞춰서 시작했던 거예요?"

"응. 우리한텐 아주 의미 있는 날이니까."

소진은 몰랐었다. 오늘이 8년 전 바로 그날이었다는 것은 상상조차 못하고 있었다. 그런데 그날을 기억하는 것으로도 모자라 일부러 프로젝트 마감 날을 오늘로 맞췄다니, 그리고 이런 이벤트를 미리 계획하고 있었다니, 민혁의 세심한 마음에 소진은 벅찬 감동이 밀려왔다.

"자, 이제 들어와."

민혁이 그녀의 손을 잡고 안방으로 들어오게 했다.

"안방이 완전 꽃밭 같아요."

셀 수도 없이 많은 꽃들을 보면서 소진은 감탄 어린 표정을 지을 수밖에 없었다. 안방이 컸기에 이렇게 많은 꽃들이 있음에도 불구하고 사람이 다닐 정도의 여유가 있지 그렇지 않았다면 침대를 밖으로 빼냈다 하더라도 발 디딜 틈이 없었을 것이다.

"이게 대체 몇 송이야? 오빠, 화원 몇 군데 돌면서 그냥 다 사들인 거 맞죠?"

"정확히 2,920송이야."

"2,920송이요?"

"그날 이후부터 매일 너한테 한 송이씩 줬으면…… 한꺼번에 줘서 미안하다."

세상에, 그런 뜻이 있었다니! 소진은 다시 한 번 민혁에게 감탄했다. 민혁이 얼마나 그녀를 사랑하고 있었는지, 지금 그녀를 얼마나 깊이 사랑하고 있는지 소진은 그의 사랑이 절절하게 느껴졌다. 민혁이 그녀의 아픈 기억을 좋은 추억으로 만들어주겠다는 말을 지킨 것이다.

소진은 자신의 사랑을 마음껏 표현하고 있는 민혁을 눈물을 흘리며 바라보았다. 소진은 눈물로 그녀에 대한 그의 사랑에 감사를 표했다.

"또 운다."

"미안해요, 자꾸 울어서."

"그럼 그만 울고 웃어."

"웃고 싶은데 자꾸 눈물이 나요. 행복하고 가슴이 벅차서 저절로 눈물이 나와요."

눈물을 흘리는 소진을 바라보던 민혁이 그녀를 가만히 끌어안았다.

"아직 이벤트 안 끝났어. 그러니까 그만 울어."

소진은 민혁의 품에서 빠져나와 고개를 들고는 젖은 눈으로 그를 올려다보았다.

"지금도 넘치도록 감동적인데 뭐가 또 남아 있는데요?"

민혁이 미소로 소진을 지그시 바라보더니 쿠키 상자를 화장대 위에 올려놓고는 갑자기 그녀 앞에서 한쪽 무릎을 바닥에 대고 앉았다.

"왜, 왜 이래요?"

당황한 소진의 물음에 답을 하는 대신 민혁이 주머니에서 작은 보석 상자를 꺼내 그녀에게 내밀더니 보석 상자의 뚜껑을 열었다. 그 안에 커다란 다이아몬드가 박힌, 너무나도 예쁜 반지가 들어 있었다.

"결혼해 줄래?"

"……!"

소진은 대답 대신 뜨거운 눈물을 흘리며 고개를 끄덕였다. 그러자 민혁이 케이스에서 반지를 꺼내 그녀의 손가락에 끼워주었다. 어떻게 주문을 했는지 반지가 그녀의 손가락에 딱 맞았다.

"아주 딱 맞아요. 어떻게 알고 내 손가락에 딱 맞는 반지를 샀어요?"

"내 새끼손가락에 맞춰서 샀어. 반지가 네 손가락에 딱 맞는 거 보니까 우리 잘살겠다."

"그러게요."

남자의 새끼손가락에 맞는 반지가 여자의 약지에 딱 맞으면 천생연분이라는 속설을 소진도 알고 있기에 민혁의 말에 순순히 동의했다.

"언제부터 이런 이벤트를 해야겠다고 생각했던 거예요?"

"이번 프로젝트를 시작하던 날부터."

"만약에 내가 오늘까지 일을 해야 했으면 어쩌려고 했어요?"

"네가 늘 마감하기로 한 전날 일을 끝낸다는 걸 알고 있었지."

"진짜 나에 관해 꽤 많은 것을 알고 있네요."

"내 정보력이 꽤 괜찮은 편이거든."

"이제 보니까 나만 오빠에 대해서 아는 게 별로 없네. 손해 보는 기분이에요."

"나에 대해선 이제부터 하나씩 하나씩 알아가면 돼. 내가 전부 보여주고 다 말해줄 거니까."

"좋아요. 지금 이 순간부터 비밀 같은 거 만들면 내 손에 죽을 각오해야 될 거예요. 그냥 하는 말이 아니니까 명심해요."

"오케이."

두 사람은 약속이나 한 듯 서로를 마주 보며 사랑이 듬뿍 담긴 미소를 지었다.

"자, 지금부터 내 금욕은 해지야."

"배 안 고파요? 밥부터 먹고……."

"너 배고파?"

소진의 말이 끝나기도 전에 민혁이 물었다.

"아뇨. 아직은 괜찮아요."

"그럼 됐어. 그동안 굶주렸던 사랑부터 먹고 저녁 먹자."

"좋아요."

소진의 말이 끝남과 동시에 민혁이 그녀에게 진한 키스를 퍼붓기 시작했다. 거침없이 소진의 입안으로 들어온 민혁의 혀가 그녀의 잇몸과 치아를 훑더니 이내 혀를 휘감고 희롱하며 세차게 빨았다. 소진도 망설임 없이 그의 혀를 자신의 혀로 마음껏 희롱하고 빨았다. 두 사람 모두 서로의 입안에 타액이 고일 새도 없이 허기진 배를 채우듯 들이마셨다.

목젖을 타고 넘어가는 타액이 이토록 달콤할 줄이야. 민혁과 키스할 때마다 매번 그랬지만 소진은 누구의 것이라고 할 수 없는, 하나로 뒤섞인 진한 타액이 꿀보다 더 달콤하게 느껴졌다. 멋진 프러포즈를 받아서 그런지 오늘따라 더욱 달달하게 느껴졌다.

진하디진한 키스를 이어가며 두 사람은 서로의 옷을 하나씩 벗기기 시작했다. 몇 번의 손놀림에 두 사람은 나신이 되었다. 그러자 민혁이 소진을 덥석 안아 들고는 꽃길을 따라 침대로 걸어가 침대 위에 그녀를 조심스레 눕혔다. 소진이 침대 위에 눕혀지고 그 위로 민혁의 몸이 맞닿을 때까지 두 사람은 키스를 멈추지 않았다.

키스를 하면서 민혁이 한 손으로 몸을 지탱하며 다른 손으로는 연신 그녀의 몸 곳곳을 애무했다.

"하후우우우."

숨이 찬 소진은 간신히 민혁의 입술에서 자신의 입술을 떼고는 거칠면서도 야릇한 숨을 내쉬었다. 민혁도 그녀만큼 숨이 찼던지 거친 숨을 내쉬었다. 하지만 민혁의 입술은 소진의 몸에서 떨어질 줄 몰랐다. 그녀의 얼굴과 목 그리고 쇄골을 거쳐 아래로 내려가며 영역표시를 하듯 수많은 키스마크를 만들었다.

소진의 배 주위를 맴돌던 민혁의 혀가 움푹 파인 배꼽에 다다랐다. 민혁이 혀로 소진의 배꼽 안을 간질였다. 소진은 그 간질거림이 너무 좋아 자신도 모르게 몸을 배배 꼬았다.

"오빠……."

신음처럼 소진이 민혁을 불렀지만 그는 대답할 생각이 없었다. 소진의 몸에서 혀를 떼지 않고 그대로 내려가 숲에 도달했다. 풍성한 수풀을 헤치며 숨어 있는 음핵을 찾아낸 민혁은 혀로 애액을 머금은 소진의 음핵을 연이어 위아래로 핥았다. 그것만으로는 성이 안 차 아예 음핵을 입안에 머금고 마음껏 빨았다.

"하아, 하아……."

이미 흥분한 지 오래인 소진의 입에서 야릇한 숨소리가 들려왔다. 그녀의 야릇한 숨소리가 민혁에게는 최고의 흥분제였다. 민혁은 음핵을 빨며 손가락 하나를 소진의 동굴 속 깊이 넣고는 내벽을 휘저었다.

"하앗……."

소진은 미칠 것 같았다. 온몸에 전율이 일었다. 더는 참기 힘든 쾌락에 시트를 움켜쥐었다. 하지만 그만두게 하고 싶지 않았다. 즐기고 싶었다. 아니, 조금 더 즐겨야만 했다. 만족하기에는 뭔가가 부족한 쾌감이었다.

“오빠, 이제 그만 들어와요. 오빠와 하나가 되고 싶어…… 제발.”

시간이 흐른 뒤 애원 섞인 소진의 요구에 민혁이 동굴에서 손을 뺌과 동시에 음핵에 문어의 빨판처럼 밀착되어 있던 입을 뗐다. 그리고는 자세를 잡고 이미 터져 버릴 것처럼 부풀어 있는 기둥을 소진의 동굴 속에 깊이 박았다. 그리고 천천히 움직이기 시작했다. 소진도 그의 기둥을 더 깊숙이 받아들이기 위해 허리와 엉덩이를 움직였다. 그 답례로 민혁은 허리를 더욱 세차게 움직였다.

불처럼 뜨거운 민혁의 기둥이 소진의 동굴 속을 드나드는 속도가 빨라질수록 두 사람의 호흡도 더욱더 거칠어졌다.

철벅철벅…….

음란하게 들리는 마찰음이 안방을 가득 메웠다. 민혁의 숲도 이미 소진의 애액으로 인해 푹 젖어 있었다.

“하아하아…….”

“허억허억…….”

거친 숨소리. 뜨거운 열기. 진한 꽃향기에 뒤섞인 두 사람의 체향. 모든 것들이 두 사람의 욕망을 불태우는데 도움이 되지 않는 것이 없었다. 두 사람은 한껏 사랑을 즐겼다. 아니, 몸으로 쾌락의 열망을 불살랐다.

“허억!”

“하앗!”

함께 절정에 다다른 소진과 민혁은 동시에 신음을 흘리며 땀에 젖은 서로의 목을 끌어안았다. 서로 얼굴을 맞댄 채 거칠게 숨을 헐떡였다. 소진인 여전이 그녀의 동굴 안에 민혁의 기둥을 품고 있었다. 민혁의 기둥이 분출해 낸 그의 분신들이 동굴 속을 가득 메우고 있는 것이 느껴졌다. 허전했던 공간이 비로소 꽉 채워진 느낌이었다.

소진은 쾌감의 끝자락을 붙들고 그 여운을 즐겼다.

"오빠가 내 남자여서 정말 좋아요."

"나도 네가 내 여자여서 행복해."

"사랑해요."

"나도 사랑해. 네가 날 사랑하는 것보다 더 많이."

두 사람은 사랑을 속삭이며 한참 동안 그 자세 그대로 손만 움직여 서로의 몸을 어루만졌다. 그리고 다시 한 번 진한 키스를 나누었다. 행복에 겹다는 말이 어떤 상태임을 말하는 것인지, 마음과 온몸으로 고스란히 느끼면서.

다음날.

민혁과 소진, 두 사람이 진행했던 프로젝트의 프레젠테이션이 시작됐다. 디자인을 담당한 소진에게 모든 공을 돌린다는 멘트를 하며 민혁이 그녀에게 설명을 부탁했다.

소진은 대회의실 단상에 서서 그녀가 디자인한 가을용 열 종류와 겨울용 열 종류의 옷들을 차례차례 롤스크린에 띄워 보여주며 자세한 설명을 덧붙였다.

발표가 끝나자 프레젠테이션에 참석했던 노현우 대표와 이사들 모두 이번 프로젝트를 담당한 민혁과 소진에게 찬사를 아끼지 않았다. 노 대표는 특별히 직접 소진에게 다가와 어깨를 다독이며 수고했다, 기대 이상으로 잘해냈다는 말로 위로와 칭찬을 해주었다.

민혁과 저녁에 만나기로 하고 디자인팀실로 돌아온 소진을 직원들이 약속이나 한 듯 박수를 쳐주더니 이내 투덜거리기 시작했다.

"팀장님, 어떻게 같은 방 식구들도 모르게 그런 프로젝트를 진행하실 수가 있으세요?"

"한 달씩이나 우리를 감쪽같이 속이다니, 팀장님이 우리한테 어떻게 그러실 수가 있어요?"

막내 미스 유와 미스 진이 연이어 쏘아댔다.

"미안해요. 비밀 프로젝트라 어쩔 수가 없었어요."

소진은 진심 어린 표정으로 직원들을 둘러보며 사과했다.

"총괄팀 본부장님과 단둘이 하셨다고 들었는데, 그게 정말입니까?"

박 대리가 아직도 믿기지 않는다는 표정으로 물었다.

"네."

소진의 대답에 미스 진이 깜짝 놀란 얼굴로 한 걸음 다가와 섰다.

"아니, 정말 괴물 본부장님하고 단둘이 일을 하셨단 말이에요?"

"네."

"양 비서도 아무것도 몰랐던 눈치던데, 두 분 정말 대단하시네요."

"너무 그러지들 마라. 한 달 동안 우리가 편히 잠잘 때 죽어라 고생한 팀장님이신데 우린 뭐라 할 자격도 없다."

미스 진의 말에 노처녀 미스 문이 간단하게 직원들의 입을 봉해 버렸다. 역시 나이는 그냥 먹는 게 아니었다. 방년 38세인 미스 문의 말을 들어보면 소진이 프로젝트에 대해 말을 안 한 것을 서운해하는 대신 그녀가 고생했던 것을 더 알아주니 말이다.

소진은 미스 문에게 고맙다는 눈인사를 보냈다. 그러자 미스 문이 당연한 소릴 했다는 듯 어깨를 으쓱해 보였다.

미땅히 비밀을 유지한 게 당연했지만, 소진은 직원들에게 프로젝트에 대해 말을 하지 않은 것이 미안해 거하게 점심을 쏘았다. 그 덕분인지 미스 문의 말이 먹힌 것인지 일하는 오후 내내 직원들 모두 프로젝트에 대해 투덜대는 대신 그녀의 능력에 대해 감탄하며 칭송하는 말들만 했다.

"다들 퇴근하세요."

퇴근 시간이 되자마자 소진은 아직 일손을 놓지 않고 있는 직원들을 보며 말했다.

"네, 팀장님도 오늘은 푹 주무세요."

"그럴게요."

퇴근하는 미스 문의 말에 소진이 미소로 대답했다. 다들 나간 뒤 소진도 핸드백을 챙겨 들었다. 때맞춰 민혁에게서 전화가 왔다. 안 그래도 민혁의 전화를 기다리고 있던 터라 소진은 얼른 통화 버튼을 눌렀다.

[저녁 먹자.]

"네. 근데 어디로 가면 돼요?"

[집에 가려면 너도 차를 가지고 가야 해서 한정식당 미향에 예약을 해뒀는데, 어때? 싫으면 다른 곳으로 가고.]

"한정식당 미향은 나도 몇 번 가봐서 알아요. 거기 음식 맛 깔끔하고 좋아요."

[잘됐네. 나 지금 출발할 거니까 너도 출발해.]

"네, 미향에서 봐요."

통화를 끝낸 소진은 서둘러 재킷을 챙겨 입은 후 핸드백을 멨다.

미향에서 식사를 끝낸 후 민혁과 소진은 각자 차를 몰고 카페 흥으로 갔다. 오늘따라 원두가 로스팅이 잘됐는지 커피의 맛과 향이 끝내줬다.

"민재 선배님이 신경 많이 썼나 봐요. 커피 맛이 정말 좋아요. 향도 좋고."

"내가 오늘 들를 거라고 전화했더니 제일 좋은 원두로 커피를 내려주겠다고 하더니 정말 그랬나 봐."

"민재 선배님, 감사해요!"

민혁의 말에 소진은 주방 쪽에 있는 민재를 향해 인사를 했다.

"이젠 그냥 민재 씨라고 불러주세요, 형수님! 호칭은 일관성이 있어야 서로 편한 법이거든요, 형수님."

민재가 싱글싱글 웃으며 형수님이란 말을 강조했다.

"그럴게요, 민재 씨. 맛있는 커피 감사해요!"

"언제든 오세요. 민혁 형님과 형수님은 언제나 제겐 VVIP 손님이시니까요."

"네."

"민재 그만 보고 이젠 날 좀 봐주지."

민혁의 말에 소진은 시선을 민재에게서 그에게로 돌렸다.

"설마 지금 질투하는 거예요?"

"당연하지."

"후후후. 알았어요. 오빠가 질투해 주니까 기분 좋네요."

"내 기분은 별로야."

"민재 씨 오빠 후배거든요?"

"그게 뭐? 내 후배라도 남자야."

"우리 팀에 있는 박 대리도 남잔데 어쩌라고요? 한 사무실에 있으면서 쳐다보지도 말고 말도 하지 마요?"

"박 대리야 직원이니까 어쩔 수 없고. 그 사람은 안 돼."

"그 사람, 누구요?"

"정세영."

"세영 선배요?"

"응."

"그냥 친한 대학 선배일 뿐이에요."

"그 남잔 아니야."

"뭐가 아니라는 거예요?"

"그 남자한텐 네가 그저 단순히 친한 대학 후배가 아니라고. 그 사람은 널 좋아하고 있어."

"설마요. 그렇지 않아요."

"그 사람 널 바라보는 눈빛은 남자의 눈빛이었어. 단순히 친한 후배를 보는 눈빛이 아니라."

소진은 민혁이 지나치게 오버하고 있다는 생각이 들었다.

세영은 그저 같은 스터디그룹에서 공부를 했던, 친한 대학 선배일 뿐이었다. 세영은 지금까지 한 번도 그녀를 이성으로 대한 적이 없었다.

'흠, 이 질투 많은 오빠를 어쩐다?'

눈을 새치름하게 뜨고 민혁을 바라보던 소진은 야무진 표정을 짓고 입을 뗐다.

"난요, 오빠. 속 좁은 남잔 싫어요."

"나 속 좁은 남자 아니야."

"그럼 그 증거를 보여줘요."

"증거라니? 어떤 증거를 말하는 거지?"

"난 결혼해도 일을 계속할 거예요. 근데 오빠가 제 주변에 있는 남자들을 지나치게 의식한다면 난 편하게 일을 할 수가 없을 거예요."

"그러니까 어떤 남자를 만나든 봐달라?"

"네."

"그렇게 할 수 없다면?"

"그렇게 해줄 걸로 믿어요. 날 사랑하니까. 오빤 오빨 사랑하는 내 마음을 믿고 있을 테니까."

"갑자기 예전의 안소진이 그리워지는군. 그땐 내 입을 막아버릴 만큼 말을 잘하지는 않았었는데."

"그 안소진이 자라서 지금의 안소진이 된 거예요."

"알아."

"믿어줄 거죠?"

소진은 미소를 지으며 물었다. 질투하는 민혁이 꽤나 귀여워 보였기 때문이었다.

"당연히. 널 믿으니까."

"나도 오빠 믿어요."

"그래서, 아무 여자나 만나도 된다고?"

민혁은 소진이 말하는 의미를 알면서 일부러 농담을 건넸다.

"치, 그런 말이 아닌 줄 알면서."

소진이 입을 씰룩거렸다. 그런 소진이 사랑스럽고 귀여워서 민혁은 웃지 않을 수가 없었다.

"하하하, 알아 네 말뜻. 솔직히 너와 보내는 시간도 부족한데 아무 여자나 만날 시간이 어디에 있어? 이 세상에 여잔 너밖에 없어, 나한테는."

"나도 그래요. 이 세상에 남잔 오빠밖에 없어요, 나한테는."

소진을 사랑스레 바라보던 민혁은 커피 잔을 만지작거리는 소진의 손을 보고는 눈을 크게 떴다.

"왜 반지 안 꼈어?"

"그걸 어떻게 끼고 다녀요? 그렇게 큰 다이아몬드 알이 박힌 반질 끼고 다니다간 나도 모르는 사이에 누가 내 손목을 잘라갈지도 몰라요. 그 반지 끼고 일하면 불편하기도 하고요."

"내가 그 생각을 못했군. 나가자."

"어딜요?"

"반지 사러."

"반지를 또 사주겠단 말이에요?"

"우리 둘이 같이 끼고 다닐 수 있는 반지 사러 가자. 그래야 서로 임자가 있다는 걸 남들이 다 알지."

"좋아요, 그럼 커플링은 내가 살게요. 나도 오빠한테 반지 사주고 싶어요."

소진의 표정이 너무 확고해서 민혁은 잠시 고민하다가 결론을 내렸다.

"그럼 네가 낄 반지는 내가 사고 내 반지는 네가 사줘."

"좋아요."

민혁과 소진은 서둘러 카페 홍을 나왔다. 황급히 나가는 두 사람을 황망한 눈빛으로 쳐다보는 민재에게 대충 인사말을 전하고서.

chapter 12

지난 보름 동안, 소진은 하루하루가 행복했다.

평일에는 출근해서 열심히 일을 하고 퇴근 후에는 매일 민혁과 저녁을 먹고 신작 영화들을 보기도 하면서 데이트를 즐겼다. 일주일에 두세 번은 하얀 집에서 데이트를 하고 사랑도 나누었다. 그리고 주말에는 서울 근교로 차를 몰고 나가 드라이브를 하기도 했다.

지난 주 토요일에는 점심을 먹다가 소진이 지나가는 말처럼 바다가 보고 싶다고 했다. 그러자 민혁이 식사가 끝나자마자 곧장 강릉으로 차를 몰았다. 두어 시간 바다를 보며 백사장을 거닐었다. 날씨가 쌀쌀하다며 민혁이 점퍼를 벗어 그녀에게 걸쳐 주고는 품에 안다시피 하면서 걸어다녔다. 그리고 싱싱한 회를 먹고는 서울로 돌아왔었다.

'하여간 무슨 말을 못해요. 말이 떨어지자마자 다 들어주려고 해서.'

잠시 하던 일을 멈추고 민혁을 생각하던 소진은 속으로 투정 아닌 투정을 부렸다. 그때 책상 위에 놓아둔 휴대폰에서 진동음이 울렸다.

'설마 호랑이도 제 말 하면 온다더니…….'

민혁의 전화이겠거니 생각하며 휴대폰을 집어 들고 액정화면을 봤는데 예상외로 정세영이란 이름이 떠 있었다.

'세영 선배가 이 시간에 어쩐 일이지?'

오전이면 세영도 근무 중이라 전화를 하는 경우가 거의 없기에 무슨 급한 일이라도 생겼나 싶어 소진은 얼른 통화 버튼을 눌렀다.

"세영 선배, 일할 시간에 어쩐 일로 전화를 다 걸었어?"

[오늘 저녁에 시간 낼 수 있냐?]

세영이 앞뒤 다 자르고 단도직입적으로 물었다.

"어쩌지? 나 저녁엔 선약이 있는데."

[그래?]

잠시 침묵이 흘렀다. 세영이 머뭇거리는 기색이 느껴졌다.

"왜? 내가 도와줘야 할 일이라도 생겼어?"

[그런 건 아니고…… 널 꼭 좀 보고 싶어서.]

"그럼 점심시간에 만나."

[내일 저녁엔 어때? 차라리 내일 저녁에 만나자.]

"미안해, 선배. 저녁엔 내가 시간을 낼 수가 없어."

[왜? 뭐 배우러 다니기라도 하는 거야?]

"그런 건 아닌데, 어쨌든 저녁엔 안 돼."

[그럼 어쩔 수 없구나. 이따 점심시간에 만나자.]

"응. 어디서 만날까?"

[너희 회사 앞에 사쿠라라는 일식집 있지? 내가 룸 예약해 놓을 테니까 거기서 만나자.]

"오케이."

소진은 전화를 끊고 고개를 갸웃했다. 세영의 음성이 평소 통화할 때와 좀 다른 느낌이 들었다. 통화할 때면 농담도 잘하고 잘 웃기도 하는 세영이었는데 오늘따라 무척 진지한 음성이었다.

'갑자기 왜 보자고 하지? 설마 무슨 일이 생긴 건가……? 에이, 모르겠다. 이따 만나면 알게 되겠지.'

소진은 휴대폰을 책상 위에 내려놓고 다시 일을 하기 시작했다.

점심시간이 되자마자 소진은 지갑만 챙겨들고 회사를 나와 사쿠라로 향했다.

"소진아!"

일식집 근처에 막 다다르자 먼저 와서 기다리고 있던 세영이 그녀의 이름을 불렀다.

"우리 회사 앞인데 선배가 먼저 왔네?"

"그렇게 됐네."

소진은 세영과 함께 사쿠라로 들어갔다. 미리 예약했던 터라 종업원의 안내를 받아 작은 룸으로 들어가 상을 앞에 놓고 마주 앉았다.

"선배, 뭐 먹을래?"

"너 먹고 싶은 거 시켜. 난 같은 걸로 먹을 테니까."

"초밥 우동 세트 2인분 주세요."

소진은 주문을 받으려고 룸 밖에서 기다리고 있던 종업원에게 말했다.

"알겠습니다. 좋은 시간 되십시오."

종업원이 문을 닫아주고 갔다. 소진을 보는 세영이 표정이 유독 진지해 보였다.

"선배, 무슨 일 있어?"

"아니."

"근데 왜 꼭 급하게 날 만나야 할 이유가 있는 것처럼 그래?"

"먹고 얘기하자."

"치, 사람 궁금하게 해놓고……. 알았어, 먹고 얘기해."

소진은 주문했던 음식이 들어오자 시장했던 터라 맛있게 다 먹었다. 그런데 세영은 먹는 둥 마는 둥했다. 보통 땐 음식 가리지 않고 복스럽게 먹는 세영이 반도 채 못 먹는 걸 보니 소진은 신경이 쓰였다.

"선배답지 않게 왜 먹는 게 그래? 진짜 무슨 심각한 일이라도 생긴 거야?"

사쿠라는 각자 독상을 받듯 한 직사각형의 나무쟁반에 1인용의 음식들을 담은 그릇들을 담아서 가져다주는 곳이었다. 세영이 자신의 쟁반에 손에 쥐고 있던 젓가락을 놓았다. 그러더니 소진의 것까지 두 나무쟁반을 한옆으로 치워놓았다.

"뭐든 가리지 않고 잘 먹던 사람이 갑자기 왜 이래, 겁나게?"

"지금부터 내가 하는 얘기 잘 들어."

"알았어. 말해봐."

소진은 경청할 마음의 준비를 하고 자세를 고쳐 앉았다. 세영이 주머니에서 조그만 상자 하나를 꺼내더니 상 위에 올려놓고 소진 쪽으로 밀었다.

"이게 뭐야?"

"직접 봐. 너한테 주는 거니까."

소진은 작은 상자의 뚜껑을 열어보고 깜짝 놀랐다. 상자 안에 반짝이는 다이아몬드 반지가 들어 있었다. 민혁이 준 것과는 비교가 안 될 정도로 작았지만 그래도 꽤 값이 나갈 정도의 다이아몬드가 박혀 있는 반지였다.

"이걸 왜 나한테 주는데?"

"전에, 맞선 보는 연극을 할 때 내가 그랬지. 그날 이후부터 난 선배가 아니라 남자라고. 나…… 예전부터 남자로서 여자인 널 좋아하고 있었어."

"선배……?"

소진은 할 말을 잃은 채 두 눈을 커다랗게 뜨고 세영을 바라보았다.

"네가 하도 독신주의라고 외치고 다니기도 했고 또 모든 남자들을 이성으로 안 봐서 말을 못하고 있었을 뿐이야. 근데 더는 안 되겠다. 그 반지 받아주라."

"말도 안 돼. 난 선배를 한 번도 남자로 생각한 적이 없어."

소진은 단호하게 말했다.

"알아."

"알면서 이 반지를 나한테 줘? 내가 이 반질 어떻게 받아?"

"이제부터라도 날 남자로 봐주면 안 되겠니?"

"그렇게는 안 될 것 같아."

소진의 솔직한 답변에 세영의 표정이 일그러졌다. 그녀를 바라보는 그의 눈빛에 상처가 담겨 있었다.

"미안해, 선배."

"이유라도 말해줄 순 있니? 독신주의자니 뭐니 그런 말 말고 진짜 날 남자로 봐줄 수 없는 진짜 이유."

"나한테…… 사랑하는 남자가 있어. 물론 그 남자도 날 많이 사랑하고 있고."

소진의 말에 적잖이 놀란 듯 그녀를 바라보는 세영의 눈이 한껏 커졌다.

"설마…… 그때 카페에서 널 데리고 나갔던 그 남자야?"

"응."

"휴우우."

세영이 한숨을 길게 내뱉었다. 무척이나 아쉬운 표정으로.

"내가 너무 늦었구나. 후배로라도 널 만나고 싶어서 고백을 할까 말까 고민을 많이 했었는데…… 너무 늦게 결정을 했어, 내가."

세영이 자책감이 가득한 표정을 지었다.

"그런 거 아냐, 선배. 사실 그 남자는……."

이런저런 고민으로 많이 힘들었을 세영을 위해 소진은 일부러 자신과 민혁의 만남과 이별 그리고 그 후의 사랑에 대해 대략 이야기를 해주었다. 그녀가 독신주의자라고 외치고 다녔던 이유도 민혁에게 받은 상처 때문이었다는 것까지. 세영이 조금이라도 덜 상처받길 원하며.

소진의 이야기를 묵묵히 듣고 있던 세영은 다시 한 번 한숨을 내쉬었다.

"휴우. 어차피 처음부터 난 안 되는 거였네."

그제야 눈에 띄었는지 세영이 소진의 손가락에 끼어진 반지를 보았다.

"그 반지…… 그 남자가 준 거야?"

"응. 프러포즈 반지 받았는데 끼고 다니기엔 좀 불편해서 커플링을 샀어."

"그럼 그 남자의 손가락에도 네 것과 같은 반지가 끼어져 있겠구나."

"응."

한참 동안 소진이 끼고 있는 반지를 쳐다보던 세영이 상 위에 놓인 반지 케이스를 집어 들더니 도로 주머니에 넣었다.

"오늘 만남은 없었던 걸로 하자."

"그래."

"그럼 예전처럼 선후배로 만날 순 있는 거지?"

"그럼. 내 대학 생활의 추억 속에 선배와 함께한 것들이 얼마나 많은데……."

"고맙다."

"고맙긴. 미안해, 선배."

"네가 미안해할 일은 아니지. 짝사랑을 한 건 나니까."

"날 좋게 봐줘서 고마워."

"여자가 아니라 대학 후배로도 넌 항상 좋은 사람이었어, 나한테는."

"나한테 선배도 그런 사람이었어."

"그럼 됐어. 그만 나가자."

"응."

세영이 먼저 일어나서 소진도 뒤따라 일어났다. 룸의 문 앞에 다다르자 멈춰 선 세영이 소진을 바라보았다.

"이 문을 열고 나가는 순간 오늘 우리의 만남은 없었던 거다?"

"알았어. 우린 오늘 만난 적 없어."

소진이 쿨하게 대답하며 미소를 짓자 세영이 아쉬움이 남는 미소를 지어 보이며 문을 열고는 그녀에게 먼저 나가라는 손짓을 했다. 소진은 먼저 룸을 나와 구두를 신었다. 그러자 뒤따라 나온 세영도 룸을 나와 구두를 신었다.

"먼저 나가."

"왜, 같이 나가지?"

"그냥, 오늘은 너한테 내 뒷모습을 보여주기 싫다."

"알았어. 먼저 갈게. 다음에 봐, 선배."

"그래."

소진은 빠른 걸음으로 사쿠라를 나왔다. 그리고는 뒤도 돌아보지 않고 회사를 향해 걸어갔다.

'선배, 나 때문에 상처받지 마. 그리고 빨리 좋은 여자 만나서 연애해. 부디 그러길 바라.'

속으로 기원하며 소진은 씩씩하게 앞으로 걸어갔다. 세영이 걱정됐지만 단 한 번도 뒤돌아보지 않았다. 혹시 뒤에서 지켜볼지도 모르는 세영을 위해. 그가 그녀에 대해 먼지 한 톨만큼의 미련도 갖지 않도록 해주기 위해서.

민혁은 아버지 노현우 대표가 할 말이 있다며 함께 점심식사를 하자고 해서 비서가 예약한 사쿠라로 향하던 중 소진이 세영과 만나는 광경을 보고 말았다. 기분이 언짢았다. 마음 같아서는 노 대표에게 양해를 구하고 소진이 세영과 함께 들어간 룸으로 뛰어들어 가고 싶었지만 꾹 참았다. 속 좁은 남잔 싫다던 소진의 말 때문이었다.

"지금은 선배로 너와 선보는 연극을 하는 거지만 이곳에서 나가는 순간부터 나 남자다."

소진은 농담으로 받아들였지만 카페 흥에서 들었던 세영의 말이 그의 뇌리에 박혀 있었다. 그날 말과 행동을 보고 세영이 소진을 좋아하고 있음을 확신하고 있는 그였다.

소진과 세영이 룸으로 들어가는 모습을 본 후 질투심에 인상이 구겨졌지만 어쩔 수 없이 아무 일도 없다는 표정으로 아버지 노 대표가 기다리고 있는 룸 안으로 들어갔다.

"왔니?"

"네. 먼저 와 계셨네요."

민혁은 노 대표와 마주 앉았다. 이미 상 위에는 음식들이 차려져 있었다. 이런저런 회사에 대한 이야기를 나누며 두 사람은 식사를 마쳤다.

"하실 말씀이 있다고 하지 않으셨어요?"

"응 그게…… 내 친구 중에 CG투자회사의 한세호 대표가 있는데 그 친구 딸을 한번 만나보지 않겠냐? 이번엔 그 친구와 내가 같이 나가마. 저번에처럼 네가 매너 없게 굴면 안 되니까."

노 대표의 말에 민혁은 더 이상 입을 다물고 있으면 안 되겠다는 생각이 들었다.

"저 결혼할 여자 있습니다."

"그래? 그래서 전에 세기건설 안 대표, 그 친구의 둘째 딸한테 그러고 나온 거야?"

"네. 제 여자한테 당당하지 못한 행동 하고 싶지 않아서요."

"난 또 그날 네가 그냥 핑계 삼아 한 소린 줄 알았는데…… 예끼 이 녀석아, 사귀는 여자가 있으면 있다고 나한테 말을 했어야지! 왜 입 다물고 있어서 애빌 실없는 사람으로 만들어?"

"죄송합니다. 조만간 말씀드리려고 했습니다."

"어떤 여자야?"

"곧 소개해 드리겠습니다."

"알았다. 그만 가자."

노 대표와 출입구 쪽으로 걸어가며 슬쩍 보니 소진이 들어간 룸 앞에 신발 두 짝이 아직 그대로 놓여 있었다. 아직도 소진과 세영이 함께 있다는 뜻이었다.

사쿠라를 나온 민혁은 노 대표에게 볼일이 있다고 둘러댔다. 노 대표가 이번 주 내로 결혼할 여자를 집에 데려오라고 명령을 내린 후 먼저 회사로 갔다. 민혁은 사쿠라에서 조금 떨어진 곳에 서서 사쿠라의 출입문을 바라보며 소진과 세영이 나오길 기다렸다.

이내 소진이 먼저 나와 회사로 향하는 모습이 보였다. 분명 룸 앞에 신발이 두 켤레가 있었는데 소진이 혼자 나오는 것이 이상해서 기다리고 있었더니 몇 분 지나지 않아 세영이 사쿠라에서 나왔다. 그런데 옥외 주차장을 향해 걸어가는 세영의 뒷모습이 영 심상치가 않았다. 소진과 무슨 일이 있었는지 옥외주차장으로 향하는 세영의 어깨가 축 늘어져 있었고 걸음걸이도 힘이 없어 보였다.

회사로 돌아온 민혁의 머릿속엔 '대체 세영이 왜 소진을 만나러 왔을까? 두 사람이 무슨 대화를 나눴기에 따로 나오고 또 세영의 어깨가 그렇게 처져 있었을까?' 에 대한 의문으로 가득 차 있었다. 아무리 궁금해하지 않으려고 노력해도 그의 뜻대로 되지 않았다. 미국에서 지사를 설립하고 다들 무리한 확장이라고 했을 때 대담하게 결정을 내렸던 그였다. 일에 관한한 담대하다고 정평이 나 있는 그인데 왜 소진에 관해서는 이렇게, 소진의 말대로 속이 좁은 남자가 되는지 모를 일이었다.

"속 좁다는 소릴 듣지 않으려면 직접 물어볼 수도 없는데…… 둘이 왜 만났는지 어떻게 알아낸다?"

잠시 고민하던 민혁은 하얀 집의 가사도우미 아주머니에게 전화를 걸었다.

"접니다, 아주머니."

[본부장님께서 어쩐 일로……?]

"수고스러우시겠지만 오늘 저녁은 신경 좀 써주세요."

[손님이 오시나요?]

"네."

[몇 분이나 되는지……?]

"안 팀장하고 갈 거예요."

[아, 네. 팀장님께서 좋아하셨던 것들로만 맛있게 드실 수 있도

록 요리해 놓을게요.]

"와인 안주도 부탁드립니다."

[네.]

"그럼 이만 끊겠습니다."

[네.]

통화를 끝낸 민혁은 소진에게 메시지를 보냈다.

세영과 헤어지고 나서 디자인팀실로 들어온 소진은 마음이 심란해서 일이 손에 잡히지가 않았다. 사랑을 고백했을 때 거절당한 심정을 누구보다 잘 아는 그녀였기에 세영이 신경 쓰였다.

세영에 대한 생각은 그만 접어두고 일을 시작하려는데 휴대폰에서 메시지가 도착했음을 알리는 진동음이 울렸다. 책상 위에 놓아두었던 휴대폰을 집어 들고 확인을 하니 민혁이 보낸 메시지였다. 소진은 얼른 메시지 창을 열었다.

「오늘은 우리 집에서 데이트하자.」

「좋아요. ^^」

소진은 흔쾌히 답을 보냈다. 우리 집이라는 곳은 하얀 집을 뜻하고, 그녀가 무척이나 좋아하는 곳이니 마다할 이유가 없었다. 편하게 대화할 수도 있고 또…….

소진은 얼른 고개를 저어 이어지는 생각을 끊어냈다.

'안소진, 너도 참 대책 없다. 부끄러운 줄도 모르고……. 이러지 말자, 안소진.'

속으로 자신을 꾸짖던 소진은 스스로 생각해도 어이가 없어 피식 웃음을 흘리고는 일을 하기 시작했다. 집중을 하다 보니 어느새 퇴근 시간이 다 되었다.

팀원들 모두 퇴근한 후 소진도 핸드백을 챙겨 들고 지하주차장으로 향했다.

빵.

클랙슨 소리에 놀라 소리가 난 방향을 바라보니 민혁이 그의 차 운전석에 앉아 미소를 지어 보이고 있었다. 소진은 손을 흔들어 보이고는 얼른 자신의 차 운전석에 올라탔다. 민혁의 차가 앞서 주차장을 빠져나갔고, 소진의 차가 그 뒤를 따랐다.

하얀 집의 벽면에 나란히 차를 주차한 두 사람은 대문 앞에 섰다.

"역시 데이트 장소는 우리 집이 최고인 것 같아요. 오빠의 사랑 다음으로 나한텐 최고의 선물이에요."

소진은 하얀 집의 외경을 올려다보며 흡족한 미소를 지었다.

"네가 이 집을 좋아해 줘서 집 지은 보람이 느껴져."

민혁이 소진에게 짧은 입맞춤을 했다. 그리고는 초인종을 눌렀다. 잠금장치가 풀리자마자 민혁이 소진의 어깨를 안고 대문을 열고 안으로 들어갔다.

"나무들이 앙상해서 안쓰러워 보여요."

"다시 새잎을 피우려면 어쩔 수 없는 일이지."

정원을 걸어 현관으로 향하던 소진의 말에 민혁이 담담한 음성으로 대답했다.

"하얀 눈이 쌓이면 참 예쁠 것 같아요."

"하얀 눈이 쌓인 정원은 우리 둘이 함께 봐야지."

"그게 무슨 뜻이에요?"

소진은 걸음을 멈추고 민혁을 바라보았다.

"무슨 뜻인지는 저녁 먹고 말해줄게."

민혁이 싱긋 웃었다. 소진은 민혁과 함께 현관문을 열고 집 안으로 들어갔다. 아주머니가 반색하며 소진을 반겼다.

"팀장님, 오셨어요?"

"네, 저 또 왔어요."

"언제든지 환영해요."

"항상 환영해 주셔서 감사합니다."

"팀장님은 원래도 예쁘셨지만 점점 더 예뻐지시는 것 같아요."

"에이, 그런 립서비스는 안 하셔도 되는데……."

"듣기 좋으시라고 하는 말이 아니라 진짜예요."

"예쁘게 봐주셔서 감사해요. 참, 그리고 이젠 말 좀 편하게 하세요. 저희 엄마랑 연배가 비슷하신데 꼬박꼬박 존대를 하시니까 제가 너무 마음이 불편해요."

"전 이게 편해요. 신경 쓰지 마세요."

전에 이곳에서 일을 할 때도 몇 번이나 말을 놓으라고 했지만 아주머니는 늘 똑같이 말을 했었다. 이번에도 같은 대답을 하는 걸 보니 더 이상 권해봤자 소용이 없을 것 같았다.

"아주머니도 한 고집하시네요. 후후후."

"저녁은 식탁 위에 차려놨어요. 전 그럼 이만 가볼게요."

"감사히, 맛있게 잘 먹겠습니다."

"아주머니, 오늘도 수고하셨습니다."

소진의 말에 이어 민혁이 인사를 했다.

퇴근하는 아주머니를 배웅하고 손을 씻은 후 주방으로 들어오니 식탁 위에 소진이 맛있다고 했던 음식들이 가득 차려져 있었다.

"우와, 진짜 내가 좋아하는 음식들만 있네!"

두 사람은 익숙하게 식탁을 앞에 두고 마주 앉았다.

"많이 먹어."

"나 여기서 데이트할 때마다 살찌는 거 알아요?"

"살쪄도 예뻐. 그러니까 마음껏 먹어."

"정말 나 뚱뚱해져도 사랑해 줄 거예요?"

"당연하지."

"막상 뚱뚱해지면 살 빼라고 할 거 같은데요 뭐. 남자들 날씬한 여자 좋아하잖아요."

"난 너이기만 하면 돼. 뚱뚱해도 말라도 상관없어."

"어째 하는 말마다 예쁜 말만 하네. 상 주고 싶어지게."

"무슨 상을 주고 싶은데?"

"더 많이 사랑하는 거요."

"그건 안 돼."

"왜요?"

"그건 내 몫이니까. 네가 날 사랑하는 것보다 내가 널 더 사랑하는 게 내 의무이자 권리야. 함부로 넘보지 마."

"후후, 알았어요. 그럼 다른 상 줄게요."

"다른 상이라니?"

"다음에 예쁜 아기들 많이 낳아줄게요."

"정말이지?"

"그럼요. 오빠의 우월한 유전자를 그대로 빼닮은 아들 많이 낳아야지.”

“난 널 닮은 딸이 더 좋아.”

“그럼 딸도 낳고 아들도 낳고…… 생기는 대로 다 낳죠 뭐.”

“힘들 텐데, 정말 그럴 수 있겠어?”

“아이 낳을 때 힘든 것보다 아이가 자라면서 주는 행복이 훨씬 더 크대요. 그래서 아이 낳을 때 아픈 것쯤은 참을 거예요.”

“우리 소진이 참 기특하네.”

“내가 원래 한 기특하죠. 후후.”

민혁은 웃는 소진을 보며 미안함을 느꼈다. 그녀가 세영과 만나는 모습을 본 후 질투심을 느꼈던 것이 부끄러웠다.

‘미안하다, 이런 너인데 내가 괜한 질투를 하고…….’

민혁은 다시는 소진이 어떤 남자를 만난들 질투 따윈 하지 않겠다고 결심했다.

“찌개 식기 전에 얼른 먹자.”

“네.”

두 사람은 동시에 음식을 먹기 시작했다. 맛있게 음식을 먹던 소진이 숟가락질을 멈추고는 민혁을 바라보았다.

“참, 나 오늘 세영 선배 만났어요.”

“그랬어?”

민혁은 질투심 따윈 갖지 않기로 맹세했기에 담담하게 물었다.

“네. 근데 오빠 말이 맞았어요.”

“내 말이 맞았다니?”

“전에 그랬었잖아요. 세영 선배가 날 좋아하고 있다고, 날 후배가 아닌 여자로 보고 있다고요.”

"왜? 그 사람이 그렇게 말해?"

"네."

"그래서 넌 뭐랬는데?"

"내가 사랑하는 남자가 있다고 그랬죠. 그랬더니 선배가 대뜸 오빠냐고 물어보더라고요. 그래서 그렇다고 했어요."

"잘했어."

이젠 물어볼 생각도 없었지만, 궁금해했던 것들을 먼저 말해주는 소진이 고마워 민혁은 미소로 그녀를 바라보았다.

"근데…… 마음이 좀 그렇더라고요. 내가 그랬던 것처럼 선배도 상처를 받을까 봐 신경이 쓰여요."

"잘 이겨낼 거야. 넌 나처럼 거절하진 않았을 테니까. 다음에 만나면 평소보다 더 잘해줘. 후배로서."

민혁의 말에 소진이 두 눈을 크게 떴다.

"정말 그래도 돼요?"

"그럼. 선후배끼리 서로 아껴줘야지."

"오올, 우리 오빠 이제 보니 속 진짜 넓은 사람이었네."

소진이 환하게 웃었다.

"속 좁은 남자 싫다며?"

"그래서 속 넓은 남자가 되기로 했어요?"

"응."

"후후후. 예뻐 죽겠네, 내 남자."

"이따가 많이 예뻐해 줘. 우선 밥부터 마저 먹고."

"좋아요."

두 사람은 웃으며 서로를 바라보다 다시 밥을 먹기 시작했다.

식사가 끝난 뒤 민혁이 설거지를 하고 소진은 남은 반찬들을 정리해 냉장고에 넣었다.

함께 샤워를 한 소진과 민혁은 안방 테이블 의자에 목욕 가운만 입은 채 마주 앉았다. 테이블 위에는 와인 병과 와인 잔 두 개 그리고 아주머니가 만들어놓은 맛깔스럽게 보이는 안주가 놓여 있었다.

민혁이 빈 잔 두 개에 와인을 따랐다. 그 모습을 보며 소진은 생각했다.

'대체 무슨 말을 하려는 거지?'

바로 사랑을 나눌 줄 알았는데 할 말이 있으니 와인 마시면서 먼저 이야기부터 하자고 한 민혁이었다. 와인을 따르는 민혁의 표정이 꽤나 진지했다. 그래서 소진은 더 궁금했다. 그가 이야기하려고 하는 것이 무엇인지.

민혁이 와인 잔을 들었다. 소진도 와인 잔을 들고 챙, 소리가 나도록 살짝 잔을 부딪쳤다. 민혁이 와인을 마시는 모습을 보며 소진도 와인을 한 모금 마신 후 잔을 테이블 위에 내려놓았다.

"무슨 말을 할 건데요?"

소진의 물음에 민혁이 와인을 한 모금 더 마시더니 잔을 테이블 위에 놓았다. 그리고는 그녀를 빤히 바라보았다.

"우리, 다음 달에 결혼하자."

"다음 달에 결혼을 하자고요?"

"응. 그래야 눈이 쌓인 정원을 함께 볼 수 있지."

"그거야 그렇지만…… 아직 양가에 인사도 안 한 상태잖아요.

결혼 준비도 해야 하는데…….”

“결혼 준비할 거 아무것도 없어. 우린 이 집에서 살 거니까. 우리한테 필요한 건 이곳에 다 있잖아.”

“나한테 맨몸으로 오빠한테 시집가라는 소리예요?”

“응. 네가 와주는 것만으로도 난 눈물 나게 고마워.”

“남들이 들으면 나 횡재했다고 하겠어요.”

“내가 횡재한 거지. 널 내 아내로 맞는 거니까.”

“그렇게 말해줘서 고마워요. 근데 왜 갑자기 결혼을 서두르는 거예요?”

“내가 결혼을 서두르는 이유는 두 가지야.”

“그 두 가지가 뭔데요?”

“하나는 너와 더 이상 밤에 헤어지기 싫다는 것이고, 다른 하나는 아버지께서 자꾸 여자를 소개시켜 주려고 해서야.”

“그건, 사귀는 여자가 있다고 하면 되잖아요.”

“물론 결혼할 여자가 있다고 했지. 그랬더니 집으로 널 데려오라고 하셔. 아버지께선 내가 빨리 결혼하길 바라시는 것 같아. 물론 어머니도 그러실 거고.”

“그거야 오빠 나이가 있으니까…….”

소진은 민혁에게 프러포즈를 받은 상태였긴 하지만 막상 빨리 결혼을 하자는 말을 들으니 조금 심란했다. 더구나 소진의 집에선 아직 그녀에게 결혼할 남자가 있다는 사실을 모르고 있었다. 아직 둘째 언니 소희도 결혼 전이고.

얼마 전에 어머니인 이 여사가 소진이 안 끼던 반지를 손가락에 끼고 다니는 걸 발견하고는 사귀는 남자가 있느냐고 물었고, 그녀는 그렇다고 대답을 한 게 다였다. 이 여사가 알고 있으니 당연히 아버지도 알고 있을 게 빤했다.

아무리 사귀는 남자가 있다는 걸 알고 있다고는 하지만, 그녀가 다음 달에 결혼을 하겠다고 통보를 하면 부모님 모두 깜짝 놀랄 것이다.

'둘째 언니보다 먼저 결혼하는 걸 반대할 수도 있는데 이를 어쩐다?'

소진은 고민스러웠다. 하지만 민혁의 의견을 무시할 수도 없었다. 소진은 고심 끝에 마음의 결정을 내렸다.

"좋아요. 우리 그렇게 해요."

"그렇게 할 수 있겠어? 이력서에 보니까 아직 결혼 안 한 언니가 있던데."

"언닌 이해해 줄 거예요, 본인이 아직 남자나 결혼에 대해서 별로 관심이 없는 상태라."

"가장 걱정했던 부분인데 다행이네."

"어느 쪽부터 인사를 드려야 하죠?"

"당연히 내가 먼저 너희 부모님께 인사를 드려야지. 그다음에 우리 부모님을 만나뵙도록 하고."

"그럼, 내가 우리 엄마 아빠께 말씀드려서 약속 잡을게요."

"날…… 마음에 들어 하실까?"

민혁이 걱정스런 표정을 지었다.

"오빠 같은 신랑감을 만난 날 칭찬해 줄걸요."

"제발 그랬으면 좋겠다."

절대 긴장 같은 건 하지 않을 사람인 줄 알았는데, 민혁의 표정이 긴장한 티가 역력해 보였다.

"후후, 너무 긴장하지 말아요. 우리 엄마 아빠 두 분 다 인자하신 분들이에요. 그리고 언제나 자식들의 의견을 존중해 주시고요. 우리 큰언니도 서로 사랑한다는 한마디에 형부를 사위로 받아들이셨어요."

"나도 제발 그렇게 해주시면 좋겠다. 우리가 서로 사랑한다는 것만으로 우리 결혼을 오케이하시면 좋겠어."

"그렇게 될 거예요. 걱정하지 마요."

"나 많이 떨리는데…… 아까 날 많이 예뻐해 주겠다는 약속 지금 지켜주면 안 될까?"

"후후, 알았어요."

민혁의 하는 양이 너무 귀엽고 사랑스러워서 소진은 벌떡 일어나 목욕 가운의 끈을 풀고는 가운을 단숨에 벗어버렸다. 그러자 민혁도 벌떡 일어나 가운을 벗었다. 나신으로 서 있는 소진을 눈이 부신 듯 바라보던 민혁이 그녀를 번쩍 안아 들고는 침대를 향해 걸어갔다.

나신의 소진을 침대 위에 눕혀 놓은 민혁이 그녀의 몸 위에 그의 몸을 포겠다. 그리고 진한 키스가 시작되었다.

어느새 실내에는 음란한 신음과 맨살이 부딪치며 나는 질척대는 소리로 가득 찼다. 서로를 위한 농염한 애무의 손길이 이어졌다. 그리고 그들은 쾌락을 끝을 향해 서로를 북돋우며 미친 듯이 질주했다. 서로가 절정에 다다를 때까지…….

"뭐라고? 다음 달에 네가 뭘 해?"

이 여사가 깜짝 놀라며 되물었다.

소진이 주선한 가족 회의. 온 가족들이 거실의 소파에 앉아 입을 헤벌린 채 소진을 바라보고 있었다. 오프여서 집에 있던 둘째 언니 혼자만이 별일 아니라는 듯 시큰둥한 표정이었다.

"다음 달에 내가 결혼을 할 거라고요."

"얘, 얘가 무슨 자다가 봉창 두드리는 소릴……?"

"어떤 사람인데?"

이 여사의 말을 자른 안 사장이 소진을 보며 물었다.

"우리 회사에 다니는 남자예요. 물론 그 사람과 저, 서로 사랑하는 사이이고요."

"어떤 사람인데?"

"능력도 있고 성품도 좋고 평생 함께 같은 곳을 보며 살아갈 수 있는 사람이에요."

아버지 안 사장의 물음에 소진은 다부진 표정으로 대답했다. 정말로 민혁을 그런 사람이라고 생각하고 있기에 소진은 그에 대해 말하는 데 거리낄 것이 없었다.

"집안은? 부모님께선 두 분 다 살아 계셔?"

이번에는 이 여사가 물었다.

"네. 두 분 모두 정정하신 것 같아요."

"정정하신 거면 정정하신 거지 정정하신 것 같아요는 뭐야?"

"그 사람이 우리 집에 먼저 인사하겠다고 해서 아직 그쪽 부모님은 못 뵈었어요. 근데 그 사람이 자기 부모님에 대해 이야기를 할 때 편찮으시단 얘긴 한 적이 없어요. 그러니 정정하신 거겠죠."

이 여사의 되물음에 소진은 친절하게 대답했다. 그러자 안 사장이 나섰다.

"그 사람 부친은 무슨 일을 하신다고 하더냐?"

"자세한 건 모르는데 건실한 자영업자 같아요. 아버지처럼요."

"허구한 날 제 아비를 자영업자라고 하며 돌아다니더니…… 네 눈엔 세기건설이 그저 그런 자영업 같아 보이냐? 세기건설 직원들이 몇 명이나 되는 줄 알아?"

"어쨌든 아버지가 운영하는 회사니까 아버진 자영업에 속하는 거 아니에요?"

"허허 참. 그럼 그 사람의 아버지도 아버지처럼 튼실한 기업을 운영하는 자영업자인 게야?"

"그것까진 몰라요, 아빠."

"결혼까지 하겠다는 두 사람이 만나서 여태 무슨 이야기를 한 거야? 서로 집안 사정에 대해서는 말 안 해?"

이 여사가 답답해 죽겠다는 표정으로 소진을 보며 물었다.

"당사자만 능력 있고 생각이 바르면 됐지, 부모님께서 뭘 하시는지 알아서 뭐 해요? 설마 엄마랑 아빠도 집안 보고 재산 보고 그러시는 거예요? 그럼 실망인데……."

"누가 명문가냐 아니냐 재산이 있냐 없냐를 따져 묻는 거야, 지금? 아무리 둘이 좋아 죽어도 그렇지, 기본적으로 상대방 집안의 가풍이나 부모님의 인품은 정도는 알아야 할 거 아냐?"

소진의 말을 자른 이 여사가 펄쩍 뛰며 따다다 쏘아붙이며 물었다.

"그쪽은 걱정 안 하셔도 돼요. 우리 오빠 같은 아들을 낳고 키우신 분들이라면 부모님의 인품은 아주 훌륭하실 테니까요."

"구구절절 말하는 걸 들어보니 콩깍지가 씌어도 아주 단단히 씌었네. 엄마, 아빠 이런 상태에선 무슨 말을 해도 귀에 안 들어와요. 소진일 믿고 그냥 결혼하라 그러세요."

가만히 듣고만 있던 둘째 소희가 명쾌하게 결론을 내려주었다.

"넌 언제 하려고?"

이 여사가 소희에게 물었다.

"난 좋은 남자 생기면 아무 때나 하면 돼요. 나이 들어간다고 아무 남자랑 짝짓기 하듯 결혼할 순 없잖아요."

"그러다 못하면? 동생 먼저 역혼하게 하고 너 혼자 늙어 죽을래?"

"혼자 사는 것도 괜찮지 뭐."

"뭐야! 너 지금 이 엄마 기절시키려고 작정했어? 그래, 혼자 늙어 죽어라. 한창 좋은 나이에 연애 한번 못해보고 병원에 처박혀 골골대는 환자들만 돌보다가 혼자 늙어 죽어!"

"에이, 엄만 무슨 막말을 그렇게 해요. 그런 일 안 생길 테니까 흥분하지 마세요."

첫째인 소형이 이 여사의 팔을 잡고 진정시켰다.

"말이 그렇다는 거지, 나도 다 생각이 있어요. 마음에 둔 남자도 있고요. 단지 결혼하려면 시간이 더 필요해서 그렇지."

"뭐? 남자가 있었어? 어떤 남잔데? 아니, 결혼하는데 시간이 왜 더 필요해?"

"흉부외과 닥터인데 지금 존스 홉킨스에 가 있어요. 2년 후에나 들어올 거예요."

"처음부터 그런 사람이 있었으면 말을 했어야지, 왜 입 꽉 다물고 엄마 맘고생을 시켜!"

이 여사가 소리를 빽 질렀다.

"지금 말하잖아요. 그러니까 내 걱정하지 마시고 소진이 원하는 대로 다음 달에 결혼시키세요."

"결혼 준비도 해야 하고 사야 할 것들도 많은데…… 아무리 생각해도 다음 달에 결혼하는 건 무리야."

소희한테 결혼할 남자가 있어서 안심이 됐는지 이 여사가 평정심을 찾은 음성으로 말했다.

"살 거 아무것도 없어요. 우리가 살 집도 있어요. 엄마가 좋아하는 정원이 넓은 아주 예쁜 집이에요. 그리고 예단도 안 하기로 했고, 난 이미 예물 받았어요."

"그깟 커플링이 예물이라고?"

이 여사가 소진의 손가락에 끼어 있는 커플링을 보고는 혀를 찼다.

"이 반지 말고요. 잠깐만요."

소진은 후다닥 자신의 방으로 들어가 화장대 서랍 안에 넣어놓았던 반지 케이스를 들고 나와 다시 자리에 앉았다. 그리고는 반지 케이스의 뚜껑을 열었다.

"어머머, 이게 도대체 몇 캐럿이야?"

"족히 십 캐럿은 되는 것 같아, 엄마."

이 여사의 물음에 이미 결혼을 한 소형이 대답했다. 하긴 소진은 보석엔 관심이 없어서 몇 캐럿인지 몰라 말을 해주고 싶어도 할 수가 없었다.

"결혼도 우리가 살 집 정원에서 친척들만 초대해서 작은 결혼식을 올릴 거야. 그러니까 엄마가 준비할 건 아무것도 없어요."

"아버지, 돈 한 푼 안 들이고 딸내미 시집보내게 생겼네요. 후후."

소희가 묵묵히 이야기를 듣고만 있던 안 사장에게 말했다.

"아무리 그래도 받기만 하면 쓰나. 그 사람한테 물어봐라. 사업할 생각이 있으면 내가 사업 자금을 대주겠다고."

"우리 대표님이 특별히 아끼시는 인재라 절대 안 놔줄 거예요."

"그 사람이 너희 회사 대표 아들이라도 된대? 안 놔주긴 왜 안 놔줘?"

안 사장은 우연어패럴의 대표이사인 노현우를 떠올리며 말을 이었다.

"내 사위라고 하면 두말없이 놔줄 거다. 서로 자식들을 나눠가지려고 소희까지 그 친구 아들하고 만나게 해줬었는데…… 내 부탁을 마다할 친구가 아냐."

"그 재수탱이 얘긴 왜 또 꺼내요?"

안 사장의 말을 듣던 소진이 이상하단 생각이 들어 물어보려는 찰나, 그녀 먼저 소희가 나서서 톡 쏘아댔다.

"그 친구 아들의 의향도 안 묻고 우리끼리 진행해서 그렇지, 그 친구 아들 꽤나 능력이 있는 재원이야. 오죽하면 CG투자회사 한세호 대표도 그 친구를 욕심내겠냐?"

"그래도 기본적인 예의라는 게 있지…… 제겐 사랑하는 여자가 있습니다. 어떤 이유가 됐든 내 여자가 아닌 다른 여자와 함께 밥을 먹을 순 없습니다. 우리 아버님과 그쪽 아버님, 두 분에 대한 예의를 지키는 것보다 내 여자를 배려하는 게 나한텐 더 중요합니다. 그러면서 나가 버렸다니까요! 다른 여잘 만나면 자기 여자한테 죽는다나 뭐라나! 암튼 그쪽이 사랑하는 여자가 얼마나 대단한 여자인지 모르지만, 아주 꼼짝도 못하는 것 같더라고요."

소희가 갑자기 열불이 난다는 듯 그 남자의 말투까지 흉내 내며 투덜거리더니 말을 이었다.

"어쨌든 이 여자 저 여자 만나고 다니는 남자보단 그런 남자가 더 낫지만, 아무것도 모르고 아버지 만나러 나갔던 전 폭탄 맞은 기분이었다고요. 얼마나 당당하게 구는지 집에 가서 자기가 했던 말 그대로 다 전해도 된다면서 자기가 나 책임을 지겠다나 뭐라나. 암튼 그쪽 아버님 존함이 노 현 자 우 자라고 하던데, 대체 그 분이 어떤 분이세요?"

"아버지 친구인 우연어패럴 대표다."

소희의 물음에 안 사장이 대답했다. 안 사장의 말에 소진은 깜짝 놀랐다.

"아빠! 아빠가 종종 말씀하셨던 친구이신 노현우란 분이 우리 회사 대표님이셨어요? 난 동명이인이라고만 생각했었는데."

"그래, 그 노현우란 친구가 바로 너희 회사 대표야."

"소희 언니한테 대표님 아들을 소개시켜 준 건 그렇다 치고, 왜 저한텐 우리 회사 대표님과 아빠가 친구 사이라는 걸 말씀 안 하셨어요?"

"네 능력으로 일 잘하고 있는데 뭐 하러 말해?"

"역시 우리 아빠 생각이 깊으셔."

소진은 애정과 존경심이 담긴 눈길로 안 사장을 바라보았다.

"네가 내 직업을 늘 자영업이라고 말하고 다녀서 말 안 했어, 인석아. 아마 그 친구는 네가 내 딸이라는 걸 상상도 못하고 있을 거다."

"헤헤. 난 친구들이나 선생님들 그리고 직원들하고 편하게 지내고 싶어서 그러고 다니는 거예요. 전 저한테 사람들이 선입견 갖고 대하는 건 딱 질색이에요. 세기건설 대표 딸이라고 하면 괜히 잘난 척하는 것 같은 느낌이 들기도 하고요. 아빠도 제 맘 아시죠?"

"그래서 좋냐?"

"그럼요. 당연히 좋죠."

안 사장의 되물음에 소진은 함박웃음을 웃었다.

"그래서, 그 친군 언제 인사시킬 건데?"

"아빠, 언제 시간 되세요? 집에서 만나면 엄마가 음식을 하셔야 하니까 밖에서 만나요, 우리."

"그래도 결혼할 사인데 우리가 어떻게 사는지는 보여줘야 하는 거 아냐?"

이 여사가 마음에 걸린다는 투로 물었다.

"그런 거에 신경 쓸 사람 아니에요. 전 그냥 엄마 편하게 해드리고 싶어요."

"그래라, 그럼. 밖에서 만나면 나야 청소랑 음식 신경 안 써도 되고 좋지 뭐. 여보, 언제 시간 낼 수 있어요?"

이 여사가 안 사장에게로 시선을 옮겼다.

"쇠뿔도 단김에 빼랬다고 내일 시간 내볼게. 다음 달에 결혼하려면 우리가 서둘러 만나줘야 우리 소진이도 그쪽 집에 가서 인사를 드리지."

"그래요, 그럼. 내일 만나기로 하고, 장소는 어디로 할래?"

이번에는 이 여사가 소진을 바라보았다.

"엄마 한식 좋아하시니까 우리 가족끼리 가끔 갔었던 한정식당인 미향에 예약해 둘게요."

어려운 관문을 통과한 것에 한숨을 돌린 소진은 밝게 이야기했다.

"난 내일 바빠서 시간 못 내."

"나도 내일 남편이랑 어디 가기로 해서 시간 내기 어려운데……."

소희의 말에 이어 소형이 미안해하며 말끝을 흐렸다.

"어차피 상견례도 아니고, 우리한테 인사하는 자리니까 너희들은 상견례 때 봐 그럼."

"알았어요."

"그럴게요."

이 여사의 말에 소희와 소형이 동시에 대답했다.

chapter 13

다음날.

안 사장과 이 여사가 약속 시간보다 조금 일찍 미향에 도착했다. 소진은 민혁과 따로 만나 그를 데리고 안 사장 내외가 있는 미향으로 왔다. 미향 입구에서 잠시 멈춰 선 민혁이 크게 심호흡을 했다.

"왜요? 긴장돼요?"

"조금."

"내가 있잖아요. 그러니까 긴장하지 마요."

"알았어."

미향 안으로 들어온 소진과 민혁은 종업원의 안내를 받아 예약된 룸으로 들어갔다. 먼저 와서 기다리고 있는 안 사장과 이 여사에게 민혁이 긴장한 내색을 보이지 않고 큰절을 올렸다.

"처음 뵙습니다. 노민혁입니다."

"아니, 이, 이 사람은…… 그, 그때 그 본부장……!"

이 여사가 깜짝 놀란 표정으로 민혁을 보며 말을 채 잇지 못했다.

"네, 취한 소진일 데려다줬던 그 본부장입니다, 어머님."

민혁은 환한 미소로 이 여사를 바라보았다.

"여기서 이렇게 만나게 될 줄은 몰랐는데…… 아무튼 반가워요."

이 여사는 반색하는 표정으로 민혁을 바라보았다. 우연어패럴의 본부장이라면 직책도 좋은 편이고 소진의 말마따나 능력도 있다는 뜻이었기 때문이었다. 게다가 인물이 정말 훤해서 남한테 주기 아까웠던 사람이 아니던가.

'남자는 거들떠도 안 보는 것 같더니, 우리 소진이가 날 닮아 남자 보는 안목이 높은가 보네.'

이 여사는 흡족함을 감추지 못한 채 바짝 붙어 앉아 있는 소진과 민혁을 바라보았다.

'엄마 아빠 모두 오빠를 좋아하시는 것 같네. 다행이다.'

소진은 속으로 생각하며 미소를 머금었다.

안 사장도 이 여사도 민혁을 만나면 반드시 마음에 들어 할 거라는 것을 알고는 있었지만 막상 예상했던 것이 현실이 되니 소진은 기분이 정말 좋았다.

민혁은 안 사장과 이 여사가 묻는 말에 정중하게 대답을 했고, 예의를 갖춰 두 사람을 대했다. 대화를 나누며 제법 화기애애한 분위기에서 식사를 끝냈다. 식사가 끝난 후, 후식으로 나온 오미

자차를 마시던 안 사장이 잔을 내려놓더니 민혁을 바라보았다.

"아무리 생각해도 낯이 익은데…… 우리가 언제 만난 적이 있었나?"

"어머님은 한 번 뵌 적이 있는데 아버님은 처음 뵙습니다."

"그래? 근데 왜 이렇게 낯이 익지?"

"잘생긴데다 인상까지 좋아서 그렇게 느끼시는 건가 봐요."

이 여사가 민혁 대신 대답했다.

"아버님은 무슨 일을 하시나?"

"의류 회사에서 근무하고 계십니다."

"그렇군."

"어머니께서도 일을 하고 계신가요?"

이번엔 이 여사가 물었다.

"전업주부이십니다."

"나하고 똑같네."

이 여사가 잘됐다는 표정을 지었다.

"그럼 형제는?"

"저 혼잡니다."

안 사장의 물음에 민혁이 대답했다.

"형제가 많은 게 좋은데……."

썩 마음에 들지 않는지 안 사장이 말끝을 흐리며 미간을 좁혔다.

"그게 어디 인력으로 돼요? 혼자여도 번듯하게 자라서 민혁 군을 부모님께서 자랑스럽게 생각하시겠어요."

"말씀 놓으십시오, 어머님."

식사를 할 때부터 민혁이 이 여사에게 말을 놓으라고 했지만 선뜻 그래지지 않는지 이 여사가 계속 존대를 하자 민혁이 다시 한 번 청을 했다.

"그럴까…… 그럼?"

"사위도 자식이라고 하지 않습니까. 절 그냥 어머님 아버님의 자식이라고 생각해 주십시오."

"암, 사위도 자식이고말고."

안 사장이 민혁의 말에 동조를 했다.

"그럼 이제부터 편하게 말할게. 우리 소진이가 바깥일은 잘하는데 집안일은 잘 못해. 내가 가르치려고 했는데 회사 일 때문에 영 시간이 안 나서 못 가르쳤어. 민혁 군이 여러모로 많이 도와줘야 할 거야."

"그러려고 마음먹고 있습니다. 그 부분은 걱정하지 마십시오, 어머님."

"그리 말해주니 안심이 좀 되네."

"소진이, 마음고생 몸 고생하지 않게 제가 잘하겠습니다. 귀한 따님과의 결혼을 허락해 주셔서 진심으로 감사드립니다."

"자넬 직접 만나고 보니 더 안심이 되는군. 근데 그쪽 부모님께서 우리 소진일 마음에 들어 하지 않으시면 어쩔 텐가?"

"그럴 일은 없습니다."

"어째서 그렇게 단정 지어 장담을 하지?"

"제 선택을 믿어주실 것이고 또 제가 사랑하는 안소진은 이 세상에 이 사람 한 명뿐입니다. 저희 부모님께선 사람을 볼 줄 아시는 분들이니 분명히 소진일 좋아하실 겁니다."

"그런 분들이시라면 다행이고."

"걱정하지 마십시오, 아버님. 저희 부모님, 소진일 딸처럼 많이 예뻐해 주실 겁니다."

"그래. 내 자네 말을 믿겠네."

안 사장이 안도하는 표정으로 말했다.

"그럼 우리 소진인 언제 민혁 군의 부모님께 인사를 드리게 할 건가?"

"내일 저희 집에서 만나뵙기로 했습니다."

"에효, 민혁 군도 우리 집에 초대를 했어야 했는데 소진이가 자꾸 이곳에서 만나자고 해서 그만…… 다음에 아무 때나 놀러 와. 맛있는 거 많이 해줄 테니까."

"감사합니다. 빠른 시일 내에 댁으로 찾아뵙겠습니다."

"그래, 그렇게 해."

이 여사가 흡족한 미소를 지었다.

"자넨 앞으로 뭘 하고 싶은가?"

안 사장의 물음에 민혁이 잠시 고민을 하는 것 같더니 이내 입을 열었다.

"아버님의 사업체를 더 키워볼 생각입니다."

"아버님의 대를 잇는다…… 좋은 생각이군. 이럴 땐 딸만 셋이 있는 게 아쉽다니까."

"대신 큰사위가 있잖아요. 사위도 자식이고 또 그 자식이 제몫을 제대로 해내고 있는데 뭐가 걱정이에요? 난 아들 있는 집 하나도 안 부러워요."

첫째 딸과 결혼한 맏사위가 세기건설에서 일을 하고 있었다. 실력이 있어서 제 능력만으로 세기건설의 상무이사가 되었다. 처음에는 소형보다 여덟 살이나 많아서 조금 걱정을 했었지만, 지금은 능력도 있고 제 가족을 끔찍하게 아끼는 맏사위를 늘 듬직한 큰아들이라고 생각하고 있는 이 여사였던 터라 거침없이 말을 했다.

"그렇지. 당신 말이 옳아요. 이젠 셋째 아들까지 생길 테니 더욱 든든하구만."

"실례가 되지 않는다면, 형님께서 제 도움이 필요하다고 하실 땐 제가 물심양면으로 돕도록 하겠습니다."

"그리 말해주니 고맙군."

"별말씀을요. 가족인데 당연히 도울 일이 있으면 함께 힘을 합해야지요."

"그렇지. 그리하는 것이 가족이지."

안 사장이 흐뭇한 표정으로 민혁을 바라보았다. 흡족해하는 안 사장을 보며 소진은 미소를 지었다. 수만 명의 생계를 책임지는 우리나라 굴지의 기업인 세기건설의 대표를 맡고 있으니 이런 사람 저런 사람들을 다 겪어본 안 사장이었다. 그래서 안 사장은 사람을 잘 볼 줄 아는 안목이 있었다. 그런 안 사장이 민혁을 보고 싫어할 리가 없다는 것을 소진은 이미 잘 알고 있었다.

안 사장을 미소로 바라보던 소진은 민혁의 마음의 씀씀이가 고마워 그에게도 미소를 지어 보이며 입 모양으로 '고마워요' 라고 했다. 그러자 민혁이 당연한 거 아니라는 표정으로 미소를 지었다.

"다음 달에 결혼을 한다면, 언제쯤으로 생각하고 있나?"

"저 빠르면 빠를수록 좋습니다."

안 사장의 물음에 민혁이 당당하게 말했다.

"내 정말 궁금해서 묻는 건데…… 왜 그렇게 결혼을 서두르는 거지? 혹시 결혼을 서두르는 이유가……?"

"아닙니다. 어머님께서 상상하시는 그런 이유는 결코 아닙니다."

말끝을 흐리는 이 여사의 물음에 민혁이 단호히 부정했다.

"엄만, 우리가 무슨 속도위반해서 결혼을 서두르는 줄 알아요? 그런 거 아니에요."

"하도 서두르니까 혹시나 해서 물어본 거지. 아니면 됐어."

발끈하는 소진의 반응에 이 여사가 안도의 한숨을 내쉬었다.

"서로 너무 사랑해서, 더는 헤어져서 살 수 없기에 결혼을 서두르는 것뿐입니다. 다른 걱정은 안 하셔도 됩니다, 어머님."

"알았네. 혹시 자네가 생각해 둔 결혼 날짜가 있나?"

"전 더 추워지기 전에, 다음 달 10일쯤 결혼하고 싶습니다. 마침 그날이 일요일이기도 하고요."

"그렇게나 빨리?"

"죄송합니다."

"민혁 군이 죄송할 것까진 없는데…… 정말 우리 쪽에서 아무것도 안 해도 되는 건가?"

"필요한 건 집에 다 있습니다. 결혼식도 저희가 살 집의 정원에서 올릴 예정이라…… 아, 그 부분은 저희끼리 정해서 죄송합니다. 아버님이나 어머님의 지인들도 많으실 텐데 소진이가 작은 결혼식을 올리고 싶다고 해서 그렇게 정했습니다. 양해해 주십시오."

"내 딸이 원해서 작은 결혼식을 올리는 거면 우리가 자네한테 뭐라 할 입장은 아니지. 나도 성대한 결혼식은 별로 좋아하지 않네. 소박한 결혼식을 올리겠다는 건 나도 찬성이야."

안 사장이 민혁과 소진의 의견에 흔쾌히 동조를 하더니 말을 이었다.

"내 한 가지 부탁할 게 있는데."

"말씀하십시오. 무슨 부탁을 하시든 기쁘게 들어드리겠습니다."

"우리 소진이 꽤 능력이 있는 편이네. 가급적이면 그 능력을 발휘하며 살았으면 좋겠네."

"저도 이 사람의 능력을 인정하고 있고, 이 사람과 같은 인재를 집안일만 하도록 놔두고 싶지는 않습니다. 이 사람이 원하는 한 끝까지 자신의 능력을 펼칠 수 있도록 열심히 외조를 하겠습니다."

"그리 말해주니 고맙네."

"당연히 제가 해야 할 일입니다. 저희 회사에서도 소진이가 꼭 필요하고요."

안 사장과 이 여사가 민혁의 말에 동조하며 고개를 끄덕였다.

"서로 예단이나 예물을 주고받을 것도 없고 결혼식도 두 사람이 알아서 다 준비를 하겠다고 하니, 두 사람 뜻대로 다음 달 10일에 결혼하는 걸로 결정을 내리지."

안 사장이 깔끔하게 정리를 했다.

"감사합니다, 아버님."

"고마워요, 아빠."

민혁에 이어 소진이 안 사장에게 고마움을 표했다.

“민혁 군 부모님께서 소진일 보지도 않으셨는데 우리끼리 다 정해 버려요? 그랬다가 그쪽 어른들이 우리 소진일 마음에 들어 하지 않으시면 어쩌려고요?”

이 여사가 성급히 결정을 내리는 안 사장을 보며 의문을 제기했다.

“걱정하지 마십시오, 어머님. 제 부모님께서도 하루라도 빨리 제가 결혼하길 바라시고 계시니까 분명히 좋아하실 겁니다.”

“자네 부모님이야 자네가 제일 잘 알 테니, 자네의 말을 믿겠네.”

“믿어주셔서 감사합니다, 아버님.”

“그럼 상견례 날짜는 소진이가 그쪽 어르신들께 인사를 드린 후 가급적 빠른 시일 안에 잡도록 하지.”

“그렇게 하겠습니다.”

“집사람도 집에 놀러 오라고 얘기를 했지만 결혼하기 전에 우리 집에 자주 놀러 오도록 하게. 가족이 될 사인데 자주 만나서 서로 친해져야지.”

“자주 찾아뵙겠습니다.”

“소진이 너도 민혁 군 부모님께 인사드리고 나면 자주 찾아봬. 딸처럼 살갑게 굴되 예의에 어긋나는 행동은 하지 말고.”

“알았어요, 아빠. 아빠 말씀대로 할게요.”

안 사장의 주도하에 모임이 끝났다. 네 사람 모두에게 아주 흡족한 만남이었다.

미향에서 나와 안 사장과 이 여사는 먼저 집으로 가고, 소진은 민혁과 함께 카페 홍으로 왔다.

"어이쿠, 형수님 오셨습니까! 형님도 어서 오세요."

"민재 선배님, 아니, 민재 씨도 잘 지내셨어요?"

반색하는 민재에게 소진도 환하게 웃으며 안부를 물었다. 민재 씨라고 불러달라는 그의 말을 잊지 않았기에 일부러 호칭까지 바꾸었다.

"저야 잘 지내죠. 저기 창가 자리로 가서 앉으세요. 저번에 드셨던 커피 내려 드릴게요."

"루왁 커피요?"

"네, 형수님."

"어머, 그렇게까지 귀한 커피 안 주셔도 되는데."

"전에도 말씀드렸지만, 형님과 형수님은 언제나 저한테 VVIP 손님이십니다. 그러니까 가장 귀한 걸로 대접을 해드려야죠."

"너무 감사해서 그렇죠."

"형님과 형수님이 제 카페에 와주시는 것만으로도 전 충분히 행복합니다."

"네 커피도 내려와. 할 얘기가 있으니까."

소진과 민재의 대화를 듣고 있던 민혁이 말했다.

"알았어요."

민재가 주방으로 들어가자 민혁은 소진을 에스코트해서 창가 자리로 데려가 앉게 했다. 그리고 민혁은 그녀와 마주 앉았다.

"이 카페 이름 정말 잘 지은 것 같아요. 꽃향기와 커피 향이 이렇게 잘 어울리다니, 이곳에 올 때마다 감탄이 절로 나와요."

"홍이라 쓰고 향기라 읽는다, 제법 잘 지은 편이지."

"그러게요. 민재 씨 작명 솜씨가 참 좋은 것 같아요."

"원래 책 읽는 걸 좋아했던 녀석이었어. 아마 카페 사장이 아니라 작가가 된다고 했어도 별로 놀라지 않았을 거야."

"그렇구나."

소진은 실내를 가득 메우고 있는 향을 즐기며 유리창 너머로 창밖을 바라보았다.

"소진아."

민혁의 부름에 소진은 시선을 돌려 그를 쳐다보았다.

"왜요?"

"아까 나 많이 떤 거 표 안 났어?"

"오빠가 떨었다고요?"

"당연하지. 속으론 얼마나 떨고 있었는데."

"하나도 표 안 났어요. 미향에 들어가기 전에 긴장된다고 하더니 긴장 하나도 안 하네, 하고 생각했었는데요?"

"다행이다."

"우리 엄마 아빠 대단하시네요. 천하의 괴물 본부장도 떨게 만드시고. 후후."

"많이 떨리더라."

"그러니까요."

"너희 부모님 참 좋으신 분들이야, 우리 부모님처럼."

"맞다. 나 내일 오빠 부모님께 인사드려야 하는구나. 오빠, 나 내일 어떡해요?"

"뭘 어떡해?"

"오빠조차 긴장하고 떨리는 자린데, 난 오죽하겠어요? 벌써부터 가슴이 콩닥거려요."

"내가 옆에 있잖아. 긴장도 하지 말고 떨지도 마."

"어떻게 처음 인사드리는 건데 긴장이 안 되고 떨리지 않겠어요? 괴물 소리 듣는 오빠도 긴장하고 떠는 자린데."

"우리 부모님 좋은 분들이셔. 만나뵈면 금방 긴장도 풀리고 떨리지도 않을 거야."

"제발 그랬으면 좋겠다."

민재가 커피 세 잔을 쟁반에 받쳐 들고 두 사람이 앉아 있는 테이블에 와서 섰다. 커피 세 잔을 테이블 위에 내려놓은 민재가 민혁의 옆에 앉았다.

약속이라도 한 듯 세 사람은 커피 잔을 들고 향을 맡으며 후후 불어 한 모금 커피를 마시고는 잔을 테이블 위에 내려놓았다. 소진이 향기에 취해 있는데 민재가 옆에 앉은 민혁을 바라보았다.

"형님, 나한테 무슨 할 말 있어요?"

"너한테 부탁할 게 있어."

"무슨 부탁인데요?"

"우리 다음 달 10일에 결혼한다."

"우와! 진짜 형수님 되시네! 축하드립니다, 형수님 그리고 형님!"

민재가 제 일처럼 즐거워하며 축하인사를 했다.

"축하해 줘서 고마워요, 민재 씨."

"당연히 축하해 드려야죠, 형수님. 근데 형님, 무슨 부탁인데요? 뭐든 말만 하세요."

“그날 하루 매상 책임져 줄 테니까 우리 결혼식에 와서 커피 좀 서비스해 줄 수 있냐? 기왕이면 축하객들한테 네가 내린 커피를 대접하고 싶어서 그래.”

“당연히 가야죠. 매상은 책임지실 필요 없어요. 축의금 대신 우리 커피로 때울 테니까.”

“우리 아무한테도 축의금 안 받기로 했어요. 그러니까 하루 매상 오빠한테 달라고 하세요.”

“그럼 축하 선물이라고 해두죠.”

“고맙다, 선뜻 내 부탁 들어줘서.”

“고맙긴요. 그동안 내가 형님한테 도움받은 적이 얼마나 많은데…… 언제든 말만 해요. 뭐든 내가 할 수 있는 건 다 해줄 테니까.”

“됐어, 인마. 내가 뭐 해준 게 있다고 매번 너한테 부탁을 해?”

“왜 해준 게 없어요? 대학에 다닐 때 시급 센 알바 자리도 매번 알아봐 주고 등록금도 내준 게 몇 번인데…… 형님 아니었음 외국 돌아다니면서 커피에 대해 알아볼 생각도 못했어요. 내가 배낭여행 떠날 때마다 경비도 통장에 넣어주고 숙소도 알아서 예약해 주는 것으로도 모자라 투숙비까지 결제해 줘서 얼마나 고마웠는데요. 이 카페도 형님 투자금이 없었으면 시작할 생각도 못했을 거예요.”

“그런 얘길 뭐 하러 해, 민망하게? 어쨌든 난 네가 뭔가 확실히 해낼 놈이라서 도움 좀 준 것뿐이야. 난 단지 도움을 줄 수 있는 입장이었던 것이고, 이 카페까지 열 수 있게 된 건 다 네 노력 덕분이야.”

"형님이 뭐라고 말하든 형님은 무조건 나한테 은인이에요. 고로 형님과 형수님은 나한테 영원한 VVIP 고객이라 이 말입니다."

민재의 말을 들으며 소진은 그동안 궁금했던 것이 풀렸다. 겨우 1년 선배인 민혁에게 형이 아니라 꼬박꼬박 형님이라고 불러서 조금 이상하다는 생각이 들었는데, '형님' 이란 호칭은 민재의 민혁에 대한 고마움과 존경의 표시였다.

"암튼, 우리 결혼식에 네가 와서 커피 담당해 주는 것으로 알고 있는다?"

"넵. 무슨 일이 있어도 제가 합니다, 커피 담당! 두 분의 결혼을 축하하러 오신 분들께 맛과 향이 좋은 커피를 대접해 드리겠습돠."

민재가 장난스런 표정으로 말했다. 그때 카페 문이 열리고 손님들이 들어와서 민재가 서둘러 옆 테이블 위에 놓았던 쟁반을 들고 일어났다.

"손님들이 오셔서 전 이만 퇴장합니다."

민재가 손님들에게 인사를 하고는 주방으로 들어가 주문을 받는 모습을 바라보던 소진은 민혁에게로 시선을 돌렸다.

"사람 맞네."

"무슨 소리야?"

"오빠, 괴물 아니라 사람 맞다고요. 그것도 정이 아주 많은 사람."

"난 아무한테나 정 많은 사람은 아냐."

"그건 나도 그래요. 내 정을 올바르게 받아줄 수 있는 사람한테만 주거든요. 오빠도 그런 뜻으로 한 말이죠?"

"응."

"그러고 보면 우린 통하는 것들이 참 많은 것 같아요. 비슷한 점도 많고."

"그래서 우리가 서로 사랑을 할 수 있는 거겠지."

"맞아요. 그래서 우리가 날마다 더 많이 사랑할 수 있을 거예요."

"물론이지. 어제보다 오늘, 오늘보다 내일, 내일보다 모레…… 우린 서로 더 많이 사랑하게 될 거야."

민혁의 말에 소진은 고개를 끄덕였다. 그리고 두 사람은 서로를 사랑스러운 눈빛으로 바라보며 루왁 커피의 맛과 향을 즐겼다.

다음날, 오후 6시 10분.

팀원들을 모두 6시 정각에 퇴근시킨 후 홀로 남아 뒷정리를 마치고 나서 퇴근하려고 핸드백을 어깨에 멘 소진은 다리가 후들거려 다시 의자에 앉았다. 민혁의 부모님을 만날 생각을 하니 걱정부터 앞섰다. 계속 심호흡을 해도 쿵쾅거리는 가슴이 진정되지 않았다.

'오빠 부모님께선 어떤 분들이실까? 날 좋게 안 보시면 어쩌지? 진짜 긴장되네.'

하지만 더는 지체할 시간이 없었다.

'괜찮아. 오빠만 믿어. 그러면 돼. 아자아자!'

마음을 다잡은 소진은 벌떡 일어나 민혁이 기다리고 있을 지하주차장으로 향했다.

지하주차장에서 민혁을 만난 소진은 그의 집에 들고 갈 선물을 사려 갔다. 민혁은 빈손으로 가도 된다고 했지만 소진은 그럴 수가 없다고 우겼다. 소진은 민혁과 함께 맛있다고 소문이 자자한 베이커리에 가서 케이크를 사고 꽃집에 들러 꽃바구니를 만들었다.

민혁의 차가 주택가로 들어섰다. 차창으로 스쳐 지나가는 집들이 꽤 부유한 사람들이 사는 집처럼 크고 웅장했다.

'오빠네도 꽤 부유한 편인가 보네. 이런 동네에서 사는 걸 보면. 하긴 우리 아파트에도 살았었으니까 형편이 안 좋은 편은 아니겠지.'

민혁의 가족들이 사는 형편이 좋지 않아도 소진은 상관없다. 민혁과 그녀, 둘이 버니까 얼마든지 도와드릴 수 있으니까. 하지만 민혁이 가난한 것보다야 잘사는 게 나쁠 게 없기에 소진은 운전하는 민혁을 보며 긴장감 때문에 손바닥에 배인 땀을 치마에 닦았다. 그러자 민혁이 그녀의 손을 꼬옥 잡았다.

"긴장하지 말라니까. 아무 걱정 하지 말고 회사 일에 집중하라고 했더니, 내 말을 안 들었지?"

"그게 말처럼 쉬워요? 저절로 긴장이 돼서 일이 손에 안 잡히는데…… 지금은 가슴이 하도 콩닥거려서 심장마비를 일으킬 것 같아요."

소진은 진짜로 심장마비가 올까 봐 가슴에 손을 대고 쓸어내리길 반복했다. 그런 소진을 보며 민혁이 안쓰러운 표정을 지었다.

"내가 옆에 있잖아. 우리 부모님 좋은 분들이셔. 내 말 믿어."

"믿어요. 근데 긴장감을 없애는 덴 별 도움이 안 돼요."

민혁은 안쓰러운 미소로 소진을 바라보다 잡고 있던 그녀의 손을 놓더니 어느 저택의 벽면에 차를 주차했다. 차의 앞 유리창으로 보니 정말 커다란 저택이었다. 크기만 큰 것이 아니라 집도 참 아름다웠다. 집을 보는 순간 꽤 유명한 건축사가 설계를 하고 지은 집이란 게 느껴질 정도로.

민혁의 집을 본 순간 안 그래도 콩닥거리던 소진의 가슴이 더 뛰어댔다. 큰 저택이라서가 아니라 그 저택 안에 있을 민혁의 부모님 때문이었다.

민혁이 먼저 내려 조수석의 차 문을 열어주었다. 소진이 차에서 내리자 뒷좌석에 놓아두었던 꽃바구니와 케이크 상자를 민혁이 꺼내 들었다.

"휴우우. 오빠도 우리 부모님 만날 때 나처럼 떨렸어요?"

"아마 너보다 더 많이 떨었을걸?"

"근데 그렇게 실수 없이 잘 버텼단 말이에요."

"소진이, 네 부모님이시니까."

"그럼 나도 오빠의 부모님이시니까 씩씩하게 만나봬야 되겠네요."

"그래 주면 나야 고맙지."

"알았어요. 나에 대한 프레젠테이션을 하러 왔다 생각하고 부모님 만나서 실수하는 일 없도록 할게요."

소진의 비장한 표정을 본 민혁은 미소를 지어 보이고는 대문 앞으로 가 초인종을 눌렀다. 늘 비밀번호를 누르고 집 안으로 들어갔지만, 오늘은 소진과 함께 들어가는 것이라 그녀와 왔음을 미리 부모님께 알려주는 것이 예의라는 생각이 들었기 때문이었다.

[어서 와라.]

반색하는 어머니 최 여사의 말이 스피커를 통해 들려왔다. 그리고는 이내 문의 잠금장치가 풀리는 소리가 들렸다.

"들어가자."

"잠깐만요. 심호흡 좀 더 하고요."

소진은 크게 숨을 들이마셨다가 내쉬기를 서너 번 반복했다.

"꽃바구닌 나 줘요. 내가 들고 들어갈게요."

"그래."

민혁의 손에 들려 있던 꽃바구니를 내밀자 소진이 얼른 그것을 받아 들었다. 그리고는 결연한 표정으로 민혁의 얼굴을 올려다보았다.

"자, 이제 얼른 들어가요. 어르신들을 기다리시게 하는 건 똥매너니까."

"똥매너?"

"네, 똥매너죠."

민혁이 '똥매너' 라는 말이 재미있다는 듯 큰 소리로 웃으며 한 팔로 소진의 어깨를 감싸 안고는 대문 안으로 들어갔다.

계단을 십여 개 올라가니 넓은 정원이 마치 축구장 같았다. 그리고 켜진 가로등 불빛으로 보이는 정원이 참으로 아름다웠다. 이 또한 꽤 이름난 조경사가 꾸며놓은 것처럼 보였다.

"정원 진짜 좋네요! 전문가 솜씨예요?"

"우리 어머니 솜씨야."

"정말이에요?"

"전에 내가 그랬었지? 어머니가 주택에 사시고 싶어서 이사를 하게 됐다고, 이 정원을 보고 알았어. 어머니께서 그동안 아파트

생활을 얼마나 답답해하셨겠는지. 이곳으로 이사 오고 난 후부터 어머닌 정원 꾸미는 재미에 푹 빠져 사신 것 같아. 그것도 운동이 되는지 몸도 예전보다 훨씬 더 건강해지셨고."

"일석이조네요. 어머님 취미 생활도 하시고 건강도 챙기시고."

"그렇지."

잔디밭 사이로 사람들이 걸어다닐 수 있게 집의 현관까지 놓인 대리석을 따라 걸으며 소진과 민혁은 현관문 앞에 도착했다.

"으휴, 떨려라."

소진의 혼잣말에 민혁이 다시 한 번 그녀의 손을 꼬옥 잡아주었다. 그리고는 현관문을 열고 안으로 들어갔다. 소진을 에스코트하는 것을 잊지 않고서.

거실의 현관 앞에서 민혁과 소진을 기다리고 있는 두 어른들을 본 그녀는 깜짝 놀라 커다란 눈을 더 크게 떴다. 두 어른 중 아버지는 그녀가 너무나도 잘 알고 있는 사람이었기 때문이었다.

"어머, 대표님?"

"안 팀장?"

노 대표도 소진이 올 줄은 몰랐었는지 깜짝 놀란 표정을 지었다.

"자네도 내가 누구인지 모르고 왔나?"

"네, 전 전혀 몰랐습니다."

"나도 안 팀장이라는 건 모르고 있었는데…… 어떻게 된 거야? 양쪽에 다 얘길 안 한 거야?"

노 대표가 미간을 좁히며 민혁을 쳐다보았다. 소진도 설명을 요구하는 눈빛으로 민혁의 얼굴을 올려다보았다.

"어차피 집에 오면 알게 될 거라 안 팀장한텐 얘기 안 했습니다. 아버지께 말씀 안 드린 건 신선한 충격을 받게 해드리려고…… 누군지 알면서 기다리는 것보단 누군지 모르고 기다리는 게 더 재미있지 않습니까."

노 대표에게 넉살 좋게 대꾸한 민혁이 소진을 보며 찡긋 윙크를 했다.

세상에! 민혁이 우연어패럴 노현우 대표이사님의 아들이었다니! 단 한 번도 상상조차 해본 적이 없었던 소진이었다. 두 사람 다 성이 노씨이긴 했지만 노 대표도 민혁도 서로가 부자지간인 걸 말하지 않았다. 오죽 입단속을 했으면 회사 직원들 모두 두 사람의 관계를 모르고 있을까.

"내가 아버지의 아들이란 건 아버질 모시는 백정문 비서실장님 밖에 몰라."

너무 놀라서 당황해 있는 소진에게 미안했는지 민혁이 묻지도 않은 설명을 해주었다.

"어서 와요, 어떻게 된 건지 대충 상황은 이해가 되네요. 만나서 반가워요, 안 팀장."

"처음 뵙습니다, 안소진입니다."

"이런 인연으로 만날 줄은 몰랐지만, 안 팀장에 대해선 이 사람한테 얘기 많이 들었어요. 능력이 출중하다고요."

"과찬의 말씀이십니다. 그저 제가 할 수 있는 일을 열심히 하고 있을 뿐입니다."

"겸손하기까지 하네요. 어서 들어와요. 이러다 현관에서 시간 다 보내겠어요."

"말씀 놓으세요. 그리고 어머님께서 꽃을 좋아하신다고 해서 제가 약소하지만 선물을 준비했습니다. 받아주세요."

소진은 최 여사에게 들고 있던 꽃바구니를 내밀었다. 그러자 최 여사가 환한 얼굴로 꽃바구니를 받아 들고는 꽃의 향기를 맡았다.

"꽃 향이 참 다네요. 예쁘기도 하고. 선물 고마워요."

흡족해하는 최 여사를 향해 소진은 답례로 예쁜 미소를 지어 보였다.

"엄마, 이 케이크도 소진이가 준비한 거예요. 아버지께서 좋아하시는 블루베리 치즈 케이크예요. 아버지께서 제일 맛있다고 하시던 베이커리까지 가서 사온 거니까 간식 드시고 싶으실 때 드세요."

"고맙네, 안 팀장. 이렇게까지 신경 안 써도 되는데…… 잘 먹을게."

케이크 상자를 받아 든 노 대표의 입꼬리가 한껏 치켜 올라갔다.

"네, 대표님."

"오늘은 회사 대표와 직원 관계로 만나는 게 아니니까 호칭을 바꿔야 하지 않겠나?"

"아, 예. 아, 아버님."

갑작스러운 노 대표의 요구에 당황한 소진은 말까지 더듬었다. 그 모습을 보며 그녀를 뺀 세 사람이 미소를 지었다.

"시장할 텐데 우선 밥부터 먹죠."

최 여사가 노 대표에게 말했다.

"나도 출출한 참이니까 그렇게 하도록 하지."

소진은 민혁의 안내로 1층에 있는 욕실로 가서 손을 씻었다. 뒤에서 서 있던 민혁이 수건을 소진에게 건네주더니 자기도 손을 씻었다. 이번에는 소진이 수건을 민혁에게 건네주었다.

수건으로 손의 물기를 닦는 민혁을 보며 소진은 입을 삐죽였다.

"미리 말해줬으면 좋았잖아요."

소진은 밖에 들릴세라 속삭이듯 물었다.

"뭘?"

"대표님께서 아버님이란 거요."

"그걸 알았으면 안 떨렸을 것 같아?"

"그건 아니지만……."

"그래서 말 안 했던 거야. 어차피 긴장되고 떨리는 건 마찬가지일 테니까."

"그래도요. 대표님 뵙고 멍청하게 놀라는 모습은 보이지 않을 수 있었잖아요."

"하나도 안 멍청해 보였어."

"거짓말."

"진짜야. 그리고 놀란 걸로 따지면 우리 아버지가 더하던데 뭐."

"대체 나에 대해 뭐라고 말씀을 드렸던 거예요?"

"내가 목숨 걸고 사랑하는 여자가 있다. 다음 달 10일에 결혼하기로 신부 측과 합의를 보았으니까 신부 될 여자를 만나보시라. 뭐 이 정도로 말했던 것 같은데?"

"그렇게 말씀드렸는데도 결혼을 허락하셨단 말이에요?"

"내가 그랬잖아. 우리 부모님은 내 선택을 믿으신다고. 그리고 내가 결혼한다고 하면 누구보다 좋아하실 거라고."

"아무리 그래도…… 아들에 대한 믿음이 정말 깊으신 분들이네요. 앞으로 더 잘해 드려야겠어요."

"우리 소진이 참 예쁘다. 그런 말도 할 줄 알고."

"난 언제나 예뻤다고요, 마음도 얼굴도."

밖의 눈치를 보면서도 제 할 말을 다 하는 소진이 귀엽고 사랑스러워서 민혁은 그녀의 코를 잡고 살짝 비틀었다.

"그뿐이야? 몸매도 착해, 우리 소진인."

"당연하죠."

민혁은 사랑스러운 소진의 입술에 짧게 입맞춤을 했다. 그러자 소진이 화들짝 놀라며 손으로 그의 입술에 묻은 립스틱을 지워주었다.

"어르신들께서 보시면 어쩌려고 이래요?"

"뭐, 내 여자한테 뽀뽀도 못하나? 우리 엄마 아버지도 늘 하시는 건데. 괜찮아."

"자기나 괜찮지. 얼른 나가기나 해요. 두 분 다 식탁 앞에 앉아서 우릴 기다리고 계실 텐데 우리 둘이 노닥거리고 있는 건 예의가 아니잖아요."

"그래, 나가자."

민혁과 함께 소진은 주방으로 왔다. 아니나 다를까 잘 차려진 식탁 앞에 노 대표와 최 여사가 앉아서 그들을 기다리고 있었다.

"어서 앉아요."

최 여사의 말에 민혁이 의자를 빼내주었다. 소진은 민혁이 빼내준 의자에 앉아 살짝 앞으로 당겼다. 그녀가 앉은 것을 확인한 민혁도 바로 옆에 있는 의자에 앉았다. 민혁은 노 대표와, 소진은 최 여사와 마주 앉은 형국이었다.

"어렵게 생각하지 말고 많이 먹어요."

"네, 어머님. 근데 말씀 놓으세요. 듣는 제가 많이 불편해요."

"불편하다니 할 수 없네. 지금부터 말 편하게 할게. 안 팀장, 맛있게 먹어."

"네. 감사히 먹겠습니다."

"당신이 먼저 먹어야 애들이 먹죠."

실감이 나지 않는다는 표정으로 소진을 바라보던 노 대표의 옆구리를 콕 찌르며 최 여사가 말했다.

"아, 그렇지. 자, 먹자고."

노 대표가 숟가락을 들고 국을 떠먹는 것을 신호로 세 사람 모두 숟가락을 들고 밥을 먹기 시작했다.

소진은 너무 긴장이 되어서 입맛이 없었지만 최대한 맛있게 먹으려고 노력하며 밥 한 그릇을 다 비웠다.

"얼굴도 예쁘고, 복스럽게 먹는 걸 보니 참 보기 좋네."

"감사합니다. 다 맛있어요, 어머니."

최 여사의 칭찬에 소진은 환한 미소를 지었다.

"음식이 입에 맞아서 다행이네."

최 여사가 다정한 미소를 지은 채 소진을 바라보았다. 미소를 짓고 있는 최 여사의 인상이 참 좋아 보였다. 인정도 많고 인품도 좋고 마음이 따뜻한 분인 것 같았다.

'꼭 우리 엄말 보고 있는 것 같아. 오빠 어머니께서 좋은 분이시라 정말 다행이야.'

민혁의 모친이 까칠한 분이면 어쩌나 내심 걱정을 했던 소진은 그녀를 사랑스레 바라보는 최 여사를 보며 속으로 안도했다.

식사를 끝낸 네 사람은 거실로 자리를 옮겨 소파에 앉았다. 하얀 집에서 집안일을 해주는 아주머니보다 조금 더 나이가 들어 보이는 가사도우미 아주머니가 국화차와 과일들을 예쁘게 깎아 담아놓은 접시를 포크와 함께 소파용 테이블 위에 올려놓았다.

"고마워요, 아줌마."

"별말씀을요."

최 여사의 인사말에 아주머니가 살짝 고개를 숙여 예의를 갖추고는 주방으로 돌아갔다.

"프레젠테이션이 끝날 때도 말을 했지만, 이번 비밀 프로젝트는 내가 생각했던 것 이상이었어. 두 사람 다 수고했어."

"좋게 평가해 주셔서 감사합니다."

노 대표의 말에 소진은 답례 인사를 했다. 민혁은 그저 빙그레 미소를 짓고 있을 뿐이었다. 그런 민혁을 한 번 쳐다보더니 노 대표가 고개를 절레절레 저었다.

"사귀는 사람이 있다기에 한 번 보여달라고 사정을 해도 안 보여주더니…… 안 팀장을 꽁꽁 숨겨놓고 있을 줄은 꿈에도 몰랐었네."

"제가 먼저 인사를 드렸어야 했는데 이제야 인사를 드리게 돼서 죄송해요."

"내가 민혁이 저 녀석의 애비인 줄 몰랐으니 안 팀장이 나한테 아는 척을 할 수가 없었겠지."

"네, 조금 전에 대표님 뵀을 때 많이 놀랐어요."

"놀랐겠지, 나도 놀랐었으니."

노 대표가 고개를 끄덕였다.

"결혼식은 다음달 10일에 하기로 했다는 얘긴 우리 민혁이한테 들었는데…… 집에서 뭐라고 안 하셨나 모르겠네. 너무 우리 민혁이의 뜻대로만 해서 말이야."

"아뇨. 그냥 순순히 받아들여 주셨어요."

"다행이네. 그나저나 이렇게 예쁘고 능력 있는 딸을 품에서 떼어놔야 하니 부모님께서 많이 서운하시겠어."

"둘째 언니가 있어서인지 그런 내색은 안 하세요. 그런데 저희 따로 살게 돼서 많이 서운하시죠? 저희가 자주 찾아뵐게요."

"중요한 일을 하는 사람들인데 그럴 수가 있나. 우리 집은 그냥 얼굴 잊어버리지 않을 정도면 돼. 안 팀장 부모님은 한동안 적적하실 테니까 시간 내서 자주 찾아뵙도록 해."

"대표님은 회사에서 매일 뵐 수 있지만 어머님은 그렇지 못하잖아요. 자주 찾아뵐게요."

"그래 주면 고맙고."

최 여사가 흡족한 표정으로 소진을 보며 미소를 지었다.

"우리 민혁이가 안 팀장 부모님께 양반 직업에 대해선 뭐라고 하던가?"

"그냥 의류 회사에 근무하신다고만 말했어요."

"저 녀석이 어렸을 때부터 그러고 다니더니…… 결혼할 사람 부모님께도 그렇게 말씀을 드리면 어떻게 해? 사실대로 말씀을 드려야지."

최 여사가 민혁을 보며 혀를 찼다.

"전 제 존재 그 자체로 인정받고 싶었어요. 아버지께서 우연어패럴 대표이신 건 상견례 할 때 자연스럽게 아시게 될 거잖아요."

최 여사의 힐책에 민혁이 자신의 의중을 피력했다.

"네 뜻은 잘 알아. 하지만 나중에 안 팀장 부모님께서 네 아버지의 사업체에 대해 아시게 되면 솔직히 말 안 했다고 섭섭해하실 수도 있지 않겠니?"

"그런 걱정 안 하셔도 돼요, 어머니. 저희 부모님, 민혁 씨만 보고도 흡족해하셨어요. 그리고 오빠가 완전히 거짓말을 한 것도 아니잖아요."

민혁 대신 소진이 나서서 그의 편에 서서 이야기했다.

"우리 민혁이 아주 든든하겠구나. 네 편 들어주는 사람이 있어서."

소진의 말에 최 여사가 미소를 지으며 말했다.

"당연히 든든하죠, 완벽한 제 편이 생겼는데."

최 여사의 말을 민혁이 넉살 좋게 받아치더니 소진을 보았다.

"완벽한 내 편 맞지?"

"네."

민혁의 물음에 소진이 대답을 하자 그가 입꼬리를 쓰윽 올린 채 으쓱한 표정으로 부모님을 바라보았다.

"안 팀장이 그렇게 좋으냐?"

미소가 입가에서 떠나지 않는 민혁을 보던 노 대표가 물었다.

"당연하죠, 아버지. 소진인 세상에 단 하나뿐인 제 여자인데."

"안 팀장을 그 정도로 좋아하고 있었으면 우리한테 말을 했어야지? 이 애비만 괜한 헛일을 하게 만들고……."

"아버지!"

노 대표의 말을 민혁이 갑자기 끊어버렸다.

"흠흠."

민혁이 말을 끊은 이유를 알고 있는지 노 대표가 괜한 헛기침을 했다. 그 모습을 보던 최 여사가 입을 뗐다.

"당신하고 민혁이, 둘이 무슨 일 있었어요?"

"무슨 일은…… 그, 그런 거 없어."

당황한 노 대표는 최 여사를 보며 얼른 부정했다.

"얼굴도 벌게지고 말까지 더듬는 거 보니까 무슨 일이 있었던 거 맞는데요 뭐. 대체 무슨 일이 있었는데 민혁이가 당신 말을 막아요?"

"아무 일도 없었어요, 어머니."

이번엔 민혁이 나섰다.

"분명히 뭔가 있는데 뭐. 나만 빼놓고 둘이만…… 나 서운해요."

노 대표가 최 여사를 보며 눈을 찡긋했다. 그만하라는 뜻이었다. 그 뜻을 알아들었는지 최 여사도 더 이상 아무런 말을 하지 않았다. 최 여사는 모르는 일을 소진은 알았다.

'나도 모르게 소희 언니와 선을 보고는 그 얘길 나한테 하지 않았겠다!'

소진은 예리한 눈빛으로 민혁을 쳐다보았다. 그러자 민혁이 얼른 포크로 예쁘게 깎여진 배 한 쪽을 찍어 그녀에게 내밀었다.

"배가 달고 물도 많아서 맛있다. 먹어봐."

소진은 예리한 눈빛으로 민혁을 보며 입가엔 미소를 짓고 포크를 받아 들었다.

"고마워요."

어른들 앞이라 따질 수가 없어서 나중을 기약하며 소진은 배를 먹었다. 그러자 민혁이 안도하는 얼굴로 그녀에게 미소를 지어 보였다.

'우리 둘 사이에 비밀을 만들지 않기로 해놓고…… 두고 봐요. 내가 이대로 넘어갈 줄 알아요? 언젠가는 소희 언니와 선본 걸 나한테 숨긴 대가를 치르게 하고 말 거라고요!'

소진은 속으로 이를 갈며 겉으로는 미소를 지우지 않은 채 포크를 테이블 위에 내려놓았다.

"안 팀장 아버님께선 무슨 일을 하시나? 이력서를 보니까 자영업을 하신다고 쓰여 있던데, 정확히 어떤 일을 하시는지 물어봐도 되겠나?"

노 대표의 물음에 최 여사도 궁금한지 소진을 바라보았다.

"저기…… 세기건설 안경환 사장님이 저희 아버지세요."

소진은 거짓말을 할 수가 없어서 솔직히 대답했다.

"뭐어? 안 사장이 안 팀장의 부친이라고?"

노 대표가 깜짝 놀라더니 이내 믿을 수 없다는 표정을 지었다.

"정말 세기건설 안 사장이 자네 부친이 맞아?"

"네. 저희 아버지세요."

"세기건설 안 사장님이라면 당신이 자주 만나는 친구분 아니세요?"

최 여사도 특별한 인연에 놀란 듯 노 대표에게 물었다.

"그렇지. 내 친구지."

"얼마 전에 저희 아버지께 들었어요, 우연어패럴 대표님과 친구 사이시라고요. 그런데 대표님께서 오빠의 아버님인 줄 제가 모르고 있어서 아버진 아직 모르세요."

"허허 참. 그런데 그 친군 왜 나한테 안 팀장이 자기 딸이란 소릴 안 했지?"

"저희 아버지께서 일부러 제 얘길 대표님께 말씀드리지 않았다고 하시더라고요. 대표님께서 저한테 괜한 신경을 쓰실까 봐 걱정이 되셨던 것 같아요."

소진은 자신이 알고 있는 내용을 차근차근 설명했다.

"어떻게 이런 인연이……!"

소진의 말에 노 대표가 믿기지 않는다는 표정을 지었다.

"안 팀장하고 우리 민혁이가 천생연분인가 봐요. 어른들끼리도 친한데, 둘이 결혼까지 하게 된 걸 보면 보통 인연은 아닌 것 같아요."

최 여사도 놀라움을 감추지 못한 채 소진과 민혁을 바라보았다.

"아버님께서 세기건설 대표님이셨어?"

민혁도 뜻밖이란 표정을 지은 채 소진에게 물었다.

"네."

"그런 말 한 번도 한 적 없잖아?"

"오빠도 대표님께서 아버님이라고 얘기한 적 한 번도 없잖아요."

"그거야……."

"나도 오빠와 같은 마음으로 그런 얘기 안 하고 다녀요. 남들이 괜한 선입견을 갖고 절 보는 것도 싫고 또 전 무슨 일을 하든 제 능력으로 인정을 받고 싶거든요."

"그렇군. 우리가 같은 생각을 하며 살고 있었네."

민혁이 아주 사랑스러워 죽겠다는 눈빛으로 소진을 보며 미소를 지었다. 그런 민혁을 보며 소진도 미소를 지어 보였다. 사랑이 듬뿍 담긴 미소를.

chapter 14

소진과 민혁의 가족들은 H호텔의 프랑스 식당 룸에서 상견례를 했다. 코스대로 음식이 나오는데다 식사 시간이 길어 요리를 먹으며 대화를 나누기에 적합하다는 이유로 민혁이 그곳을 예약한 덕분이었다.

상견례 자리는 화기애애했다. 부친들끼리 서로 친구 사이라 가능한 일이었다. 소진에게 민혁이 노 대표의 아들이란 소릴 듣고 놀랐던 안 사장과 노 대표는 서로의 깊은 인연을 실감하며 대화를 주도해 나갔다.

"민혁 군을 처음 만났을 때 낯이 익다 싶었는데, 그 이유를 이제 알겠군."

"이 잘난 얼굴이 바로 젊은 날의 나 아닌가. 허허허."

"그건 아니지. 자넬 닮긴 했지만 내 사윗감이 자네보다 훨씬 잘

생겼어.”

“이거 욕으로 들어야 해 아님 칭찬으로 들어야 해?”

“칭찬으로 듣게. 뭐든지 아비보다 자식이 더 나아야 좋지 않겠나.”

“그거야 그렇지. 안 팀장, 아니, 우리 며느릿감도 자네보단 훨씬 능력이 있다고 생각하네.”

“거 참, 그걸 또 그렇게 받아치나?”

“칭찬일세. 하하하.”

“그 정돈 나도 알아듣네. 허허허허.”

대화를 주고받던 안 사장과 노 대표가 호탕하게 웃었다. 그런 두 사람을 보던 이 여사와 최 여사가 서로 마주 보며 웃음꽃을 피웠다.

그렇게 유쾌한 시간들이 흘러갔다. 그런데 중간에 약간의 문제가 발생했다. 민혁과 그의 부모님들, 그리고 소진과 안 사장 부부 그리고 소형 부부가 먼저 와 있었는데 병원 일 때문에 조금 늦게 도착한 소희가 민혁을 보고는 냅다 손가락질을 하며 ‘어? 그 재수탱이!’ 라고 외쳤기 때문이었다.

민혁을 본 소희의 ‘재수탱이’ 라는 말 한마디 때문에 황당해했던 노 대표와 최 여사는 이내 소리 내어 웃고 말았다. 노 대표와 안 사장이 당사자들 몰래 민혁과 소희의 만남을 주선했다는 것, 그리고 민혁이 소희에게 했던 말들을 다 알게 된 덕분이었다.

그 당시 민혁의 언행에 대해 펄쩍 뛰었던 이 여사는 소진을 사랑하는 그의 마음을 확인하고는 되레 흡족해했다. 그리고 최 여사는 아무리 소진을 사랑해도 그렇지 처음 만난 여자한테 그렇게 무례하게 굴면 되느냐, 기본적인 예의를 지켰어야 한다며 민혁을 나무랐다. 그 일을 도모한 노 대표와 안 사장은 서로 웃으며 번지수가 틀렸었다며 껄껄 웃었다.

어쨌든, 민혁이 소희에게 재수탱이가 되었던 그날의 일은 양가 가족들 모두를 웃게 해준 하나의 해프닝으로 매듭이 지어졌다.

즐거운 분위기 속에 서로 대화를 주고받으며 맛있는 음식들을 다 먹은 후 상견례 모임은 끝이 났다. 다들 각자의 집으로 돌아간 후 소진과 민혁은 카페 흥으로 왔다. 반색하며 반기는 민재에게 인사를 한 후 두 사람은 습관처럼 들꽃들이 꽂혀 있는 화병이 있는 창가에 자리를 잡고 앉았다.

두 사람을 늘 VVIP로 모시겠다던 민재가 오늘도 어김없이 루왁 커피 두 잔을 테이블 위에 내려놓고는 즐거운 시간을 보내라고 하고는 손님들이 많은 탓에 서둘러 주방으로 갔다. 소진은 커피를 한 모금 마시고는 잔을 테이블 위에 내려놓고 민혁을 쏘아보았다.

"왜 그런 눈으로 봐?"

커피를 마시던 민혁이 소진의 쏘아보는 눈길에 놀라 잔을 테이블 위에 내려놓았다.

"우리 서로 비밀 만들지 않기로 한 거 아니었어요?"

"그랬었지. 근데 그게 왜?"

"나한테 비밀 만들었잖아요."

"무슨…… 아, 둘째 언니랑 맞선 본 거?"

"그래요."

"그때 상황 다 들어서 알고 있잖아. 내가 모르고 나갔던 거, 둘째 언니한데 어떻게 하고 헤어졌던 거 다 알면서 왜 그래?"

"물론 다 알죠. 하지만 그런 일이 있었다고 말은 해줬어야 하는 거 아니에요? 말을 안 하면 그게 비밀이지 뭐예요?"

"미안해."

"말로만요?"

"뭘 원해? 다 들어줄 테니까 말해봐."

소진은 대답 대신 주위를 한번 살펴보고는 입술을 쑥 내밀었다.

"지, 지금 여기에서 하라고?"

민혁은 소진의 요구가 너무 뜻밖이라 저절로 황당한 표정이 지어졌다.

"네."

소진이 당당하게 대답했다. 아무 거리낌도 없다는 듯한 표정으로.

"에이, 그건 좀 그렇다."

"뭐가 그건 좀 그래요? 우리가 뭐 불륜 사이도 아니고, 서로 사랑하는 사이에다 다음 달엔 결혼할 사인데 그깟 입맞춤도 못해줘요?"

"아니, 모, 못하는 게 아니라……. 다른 데선 얼마든지 해. 하지만 여긴 카페잖아."

"치, 싫음 관둬요. 다신 키스하게 해주나 봐라."

소진이 팔짱을 끼고는 으름장을 놓았다.

"그, 그건 안 되지."

민혁은 황급히 말하며 얼른 주위를 둘러보았다. 카페 안에 있는 손님들 모두 자신들의 무리 외에는 관심이 없어 보였다.

"해줄게."

"기회는 지나갔어요. 버스 떠난 후에 아무리 손을 흔들어봐요. 그 버스가 서주나. 흥!"

"소진아, 그건 너무 가혹하지."

"누구한테요?"

"누구한테라니? 당연히 나한테지."

"그러게 기회가 있을 때 왜 차요? 나, 이래 봬도 그렇게 만만한 여자 아니거든요?"

소진은 일부러 민혁을 놀려댔다. 그가 당황해하며 쩔쩔매는 모습이 이렇게 재미가 있을 줄이야. 이토록 재미가 있다는 것을 미리 알았더라면 좀 더 팡팡 튕겨줄 걸 그랬다.

"내가 여기서 무릎 꿇고 빌길 바라?"

"정말 여기서 무릎 꿇고 빌 생각이 있긴 한 거예요?"

"네가 더는 키스를 못하게 한다는 말만 거두게 할 수 있다면 무슨 짓인들 못하겠어? 어떻게 할까? 당장 무릎 꿇고 한 번만 봐달라고 빌까?"

정말로 빌 생각이 있는지 민혁이 당장이라도 무릎을 꿇을 기세였다. 먼발치에서 민재가 두 사람의 모습을 재미난 구경거리라도 되는 양 지켜보며 서 있었다.

'이런 걸 원한 게 아니었는데. 어쩐다?'

장난으로 시작한 게 너무 커져 버려 이번엔 소진이 당황했다. 하지만 그녀는 여자고, 여우였다. 당황한 기색을 싹 감춘 채 민혁을 흘겨보는 시늉을 하고는 한 번 봐준다는 표정을 지었다.

"됐어요. 내가 사랑하는 남자가 다른 사람들이 보는 데서 무릎 꿇는 거 나 죽어도 보기 싫어요. 마음 너그러운 내가 그냥 한번 봐

줄게요.”

“고맙다. 정말 고마워.”

안도의 한숨을 내쉬던 민혁이 입술을 쑥 내밀었다.

“입술은 왜 내밀고 있어요? 설마 나한테 입맞춤을 해달라는 거예요?”

“아니, 아까처럼 이렇게 해보라고.”

“싫어요.”

“왜 싫어?”

“민재 씨가 지켜보고 있는데 어떻게 해요?”

“그게 무슨 상관이야? 얼른 해봐.”

‘아깐 카페에서 어떻게 입맞춤을 하느냐며 펄쩍 뛰더니 민재 씨가 보고 있다는데도 무슨 상관이냐고? 허, 내 참, 기가 막혀서.’

소진은 너무 어이가 없어서 속으로 투덜대며 쑥 내밀고 있는 민혁의 입술을 손바닥으로 꾹 눌러 원상태로 돌려놨다.

“입맞춤하자니까?”

“됐다고요!”

“내가 하겠다고!”

두 사람은 작은 소리로 서로의 주장을 굽히지 않았다. 이 모습을 본 민재가 다가왔다.

“형수님, 형님이 애원하는데 까짓껏 한번 해주고 말아요. 내가 뒤돌아서 있을 테니까 얼른 해요. 알았죠?”

민재가 망을 보듯 뒤돌아섰다. 물러서지 않을 민혁의 기세에 소진은 할 수 없이 입술을 내밀었다. 그러자 민혁은 엉덩이를 들고 일어나 그녀가 내민 입술에 쪽, 입맞춤을 해주었다. 두 사람이 각자의 자리에 자세를 잡고 앉자 민재가 몸을 돌려 두 사람을 바라보았다.

"형수님 승!"

민재가 소진을 보며 엄지를 척 올려 보였다.

소진은 너무 쑥스러운 미소를 지어 보이자 민재가 웃는 얼굴로 소진과 민혁을 바라보았다.

"참 잘 어울리는 한 쌍의……."

"바퀴벌레 따위 소리 하면 나한테 죽는다!"

민혁이 민재의 말을 잘랐다.

"감히 형님과 아리따우신 형수님께 바퀴벌레라고 하다뇨? 그저 너무나도 잘 어울리는 한 쌍의……."

"우리, 한 쌍의 뭐 같아요?"

이번엔 소진이 민재의 말을 잘랐다.

"지금 두 분 부창부수 예비 연습 중이십니까?"

"아, 미안해요. 민재 씨 계속 얘기하세요."

소진이 웃으며 민재를 바라보았다. 어서 마저 이야기를 하라는 표정으로.

"두 분, 한 쌍의…… 그다음 얘긴 결혼식 때 해드리죠."

자기 할 말만 끝내고는 민재가 주방으로 가버렸다. 그런 민재의 행동이 너무 어이가 없어서 서로 마주 보던 민혁과 소진은 그만 웃음을 터뜨리고 말았다.

"뭐야? 결국 한 쌍의 뭐 같단 소린 못 들은 거잖아."

"그러게요."

"궁금해하지 마. 그게 바로 저 녀석의 노림수니까."

"알았어요. 우린 한 쌍의 잘 어울리는 연인이니까. 영원한 연인."

"그래, 우린 영원한 연인이야. 죽음이 우릴 갈라놓을 때까지, 아니, 죽어서도 영원한 연인."

두 사람은 애정이 가득 담긴 눈빛으로 서로를 사랑스레 바라보며 미소를 지었다. 그 눈빛이 유난히도 반짝였고, 그 미소가 유별나게 매혹적이었다.

소진과 민혁이 결혼식을 올리는 날, 일요일.

하얀 집의 넓은 정원이 평소보다 훨씬 더 아름답게 꾸며져 있었다. 카펫을 까는 대신 활짝 핀 서양란의 하얀 꽃잎들을 일정 거리를 두고 양쪽에 길게 늘어놓아 버진로드를 만들어놓았고 단상도 갖다 놓았다. 화촉점화를 위해 기다란 양초 두 개를 촛대에 꽂고는 밑 부분을 꽃으로 장식해서 준비해 놓았다.

어제 민혁과 소진의 친구들이 모여 밤늦게까지 꾸며서 더 의미가 깊은 결혼식 장소가 되었다.

소진의 친구들은 민혁이 지난주에 브라이덜 샤워(신부파티)를 열어준 덕에 그와 많이 친해진 상태였다.

그리고 민혁은 어제 자신의 친구들과 소진의 친구들을 일찍 초대했다. 함께 친해질 시간을 주기 위해서였다. 일찍부터 만나 함께 식사를 하고 대화를 나눈 덕에 소진과 민혁의 친구들은 서로 어색해하지 않고 모두가 즐거운 분위기 속에서 정원을 예식 장소로 꾸밀 수 있었다. 오늘 사회를 맡은 지형도 어제 만났던 무리들 중 한 명이었다.

이른 아침부터 민혁의 본가에서 온 가사도우미 아주머니와 하얀 집에서 근무하는 아주머니는 주방에서 음식을 만드느라 여념이 없었고, 민재도 일찌감치 와서 맛있고 향이 좋은 커피를 하객들에게 대접하기 위해 준비를 하고 있는 중이었다.

오전 10시 55분. 예식에 시작되기 직전이었다.

도와주던 친구들을 모두 10분 전에 내보낸 후 혼자 2층 게스트룸에서 예식 시간이 되길 기다리고 있던 소진은 벽에 걸려 있는 시계가 10시 55분을 가리키자 서둘러 방문을 열고 나왔다. 턱시도를 차려입고 문 앞에서 기다리고 있던 민혁과 눈이 마주쳤다. 민혁이 환한 미소로 그녀를 바라보았다.

"평소에도 예뻤지만, 오늘은 눈이 부실 정도로 아름답다. 하늘에서 내려온 천사 같아!"

"당연하죠. 여자는 일생 중에 결혼하는 날 최고로 예쁜 법이니까."

"보기에도 아깝다, 내 여자 안 소진."

"오빠도 멋있어요, 보기에도 아까울 만큼! 내 풍성한 웨딩드레스 속으로 들어올래요?"

"왜?"

"다른 사람한테 보여주기 싫어서 그래요, 너무나 멋져서."

"내가 할 소리야. 널 아주 작게 만들어서 내 주머니 속에 꽁꽁 숨겨두고 싶어."

"훗. 둘 다 같은 마음인 거 보면 우리 둘이 천생연분이긴 한가봐요."

"당연히 천생연분이지 나 죽어서도 너 못 놔. 그러니까 절대로 나한테서 도망칠 생각하지 마!"

"그건 내가 할 말이에요. 나한테서 도망치려고 했다간 뼈도 못 추릴 줄 알아요."

"절대 안 도망가. 네 옆에 영원히 붙어 있을 거야."

"나도 그래요. 아, 이러다 우리 늦겠어요. 주인공 없는 결혼식 올리지 않으려면 얼른 내려가야겠죠?"

"그래야지. 우리가 주인공인데 주인공이 없는 결혼식이 되게 할 순 없지. 가자."

민혁이 손을 내밀었다. 소진은 미소를 지은 채 그의 손을 잡았다. 그리고 두 사람은 조심조심 한 계단을 내려왔다. 다시 계단을 내려가려고 하는데 민혁이 멈춰 섰다.

"왜요?"

"너 다칠까 봐 걱정돼서 안 되겠어. 드레스가 너무 길어."

"그래서 뭘 어쩌려고요?"

민혁이 대답 대신 소진을 번쩍 들어 안고는 계단을 내려가기 시작했다. 소진은 그의 목을 두 팔고 꼭 끌어안고 민혁의 귓가에 속삭였다.

"사랑해요, 내 남자 노민혁 씨. 그리고 나와 결혼해 줘서 고마워요."

계단을 다 내려와 소진을 내려준 민혁이 그녀를 사랑스레 바라보았다.

"네가 날 사랑하는 것보다 난 널 더 사랑해, 내 여자 안소진. 나하고 결혼해 줘서 고마워."

"조금 있으면 우리 부부가 되는 거죠?"

"그렇지."

"그럼 우리 얼른 나가요. 1초라도 더 빨리 오빠와 부부가 되고 싶어요."

"나도 그래."

민혁이 웃으며 팔을 벌려주었다. 소진은 그 공간에 손을 쏘옥 집어넣었다. 그렇게 민혁의 팔짱을 낀 소진은 현관문을 향해 걸어갔다. 세상에서 가장 사랑하는 민혁과 함께.

정원으로 나오니 겨울인데도 하늘이 두 사람의 결혼을 축하해 주기라도 하듯 날씨가 정말 좋았다. 게다가 일곱 명으로 구성된 관현악단이 좋은 곡들을 계속 이어서 연주해 주는 덕분에 안 그래도 좋은 분위기가 더욱더 빛이 났다.

민혁과 소진은 동반 입장을 선택했다. 두 사람의 결혼식 사회자는 어젯밤 정원을 꾸미는 데 동참했던 민혁의 고등학교 동창이자 S대학의 동문인 절친 지형이 맡았다.

양가의 친척들이 모두 착석하고 노 대표 내외와 안 사장 내외가 제자리에 앉자 지형이 하객 일동을 향해 감사 인사를 했다. 그리고 최 여사와 이 여사가 화촉점화를 했다.

"신랑 신부 입장!"

지형의 우렁찬 소리에 대기를 하고 있던 민혁과 소진이 한 걸음씩 내딛기 시작했다. 초록의 잔디밭에 만들어진 버진로드를 걷는 순백의 웨딩드레스를 입은 소진과 검은색 턱시도를 입은 민혁의 머리 위로 눈부신 햇살이 내려앉았다.

민혁과 소진은 주례가 없는 결혼식을 선택했다. 주례사 대신 두 사람이 버진로드 끝에 멈추어 서서 몸을 돌리고는 하객들에게 인사를 한 후 다시 뒤돌아서서 아무도 없는 단상을 바라보았다. 그러자 노 대표와 안 사장이 단상 위로 올라가서 나란히 섰다.

노 대표가 먼저 두 사람을 마주 보며 덕담을 해주었고, 이어서 안 사장이 결혼을 축하한다는 말과 신랑 신부가 영원히 건강하고 행복하게 살길 바란다고 말했다.

"자, 이젠 신랑과 신부의 혼인서약을 받겠습니다. 다른 결혼식과는 달리 양가 부친들께서 서로의 자녀들에게 혼인서약을 받도록 하겠습니다."

지형의 말이 끝나자 안 사장이 민혁을 바라보며 입을 뗐다.

"신랑 노민혁 군은 신부 안소진 양을 맞이하여 삶이 끝날 때까지 서로 행복하게 살 것을 맹세합니까?"

"네!"

민혁이 큰 소리로 대답했다. 그러자 이번엔 노 대표가 소진을 바라보며 입을 열었다.

"신부 안소진 양은 신랑 노민혁 군을 남편으로 맞이하여 평생 사랑하며 살 것을 맹세합니까?"

"네."

소진은 주저 없이 대답했다.

두 사람의 혼인서약 내용은 간략했다. 사실 서로 사랑하고 행복하게 살길 맹세하는 것 말고 더 좋은 것들이 뭐가 있으랴. 행복과 사랑에 다 포함이 되어 있는데.

이미 오랜 세월 동안 부부로 살아왔던 터이기에 구구절절 다른 말들을 할 필요가 없음을 잘 알고 있는 두 부친이었다.

"이번엔 예물 교환이 있겠습니다. 신랑 신부는 서로 예물을 교환해 주십시오."

노 대표와 안 사장이 주머니에서 반지 케이스를 꺼내 뚜껑을 열어 두 사람에게 내밀었다. 민혁은 노 대표가 들고 있는 케이스에서 프러포즈 때 썼던 반지도 커플링도 아닌 새로운 다이아몬드 반지를 소진의 손에 끼워주었다. 그리고 소진도 안 사장이 들고 있는 반지 케이스에서 다이아몬드가 박힌 남성용 반지를 꺼내 민혁의 손가락에 끼워주었다.

"이제 양가의 부친들께서 성혼선언문을 낭독해 주시겠습니다."

"노민혁과 안소진은 이제 서로 부부가 되었음을 선포합니다."

"안소진과 노민혁은 이제 서로 부부가 되었음을 선포합니다."

지형의 요구에 노 대표와 안 대표가 차례로 아주 짧게 두 사람의 결혼이 성립되었음을 알리고는 단상에서 내려가 각자 제자리에 앉았다.

"지금까지 사랑으로 키워주신 부모님께 신랑 신부 인사!"

사회자인 지형의 말이 끝나자 신랑과 신부는 안 사장 내외와 노 대표 내외를 향해 차례로 허리 굽혀 인사를 했다.

"자, 이젠 두 분을 축하해 주시기 위해 참석하신 모든 분들께 신랑 신부가 인사를 드리겠습니다."

소진과 민혁은 지형의 말대로 나란히 붙어 서서 하객들에게 공손히 인사했다.

"이제 신랑 신부가 한마음으로 행진하겠습니다. 하객님들, 신랑 신부를 축하하는 마음으로 힘껏 박수를 쳐주시면 감사하겠습니다!"

소진과 민혁은 흥겨운 연주를 들으며 우레와 같은 박수 속에 행진을 했다.

민혁과 소진은 둘이 함께 사진을 찍고 또 부모님과 함께, 친구들과 함께, 친척들과 함께 단체 사진을 찍었다. 그것으로 결혼식의 모든 순서는 끝이 났다. 간단했지만 참으로 뜻깊은 결혼식이었다.

두 가사도우미 아주머니들이 정성껏 준비한 맛난 음식들을 먹은 사람들은 한결같이 맛이 최고였다며 칭찬을 아끼지 않았다. 그리고 커피를 좋아하는 사람들은 민재가 내려준 커피를 마시며 최고의 맛과 향을 한껏 즐겼다.

하객들 모두가 만족해한 결혼식이 끝나고 다들 집으로 돌아가고 하얀 집에는 소진과 민혁 그리고 양가 어른들만 남았다. 신랑 신부와 양가 어른들은 하얀 집의 대문 앞에 서서 민혁이 신혼 여행지인 제주도로 가기 위해 그의 차에 여행용 캐리어를 싣는 것을 바라보았다.

"기사 붙여준다니까 뭐 하러 굳이 신랑이 운전을 하겠다고 그래?"

노 대표가 마뜩찮은 표정으로 트렁크 문을 닫고 두 부부에게 다가오는 민혁에게 물었다.

"공항에 주차해 놓고 가면 집에 올 때 편하잖아요."

"그래도 공항까지 기사한테 운전하라고 하면 되잖아? 올 땐 마중 나가면 되고."

"번거롭잖아요."

"고집은, 꼭 제 아버지라니까. 비행기 놓칠라. 얼른 출발해."

최 여사 민혁을 흘겨보는 시늉을 하며 말했다.

"가서 잘 지내다 와. 신혼여행이니까 아무 생각하지 말고 마음껏 쉬다 와. 좋은 꿈도 꾸고."

이 여사가 투피스를 입은 소진의 등을 쓰다듬으며 당부했다.

"알았어, 엄마. 우리 걱정하지 말고 엄마랑 아빠나 잘 지내. 호텔에 도착하면 전화할게. 엄마한테도 또 어머님께도."

소진은 울음을 참느라 콧등이 빨개진 이 여사를 끌어안고 씩씩하게 말했다.

"막내가 시집을 가니 큰애 시집보낼 때보다 마음이 더 쓰이는구만. 우리 소진이가 회사 일은 제법 잘해내도 막내라 아무것도 몰라. 그러니 자네가 잘 챙겨주면 좋겠네."

"명심하겠습니다, 아버님!"

눈가가 촉촉한 안 사장의 당부에 민혁은 양가 부모님들을 안심시키기 위해 일부러 씩씩하게 대답했다.

"신혼여행이 짧은데다 제주도라 섭섭하지 않아?"

최 여사가 소진의 손을 잡고 물었다. 남들처럼 일주일도 아닌 4박 5일의 일정과 해외가 아닌 제주도로 신혼여행을 가는 게 영 마음에 걸리는 모양이었다.

"민혁 오빠하고 제가 그러고 싶어서 그렇게 정한 거잖아요. 저흰 즐겁게 지내다 올 테니까 아버님 어머님도 건강하게 잘 지내세요. 저희 걱정은 하지 마시고요."

"민혁이 하나만 낳고서 늘 아쉬워했었는데 이젠 이렇게 예쁜 며느리를 얻게 돼서 내가 얼마나 행복한지 몰라. 우리 어렵게 지내지 말고 엄마랑 딸처럼 사이좋게 잘 지내자. 응?"

"네. 그렇게 지내요, 어머님. 저 진짜 딸처럼 굴 거니까 버릇없다고 혼내시면 안 돼요. 아셨죠?"

"버릇없이 굴면 혼내야 엄마지."

"후후, 그러네요. 제가 혼낼 일을 했을 땐 맘 놓고 혼내세요. 귀엽고 착한 딸이 되도록 노력할게요."

"그래. 나도 좋은 엄마가 되도록 노력하마."

"감사합니다."

소진은 최 여사를 꼬옥 끌어안고는 그녀의 귀에 대고 속삭였다.

"이 세상에서 최고로 멋지고 훌륭한 아들을 낳아주셔서 감사해요, 어머니. 어머니가 최고세요."

소진은 최 여사에게서 떨어져 서서는 환한 미소를 지어 보였다. 그런 그녀를 최 여사가 사랑스레 바라보며 엄지를 척 세워 보였다. 네가 최고란 뜻이었다.

"자, 이제 얼른 출발해. 이러다 진짜 비행기 시간 놓치겠어."

"그래, 노 대표 말대로 그만 가. 시간이 촉박하면 안전운전을 할 수 없으니까."

노 대표의 말에 안 사장이 맞장구를 치며 민혁과 소진에게 얼른 출발하라고 재촉했다. 민혁과 소진은 잘 다녀오겠다는 인사를 하고는 차에 탔다. 민혁이 운전하는 차가 멀어질 때까지 양가 부모님들은 사이드미러 속에서 연신 손을 흔들고 있었다.

Epilogue

공항으로 향하는 길, 집에서 출발한 지 30분이 지났다.

민혁의 차 안에는 감미로운 클래식 음악이 흐르고 있었다. 차가 출발한 후부터 운전하는 민혁과 이런저런 이야기를 나누며 소진은 즐겁게 웃었다. 두 사람이 마련한 결혼식의 모든 것이 만족스러웠다. 민혁 또한 소진의 의견을 받아들여 작은 결혼식을 올리길 잘했다며 아주 흡족해했다.

잠시 침묵이 흐르는 동안 소진은 멋진 생각이 떠올랐다. 충동적이긴 하지만 민혁이 동의만 하면 정말 좋을 것 같았다.

"오빠, 우리 집으로 가요."

"왜? 뭐 놓고 왔어? 지금 들르면 비행기 놓쳐. 놓고 온 게 있으면 제주도에 가서 사자."

"뭘 놓고 온 게 아니라 그냥 집으로 돌아가면 어떠냐고요?"

"그게 무슨 소리야?"

"내가 생각해 보니까 제주도에 가서도 거의 호텔 안에서만 있을 거잖아요."

"아무래도…… 그럴 가능성이 높겠지?"

민혁이 씨익 묘한 미소를 지었다. 그가 무엇을 상상하는지 소진이 금방 눈치를 챌 정도로.

"호텔 펜트하우스보다 난 우리 집이 세상에서 제일 예쁘고 편안해요."

"그 말은 신혼여행을 우리 집으로 가자는 뜻이야?"

"빙고."

"나중에 후회되지 않겠어, 신혼여행도 못 갔다고?"

"아뇨. 사는 내내 최고의 신혼여행이었다고 추억할 거예요. 장담해요."

"굿 아이디어이긴 한데……."

"오빠만 오케이하면 난 정말 기쁜 마음으로 우리 집으로 돌아갈 거예요. 아주머니도 신혼여행 기간 동안 집에 안 오실 거고, 우리 단둘이만 지낼 수 있잖아요."

"부모님들껜 뭐라고 하고?"

"제주도라고 하죠 뭐. 어차피 우리 집에 오실 일도 없으니까."

"그건 거짓말이잖아."

"나쁜 거짓말은 아니잖아요. 누구한테 해를 끼치는 것도 아니고. 살면서 가끔은 하얀 거짓말을 할 때도 있는 거 아니에요?"

"그렇긴 하지만…… 네가 나중에 후회할까 봐 걱정돼서 그래. 외국에도 못 가고 겨우 제주도로 가는 건데 그것까지 취소하고 우리 집에서 보내면."

"절대 후회 안 한다니까요!"

"정말 후회 안 할 자신 있어?"

"당연히요! 오빠 후회될 것 같아요?"

"아니, 난 우리 집이든 제주도든 너와 함께 있는 곳이라면 어디든 무조건 다 좋아."

"그럼 우리 호텔에 예약 취소하고 마트에 들러 대충 장 봐서 우리 집으로 가요."

"오케이!"

민혁이 잠시 갓길에 차를 세워놓고 호텔에 전화를 걸어 예약을 취소하고는 차를 유턴했다. 아무도 없는, 두 사람만이 있는 집 그리고 그들이 필요한 모든 것을 갖추고 있는 그들만의 집만큼 좋은 신혼여행지도 없다는 생각이 민혁과 소진을 들뜨게 만들었다.

마트에 들러 나흘간 먹을 수 있는 양의 식재료를 사서 하얀 집으로 돌아온 소진은 장봐온 것들 중 냉장고에 넣을 것은 넣고 외부에 놓을 것은 한쪽에 정리를 해놓았다. 그사이 민혁은 차에서 여행용 캐리어를 꺼내 도로 안방에 갖다 놓았다.

"혹시 배고파요? 지금 뭐라도 간단히 먹을 수 있는 걸 만들까요?"

소진은 주방으로 막 들어서는 민혁에게 물었다.

"고프긴 한데 배가 고픈 건 아냐."

"그게 무슨 말…… 아!"

민혁이 뜨거운 눈빛으로 소진을 바라보았다. 소진도 뜨거운 눈빛으로 그를 바라보았다. 소진은 금방이라도 몸이 불타오를 것 같아 얼른 입을 뗐다.

"우선 우리만의 축배를 들어야죠."

"당연히 그래야지."

두 사람은 손을 잡고 주방에서 나와 2층으로 올라가 거실 한쪽에 만들어놓은 홈바로 향했다. 소진이 의자에 앉자 민혁이 와인 냉장고에서 레드와인 한 병을 꺼내 테이블 위에 놓고는 와인 잔 두 개를 가져와 소진과 마주 앉았다.

민혁이 소진의 잔에 먼저 와인을 따라주었다. 보석처럼 맑은 루비 컬러가 투명한 유리잔을 물들였다. 서로를 축하하는 날이니만큼 민혁의 잔엔 소진이 따라주었다.

챙! 각자 와인 잔을 들고 서로의 잔에 자신의 잔을 가볍게 부딪쳤다. 소진과 민혁은 동시에 자신들의 잔을 살짝 흔들어 코로 향을 즐긴 후 한 모금 입안에 머금고 맛을 음미한 후 와인을 삼켰다.

"맛이 어때?"

"색도 루비처럼 예쁜데 향도 좋고 맛도 풍부하네요. 난 와인에 대해 잘 모르는데, 이건 어떤 와인이에요?"

"미국 오레곤 이브닝 랜드의 야심작인 세븐 스프링스 빈야드 라 소스 피노 누아야."

"이름 참 기네요."

"그러게. 모든 포도를 바이오다이내믹농법으로 재배하는데 첫맛은 풍부한 산미와 함께 미네랄리티를 강하게 느낄 수 있다더군. 포도밭의 얕은 지층과 화산 분출로 생긴 바위투성이 떼루아 덕분이래."

소진은 고개를 끄덕이며 한 모금을 더 입에 머금었다.

"두어 잔 마시다 보면 체리와 딸기 같은 붉은 과일 향은 물론이고 부드럽고 섬세한 가운데 드라이한 오레곤 피노 누아 특성을 단박에 알아챌 수 있다는 평을 듣는 와인이야."

소진은 입안에 머금고 있던 와인을 삼켰다.

"그렇군요. 이 와인에 대한 이야기를 들으면서 마시니까 그 맛이 느껴지는 기분이에요."

"관심이 있으면 와인에 대해 알아보는 것도 나름 재미있지만, 그냥 자신의 입안에서 느껴지는 맛과 향을 즐기면 되지 뭐."

"난 후자예요."

"사실은 나도 후자야."

"그런데 어떻게 그렇게 잘 알아요?"

"사실 브라이덜 샤워할 때 내놓으려고 블로그들을 찾아보고 사 놓은 거야. 그런데 우리 둘이 마시는 게 더 의미가 있을 것 같아서 그날 다른 와인을 내놨었지."

"잘했어요. 우리 딱 한 잔씩만 더 마셔요."

소진의 말에 민혁이 두말없이 비워진 두 개의 잔에 다시 와인을 채웠다. 그리고 한 모금씩 음미하며 와인을 마시기 시작했다.

"집으로 오길 잘했어. 널 안을 수 있는 시간이 더 많아졌잖아."

"그러게요. 우리가 사랑을 나눌 수 있는 시간이 훨씬 더 많아졌어요."

"사랑한다, 소진아. 내 아내가 되어줘서 정말 고마워."

"나도 사랑해요, 오빠. 내 남편이 되어줘서 고마워요."

두 개의 와인 잔은 이미 비워져 있었다. 잠시 두 사람은 불타는 눈빛으로 서로를 응시했다.

"가자!"

"네, 가요. 고픈 건 얼른 채워야죠."

소진의 말이 끝나기가 무섭게 민혁이 그녀를 번쩍 안아 들었다. 그리고는 곧장 안방으로 들어갔다.

"이제 그만 내려줘요."

"오케이."

민혁이 짧은 입맞춤을 한 후 소진을 내려주었다.

두 사람에겐 더 이상 말이 필요 없었다. 약속이라도 한 듯 서로의 옷을 벗겨주었다. 실오라기 하나 걸치지 않은 나신의 두 사람은 손을 잡고 욕실로 들어가 서로의 몸을 닦아주었다. 그 시간이 얼마나 설레고 흥분이 되는지 두 사람은 이미 알고 있었다.

서로 젖은 몸을 마른 수건으로 닦아주는데 설렘과 흥분을 증명이라도 하듯 민혁의 기둥이 벌써 곤두서 있었다. 그것을 본 소진이 훗, 웃음을 흘렸다.

"얼른 가요. 이러다간 결혼하고 처음 나누는 사랑인데 욕실에서 하게 생겼어요."

"결혼 첫날인데 내 신부와 욕실에서 사랑을 나눌 순 없지. 자, 어서 우리만의 침대로 가자고."

"오케이."

나신의 소진을 번쩍 안아 들고 욕실에서 나온 민혁이 그녀를 침대 위에 눕혔다. 민혁이 그 옆에 누워 소진을 마주 보게 하고는 키스를 하기 시작했다. 지금까지 해왔던 것보다 더 섬세하고 부드럽게 소진의 고른 치아와 잇몸을 핥아주던 그의 혀가 이미 받아들일 준비를 하고 있는 그녀의 입안으로 들어왔다.

두 혀가 서로 맞닿고, 서로의 혀로 쓰다듬고, 뒤엉켜 빨아대기 시작했다. 소진은 온몸이 저릿저릿했다. 짜릿한 쾌감의 전주곡이 온몸으로 연주되는 것만 같았다.

"하아하아……."

"허억허억……."

두 입술이 떼어지자마자 두 사람의 가쁜 숨소리가 실내를 가득 메웠다.

민혁의 혀가 가늘고 긴 소진의 목을 지나 쇄골에서 머물다 가슴으로 내려와 그녀의 젖가슴을 희롱하다 유두를 머금었다. 혀로 톡톡 건드리다 힘차게 빨아대며 손으로 다른 쪽 가슴을 움켜쥐고 주물렀다.

"오빠……."

민혁을 부르는 소진의 음성이 신음처럼 흘러나왔다. 소진은 애초부터 민혁의 대답을 원하지 않았다. 민혁도 그 사실을 알고 있는지 대답을 하는 대신 혀를 아래로 내려가며 소진의 몸에 영역표시를 해댔다.

민혁의 혀가 막 울창한 숲에 다다랐을 때였다.

"오빠, 잠깐만요!"

소진이 명확한 음성으로 민혁의 행동을 제지했다. 놀란 듯 고개를 든 민혁이 두 눈을 크게 뜨고 쾌감에 젖어 붉어진 소진의 얼굴을 바라보았다.

"왜? 어디 불편해?"

"아, 아뇨."

"그럼 왜……?"

"오늘은 내가 먼저 할 거예요."

"뭐?"

소진은 대답을 하는 대신 잽싸게 일어나 앉아서 민혁을 눕도록 했다. 민혁은 놀라움을 감추지 못하면서도 소진이 하는 대로 지켜보았다.

누워 있는 민혁의 나신은 그야말로 눈부심 그 자체였다. 얼굴이 잘생긴 것이야 두말하면 잔소리고 탄탄한 근육이 붙은 나체에는 쓸모없는 살이라고는 한 점도 붙어 있지 않았다. 소진은 소중한 것을 다루듯 민혁의 몸을 손으로 어루만졌다.

"흐으음……."

민혁의 입에서 야릇한 신음이 새어 나왔다.

"아직 시작도 안 했어요."

소진은 민혁을 약 올리듯 미소를 지어 보이고는 입으로 그의 앙증맞은 젖꼭지를 물고는 혀로 그 주변을 희롱하기 시작했다. 다른 손으로는 다른 쪽 젖꼭지를 엄지와 검지로 잡고서 톡톡 치고, 비틀고, 비벼댔다. 그럴 때마다 민혁의 몸이 움찔거렸다. 그런 모습을 보는 것만으로도 이미 흥건히 젖은 소진의 숲에서는 절로 애액이 흘러나왔다.

소진은 민혁의 앙증맞은 젖꼭지를 힘차게 빨았다. 그러자 민혁의 입에서 연이어 억눌린 신음이 흘러나왔다. 한참을 아기가 젖병을 빨듯 민혁의 작은 젖꼭지를 빨아대던 그녀의 혀가 복부를 거쳐 배꼽에서 머물러 있다가 점점 아래로 내려왔다.

민혁의 몸이 긴장하는 게 느껴졌다. 하지만 그는 그녀를 제지하지 않았다. 만약 그가 제지를 했다고 해도 소진은 물러설 생각이 전혀 없었지만. 소진은 울창한 숲을 뚫고 치솟아 있는 민혁의 기둥을 한 손으로 잡고 그 끝을 혀로 낼름낼름 핥았다. 농축된 애액이 좁은 구멍을 뚫고 방울방울 맺혔다.

소진은 나뭇잎에 매달린 이슬처럼 맑고 투명한 민혁의 애액을 삼켰다. 사랑하는 이의 몸에서 나온 것이라 그런지 하나도 불쾌하지 않았다. 아니, 오히려 달큰하고 세상에 존재하는 그 어떤 액체보다 맛이 있었다. 이런 맛 때문에 민혁이 그토록 입과 혀로 그녀의 숲을 탐하고 그 숲에서 흘러나오는 애액을 맛나게 먹었나 보다.

더 이상 약을 올리면 가만두지 않겠다는 듯 민혁의 기둥이 불끈댔다. 소진은 그런 기둥을 통째로 입안에 넣었다. 위로 아래로 빨자 민혁이 몸을 뒤틀었다.

"소진아…… 제발……."

잔뜩 억눌린 음성으로 민혁이 소진에게 애원을 하고 있었다. 자신도 그 느낌이 뭔지 알고 있던 터라 그런 민혁이 안쓰러웠다. 더는 민혁을 힘들게 하고 싶지 않았다. 애태우고 싶지 않았다.

소진은 입안에 머금었던 기둥을 빼냈다. 그리고 말을 타듯 민혁의 몸에 엉덩이를 붙였다. 민혁을 맞이할 준비가 넘치도록 되어 있던 터라 그 자세를 잡자마자 그의 기둥이 곧장 소진의 동굴 속으로 진입했다.

"으윽."

민혁이 비명처럼 신음을 내뱉었다.

소진은 자신의 동굴 속을 꽉 채운 채 깊이 박혀 있는 민혁의 기둥을 느끼며 천천히 엉덩이를 위아래로 움직였다. 그럴 때마다 민혁의 입에서 참을 수 없다는 듯한 신음이 흘러나왔다. 그 신음이 소진에게는 세상에서 단 하나밖에 없는 최음제였다.

끊임없이 흘러나오는 민혁의 신음을 듣고 있노라니 빵빵하게 부풀어지는 풍선처럼 소진의 몸 전체가 끝없이 팽창하는 것만 같았다. 말로는 표현할 수 없는 쾌감이 온몸으로 번졌다. 현기증이 날 정도로 머릿속이 저릿저릿했다.

소진도 더는 참을 수가 없었다. 온몸의 신경세포들이 빨리 절정을 향해 치달아달라고 아우성을 쳐댔다. 소진은 엉덩이를 더 빨리 움직였다. 그녀의 움직임이 격렬해질수록 민혁이 거친 신음을 흘려댔다. 그리고 그녀의 쾌감도 점점 더 짙어졌다.

"하악하악……."

"허어억허어억……."

소진의 엉덩이의 움직임이 빨라질수록 그녀와 민혁의 숨소리도 더욱더 거칠어졌다. 미친 듯이 출렁대는 소진의 젖가슴을 민혁이 두 손으로 움켜잡았다. 그것을 신호로 소진은 엉덩이를 더욱더 맹렬하게 위아래로 움직였다.

"하핫!"

"으읏!"

절정에 이른 두 사람의 비명과도 같은 신음과 함께 소진은 거친 숨을 몰아쉬며 민혁의 몸 위로 쓰러졌다. 땀과 애액에 젖은 두 사람의 몸이 한 치의 틈도 없이 밀착되어 맞붙었다.

거친 숨이 잦아들 때까지 소진의 몸은 민혁의 나신 위에 붙어 있었다. 거친 숨을 몰아쉬면서도 민혁의 손은 연신 소진의 나신을 애무해 주고 있었다.

얼마나 지났을까. 두 사람 모두 평온하게 숨을 쉬기 시작했다.

"어땠어요?"

소진은 서로 몸이 붙은 상태에서 고개를 들고 열망이 남아 있는 그의 두 눈을 보며 물었다.

"더할 수 없이 좋았어."

"나도요."

소진은 그제야 민혁 위에서 내려와 그의 옆에 누웠다. 그러자 민혁이 몸을 살짝 돌려 그녀를 보았다. 열정이 채 가시지 않았는지 민혁의 두 눈엔 아직도 짙은 여운이 남아 있었다.

"사랑해요, 오빠."

"내가 더 사랑해, 내 아내 안소진."

"아까 것 취소."

"응? 왜?"

"사랑해요, 내 남편 노민혁 씨."

소진의 말에 민혁이 사랑스레 그녀를 보며 손으로 얼굴을 매만졌다. 그리고는 그녀를 품에 안았다. 잠시 그러고 있더니 민혁이 소진의 귓가에 대고 속삭였다.

"벌써 끝났다고 생각하는 건 아니겠지?"

"응? 뭐가요?"

그 자세 그대로 소진도 민혁의 귓가에 대고 속삭이듯 물었다.

"이번엔 내 차례야."

민혁은 야릇한 미소를 지은 채 소진을 눕게 하고는 그녀의 몸을 자신의 몸으로 덮었다.

"오빠, 조금 있다가 하면 안……?"

"미안하지만 그것만은 들어줄 수 없어."

민혁이 씨익 미소를 지었다. 세상에서 가장 달콤하고도 섹시한 미소를.

다시 시작된 사랑으로 인해 농염하고 요염하고 야릇하고 짜릿한 신음이 쉬지 않고 안방에 맴돌았다. 두 사람의 사랑 나누기는 허기가 져서 더 이상 몸을 움직일 수 없을 때까지 계속되었다. 서로의 몸과 마음을 탐닉하며, 몇 번이고 절정에 다다라 벅찬 숨을 헐떡이면서…….

♡ — THE END — ♡